W0336047

btb

ŞEBNEM İŞİGÜZEL

DAS MÄDCHEN AUF DEM BAUM

Roman

Aus dem Türkischen
von Gerhard Meier

btb

Den getöteten jungen Menschen gewidmet

»Und der junge Morgen erleuchtete
mit rosenfarbenen Fingerspitzen die Welt.«

Homer

»Ich bin ein Nussbaum im Gülhane-Park.
Meine Blätter winden sich wie Fische im Wasser,
Sie flattern wie ein seidenes Tuch,
Reiß eines ab, Geliebte, und trockne damit deine Tränen.«

Nâzım Hikmet

»C'est chez vous, mon cher Chevalier, qu'il y a ce fameux philosophe qui vit sur les arbres comme un singe?« Geschmeichelt konnte ich mich nicht enthalten zu erwidern: *»C'est mon frère, Monsieur, le Baron de Rondeau.«* Voltaire war sehr erstaunt und fragte: *»Mais c'est pour être plus proche au ciel, que votre frère reste là-haut?«* »Mein Bruder ist der Meinung«, entgegnete ich, »dass einer, der die Erde deutlich sehen möchte, den notwendigen Abstand einhalten muss«, und Voltaire zeigte sich über diese Antwort befriedigt.

»Jadis, c'était seulement la nature qui créait des phénomènes vivants«, bemerkte er abschließend, »maintenant c'est la raison.«

Der Baron auf den Bäumen, Italo Calvino

Däumelinchen bekam nun eine lackierte Walnussschale als Wiege. Veilchenblätter waren ihre Matratze und ein Rosenblatt ihre Bettdecke. So schlief sie bei Nacht.

Däumelinchen, H.C. Andersen

»Ich bin rasend gewordener Wahnsinn.«

Moby Dick, Herman Melville

»Das ist die Geschichte eines Schwertfischs.
Es hätte sie wohl niemand aufgeschrieben,
Wäre die Strömung nicht plötzlich ausgeblieben.«

Halim Şefik Güzelson

»Umgeben von den Flammen unserer Begierden gehen wir durchs Leben.«

William Blake

»(…) Wie schön es nachts im Gülhane-Park sein muss! Ich stelle mir dort einen Landstreicher à la Charlie Chaplin vor, der sich vor den Menschen fürchtet und sie doch liebt. Er läuft vor ihnen weg, weil sie ihn immer nur schlecht behandelt und herumgeschubst haben. (…) In Sommernächten unter den Sternen, in Winternächten meist unter Schnee und Regen. Ach, und dort schlafen! Im Park schlafen! So ein Landstreicher also bleibt eines Nachts im Gülhane-Park.«

Das Freilufthotel, Sait Faik Abasıyanık

1 | IN DEINER ABWESENHEIT

Das ist eine Geschichte von Freiheit und Liebe. Von zwei kranken jungen Menschen. Der eine davon bin ich.

Eines Abends kletterte ich ruckzuck auf einen Baum, um dort oben zu leben. Eigentlich ein Wunder. Nicht, dass ich auf einem Baum lebe, sondern, dass ich so leicht hinaufkam. Als hätte ein kräftiger Wind mich erfasst und auf den Wipfel hinaufgeweht. Als wäre jemand hinter mir her gewesen. Irgendwie war es auch so. Ich lief vor jemandem weg. Aber vor wem? Vor dem Leben, könnte ich behaupten, aber das tue ich nicht, sonst sagen Sie gleich, was versteht die schon vom Leben?

Ich war noch nicht ganz achtzehn. Auf dem Weg von Cihangir zum Gülhane-Park rannte ich an dem Abend, daran hinderte mich auch der Rucksack mit den paar Sachen nicht. Warum hatte ich den dabei? Kein Gedanke, dass ich auf einen Baum klettern und dort bleiben würde. Das hat sich so ergeben. Ich wusste einfach nicht weiter. In mir bohrte ein Schmerz, der mich aber nicht verrückt machte, denn das hätte mich eher beruhigt. Woraus Sie schließen dürfen, dass ich bei Verstand war.

Man ist immer auch die Geschichte von jemand anderem, am meisten von den Eltern. Nicht bloß genetisch, auch seelisch. Selbst wenn man das überhaupt nicht will, wird man wie sie. Vom Wesen her zumindest. Das kommt jetzt etwas stoßweise daher, wie mein Atem. Doch was ich zu erzählen habe, ist nicht so, das ist eine Einheit. Zumindest bei mir im Kopf.

Dass ich hier auf einem Baum hocke, bringt Sie vermutlich durcheinander. Macht nichts. Seien Sie ruhig auch mal ein bisschen durcheinander, bei mir ist das ein Dauerzustand. Das ganze Leben ist ein Durcheinander. Sogar Robert Pattinson, also der Vampir, hat gesagt: Ich bin wirklich völlig verwirrt. Soll er nur. In meinem Zimmer hing ein Poster von ihm, und als ich losging, sahen wir uns noch mal an.

Dabei wirkte er gar nicht, als wollte er sagen: »Moment mal, wo willst du hin?« Eher so: »Mach, dass du wegkommst!«

Das ist die Geschichte eines siebzehnjährigen Mädchens, das eines Abends plötzlich auf einem Baum sitzt. Aber so weit sind wir noch nicht. Um ein Bild betrachten zu können, tritt man nicht näher heran, sondern lieber einen Schritt zurück. Ich muss erst von schöneren Tagen berichten. Zum Beispiel vom 23. Juli 2011. Obwohl das auch kein schöner Tag war. Da ist nämlich Amy Winehouse gestorben. Ihr trauriges, verdutztes Gesicht hatte ich als Wallpaper auf dem Handy. Auf dem Computer hatte ich Robert und Kristen. Kristen ist später Vampirin geworden. Meinen Sie jetzt bloß nicht, das hätte was damit zu tun, dass ich auf dem Baum sitze. Überhaupt nicht. Über Robert und diese pubertäre Vampirliteratur bin ich längst hinweg. Ich sitze hier, weil ich rebelliert habe. Und die Vampire hängen nur noch da, weil ich die alten Poster noch nicht abgenommen habe. Vampire rebellieren nicht, die saugen nur Blut.

Amy ist da ganz anders, und das wird sie für mich immer bleiben. Die hat nämlich rebelliert und ist gestorben.

Ich bin hier, weil ich sterben will, ohne zu sterben. Ich habe es zwar schon mal gesagt, aber ich sage es noch mal, denn ich bin ja durcheinander: Dass ich hier oben bin, ist ein Wunder. Diese Bäume sind verdammt hoch. Und jahrhundertealt. Das war hier früher der Garten des Sultanspalasts. Wissen Sie eigentlich, wie glatt so ein Platanenstamm ist? Daran müssen meine Hände und Füße sich regelrecht festgesaugt haben, sonst wäre ich gar nicht hochgekommen. Den Gülhane-Park kenne ich gut, mein Vater hat lange im Archäologiemuseum gleich hinter dem Park gearbeitet.

Meine roten Toms habe ich vor dem Baum ausgezogen, und von hier oben sehen sie aus wie ein winziger roter Fleck. Im Literaturunterricht haben wir mal eine öde Geschichte von einer Nachtigall durchgenommen, die sich aus Liebe zu einer Rose an ihr blutig sticht, und dass das Dunkelrote an den Rosendornen eigentlich von dem Blut stammt. Amy hätte aus so was vermutlich ein Lied gemacht. Die hat ja auch unglücklich geliebt, hat gesungen wie eine Nachtigall, hat gewimmert, und schließlich hat der Schmerz ihr das Herz zerrissen, und sie ist gestorben. So hat sie gegen das Leben rebelliert, gegen Leute vom Horizont einer Dunstabzugshaube, und das hat sie umgebracht. Nein, kein guter Vergleich. Nicht der jetzt, der andere zuvor. Mit der Nachtigall, der Rose, den roten Toms und so weiter. Schreiben ist gar nicht so leicht. Am schwierigsten ist das Denken. Sagen wollte ich eigentlich bloß, dass meine roten Leinenschuhe neben dem Baum standen wie zwei Blutstropfen.

Solange niemand beim Anblick der Schuhe auf den Gedanken kam, auf den Baum hinaufzuschauen, würde mich niemand finden. Und glauben Sie mir, so was fällt niemandem ein. Gefährlich war es unten, auf den Straßen. Sagte ich mir jedenfalls, sobald ich hier oben war. Mich irgendwo da unten zu verstecken, wollte ich nicht riskieren. Dort wäre ich belästigt worden, geschlagen, womöglich um die Ecke gebracht. Oder ich hätte so sehr um mein Leben kämpfen müssen, dass es mir alles Menschliche ausgetrieben hätte. Hier oben findet mich niemand.

Hier zu leben ist bestimmt schwierig, doch auch wenn das jetzt naiv klingt, fühle ich mich trotzdem sicherer als drunten. Nun ja, solange ich nicht runterfalle. Aber ich bin ja schon aus dem Leben gefallen. Das Leben in seiner ganzen Härte hat mich hier raufgetrieben. Wie bin ich überhaupt auf die Idee gekommen? Habe ich die aus einem Buch? Würde ich mich auf eine einsame Insel retten, wenn ich irgendwo eine fände? Oder wie Jonas in den Bauch eines Wals? Ich bin über das Alter hinaus, wo man alles nachmacht, was man bewundert. Warum also bin ich hier rauf wie eine Katze, hinter der die Hunde her sind? Ach, lassen wir das. Ich habe es hier raufgeschafft, das allein zählt. Meine Freundinnen sind nämlich tot. Aber das kann ich jetzt nicht erzählen. Ich weiß ja nicht, was für ein Mensch Sie sind. Was stand da in einem Tweet: »Vielleicht haben Sie ja kein Herz im Leib, sondern einen Tannenzapfen.«

Ich will jetzt nicht weinen. Das muss ich immer, wenn ich an meine Freundinnen denke.

Ich erzähle Ihnen lieber etwas anderes: Ruckzuck auf einen Baum rauf, das schafft nicht jeder. Ich habe aber ab dem Jahr, in dem Amy Winehouse gestorben ist, also vier Jahre lang, auf der Slackline trainiert. Jetzt kennen Sie vielleicht Amy Winehouse, aber Sie wissen eventuell nicht, was Slackline ist. Da spannt man zwischen zwei Bäumen ein Band, knapp über dem Boden, und darauf spaziert man wie ein Seiltänzer. Hatte ich auf YouTube gesehen. Daraufhin hat mir mein Vater auch so was gebastelt, was ihm als Archäologe irgendwie leichtfiel. Wir sind nach Karaköy, wo es das ganze Baumaterial gibt, und haben ein Nylonseil und Spanner gekauft. Und darauf balancierte ich dann, sommers wie winters. In einen Kletterverein bin ich auch. Sowieso hat sich Slackline aus Trainingsübungen von Bergsteigern entwickelt. Jetzt werden Sie sagen: »Dann ist es doch kein Wunder, dass du da raufgekommen bist!« Klingt logisch. Trotzdem, so ein hoher Baum ist noch mal ganz was anderes, auch wenn man trainiert ist. Als würde man einen nackten Felsen hochklettern, oder einen ganz steilen Hang. Ohne Seil und Karabiner und solche Scherze. Und in dem Kletterverein war ich nicht lange, das wurde zu teuer. Finanziell ist meine Familie nämlich ziemlich abgestürzt. Und Glück hat eben doch etwas mit Geld zu tun. In dem Sommer, als Amy Winehouse starb, waren wir noch besser gestellt und konnten wenigstens unsere Rechnungen bezahlen. Wir wussten ja nicht, dass das unsere letzten guten Tage waren, unser letzter schöner Sommer. Sonst hätten wir das viel mehr genossen.

Im Frühsommer jenes Jahres sollte Amy Winehouse nach Istanbul kommen. Ich hatte auch schon ein Ticket, das heißt Tantchen, die damals noch als Journalistin arbeiten durfte, sagte: »Ich besorge dir schon eins.« So lief das nämlich. Sie schnorrte immer bei den Kollegen vom Feuilleton. Manchmal schickte sie mich einfach mit dem Fotografen mit, dann kriegte ich einen USB-Stick in die Hand und es hieß, ich sei Praktikantin. Und die ließen mich rein, obwohl ich so jung war, denn das waren gute Leute, bis hin zum Namen ihrer Firma: Pozitif. Dort arbeitete Mehmet, der lachte immer wie ein Kind, sogar die Augen lachten mit. Der ist auch schon tot. Krebs.

»Dieses Land treibt einen sowieso in den Krebs.«

Sagte bei seiner Beerdigung Tantchen, meine Tante väterlicherseits.

Der Schmerz ist wie ein Schloss, das nicht aufgeht. Er sperrt sich gegen einen. Kriegt man das Schloss doch auf, fühlt man sich einen Moment lang sicher, und genau da bricht man zusammen, so ist es mir ergangen. Ich rede schon wieder wie eine alte Oma, aber von so einer bin ich eben aufgezogen worden, von der Mutter meines Vaters, darum hört sich das bei mir oft so an. Leute meines Alters, meine beste Freundin Pembe zum Beispiel, würden das ganz anders drechseln. Mein Gott, drechseln! Pembe, hörst du mich?!

»Pembe? Schön bunt.«

So was musste sie sich oft anhören. Pembe bedeutet »Rosa«, und von den Französischlehrern wurde sie mit »Mademoiselle Rose« angesprochen.

Das gefiel ihr anscheinend, und untereinander nannten wir sie auch oft so. Warum sie Pembe hieß, wussten nur wir.

Als bei ihrer Mutter die Wehen einsetzten, wurde sie von einem Dienstmädchen ins Krankenhaus gebracht und dort von ihr auch betreut, bis – nach geschlagenen zwei Tagen – Verwandte der Mutter sie endlich ablösten. Der Kindsvater, der vor der Hochzeit als Playboy durch die Gazetten gegeistert war, hielt sich beim Tauchen auf. Nach der Entbindung sagte die Mutter zu ihrem achtzehn Jahre älteren Mann schüchtern: »Mehmet, es ist wieder ein Mädchen.« Unser Mehmet wollte sich nichts anmerken lassen, musste aber schlucken. Er liebte seine Frau, ein knackiges Ding, das nach dem Abitur am österreichischen Gymnasium in Istanbul als Stewardess gearbeitet hatte, und darum wollte er ihr auch nicht mehr als drei Entbindungen aufhalsen, aber am Ende sollte doch wenigstens ein Junge dabei herausschauen. Fiesestes Männerverhalten. »Wie sollen wir sie nennen?«, fragte die Frau ihren Mann am Telefon. Damit er ihr leichter verzieh, wollte sie ihm die Wahl überlassen. »Ach, nenn sie, wie du willst«, gab der Vater ruppig zurück. Das setzte der Mutter so sehr zu, dass ihr daraufhin die Milch ausblieb. »Was soll denn das Baby jetzt für einen Namen kriegen?«, klagte sie dem Dienstmädchen ihr Leid. Die machte kurzen Prozess.

»Was? Sind Mädchennamen etwa Mangelware? Die soll einfach Pembe heißen, so wie ich.«

Gesagt, getan. So rächte sich die Mutter dafür, dass der Mann sie demütigte. »Ohne unser Dienstmädchen hätte ich allein entbinden müssen, dabei wären das Baby und ich womöglich gestorben. Der bin ich also was schuldig«, sagte sie und ließ sich nicht von der Sache abbringen. So wurde Pembe zu Pembe, und dabei blieb es.

In der reichen Familie des Vaters wurde Unmut laut. »So lassen wir unseren Familiennamen nicht beflecken. Nenn unsere Enkeltochter gefälligst anders.« 1998 war das, also nicht vor Urzeiten, trotzdem wollte der Vater partout einen Jungen. Ende der Achtzigerjahre war der Mann noch eingefleischter Junggeselle gewesen und hatte seiner Freundin mal einen Billardstock übergezogen. Ein wahrer Ochse. Gerade so modern wie der Mercedes unter seinem Hintern. Er redete an seine Frau hin, das Mädchen solle wenigstens einen zweiten Namen kriegen.

»Also Gülpembe oder Pespembe?«, versetzte die Mutter. Da steckte jeweils wieder »Pembe« drin, nur noch verschärft.

Pembe hatte uns die Geschichte ihres Vornamens mal nach der Schule erzählt, als wir in der Bierkneipe Star in Beyoğlu saßen und Kartoffelspalten futterten. Erst kicherte sie noch, dann brach sie in Tränen aus. So hatten wir unsere Rose noch nie erlebt.

Die Welt besteht aus Geschichten, sonst wäre sie ja nicht zu ertragen. Was aber bringt mich dazu, Ihnen ausgerechnet die Geschichte von Pembes Namen zu erzählen? Was hat die in meiner Seele zum Klingen gebracht? Zum Klingen gebracht! Wieder so ein Ausdruck meiner Oma. Ist ja vielleicht nichts als hohl. Die Geschichte von Pembe, meine ich. Die von Amy dagegen überhaupt nicht. Die ist so was von voll. Und ich konnte es kaum erwarten, diese Geschichte auf der Bühne zu sehen. Amy Winehouse, da spricht ja der Name schon Bände. Das Ticket hatte ich also von der Firma Lau & Umme. (Mein Gott, wie lahm das bei mir klingt! Pembe und Derin hätten das total cool rübergebracht.) Na ja … Vor Istanbul trat Amy in Belgrad auf, aber da guckte sie die Zuschauer nur an, als wäre sie frisch aus dem Grab auferstanden, und der Rest der Tournee wurde abgesagt. Ich war nicht sauer auf Amy, sondern vielmehr auf die Leute, die sie in dem Zustand auf die Bühne ließen. Stimmt schon, dass ich etwas altklug war. Wer es gut mit mir meinte, legte mir das als Reife aus, aber ich schwör's, reif bin ich echt nicht. Was sollte ein reifes junges Mädchen mitten in der Nacht auf einem Baum? Das würde mit beiden Füßen fest auf dem Boden stehen und sich da mit dem Leben auseinandersetzen.

Ich denke jetzt nicht darüber nach, wie es weitergehen soll. Vielmehr habe ich das Gefühl, ich schulde Ihnen was. Damit brocke ich mir andauernd etwas ein, mit diesem verdammten Pflichtgefühl. Das ich laut meiner Mutter gar nicht habe. Mit etwas mehr Pflichtgefühl hätte ich mein Stipendium nicht verbockt. Und um es nicht zu verbocken, hätte ich gelernt wie eine Blöde. Aber eine richtig Blöde.

Ich war in der Abiturklasse im Gymnasium Glöckner von Notre Dame de Sion. Nein, natürlich ohne Glöckner, aber damit hat es schon was zu tun, dass ich mein Stipendium losgeworden bin. Auf ein Prüfungsblatt hatte ich nämlich in meinem Tran tatsächlich den Glöckner mit hingeschrieben. Pembe hatte sich kaputtgelacht.

»Wenigstens hast du nicht das geschrieben, was ich dir vorgeschlagen hatte: Notre Damenbart de Sion.«

Von Neuntklässlerinnen sollte man eben keine hochgeistigen Witze erwarten. Pembe und Derin lachten, und ich stand stumm daneben. Meine Oma hatte ein loses Maul, von ihr war ich einiges gewöhnt, aber ich selbst hielt mich zurück. Die zwei größten Lästermäuler der Schule hatte ich mir nur deswegen als Freundinnen ausgesucht, weil ich Vertrauen zu ihnen hatte. So wie zu meiner Oma.

Pembe und Derin wiederum hatten zusammengefunden, als sie gleich am ersten Schultag mit ihrem Mundwerk Ärger bekommen hatten. Sie waren nach alter Art bestraft worden und hatten sich dabei kennengelernt.

»Was ist das denn für ein Name?«

Derin bedeutet »tief«.

»Was soll an dir schon tief sein?«

»Meine Seele.«

»Bist du dir da sicher? Ich würde eher sagen, es fängt mit M an und hört mit i auf.«

»Hahahaha!«

Während sie so flüsterten, mussten sie auf einem Fuß in der Ecke stehen – was für ein Unsinn! –, und Pembe, die sich für ihren Namen am ganzen Universum rächen wollte, hatte eine Gleichgesinnte gefunden.

Vielleicht haben Sie auf YouTube zufällig das Video gesehen, wo sich die beiden mit Papiertüten auf dem Kopf ein Battle liefern und dabei wild fluchen. Da wurde eine Shampoo-Werbung reingeschnitten, dafür haben die zwei ganz schön kassiert. Derin erklärt darin die Geschichte ihres Namens.

Unsere Geschichten beginnen mit unseren Namen.

Der Vater von Derin war im Nobelviertel Nişantaşı Hausmeister. Musik bitte! Diesen müden Witz machte Derin immer. Man hört ja oft, dass in solchen Häusern sich jemand der Familie des Hausmeisters annimmt, sich um die Kinder kümmert und aushilft, wo es geht. So war es bei Derin auch. Dort lebte auf der Nummer 9 eine kinderlose, einsame Frau, die Derin und ihren Geschwistern bei den Hausaufgaben half, sie zum Arzt brachte, wenn sie krank waren, und ihnen an Festtagen Geschenke machte. Bei so viel Unterstützung wagten die Eltern nicht zu protestieren, als die Frau für ihr Neugeborenes den Namen Derin vorschlug. Derins Vater wollte es aber schlau anfangen und verpasste seiner Tochter auf dem Standesamt noch einen zweiten Namen. Leider bestand die Frau von der Nummer 9 darauf, den Ausweis der Kleinen zu sehen, und als sie darauf vor Derin einen anderen Namen sah, flippte sie aus. »Den lasst ihr gefälligst wegmachen!« Aber alles will man sich doch nicht gefallen lassen, irgendwann begehrt man auf, sonst lässt man sich sein ganzes Leben vorschreiben. So mussten sie wegen jener Frau das Haus verlassen und damit den Hausmeisterjob aufgeben. Manchmal schadet Gutes eben mehr als Böses. Überhaupt ist Gutes schlimmer als Böses. »Ihr habt doch alles von mir gekriegt«, jammerte die Frau danach. Irgendwie war sie wohl krank.

»Mann, was einem Wohltaten und Namen alles einbringen. Der Wahnsinn!«, rief Pembe aus.

Sie hörte auf zu schluchzen und tauchte eine Kartoffel in die Mayonnaise. Derins Vater wurde Hausmeister an unserem Gymnasium, und als Derin die Aufnahmeprüfung schaffte, bekam sie von der Schulstiftung ein Stipendium und musste somit kein Schulgeld zahlen. Das galt auch für den Fall, dass sie miserable Noten haben sollte, quasi als Belohnung für das, was ihr Vater in der Schule alles leistete. Der konnte ihr noch so oft »Emine, Emine, hey, Emine!« hinterherrufen, also ihren zweiten, bodenständigen Namen, aber durch das nobel klingende Derin schaffte sie es zu verbergen, dass sie die Tochter des Hausmeisters war.

»Glaubt bloß nicht, dass die umsonst so großzügig sind«, sagte sie. Wir also immer noch in der Kneipe, die zweite Runde Kartoffelspalten kommt gerade, und die dritte Runde Bier, in so großen Gläsern, dass uns beim Zuprosten die Hände zittern.

Da sagte Derin verschwörerisch: »Es ist nur so, dass mein Vater mal einen von den Oberen mit einer Tussi erwischt hat.«

»Wen denn?!«

»Weiß ich nicht, ist mir auch egal, aber ich kriege das volle Stipendium. Sogar wenn ich durchfalle.«

Wir passten nicht in diese Schule, in der wir herumeierten wie aus der Umlaufbahn geschossene Satelliten. Wir waren widerspenstig, nervig, und je mehr sie uns zusetzten, umso mehr klebten wir aneinander.

Ich hatte nichts in der Hand, um jemanden zu erpressen. Als ich das sagte, lachten wir los wie die Blöden, denn zum Lachen war uns jeder Anlass recht. Um mir doch auch irgendwie ein Stipendium zu krallen, machte ich beim Romanwettbewerb der Schule mit. Und gewann ihn nicht. Stattdessen wurde mein Roman als abschreckendes Beispiel analysiert. Vor dem Wettbewerb war nämlich gefragt worden: »Wer willigt ein, dass sein Roman hinterher positiv oder negativ kritisiert wird?«

Man weiß ja nicht, was einen in guten und in bösen Tagen alles erwartet. Ich kann mich aber erinnern, dass ich wie eine Wilde die Hand hochriss. Es kam mir nicht in den Sinn, dass ich den Wettbewerb eventuell nicht gewinnen würde, geschweige denn, dass mein Roman der schlechteste sein könnte. Am Anfang denkt man immer an gar nichts. Jeglicher Anfang findet in einer Gas- und Staubwolke statt. Ich wedelte also mit der Hand und grinste dazu von einem Ohr zum anderen, oder vielmehr »wie ein gekochter Schafskopf«, wie man im Türkischen dazu sagt. Und die grinsen tatsächlich, das hat unser Biologielehrer mal erzählt, vom Unterricht etwas abschweifend. Es gebe neurologische Gründe dafür. Der Lehrer war Franzose, und einen gekochten Schafskopf hatte er zum ersten Mal in Istanbul im Schaufenster eines Lokals gesehen. In einer Metzgerei wurden ihm dann mal Lämmer gezeigt, die im Hintern eine Nelke hatten. Der gleiche Metzger steckte auch den Schafsköpfen eine Nelke in den Mund.

»Schon ein interessantes Land«, sagte der Lehrer.

»Doofmann«, versetzte Derin, die in ihr Heft gerade einen Totenkopf zeichnete.

»Ich habe Sie nicht gehört, Mademoiselle«, sagte der Franzose. Er wollte als Konservativer durchgehen, war aber eigentlich Faschist.

»Wenn Sie nichts gehört haben, warum fragen Sie dann?«

Und schon musste *mon amie* Derin wieder zum Direktor. Man musste schon rebellieren, um sich seinen Stolz zu bewahren.

Ich war nicht so ein Lausemädchen wie die beiden. Lausemädchen, so nannte das mein Vater. Als ich den beiden das sagte, mussten sie wieder lachen.

»Mensch, du riechst ja nach Mottenkugeln.«

»Geh mal mit der Zeit.«

»Kurz um die Ecke?«

»Zeig's ihr so richtig.«

Wie ich das anfangen sollte, wusste ich nicht. Und ebenso wenig wusste ich, warum ich den Romanwettbewerb nicht gewonnen hatte. Das war ein richtiger Schock für mich. Das Stipendium war weg. Wenn ich jetzt an die Tage zurückdenke, spüre ich, wie mir die gleiche Enttäuschung wieder ins Mark fährt. Äh, ich meine über, ultra, mega! Okay so?

Spöttisch lächelnd sagte unsere Literaturlehrerin: »Sag mal, als du diesen Roman geschrieben hast« – das »geschrieben« sprach sie dabei, zurückhaltend formuliert, etwa so aus, als hätte sie »erbrochen« gemeint – »woran hast du da eigentlich gedacht?«

»An die Muschi meiner Mutter!«

Das sagte nicht ich, sondern Pembe und Derin, in der Pause, als sie mich zu trösten versuchten. Pembe nenne ich hier nicht mehr Rose, denn nach allem, was wir erlebt hatten, begriff sie erst so richtig, was sie an ihrem Namen hatte, in all seiner Rosigkeit. Darüber lachten wir damals noch, in diesen halbwegs glücklichen Tagen, den zartbitteren Tagen, an denen wir zu rebellieren begannen.

Hätte ich es geschafft, die Wut in mir, den verletzten Stolz so auszudrücken, wie das »gewünscht« wurde, hätte ich den Wettbewerb gewonnen und mir das Stipendium geschnappt.

Das bekam schließlich das scheinheiligste Mädchen der ganzen Schule. Sogar in Lügen steckt irgendetwas Wahres, in ihm dagegen nicht. Und es hatte das Stipendium gekriegt, obwohl es das nicht brauchte, während ich mir Sorgen machte, wie ich im Jahr drauf das Schulgeld aufbringen sollte. Ich merke schon, dass ich hier den Eindruck aufkommen lasse, ich hätte den Roman nur wegen des Stipendiums geschrieben. Halten Sie mich bitte nicht für jemand, den sein Geschriebenes nicht kümmert, sondern bloß, was hinterher damit geschieht. Aber so oder so, anstatt zu büffeln, um an ein Stipendium zu kommen, habe ich lieber den Roman geschrieben, denn ich wollte etwas erzählen.

Die Welt steckte ja voller Ungerechtigkeiten.

»Wenn einmal jemand die Welt entfacht, dann die Armen!«

Das stand manchmal auf einer Wand. Warum ich das erzähle? Weil ich spüre, dass Sie denken, ach, die schreibt einfach, was ihr gerade in den Sinn kommt. Und dazu sagte unsere Literaturlehrerin: »So schreibt man keinen Roman!«

Wir sollten nicht schreiben, was wir fühlen, sondern was wir denken. Und überhaupt beim Schreiben denken. Darum packt mich jetzt so eine Angst. Die Wörter, die Sätze, ja sogar die Buchstaben und die gequetschten Kommas und die schrumpeligen Strichpunkte spüren jetzt, wie skeptisch Sie sind.

»Wenn einmal jemand die Welt entfacht, dann die Armen.« Diesen Satz las ich anders, und zwar so: »Wenn einmal jemand die Welt verfasst, dann die Armen!«

Das war auch meine Antwort auf die Frage: »Warum haben Sie diesen Roman geschrieben?« Von unserer Riesenschule hatten gerade mal vierzehn Leutchen an dem Wettbewerb teilgenommen, und so zynisch, wie meine Literaturlehrerin lächelte, als ich meine Bewerbung abgab und sie meine Antwort darauf las, hätte ich mir schon denken können, dass ich von vornherein verloren hatte.

Von solchen Ungerechtigkeiten und Zumutungen war Amy schließlich umgebracht worden. So war ich denn auch hier oben, weil ich vor alledem, vor der Welt und – wie meine lästernden Freundinnen es ausgedrückt hätten – vor diesem Scheißleben davongelaufen war. Das mit dem beschissenen Romanwettbewerb und dem ganzen Zeug war erst lang nach dem Sommer, in dem Amy gestorben war. Als wir noch nicht rebelliert hatten. Denn nach der Rebellion entstand aus der Gas- und Staubwolke eine neue Welt. Die aber war am Anfang noch viel zu heiß und instabil, als dass man darauf hätte Fuß fassen können, und deshalb bin ich auf dem Baum. Sie kriegen also von mir nicht das Delirium einer Pubertierenden zu hören. Anstatt Delirium würde ich lieber was Derbes hinschreiben, ja, genau das, also schon mal Entschuldigung dafür. Jedenfalls bin ich hier, weil ich drunten auf dem Boden als Frau keine Ruhe mehr hatte, und ich bin durch und durch Feministin, auch wenn mir der Begriff nicht immer so ganz klar ist und ich dazu nicht tausend Bücher gewälzt habe. Ich bin es ganz einfach. Meine Freundinnen fluchten immer, weil sie nicht wussten, wie sie mit der Welt sonst fertigwerden sollten. Aber ich hier oben kann wenigstens zu mir selbst finden, das ist den beiden nicht mehr vergönnt.

Bitte schön, noch so ein Begriff aus der Mottenkiste: Ich halte hier oben innere Einkehr.

Etwas moderner gesagt: Reset.

Darüber muss ich jetzt selbst lachen. Durchs Lachen kommt man wieder zu sich. So wie der Wind etwas hochbläst und woanders wieder heruntersegeln lässt. Das Lachen ist der Wind von Geist und Seele. Es erfasst und entfernt einen. Als Signal dafür, dass man nicht mehr am richtigen Ort ist. Dass die Drähte durchgeglüht sind. Der Keilriemen gerissen. Die Bremsbeläge heiß gelaufen. Die Bremse tut es einfach nicht mehr.

Meine Mutter, die zu den großen Verlierern des Lebens zählt, sagte zu ihren Patientinnen immer: »Lachen ist die billigste Medizin.« Mit Patientinnen meine ich dicke Frauen, meine Mutter war nämlich Ernährungsberaterin. Liebe Dicke, bitte nicht beleidigt sein. Ich würde einen solchen

Körperfaschismus sofort unterbinden. Lasst euch nicht in diese Falle locken. Lasst nicht zu, dass jemand euren Körper zu seinem Beruf macht; dass er euer Leben in eine Schablone steckt und damit Geld verdient. Allein schon dieses Pilates-Gedöns. Das ist im Krieg für bettlägerige Soldaten entwickelt worden. Seid ihr vielleicht bettlägerig oder was? Die Übungen könnt ihr auch ohne die Fitnessindustrie machen, und ohne ein Schweinegeld zu zahlen. Wie Sie sehen, habe ich zu jedem Thema eine Meinung. Aber auf die neue Zeit bin ich nicht reingefallen, die hat mich nicht geschluckt.

Mich wundert selbst, wie schnell ich hier redselig werde. Kommt wahrscheinlich davon, dass ich mich auf dem Baum fürchte. Das hat auch eine Astronautin gesagt, der ich auf Twitter folge. Im Weltraum ist sie auf einmal geschwätzig geworden. Sie hat die Erde aus solcher Entfernung gesehen und gefürchtet, da kommt sie nie wieder hin, und schon ging es los mit dem Erzählen. »Sprechdurchfall« hat sie das in einem Tweet mal genannt. Ihr Mann ist Landwirt.

»Agriculturist, in fact farmer!«

»Ooo realy!«, ??? hatte das @Travis kommentiert, einer der großen Lästerer der Twittersphäre.

Und ein anderer, den ich gern mochte, @ticarisagacek, hatte gepostet: »Von wegen Landwirt, das ist ein Diplom-Agrarwissenschaftler, der sich auf seinen Landsitz zurückgezogen hat.«

Eine Astronautin, die auf die Erde schaut und sich fragt: »Hey, wo sind wohl die Felder meines Mannes?«, und ihr Gatte, der Landwirt. Ich erzähle nichts nur von ungefähr: Mein Vater hat Archäologie studiert, meine Mutter Ernährungswissenschaft, und zusammengeführt hat die beiden das Viertel, in dem sie geboren und aufgewachsen sind: Cihangir. Das war zu osmanischen Zeiten das Puffviertel

Istanbuls, und unser Haus ist sogar auf dem Grundstück eines der berühmtesten Bordelle gebaut worden. Sprechen Sie mich jetzt bloß nicht darauf an, das kann sonst dauern. Ich erzähle lieber weiter. Was habe ich auf dem Baum zu suchen? Warum kommt der Mensch auf die Welt? Damit er was zu erzählen hat. Der eine stirbt noch vor dem Ende seiner Geschichte, der andere erst lang danach, und mancher schon ganz am Anfang.

Ich weiß nicht, ob Sie sich's gemerkt haben, denn ich kann mir vieles nicht merken, also Ihnen möchte ich jetzt nichts unterstellen, und vielleicht wiederhole ich mich ja: Jedenfalls, der Baum, auf dem ich hier sitze, ist eine Platane. Wo der hohe Stamm zu Ende geht, recken sich die Äste zum Himmel empor, und da ist eine hohle Stelle, auf der man einigermaßen bequem sitzen kann. Ich war aber noch zu unruhig, um mich an die Äste anzulehnen. Ständig eine solche Unruhe in sich zu spüren, ist furchtbar, das weiß ich von meiner Mutter her. Und von Tantchen. Das ist so schlimm wie Melancholie oder irgendein Kummer. Ein doofes Gefühl. Und so unruhig war ich jetzt.

Vom vielen Nach-unten-Schauen wurde mir schwindlig. Dann kam ich darauf, lieber nach oben zu sehen, und fühlte mich gleich wohler. Das hielt nicht lange an. Falls ich da runterfiel, war ich tot, dabei war ich doch gerade raufgeklettert, um nicht zu sterben. Wodurch war mein Leben denn bedroht? Wodurch Amys Leben? Innere Unruhe, Depressionen, Melancholie, Kummer, Sorgen, Frust, Ängste, all das schadet einem noch mehr als irgendwelche Betäubungsmittel. Die betäuben einen zumindest, wie der Name schon sagt. Ja, habe ich mal probiert. Aber dann nie wieder, denn dieses Unkontrollierte hat mir nicht zugesagt. Gras meinetwegen, aber nicht sonst irgendein Scheiß. Einen kindischen Selbstmordversuch habe ich auch mal gemacht. Dabei wusste ich nicht mal, ob ich sterben wollte oder nicht. Ich habe damals die Sertralin-Tabletten meiner Mutter mit Efes Dark hinuntergespült und kurz darauf wieder herausgekotzt. Meine Mutter suchte eine Woche lang ihre Tabletten und dachte sich dann, sie muss sie irgendwo liegen gelassen haben. Ihr wäre nicht in den Sinn gekommen, dass ihre Tochter damit hätte sterben wollen. Von meiner Mutter muss ich auch erzählen. Aber ich bin ja noch nicht mal bei dem Abend angelangt, an dem Amy gestorben ist! Manno. Menno. Minno! Ach, Derin und Pembe, ihr fehlt mir so! Aber so was von. Oder wie Derin gesagt hätte: »So was vonninger!«

In meinem Roman habe ich solche Sätze ganz bewusst nicht geschrieben. Und trotzdem nicht gewonnen. Ist einfach nichts geworden. »Ich habe ihn wegen des Stipendiums geschrieben, aber eigentlich, um meine Seele zu heilen …«, so was Dumpfes habe ich geschrieben, was anderes ist mir nicht eingefallen, 'tschuldigung. »Um meine Wunden zu verbinden …«, habe ich dann wohl noch hinzugefügt, einfach mal kurz aus dem Arsch raus. Die Siegerin hat aber genau solches Zeug abgesondert, und alle haben ihr andächtig zugehört. Wissen Sie, wie mir das vorgekommen ist? Als würden alle schlafen und ich als Einzige wach sein. Aber verloren habe ich. Und warum? Weil das Heer der geistig Zurückgebliebenen sich immer für das Abgeschmackteste entscheidet. Das hat nichts mit Literatur zu tun. Sollte es wenigstens nicht. Aber die Zeiten haben sich geändert. Beschleunigt. Und ich finde, die Literatur sollte ihnen erst gar nicht hinterherhecheln. Sie sollte auf der Wiese bleiben, über die Jane Austen mit gerafftem Rock spaziert, in der Junggesellenbude von Ahmet Hamdi Tanpınar, am Spieltisch von Dostojewski, auf dem Bauernhof von Tolstoi, an seinem Samowar, an dem Bahnhof, an den er sich vor der Welt geflüchtet hat.

Vielleicht war ich erschöpft. Vielleicht hatte ich Angst. Ja, klar hatte ich Angst, habe ich doch vorhin schon zugegeben, was soll das Gezicke? Ach, dabei hasse ich diese Männersprache, die hat sich so in unser Leben eingenistet. Tantchen kannte das beste Gegengift: Sie nahm mich mit zu Frauenvereinen, das hat mich einigermaßen aufgerüttelt. Pembe und Derin kamen auch mit. Dass wir es in dem Sommer, in dem wir fünfzehn waren, aus der verlausten Kneipe Star auch mal herausschafften, ist den tollen Frauen zu verdanken, die wir in den Vereinen kennenlernten.

Ich hatte also Angst. War zu aufgeregt. Und kotzte deshalb. Irgendwas in mir kam aus dem Gleichgewicht. Ich merke auch, dass ich hier so erzähle, als würde ich mich übergeben. Nie hätte ich gedacht, dass ich mich so schnell offenbaren würde. Habe ich schon mal gesagt, oder? Macht nichts, das Leben besteht aus Wiederholungen. Doppelt genäht hält besser. Ist aber gar nicht so gut, wenn es zu stabil ist. Besser, man ist schwächlich und geht leicht aus dem Leim. Dann ist man nämlich vom Leben befreit. Wie die Verrückten. Das sind, glaube ich, die einzigen Freien. Vielleicht noch die Schriftsteller, die reißen eine neue Welt aus sich raus und leben, indem sie schreiben. Dann noch die Schauspieler, die irgendeine Rolle spielen dürfen. Und Mädchen auf Bäumen, also ich. Jawohl, ich bin hier rauf, um vom Leben befreit zu werden. Als ob irgendjemand hierherkommen und mich danach fragen würde!

Stände jetzt unten jemand neben dem Baum, würde er denken, da hat sich ein Vogel erleichtert. Ein Storch etwa, denn hier oben sind leere Storchennester. Entschuldigen Sie schon, aber dass ich so wirr rede, kommt wahrscheinlich von der vielen Säure in meinem Körper. Mein armer Magen hat die Reste meines letzten Abendessens wieder hervorgebracht. Im Grunde genommen die Reste meines Lebens auf dem Erdboden. Hier auf dem Baum soll für mich ein neues Leben beginnen. Ich hasse es, wenn ich kotzen muss. Ist doch furchtbar, wenn man alles aus sich rauswürgt.

Fast wäre ich dabei hinuntergeknallt. Im letzten Augenblick konnte ich mich an einem Ast festhalten. Den habe ich regelrecht umarmt. Wenn ich doch im Leben auch jemanden hätte, den ich so umarmen könnte. Das mit der Slackline war ein bisschen so etwas. Und auch das Schreiben, aber ich habe ja nun mal nicht gewonnen. Wäre das Schreiben wirklich eine Leidenschaft gewesen, hätte ich vielleicht weitergemacht, aber es war keine. Vielleicht fühlte ich mich erniedrigt. Kommt ja vor, wenn man verliert. Wenn man enttäuscht oder besiegt wird. Ich hatte nicht die Kraft, wieder aufzustehen und mit dem Beil in der Hand weiterzulaufen. Also weiterzuschreiben. Jetzt kann es so aussehen, als sei Schreiben für mich wie Herumlaufen mit einem Beil. Soll es ruhig. Heute schreibt ja jeder. Auf Facebook, auf Twitter, in Mails, in der Fantasie, überall, wo es einem nur einfällt. Wir schreiben die Geschichte unseres Lebens. Ich hatte mich verkrampft. Verkrampft wie mein kotzender Magen.

Auch Amy hatte gekotzt. Bevor sie starb. Erst nach dem Herzinfarkt, der ihr den Tod bescherte. Sie war also am Erbrochenen nicht erstickt. Was der Magen in seiner Verkrampfung in letzter Not nach oben befördert hatte, war aus dem Mund nicht herausgekommen, sondern im Käfig der Zähne hängen geblieben. Nicht einmal hässlicher Speichel ist ihr aus dem Mund getroffen. So wurde sie aufgefunden, wie schlafend, die große Kinnlade zugepresst, die

Augen halb geöffnet wie in den schönsten Momenten, in denen sie abhob. Ein blaues, ärmelloses T-Shirt hatte sie an, und eine Jeans an den dürren Beinen. Sie lag auf dem Rücken, die tätowierten Arme schlaff zu beiden Seiten, auf den Schultern die von einem wilden Sturm hochgewellten Haare. Wie in tiefem Schlaf. Als hätte sie zur Ruhe gefunden, zu dem, was sie auf dieser Welt stets gesucht, aber nie erreicht hatte. Friede lag auf ihrem Gesicht. Oder gar nichts. So wollte ich das zumindest. Ich war ja erst dreizehn, als ich nach diesen Fotos googelte. Später habe ich dann die Bilder gesehen, auf denen ihr federleichter Körper aus dem Haus getragen wird, in eine weinrote Decke gehüllt. Ein winziges Paket, als wäre da gar nichts drin. Auf einer zitternden Trage wurde sie in dieser Londoner Straße in einen Krankenwagen geschafft. Leb wohl, Amy. Hat mir so leid für dich getan. Du hast schöne Lieder für uns gesungen. Wenn diese Welt dir Frieden gegönnt hätte, hättest du weitersingen können, aber nur gut, dass du dem Unfrieden hier entkommen bist. Ich wünsche dir, dass du beim Sterben nicht zu sehr gelitten hast. Das Leben nach dem Tod ist hoffentlich viel besser als das hier. Vielleicht sind diese Welt und dieses Leben die Hölle, nämlich die Hölle einer anderen Welt. So was Ähnliches hat mal ein Autor aus dem Empire geschrieben, in dem die Sonne nie untergeht, aus dieser britischen Kultur, die du im Blut hattest und die dich so gefühlvolle Lieder schreiben ließ. Genauer gesagt habe ich das, was der Mann gesagt hatte, gecopyundpasted. Denn manche bleiben nur durch *Copy&Paste* überhaupt noch am Leben.

Vielleicht ist der Tod das Paradies. Doch wenn wir eine unbekannte Welt betreten, fürchten wir uns logischerweise erst mal.

Und genau deswegen habe ich gekotzt. Aus Angst.

Was ich da vorhin gesagt habe, über Amy, hatte ich auch auf Facebook geschrieben. In den Kommentaren hieß es: »Schön geschrieben. Echt toll. Du bist ja super …«

Ich hatte schon was übrig fürs Schreiben. Und bei dem Wettbewerb ging es mir wirklich nicht nur um das Stipendium für mein letztes Schuljahr. Nein, ich wollte schreiben. Die vielköpfige Jury aus Klassenkameradinnen und Lehrern, die alle eingereichten Romane lasen, fand den meinen nicht preiswürdig. War vielleicht an dem, der gewonnen hat, was dran? War es wohl. Was eben so gefällt momentan. Weiß auch nicht genau was. Wird schon irgendein Scheiß sein. Von mir ist eben nicht mehr zu erwarten. Würde ich mehr hinbringen, wäre ich auch nicht das Mädchen auf dem Baum. Sondern säße jetzt bei Ihnen.

Mir tut der Kopf weh.

Es ist eine kühle, stille Nacht.

Der Abend, an dem Amy gestorben ist, war nicht so. Das heißt, in London wird es schon kühl gewesen sein, in Istanbul dagegen heiß. Ich merke wieder, dass ich rede wie eine alte Schachtel. Wegen meiner fluchenden Oma. »Das Reden einer Frau muss sich anhören wie ein Gedicht.« Dazu hätte meine Oma nur »Verpiss dich!« gesagt. Als Kurzform für: »Damit sie einem Mann gefällt, oder was?« Als ich in dem Verein davon erzählte, in den Tantchen mich mitnahm, lachten die Frauen: »Du lebst für dich selbst und für niemand anderen, und erst recht nicht für einen Mann.«

Das berichtete ich zu Hause meiner Oma. »Genau«, sagte sie.

Ich war verwirrt. Jeder Satz meiner Oma war ein Fluch. Laut einer vernünftig wirkenden Freundin von Tantchen, die uns manchmal besuchte, musste bei meiner Oma eine Krankheit vorliegen. Eine unsichtbare. Unsichtbare Krankheiten entstehen entweder in unserem Kopf oder in den Tiefen unserer Seele, wo die Fantasie logiert. Am Kopf konnte es bei meiner Oma nicht liegen, also war sie vielleicht seelenkrank. Man müsste eben auch unsichtbaren Krankheiten per Röntgen oder MRT zu Leibe rücken können.

»Sehen Sie, hier haben Sie eine Neurose. Der dunkle Schatten da ...«

Den Eiter ihrer unsichtbaren Krankheit ließ meine Oma über ihre Flüche abfließen. Zum Mann meiner Tante sagte sie etwa, als die beiden sich scheiden ließen: »Was läufst du hier mit dem Schwanz auf der Schulter rum?«

Der Satz kam sogar in die Scheidungsakte, und Tantchen kriegte auf diese Weise nichts von der Wohnung, die sie gemeinsam gekauft hatten. Da mochte auf Drängen der EU in unseren Gesetzen noch so deutlich etwas von einer »Errungenschaftsgemeinschaft« stehen, aber Tantchen ging leer aus. Die Justiz ergreift immer Partei. Ich wurde zu dem Prozess auch mitgeschleift, weil niemand da war, der auf mich aufgepasst hätte. Meine andere Oma und die Schwester meiner Mutter, Tante Hülya, die in Cihangir wohnten, waren ja ständig auf merkwürdigen Frauenversammlungen, wegen meines Onkels, der seine Nase in die Politik steckte, der Teufel soll ihn holen, aber das erzähle ich später. Jedenfalls waren die beiden nicht zu Hause, aber das waren sie ja nie so richtig.

Der Richter fragte: »Und das ist ein Kind da?«

Dass ich ein Kind war, sprang einem in die Augen. Wir wussten schon, was der Richter meinte, nämlich ob ich ein Kind des Scheidungspaars war. War ich nicht, aber ein Scheidungskind würde ich bald sein, denn meine Eltern trennten sich dann auch. Aber bis dahin dauerte es noch. Bis zu so manchem dauerte es noch, sogar bis zum Beginn der schönen Tage, und bis zu Amys Liedern.

»Von wegen Kind«, versetzte mein Onkel. »Alles Weibliche hat meine Frau schon lang abgelegt, vor lauter Arbeit. Gerade mal, dass sie mir einen Teller Essen hinstellt.«

Meine Oma ließ ein »Pfui!« durch den Gerichtssaal hallen.

Der Richter hätte erst meinen Onkel und dann meine Oma verwarnen müssen, aber nichts dergleichen geschah. Ganz im Gegenteil.

»Was hat die gearbeitet?«, fragte der Richter.

»Was heißt hier ›die‹?«, fuhr ihn meine Oma an. »Sie Lümmel! Lernen Sie gefälligst, wie man Leute anredet, die hier nach ihrem Recht suchen!«

So kam Tantchen gar nicht dazu, »Journalistin« zu sagen. Ihr Mann war eigentlich auch Journalist, aber nicht so einer wie Tantchen. Was für einer er war, sollte sich erst mit der Zeit herausstellen. Ein Speichellecker. Aber damals waren die Fronten noch nicht so klar. Er hatte sich verkauft. Aber der Richter war ein Vertreter der politischen Macht, die sich allmählich abzeichnete. Feige fragte er: »Wer ist denn diese Frau?«, und deutete dabei auf meine Oma.

Mein Onkel hatte unter den Scheidungsgründen auch meine Oma aufgeführt, und der Richter hatte ihm das ohne Weiteres abgekauft.

»Das Fluchen hat sich bei mir eingenistet, was soll ich machen?«, sagte meine Oma.

Wir stiegen in die U-Bahn und fuhren von Şişli nach Taksim. Die U-Bahn war neu, und es erschien uns wie eine Gnade, in den Untergrund hinabfahren zu dürfen. Dabei diskutierte alle Welt gerade darüber, dass der Mensch vielmehr über der Erde leben und seine Existenz danach ausrichten sollte. In der Schule hatten wir darüber einen Artikel aus *Le Monde* gelesen, daher war mir das im Gedächtnis geblieben.

»Jetzt bin ich schuld, dass diese Pfeife von Richter die Wohnung ihm zugeschrieben hat«, jammerte meine Oma.

»Ach was, Mama, der hat eben kapiert, was ich für eine bin. Das ist rein politisch«, erwiderte Tantchen.

Meine Oma konnte sich nicht zurückhalten und ließ noch einen Fluch los. Unterwegs erzählte sie uns, wie sich das Fluchen bei ihr eingenistet hatte.

Sie war in Cihangir geboren und aufgewachsen, in diesem Viertel des Stadtteils Beyoğlu. Ihre Mutter, ihre Großmutter und sogar ihre Urgroßmutter, ja wer weiß, vielleicht sogar ihre Ururgroßmutter, waren im selben Haus geboren und aufgewachsen. 1987 hatten sie das Holzhaus, das gerade mal ein besserer Hühnerstall war, einem Bauunternehmer überlassen und dafür in dem Hochhaus, das er an der Stelle errichtete, drei Wohnungen bekommen. Das heißt, aus unerfindlichen Gründen hatte sie zuvor ihr Grundstück, auf dem das Haus der Familie stand, gegen das Grundstück eines Nachbarn in der gleichen Straße eingetauscht. In einer der 65 Quadratmeter großen Wohnungen lebten wir nun. Aus den drei obersten Wohnungen des mit Mosaiken verkleideten Hauses hatte man eine Aussicht auf den Bosporus. Bevor das richtige Dach fertiggestellt wurde, zogen wir mit dem Teekessel und einem kleinen Gaskocher auf das provisorische Dach des obersten Geschosses, aus dem Eisenstangen herausragten, und genossen die Sicht auf die Istanbuler Altstadt. Eine Wohnung mit Aussicht hatte der Bauunternehmer meiner Oma nicht gegeben, sonst hätte sie nicht drei, sondern nur zwei Wohnungen bekommen. Da keines ihrer Kinder leer ausgehen sollte, hatte sie notgedrungen eingewilligt, drei eher finstere Wohnungen zu nehmen. Hieß es jedenfalls. Hätte sie nicht mit dem Nachbarn getauscht, hätte sie drei Wohnungen mit Aussicht bekommen, denn das alte Grundstück war höher gelegen. Die Kumrulu-Straße war nun mal eine Steilstraße, und Steilstraßen sind so ungerecht wie das Leben selbst. Mein Vater und Tantchen hatten meine Oma immer wieder gefragt, warum sie denn getauscht habe, und sogar bei dem Nachbarn selbst hatten sie sich erkundigt. »Warum hat sie mit Ihnen getauscht? Hatte sie Schulden bei Ihnen?« Da habe der Nachbar lediglich den Mund zu einer rosenblättrigen Schnute verzogen. Ein Geheimnis ist wie eine Bombe, die auf ein Haus herunterkracht. Das hat nicht mein Vater gesagt, oder meine Mutter, Tantchen oder meine Oma, sondern das sage ich. Ein Geheimnis ist wie eine Bombe. Mehr sage ich erst mal nicht.

Da meine Oma hartnäckig ist, feilschte sie lange herum, und trotzdem gelang es ihr nicht, dem Mann wenigstens eine Wohnung mit Aussicht abzuluchsen. Das aber war natürlich nicht der Grund dafür, dass sich das Fluchen bei ihr einnistete. Cihangir war nach einem buckligen, vor Kummer früh verstorbenen Sohn von Sultan Süleyman dem Prächtigen benannt, der daraufhin eine Moschee errichten ließ. Das Viertel war damals ein Sündenpfuhl, und sollte sich durch die Moschee bessern und zum Glauben zurückfinden, doch umsonst. Anscheinend wurde alles nur noch schlimmer, und nach und nach ließen sich dort sämtliche Prostituierten von ganz Istanbul nieder.

Als sich zu unseren Zeiten Bauunternehmer für alle Häuser unserer Straße interessierten, kam auf dem Grundstück, das wir eingetauscht hatten, beim Ausheben des Fundaments ein Grabstein mit einer Inschrift zum Vorschein. So manchem entkommt man einfach nicht, und so wurde uns das auch prompt gemeldet. Mein Vater säuberte den Grabstein, ließ dafür eine dicke Glasscheibe zurechtschneiden und verwendete das Ensemble als Wohnzimmertisch.

»Es wird doch keiner von einer Hure sein, das bringt sonst Unglück«, jammerte meine Oma. Schon komisch, dass von einem Menschen nichts weiter übrig bleibt als so ein Grabstein.

Meine Oma hat sich ihr ganzes Leben lang um die Katzen in Cihangir gekümmert. Sobald sie auf die Straße ging, liefen die Katzen ihr nach. Sie meinen wohl noch immer, ich würde hier erklären, warum meine Oma so fluchte. Mag sein. Sie sagte: »Das ist meine Art, mich auszudrücken.« Sogar auf die Katzen fluchte sie ein, und das war liebevoll gemeint. Als schüchternes fünfzehnjähriges Mädchen, das in Musiklokalen in Beyoğlu Laute spielte, hatte sie im Fluchen eine Zuflucht gefunden, einen Schild, den sie vor sich hertrug. Vor einem fluchenden Mädchen hatte jedermann Angst. Darum habe ich auch Sie gleich fluchend empfangen, kaum war ich auf dem Baum. Haben Sie ruhig Angst vor mir! Und lieben Sie mich deshalb auch. Lieben Sie mich aus Zwang heraus. Denn alles, was Sie im Leben lieben, das existiert auch. Was Sie hassen, stirbt ab. Das ist also die Geschichte meiner Oma, so wirr und unzusammenhängend, wie sie jetzt dasteht. Irgendwie unfertig. Ich weiß nicht, vielleicht habe ich sie auch nicht richtig erzählt. Hoffentlich komme ich dazu noch. Seit ich hier oben sitze, bin ich so benommen, dass ich schon meine, das sei alles nur ein Traum. Daher kommt das wohl.

Ich bin auf eine Platane geklettert, die ganz nah an der Mauer zwischen Park und Palast steht.

Als wüsste ich überhaupt nicht mehr, wo ich sonst hingehen sollte. Was ja auch stimmt. Ich war voller Unruhe. Eigentlich schon immer, schon als Kind, ja schon seit meiner Geburt. Vor etwa einer Stunde hatten mir die Nerven versagt, und ich war wie von Sinnen auf die Straße gelaufen.

Und auf einmal hier oben gelandet. Das war wie ein Sieg für mich. Ich hatte also nicht verloren. Hatte immer noch eine Chance, zu gewinnen und am Leben zu bleiben. Das haben Sie wohl schon daran gemerkt, wie wortreich ich hier erzähle. Reden ist der Beweis dafür, dass man nicht tot ist. Oder wie ich zuvor schon gesagt habe, hatte ich einen Weg gefunden zu sterben, ohne zu sterben. Und Sie würden sich wundern, wie leicht ich auf diese Riesenplatane hinaufgekommen bin; als würde ich auf einem ebenen Weg dahinspazieren.

Oben angekommen, war ich dennoch außer Atem. Mir war, als hätte der Baum, auf den ich geklettert war, mich umarmt und beschützt, mich in seine Arme genommen. So wie meine Mutter nie so richtig ihre Arme für mich ausgebreitet hatte. Die Nacht war so wunderschön … Die Lichter der Stadt, die Geräusche … Wobei ich mit Geräusch vor allem das Rauschen meine, das irgendwo aus der Tiefe kam.

Im Park selbst war es still.

Mein Handy hatte ich nicht dabei. Und wenn schon. Ich hatte ja nicht vorgehabt, auf einen Baum zu klettern. Kein Gedanke daran. Ich hatte nichts geplant, alles war von selbst geschehen. So wie man von einer Strömung davongetrieben wird. Ich will mich nicht ständig wiederholen, aber so war es nun mal. Etwas anderes fällt mir auch gar nicht ein. Und arbeitet der Verstand nicht so, dass er wie Tag und Nacht immer wieder das Gleiche wiederholt? Dass ich mein Leben lang allein und in mich gekehrt war, hat mich heranreifen lassen. Aber zu sehr soll man nicht reifen, sonst wird man wie eine Frucht, die am Ast allmählich verfault. Ich verfaulte auch. Meine Seele verfaulte. Ich starb vor mich hin. Entschuldigung, aber ich kann nicht genau erklären, was mit mir los war. Ich schweife immer wieder ab. Wenn Sie wüssten, wie mühevoll es manchmal sein kann, ein paar Wörter aneinanderzureihen. Geht es Ihnen nicht auch so?

Wenn Kinder von ihren Eltern schlecht behandelt werden, wird das ganze Leben sie schlecht behandeln. Die anderen Menschen, die Welt, und sogar Gott, falls es ihn gibt. Das soll aber nicht heißen, ich sei schlecht behandelt worden. Meine Eltern haben für mich getan, was sie konnten, haben sich redlich bemüht. Darum tut es mir um sie auch mehr leid als um mich. Ihnen hat das Leben nämlich viel mehr zugesetzt.

Es war nun sehr dunkel um mich herum. Von jenseits der Mauer dröhnten Klimaanlagen herüber. In der Ferne sah ich, weich und blau, das Meer. Die Blätter des Baums zitterten so sehr, als wären es tatsächlich Lebewesen. Dabei wehte doch gar kein Wind. In diesem Bereich des Parks hielt sich niemand auf. Der Rasensprenger ging mal aus, mal wieder an. Von dort also kam der leichte Sprühregen, der mich manchmal erreichte. Ich fühlte mich seltsam feucht. Das Wetter war weder zu kühl noch zu warm.

Wie auf dem Baum doch die Zeit verging. Ich schloss wieder die Augen und überließ mich einem Zustand zwischen Wachsein und Träumen. Was dann geschah, träumte ich entweder oder ich war wirklich wach dabei.

Ich stellte mir vor, wie ich nach einem geeigneten Ast Ausschau hielt, um zu pinkeln. Dazu musste ich, wie leicht einzusehen ist, meine Hose ausziehen, danach meinen Slip. Beschmutzen wollte ich mich nicht, ich roch schon genug nach Schweiß. Irgendwie musste ich Mittel und Wege finden, um mich zu waschen. Vielleicht würde ich mich ja lecken wie eine Katze. Bis mir das gelang, musste ich so sauber wie möglich bleiben. In meinem Wachtraum war ich an das Leben da droben schon gewöhnt und wandelte so furchtlos und selbstverständlich von einem Ast zum anderen, dass ich mich selbst wundern musste. Wie ein Vogel, der von Ast zu Ast hüpft, ja fliegt. Leicht wie Rauch. Wie etwas vom Wind Hochgeblasenes. Schwer wie Stein hatte mich wohl meine innere Unruhe gemacht. Nun dagegen war ich so leicht, dass ich von Baum zu Baum hüpfen konnte. Es war wunderbar, so schwerelos zu sein. Alles zwischen Traum und Wirklichkeit Verschwimmende war wunderbar. Als ich plötzlich wieder auf meiner Platane saß, musste ich nicht mehr pinkeln. Hatte ich das etwa da getan, wo das Laub des Lorbeerbaums so dicht war? Oder war ich immer hier gewesen und hatte mir alles nur eingebildet?

Meine roten Toms standen auf dem grünen Gras noch immer traurig da, wie stellvertretend für alles Geliebte, was ich dort unten zurückgelassen hatte. Da kam ein Rudel Hunde, schnappte sich die Schuhe und trottete davon. Nun war von mir keine Spur mehr übrig.

2 | LEUTE, DIE DU KENNEN KÖNNTEST

An dem Abend, als Amy starb, lief ich in die Wohnung von Tantchen hinunter. Sie wohnte direkt unter uns. Mit einer Zigarette in der Hand öffnete sie mir die Tür. Ihr vom Rauch leicht umnebeltes Gesicht gehörte zu dem kummervollen Abend dazu. Schluchzend fiel ich ihr in die Arme.

»Was ist denn looos?«, rief sie aus, und das lang gezogene »o« dröhnte dabei wie ein Paukenschlag.

Sie hatte eine Freundin zu Besuch, auch Journalistin. Ich hielt mir die Hände vors Gesicht und lief heulend in die Wohnung. Die beiden meinten, ich hätte mich mit meinen Eltern gestritten. Als dann herauskam, warum ich weinte, hörten wir den ganzen Abend über Amy, und irgendwann begann ich auf einer Sofaecke einzuschlummern.

»Wie alt ist sie denn jetzt?«

»Dreizehn.«

Ja, ich war dreizehn in dem Sommer, in dem Amy starb.

Auf die Nachricht hin hörten Tantchen und ihre Freundin »Back to Black« und rauchten dazu und tranken Wein. Das Fenster stand auf, die Gardine wurde vom Abendwind immer wieder leicht gebläht. Ich war auf einmal voller Frieden, war glücklich. Mal hörte ich den beiden Frauen zu, mal ging an mir vorbei, was sie redeten. Tantchen erzählte eine lustige kleine Liebesgeschichte über den Unternehmer, der das Haus gebaut hatte. Als sie sogar ein altes Foto holte, war ich wahnsinnig neugierig und musste mich sehr beherrschen, um mich nicht umzudrehen.

»Welcher ist es denn?«

»Der da!«

»Mensch, der sieht ja aus wie Kadir İnanır!«

Das Lachen der beiden jungen Frauen schallte durch das kleine Wohnzimmer und setzte sich wie der Zigarettenrauch überall fest.

»Und bei der Grundsteinlegung habt ihr ein Opfertier geschlachtet?«

»Mussten wir, wegen dem Gelübde meiner Mutter.«

»Wie alt warst du da?«

Ich hörte, wie Tantchen den Rauch ihrer Zigarette ausstieß und fast im gleichen Atemzug sagte: »Siebzehn.«

»War das der Erste?«

»Kann man so sagen.«

»Und wie war es?«

»Es war sein erster Job.«

»Was, du?«

»Ach was! Die Häuser in der Straße.«

Am liebsten hätte ich mich umgedreht und zu den beiden Frauen hinübergeblinzelt, die sich da, die schönen langen Beine untergeschlagen, so angeregt unterhielten. Ich hörte sogar, wenn sie an ihren Weingläsern nippten. Dann schien es mir aber noch reizvoller, mir lieber nur vorzustellen, wie sie auf der senffarbenen Couch miteinander redeten. Einmal hielt Tantchen inne, um unauffällig herauszukriegen, ob ich schon schlief. Ich spürte ihre gesamte Aufmerksamkeit auf mir ruhen, die Welt stand still, die Zeit hielt an.

Die Freundin verriet aber, was los war.

»Schläft sie?«

 Die arme Frau sollte später an der syrischen Grenze erschossen werden. Weil sie als Reporterin angeblich nicht stehen blieb, als »Halt!« gerufen wurde. Wie bitter, dass der Mensch nicht wissen kann, wie er einmal sterben wird.

Ich konnte sogar spüren, wie Tantchen den Mundwinkel verzog. Hm, ich glaube, damals ist das losgegangen, dass ich Sachen sehe, die ich gar nicht sehe, und was spüre, was gar nicht zu spüren ist.

»Hast du ganz was Geheimes zu erzählen?«

»Ach was!«

Von wegen ach was!

Sie öffneten noch eine Flasche. Wie schön der Korken aus der Flasche herausploppte, an der er so leidenschaftlich festhielt. Als Tantchen Jahre später eine Flasche Wein abwägend in der Hand hielt, musste ich an jenen Abend zurückdenken, an die Flaschen, die sie für ihre Freundin bedenkenlos öffnete. Später nämlich sagte sie: »Mein Gott, wie teuer der jetzt ist. Ein kleines Vermögen. Ich überlege ewig hin und her, bevor ich mir eine Flasche leiste.« Sie war inzwischen arbeitslos. Fand keinen Job mehr und hatte auch kaum was, um sich über Wasser zu halten. Als Journalistin konnte sie nicht mehr arbeiten. Durfte sie nicht mehr.

Damals hatte sie noch Geld. Gerade mal vier Jahre zuvor war alles noch so anders. Wie konnte das Leben sich so schnell ändern? Oder vielmehr zum Teufel gehen?

So, jetzt alle mal herhören. Tantchen erzählt ihre Liebesgeschichte!

»Also, unser Haus hat er auch gebaut. Meine Mutter hat ihm das Grundstück überlassen, und sie haben sich auf drei Wohnungen geeinigt. Das Unternehmen hatte er erst vor Kurzem von seinem Vater übernommen, denn der machte nun in Großbaustellen. Der typische Bauunternehmer vom Schwarzen Meer.«

Und sie die typische Journalistin. Tantchen konnte nicht anders, als immer erst mal alle möglichen Hintergrundinformationen zu liefern. Weil man ohne die Vergangenheit im Heute nicht leben kann. Vor allem die Kindheit und die Jugend sind wie der Himmel über unseren Köpfen, die rühren sich nicht weg.

Weiter im Text:

»Er hatte so ein süßes, schiefes Lächeln, in das habe ich mich zuallererst verliebt, glaube ich. Und ein tolles Auto hatte er. Das erste Mal habe ich ihn vor unserem alten Holzhaus gesehen. Meine Mutter hatte ihm einen Stuhl rausgestellt. Er saß mit den Händen auf den Knien da, den Kopf leicht gesenkt. Einen herrlichen Sommeranzug hatte er an. Der Haarschnitt perfekt, ganz klassisch. Und er roch so gut, nicht nach einem scharfen Rasierwasser, aber auch nicht bloß nach billigem Kölnischwasser. Er hat um ein Glas Wasser gebeten, das habe ich ihm gebracht. Er hat aufgeblickt und mich von oben bis unten gemustert. Da war es um mich geschehen.«

»Wie alt war er da?«

»So um die siebenundzwanzig.«

»Ledig?«

»Klar. Aber weil er mit mir geflirtet hat, hat ihn seine Familie holterdiepolter verheiratet.«

»Also habt ihr euch getrennt.«

»Ja. Aber trennen tun sich doch alle. Welche Liebe geht schon glücklich aus.«

»Sagen wir einfach, eine glückliche Liebe gibt es nicht, dann hört die Kleine das von uns und schreibt es auf Facebook.«

»Hehe. ›Wie meine Tante immer sagt …‹«

 Das Gelächter dann wieder … Damit lässt sich die Traurigkeit gleich wieder wegschicken (nicht wegficken, wohlgemerkt). Tantchen lachte und lachte, und auf einmal fing sie an zu weinen.

»Was ist denn looos?«, fragte die Freundin, und diesmal war sie es, bei der das »o« wie ein Paukenschlag der Neugierde klang.

Ich hörte Tantchen schluchzen. Wahrscheinlich vergaß ich, dass ich mich eigentlich schlafend stellte, und atmete nicht mehr so regelmäßig, wie man das von einer Schlafenden erwartet. Aber auf so was achtete Tantchen da schon nicht mehr.

»Hast du ihn sehr geliebt?«

Tantchen nickte traurig. Und ich sah nun anscheinend mit geschlossenen Augen. Tantchen nickte und versuchte dabei, ihr Schluchzen zu unterdrücken.

Ja, sie hatte ihn sehr geliebt.

Fast krepiert wäre sie daran.

Jetzt begriff ich, warum meine Oma Tantchen einmal so angeschrien hatte: »Wenn eure Liebe wenigstens was eingebracht hätte. Du hast dich an den Mann hergeschenkt, da hätte eine Wohnung mit Aussicht rausspringen können!«

Und zwischen meiner anderen Großmutter und Tante Hülya hieß es noch Jahre später: »Macht sie das mit dem in einem Auto am Bosporus! Nun gut, ist nun mal passiert, hast es ja auch gern getan, aber wenn du so was schon tust, dann doch wenigstens um eine Wohnung, dummes Kind!«

Über die Vergangenheit reden ist wie Kaugummi kauen. Oder wiederkäuen.

Meine Mutter verteidigte Tantchen.

»Seid ihr's nach all den Jahren immer noch nicht leid, über sie herzuziehen?«

Einmal schnappte sie sich Tante Hülya und sagte zu ihr:

»Die hat es wenigstens zu was gebracht und ist Journalistin geworden. Und du?«

»Was soll mit mir sein?«

»Du bist auf der Handarbeitsschule von Schoß zu Schoß gewandert, bis du dich mit Erfolg deinem Mann aufgedrängt hast.«

»Pass auf, was du sagst, ja!«

»Deine Schwägerin hat sich mit einem begnügt, aber du? Lass dich ja nicht mehr von Mama dazu aufhetzen, dass du über sie herziehst.«

»Spiel hier nicht die Tugendheldin. Willst du mir etwa drohen?«

»Ja. Die ganze Schule redet über dich. In Handarbeit sollst du ganz besonders begabt sein.«

Dazu machte meine Mutter eine Geste, die ich erst später begriff. Tante Hülya fuhr zusammen.

»So was von unverschämt! Vielmehr soll deine Schwiegermutter ein Flittchen gewesen sein.«

»Das heißt es eher über dich.«

So zischten die beiden sich an, ohne richtig laut zu werden, denn ich mit meinen zehn Jahren sollte nichts mitbekommen.

»Wie redest du hier vor dem Kind!«

Ihre Handelsschule machte Tante Hülya nicht fertig, sondern heiratete einen Mann aus ihrem Viertel, der wiederum sein Ingenieurstudium aufgab und im Elektrogeräteladen seines Vaters in Tophane anfing. Er bastelte an einer politischen Karriere in der Partei, der er schon als Jugendlicher beigetreten war, doch obwohl Tante Hülya und sogar meine Großmutter deshalb nun Kopftuch trugen, wollte es mit dem Abgeordnetenposten nichts werden.

Ich weiß schon, ich schweife hier gnadenlos ab. Aber nur

so kann man existieren. Indem man von den anderen erzählt. Und in der Finsternis, die von ihnen ausgeht, sich selbst erkennt und darüber erschrickt. Man steckt vor allem in den Geschichten über Leute, die man nicht so mag. Deswegen mag man sie ja auch nicht. Weil man weiß, dass das – leicht verändert – Geschichten von einem selbst sein könnten.

Tantchen verliebte sich also Hals über Kopf in den jungen Ingenieur mit dem schiefen Lächeln und den piekfeinen Anzügen, der immer so schwungvoll aus seinem Mercedes stieg. Den er im Übrigen gegen einen BMW eintauschen wollte. »Bau erst mal die Häuser da fertig, dann kriegst du einen!«, sagte sein Vater daraufhin. So fuhr er eben weiter mit dem alten Mercedes seines Vaters herum. Was Tantchen natürlich nicht weiter störte. Es heißt ja, Liebe macht blind, und ich finde, da ist was dran.

»Wie schön der lachen konnte«, sagte sie zu ihrer Freundin. Damals, als Amy starb. »Ich habe nie wieder einen Mann gesehen, der so schön lachen konnte.«

Ich hätte ja so einiges gefragt, aber der Freundin von Tantchen fiel nichts anderes ein als: »Und, hast du ihn später mal wiedergesehen?« Journalistin eben. Rein pragmatisch.

Tantchen nickte vermutlich stumm. Und traurig. Ich sah von der senffarbenen Couch aus alles wie einen Film vor mir ablaufen. Wie Tantchen als verliebtes junges Mädchen in dem Holzhaus saß, das ich von Fotos her kannte. Wie sie den Mercedes des Bauunternehmers die Steilstraße hinauffahren hörte, sofort zur Tür eilte und das Haus verließ, als müsste sie gerade irgendwohin, wie sie dann am Mercedes vorbeiging und die beiden sich dabei im Rückspiegel kurz anblickten, wie der Bauunternehmer so tat, als müsste er die Häuser in der Straße inspizieren, wie Tantchen mit ihrem wehenden Rock wieder an ihm vorbeikam, wie die Bauarbeiter starrre Blicke auf sie warfen – jawohl, starrre, mit drei r, damit das Starre so richtig rauskommt –, wie der Bauunternehmer eine Augenbraue hob und die Arbeiter kritisch ansah, wie die sogleich scheu zu Boden sahen, wie Tantchen am unteren Ende der Straße ankam, wo es nach Tophane geht, wie sie sich hin und wieder umdrehte und nach hinten sah, wie der Mercedes sie in Fındıklı erreichte und sie anhupte, wie Tantchen darauf lachend einstieg, sich aber umblickte, ob nicht jemand sie sah, wie die beiden Verliebten sich tief in die Augen blickten und losfuhren, vorerst ohne sich zu küssen.

Und so erzählte ich das auch meinen Freundinnen.

Nach der Schule gingen wir jetzt nicht mehr ins Star, sondern wir liefen herum, die Röcke knapp über dem Hintern, und eine Zigarette in der Hand. Ich rauchte jetzt auch wie ein Schlot, um so zu sein wie die anderen. Wir gaben uns absichtlich rüpelhaft. Als wir an einem Zebrastreifen in Şişhane mal eine Frau anrempelten, rief sie uns hinterher: »Und so was geht aufs Gymnasium Notre Dame de Sion! Ihr Vorstadtflittchen!«

»Ein Vorstadtflittchen ist höchstens deine Mutter!«

Derin ging auf die Frau zu und blies ihr Zigarettenrauch ins Gesicht.

»Wenn schon Mädchen aus meinem Gymnasium sich so aufführen, dann gnade uns Gott. Da soll mich doch auf der Stelle der Schlag treffen!«

Völlig unrecht hatte sie nicht.

Doch wie war es so weit gekommen?

Erst mal hatte jene griesgrämige, schwammige Frau einen Jungen, der ihr hartnäckig Papiertaschentücher verkaufen wollte, rüde weggestoßen. Und zwar so rüde, dass der Junge hingefallen war, auf den Ellbogen noch dazu, den hielt er sich jetzt, die Packungen Taschentücher lagen überall herum, und als ein Auto schnell vorbeifuhr, sammelte er sie in Panik auf, dabei halfen wir ihm. Und um den Jungen zu rächen, hatten wir die widerwärtige Frau eben angerempelt.

Warum waren wir so grob, so gewöhnlich?

Wir konnten Französisch wie unsere Muttersprache, lernten sogar Latein, warum versuchten wir da auf Teufel komm raus, jedermann was vorzumachen? Sogar uns selbst. Als hätten wir echte Gymnasiastinnen von Notre Dame de Sion gekillt und uns ihre Schuluniformen übergezogen. Wie monströse Kleider, die über die Kultur und das Leben von Istanbul gestreift werden.

Lachend waren wir zur Unkapanı-Brücke hinuntergegangen. Dort habe ich denen, glaube ich, die Geschichte zum ersten Mal erzählt. Ich weiß sogar noch, wie ich einen Zigarettenstummel ins Wasser schnippte. An dem Abend, als Amy starb, war noch nicht alles zu Ende. Aber jetzt geht es zu Ende, denn Tantchen deckt mich sachte zu. Dann macht sie die Musik leiser. Ihre Freundin ist vor Kurzem gegangen. Es wird noch eine Weile dauern, bis wir erfahren, dass sie an der Grenze erschossen wurde. Syrien lebt noch in Frieden. Die Menschen leben noch glücklich in belebten Dorfhäusern, und niemand kommt auf den Gedanken, es könne Krieg geben. Das Leben aber gestaltet sich aus Dingen, auf die wir nicht kommen, nicht mal im Traum, so ist es leider. Ich denke mir, dass Amy ihren Frieden gefunden hat. Hätte sie weitergelebt, hätte das Leben ihr noch beigebracht, wie sie es leben sollte, aber sie ist gegangen. Und ich bin hier, weil ich eben nicht gehen wollte.

3 | WAS IST LOS?

Vorsichtig legte ich endlich den Rucksack ab. Ich setzte mich in der Aushöhlung des Baumes zurecht und lehnte mich an einen kräftigen Ast. Wie sollte ich hier oben bleiben können? Vorhin hatte ich mir überlegt, wie ich hier mein kleines und großes Geschäft machen könnte. Wie sollte das funktionieren? War die Vorstellung etwa die andere Hälfte der Wirklichkeit?

Ich war wie ein Kind, das sich so sehr ausgeweint hat, dass es ihm wieder gut geht. Bedächtig öffnete ich den Rucksack. Er sollte mir nur ja nicht hinunterfallen. Da ich mein Handy nicht dabeihatte, konnte ich nur raten, wie spät es war. Vermutlich war kaum eine Stunde vergangen. Was war überhaupt für ein Tag? Dass wir September hatten, wusste ich wenigstens. Würde die Welt doch aus Emojis bestehen, dann könnte ich hier einen hinkleben, und wir würden uns besser und leichter und inniger verstehen.

Damit ich begreifen konnte, dass der 16. September war, musste in meinem Gehirn etwas auffliegen, so wie die zwei von mir aufgeschreckten Nachtigallen, die von Ast zu Ast hüpften. Am 13. September hatte ich Pembes Grab besucht. Am Tag darauf wollte ich zu dem von Derin, aber daraus wurde nichts. Ich war so müde und erschöpft, dass ich nicht aus dem Bett kam. Ich rief ihre Mutter an, oder sie mich, ich weiß nicht mehr. »Ich gehe jeden Freitag hin«, sagte sie, »das ist ein heiliger Tag. Komm doch auch diesen Freitag, wenn du willst.« Der Freitag war der achtzehnte. In zwei Tagen, hatte ich am Morgen noch gedacht. Und dann auf Twitter geschaut.

»Amy wäre heute einunddreißig geworden.«

Scheiße!

Ausgerechnet an Amys Geburtstag hockte ich also auf diesem Baum.

Mann!

Schon sehr seltsam. Ich könnte ja noch ein paar solche Sachen erzählen, aber ich darf mich an so was nicht festhängen. Da kriegt man nämlich Krebs davon, echt. Am besten alles vergessen. Gar nicht drüber nachdenken. Wer nachdenkt, brät schon in der Hölle. Doppelt geröstet. Gute Besserung.

In meiner Tasche war kaum was Brauchbares. Wenn ich zum Beispiel Durst bekam, was sollte ich dann machen? Und würde ich im Schlaf nicht runterfallen? Zum Glück hatte ich meine Slackline in der Tasche, mit der band ich mich an den Baum. Als Seiltänzer war man doch im Vorteil. Richtig brauchen können hätte ich das allerdings im Leben da drunten. Auf der Erde.

Ob uns die Toten wohl sehen? Kommen die Menschen, die uns einst geliebt haben, nach ihrem Tod immer noch zu uns? Um zu sehen, wie es uns im Leben weiter ergeht?

Nun konnte ich in Ruhe die Augen schließen. Ich hätte nur noch gern gewusst, wie spät es war. Vielleicht Mitternacht. Gut möglich. Denk jetzt nicht an so was, sagte ich mir. Mit der Welt hast du nichts mehr zu tun. Da hörte ich auf einmal eine Stimme.

»He du! Da droben auf dem Baum!«

4 | AUF DEM LAUFENDEN BLEIBEN

Ich würde gern mehr von meiner Mutter erzählen, die sich als Ernährungsberaterin mühsam durchschlägt. Aber ich weiß schon, wenn ich das jetzt mache, sind Sie mir böse, Sie wollen jetzt von dem Jungen was wissen, der mir zugerufen hat. Wir sind wohl gleichaltrig, aber ich fühle mich älter als er, denn niemand hat so viel erlebt wie ich.

Ja, auf den sind Sie jetzt neugierig. Sollen Sie ruhig.

Das ist ja hier nicht umsonst eine Geschichte von Freiheit und Liebe. Die Geschichte von zwei kranken jungen Menschen. Der eine bin ich. Der andere sah zu mir herauf. Damit eine Geschichte auch eine Geschichte ist, muss sie von zwei Menschen erlebt werden.

Ich fühlte mich wie Gulliver im Land der Liliputaner. Noch einmal möchte ich mit Ihrer Erlaubnis daran erinnern – nicht dass Sie das übersehen, denn ich übersehe ständig alles – , dass also der Baum, auf den ich geklettert bin, ganz am Rand des Parks steht, direkt an der hohen Mauer zwischen Park und Palast. An den Topkapı-Palast war seinerzeit in Richtung Meer eine Anzahl von großen Villen angegliedert worden, und eine davon war in ein kleines Nobelhotel umgewandelt worden. Das mit den Klimaanlagen, die ich hörte. Und der Junge, der mir zurief, stand im Garten des Hotels, das wie eine Lampe leuchtete. Später sollte ich zu ihm sagen: »Du musst verdammt gute Augen haben!«

Und er zu mir: »Erst dachte ich, du wärst ein Affe, oder ein großer Vogel.«

In jenem Moment aber, in dem wir gerade nicht zwischen Vergangenheit und Zukunft hin und her pendelten, wollte ich zu dem jungen Kerl, der da auf mich neugierig war, nur sagen: »Mach, dass du wegkommst.«

Ich fürchtete, er würde noch andere Leute holen. Auch war ich ihm einfach böse, dass er mir meinen Schlaf und meinen Frieden versaute. Sinnlos starrten wir uns an. Er schien aufgeregter zu sein als ich, das war im Licht der Gartenlampen deutlich zu erkennen. Er wusste nicht, was er tun sollte. Dabei war ich es doch, die auf dem Baum saß. Hatte er etwa Angst, ich würde runterfallen? Mit dem Zeigefinger auf den Lippen bedeutete ich ihm, er solle schweigen. Hätte er das gesehen, wäre er nicht ins Hotel hineingelaufen, sagte er mir später.

Kaum war er drin, band ich mich los. Das fing ja gut an. Ich hatte nicht Angst runterzufallen, aber entdeckt und erwischt zu werden. Ich verstaute die Slackline wieder in meinem Rucksack, und zum ersten Mal – meinen Tagtraum nicht mitgerechnet – stellte ich mich auf dem Baum aufrecht hin. Mir waren die Füße eingeschlafen. So schnell wie möglich musste ich auf einen Baum, der mich besser verbarg. Was heißt eingeschlafen, ich spürte meine Füße kaum noch. Und dachte mir, wenn du jetzt nicht runterfällst, dann gar nicht mehr. Ich stand mit nackten Füßen auf den starken Platanenästen. So dunkel konnte es da oben gar nicht sein, denn ich sah sogar den Dreck zwischen meinen Zehen. Es war eben immer irgendwie hell in einer Stadt, und ein bisschen was von diesem Licht lagerte sich zwischen den Ästen meines Baumes ab. Die Lichtverschmutzung, die die Sterne verschwinden ließ, glich dem immerwährenden Guten und Schlechten im Leben.

Erst wollte ich aufrecht dahingehen, wie auf dem dreißig Zentimeter über dem Boden gespannten Seil. Ich schloss die Augen, um das furchtlos und in aller Ruhe tun zu können, aber dann ließ ich es doch. Für solche Akrobatik war ich noch nicht reif. Ich musste mich auf allen vieren fortbewegen und mich noch dazu wie ein richtiger Bergsteiger immer wieder festbinden. Während ich auf einem dicken Ast wie eine Schlange dahinkroch und schon meinte, nun müsste ich bald nicht mehr zu sehen sein, hörte ich von unten wieder die Stimme.

»Brauchst du Hilfe?«

Warum war er erst rein und dann doch wieder raus?

Später erzählte er mir, er sei hineingerufen worden. Er trug eine komische rote Uniform mit goldenen Streifen an Hose und Schultern. Und eine noch komischere kegelförmige Mütze, wie sie Zirkusaffen aufhaben. Er war Page in dem Hotel und musste Koffer tragen, die manchmal höher waren als er selbst. Dazu hatte er zwar einen Kofferkuli, den er Tayyo nannte, aber oft tat er sich mit dem schweren Gepäck dennoch hart. »Was haben die da bloß drin?«, dachte er immer wieder.

Einmal hatte er gesehen, was drin war. Ein Mensch. Und zwar ein toter. Eine seltsame Geschichte mit einem englischen Paar. Wenn es sich fügt, erzähle ich sie mal.

Mir wurde klar, dass ich von ihm nichts zu befürchten hatte.

An jenem Abend hatte er nur einen kleinen Koffer in ein Taxi befördern müssen, dann war er sogleich zu mir zurückgelaufen.

»Ich dachte schon, ich hätte geträumt. Ein Mädchen auf einem Baum.«

 Es war kein Traum, es war echt. Ich sprach bei unserer

ersten Begegnung nicht mit ihm, sondern verschwand wie ein wildes Tier im Dunkel. Von einem Ast der großen Platane, der immer mehr zitterte, je weiter ich an ihm vorkroch, gelangte ich auf einen alten Eukalyptusbaum, und von da auf einen Lorbeerbaum, auf dem ein leeres Storchennest ruhte. Es wirkte auf mich wie ein Babybett. Erst tastete ich darin herum. Es war aus Zweigen, Gras und Federn so dicht gewoben, dass es mich bestimmt tragen würde.

Das war nun schon das zweite Wunder dieser Nacht. Ein leeres Storchennest, in dem ich von nun an schlafen würde.

»Und ich?«, würde Yunus später sagen.

Er hieß Yunus. Und hatte nichts Rotziges an sich, nichts Niederträchtiges oder Gieriges. Er lachte, ja grinste irgendwie so lieb wie ein kleiner Schimpanse. Wie ein Engel war er. Augenblicklich löste er liebevolle, fürsorgliche Gefühle in mir aus. Scine Augen glänzten, wie ich das noch nie bei jemandem gesehen hatte. Die Zähne, der Mund, alles perfekt, trotz meines Schimpansenvergleichs. Wenn Tantchen ihn sehen könnte, würde sie sich vielleicht überzeugen lassen, dass jemand schöner lachen konnte als ihr Bauunternehmer damals. Er trug sehr kurze Haare und einen flaumigen, rötlichen Bart, und zwar auf Anordnung des Hotels. War so eine Imagesache, eine Idee des kurz darauf entlassenen Direktors. Ein Schotte mit besonderen sexuellen Vorlieben. Liebe ist ja auf jede Art schön, doch einmal soll er Yunus in die Wange gekniffen und gesagt haben: »Komm doch auf mein Zimmer heute Nacht.« Und nicht nur zu Yunus allein. Als der Direktor dann ging oder gegangen wurde oder was auch immer, rasierte Yunus sich den Bart kurzerhand wieder ab. Der Hotelbesitzer schnaubte. »Bist du verrückt? Wir hätten fast den Hintern hinhalten müssen, damit der Kerl unser Image aufpoliert. Was hat mich die Schwuchtel Geld gekostet!«

Wie wenig doch der Mensch für Leute übrighat, die anders sind als er.

»Das mit dem Wangenstreicheln war allerdings nicht so schön«, sagte Yunus.

»Stimmt auch wieder. Aber vielleicht hat er sich nicht zurückhalten können. Musst du auch mal so sehen.«

»Und einen von den Küchenjungen wollte er küssen!«

»Na, der steckte eben voller Liebe, warum redet ihr da so?«

Ich muss jetzt mal was über das Gesicht von Yunus sagen. Wollte ich eigentlich nicht im Zusammenhang mit der Geschichte da, aber egal. Also, Yunus sah gut aus. Eine belgische Touristin versuchte ihn mal auf ihr Bett zu schmeißen, auf das fiel er dann auch, und sie über ihn her.

»Da hast du dich wohl nicht sehr gewehrt.«

»Nein, so war das nicht.«

Ich fragte mich später, ob mein Leben auf dem Baum nicht erst durch Yunus möglich wurde. Ohne ihn wäre es viel schwieriger gewesen.

Als wir mal an jene Nacht zurückdachten, in der wir uns zum ersten Mal wahrgenommen hatten, fragte er: »War ich da nicht eines der Wunder deiner Nacht?« Ich erzähle das später mal, ganz ausführlich, aber jetzt bin ich müde. All die Furcht und Aufregung haben mich ausgelaugt. Ich möchte mich jetzt in mein Storchennest kuscheln und schlafen. Aber halt, diese Geschichte habe ich angefangen, die muss ich auch fertig erzählen.

»War es kein Wunder, mich zu sehen?«, fragte Yunus noch einmal.

 Ganz naiv fragte er das, ohne jeden Hintergedanken. Und

ich sah ihm ins Gesicht, als versuchte ich, mich an einen Traum zu erinnern. Dann kam aus meinem Mund jener geheimnisvolle Satz: »Ich habe dich irgendwo schon mal gesehen.«

Wo hätte ich ihn schon mal sehen sollen?

Die Zeit ist kein Heilmittel, sondern vielmehr ein Schlüssel. Mit der Zeit erinnert man sich, denkt zurück, öffnet lauter Türen, hinter denen längst Vergessenes harrt.

Damals aber fand ich mein Storchennest aufregender als den Pagen, der mich da erwischt hatte, und von dem ich noch nicht wusste, dass er Yunus hieß.

»Vielleicht ist das ja ein Traum«, sagte ich mir. Ich legte mir den Rucksack unter den Kopf. Angespannt war ich doch. Hat schon mal jemand von Ihnen in einem Storchennest geschlafen? Die Zweige darin knackten. Das Nest wog mich, und zwar hörbar, in der Stille des Parks war ein leichter Widerhall zu vernehmen. Ich hatte mich in jener Nacht schon genug gefürchtet, jetzt durfte ich mich nicht auch noch davor fürchten hinunterzufallen. Ich musste mir sagen, okay, wenn du jetzt doch runterfällst, dann hast du's eben probiert und bist gescheitert.

Ich war einen Meter neunundfünfzig groß, sagte aber immer einen Meter sechzig. Im Storchennest rollte ich mich ein, bis ich nur noch auf neunundsiebzig Zentimeter kam. Damit hätte ich in einen Koffer gepasst. Wenn ich den Kopf vorbeugte, waren es nur noch fünfundsiebzig Zentimeter. Noch ein bisschen, dann waren es siebzig. Ich zog die Knie an die Brust. Meine Mutter hatte mir mal das Märchen von Däumelinchen vorgelesen, die in einem Walnussschalenbett schlief, mit einer Matratze aus Veilchenblättern und einem Rosenblatt als Zudecke. In dieser Nacht schlief Däumelinchen hier. »Wie ich«, sagte ich, und mir wurden die Augen feucht. Der Rasensprenger hörte auf, und die Lichter im Park gingen aus. Ich verblieb in einer Dunkelheit, wie ich sie mir immer vorgestellt hatte. Ein paar Vögel flogen noch von Ast zu Ast. Die waren wohl alle neugierig auf mich. Allmählich löste sich all die Anspannung in mir, und ich wurde so weich wie Wasser, das in einen Napf fließt. Mir fiel meine Mutter ein. Von der wollte ich doch erzählen, nicht? Wie Sie sehen, möchte ich am liebsten, dass jeder mich liebt und mag. Darum habe mit dem angefangen, worauf Sie neugierig waren. Und habe statt von meiner Mutter von Yunus erzählt. Irgendwie tut mir meine Mutter leid. Denn wie jeder habe ich meine Mutter am allerliebsten.

5 | BLOCKIEREN

Ob ich in der Nacht geschlafen habe, wüsste ich nicht zu sagen.

Ich fragte mich das wirklich oft hier oben.

»Träume ich gerade, oder liege ich wirklich in einem Storchennest?«

Ich dachte an meine Mutter. Sie machte sich bestimmt Sorgen.

»Soll sie nur«, sagte ich mir in einem fast schon gehässigen Ton, wie er so gar nicht zu einem Mädchen passte, das seine Mutter angeblich liebt. Aber sie war so lange schon nur mit sich selbst beschäftigt. War sie mir eigentlich je eine richtige Mutter gewesen?

»Was soll sie denn machen?«, fragte meine Oma. »Sie hat genug am Hals.«

Da mischte sich Tantchen ein.

»Ach ja? Und was genau?«

Als Journalistin stellte sie immer die richtigen Fragen.

Tja, was genau hatte sie am Hals? Das fragte ich mich, seit ich denken konnte. Meinen Vater hatte sie aus Liebe geheiratet. Aber davon nicht jetzt. Lieber von den Tagen, in denen sie Klinken putzen musste, um Arbeit zu finden. Damals waren sie ja alle arbeitslos, auch mein Vater und Tantchen. Als mein Vater aus dem Archäologiemuseum rausmusste, war ich etwa sechs. Er arbeitete dann als

Reiseführer, war in einem Verlag tätig, der Sachen mit Archäologie herausgab, brachte Ordnung in die Kollektion eines Privatsammlers und kam so zwei Jahre lang über die Runden. Dann begann meine Mutter Geld zu verdienen. Keiner der drei hatte je etwas Stabiles. Schließlich kam auch meine Mutter auf den Hund. Als dann Tantchen arbeitslos wurde, ging es mit der ganzen Familie den Bach hinunter. Zum Glück starb meine Oma im März 2013, bevor sie so richtig mitbekam, wie schlecht es uns ging. Mit Amys Tod hatte der Zustand unserer Familie natürlich nichts zu tun. Tantchen verlor ihren Job Ende Dezember 2013, na, sagen wir Anfang 2014. Da war meine Mutter schon eine ganze Weile arbeitslos. Mir tat es weh, mit anzusehen, wie sie sich bei der Arbeitssuche aufrieb. Im Nobelviertel Levent versuchte sie es bei einem guten Dutzend Luxuskliniken. Sie stieg jeweils mit einer neuen Adresse in der Hand aus der U-Bahn und lief bedrückt durch die stillen Straßen, die sie allmählich nur zu gut kannte. Die Straßen trugen fast alle Blumennamen, und in den gepflegten Gärten hinter hohen Mauern ging es so ruhig zu, als würde da niemand wohnen. Von Leben keinerlei Spur. So enttäuscht vom bisherigen Verlauf ihrer Suche meine Mutter auch sein mochte, setzte sie doch immer all ihre Hoffnung auf jedes nächste Mal und legte genau die Motivation an den Tag, von der Personalchefs immer träumten. Dennoch gibt es wohl nichts, was einem so zusetzt, einen so sehr erniedrigt wie die vergebliche Suche nach Arbeit.

Es ist schwer, die Geschichte meiner Mutter zu erzählen. Noch schwerer ist es, sie zu schreiben.

Bei dem Romanwettbewerb hatte ich die strohdumme Frage »Warum haben Sie diesen Roman geschrieben?« folgendermaßen beantwortet: »Ausgangspunkt beim Schreiben sind unsere innersten Gefühle. Unsere Romanhelden müssen uns dabei nicht ähnlich sein. Sie dienen nur dazu, unsere Gefühle und alles, was uns irgendwie tief beeindruckt hat, zum Ausdruck zu bringen. Schreiben ist gewissermaßen wie in den Spiegel schauen. Das Gesicht, das wir im Spiegel sehen, gehört uns nicht, und was wir erzählen, gehört uns auch nicht, aber es kommt aus unserem tiefsten Inneren.«

»Das denkst du also?«, hatte unsere Literaturlehrerin mich daraufhin gefragt.

Bedeuten sollte das: »Wie kann man nur so einen Mist denken, das ist doch völlig falsch!«

Ich versuchte zurückzurudern.

»Das heißt, natürlich schöpfen wir Material aus dem, was wir fühlen und erleben, aber ...«

Ich hatte kein Selbstvertrauen. Beim Schreiben allerdings schon. Beim Schreiben war ich jemand anders, wie wohl jeder, der schreibt. Ich war ein scheues Mädchen, aber beim Schreiben bekam ich Mut. So wie jetzt hier auf dem Baum. Aber im Leben selbst war ich ein Nichts. Ich weiß nicht, wie ich von meiner Mutter erzählen soll. Als wäre ihre Geschichte im Grunde die meine. Dabei war ich ihr Kind und merkte, was los war, als ihre tragische Arbeitssuche begann. Es gab natürlich auch ein Vorher, und sie hatte Jahre, in denen sie strahlte wie andere auch. Wie ein Stern strahlte sie sogar. Das war allerdings nicht die Zeit, als sie heiratete und mich zur Welt brachte. Es war nachher. Da erlebte sie eine platonische Liebe und fand dadurch ein wenig zu sich selbst.

Als ich um die fünf, sechs Jahre alt war, ereignete sich etwas, das als Wendepunkt im Leben meiner Mutter zu bezeichnen war. Davor war sie eine Frau gewesen, die kein

Geld verdiente und vonseiten meines Vaters sprachlicher Gewalt ausgesetzt war. Ich weiß, das hört sich bescheuert an, aber es gibt ja auch keinen Grund, irgendwie aufzuhübschen, wie mein Vater meine Mutter oft eiskalt abservierte, sie ständig anfuhr und ihr grundlos zürnte. Daher diese entsetzliche Formulierung »sprachlicher Gewalt ausgesetzt«. Nehmen Sie das jetzt bitte so hin. Jene Jahre, an die ich mich nicht erinnere, müssen wirklich schlimm gewesen sein. Sosehr ich mich auch abmühe, stellt sich keine Erinnerung daran ein. Mit zwei besteht unsere Welt eben doch aus kaum mehr als Gefühlen, Gerüchen und Geräuschen.

Ab der Zeit, als meine Erinnerung einsetzt, kann ich sagen, dass meine Mutter, als sie mich aufzog, angespannt und nervös war. Dass sie mit meinem Vater unglücklich war, ließ sie an mir aus. Das tat ihr dann auch wieder leid, aber sie konnte eben nicht anders. Statt zu reden, schrie sie eigentlich nur und zitterte wie eine Nervenkranke. Bei jeder Gelegenheit klebte sie mir eine. Ich bekam von ihr jede Menge Schläge ab, und wenn ich auch nie blutete oder blaue Flecken bekam, prasselte auf meinen Kopf und meine Schultern so einiges herab, da ging es zu wie bei einer tüchtigen Hausfrau, die energisch ein Kopfkissen aufschüttelt. Am meisten machte mir Angst, wenn sie sich so aufregte, dass sie mit den Zähnen knirschte, dann konnte ich mich darauf einstellen, bald Kopfnüsse zu bekommen. Einmal rief ich: »Da ist niemand da!« Erstaunt hielt sie inne. »In meinem Kopf ist niemand da«, wiederholte ich ruhig. Nie weinte oder schrie ich, sondern ich verfiel in tiefes Schweigen, wenn ich geschlagen wurde. So starrr wurde ich, dass das dritte r wieder mal gerechtfertigt war. Irgendwie merkte ich, dass die Schläge lauter Hilferufe waren. Sie war eigentlich eine starke, prächtige, aber eben unbefriedigte Frau, die in einen armseligen Zustand abgerutscht war. Sie machte viel mehr mit als ich. Meinen Vater liebte sie sehr. Geschlagen wurde sie von ihm nie, wenn das irgendwie als mildernder Umstand durchgehen kann. Aber er tat ihr ja viel mehr an. Er redete nicht mit ihr. War immer abweisend. Wenn er schon mal was sagte, dann war es eine Beleidigung. Er machte einfach immer, was er gerade wollte. Hielt sie finanziell kurz. Traf sich immer nur mit seinen eigenen Freunden. Bestimmte stets alles allein. Im Grunde war er in der Pubertät hängen geblieben und hatte sich noch nicht von seiner Mutter abgenabelt. Und wissen Sie, was am schlimmsten ist? Dass alle Leute ihn mochten. So ist es ja oft. Männer werden meist schon dafür geliebt, dass sie Männer sind, und man gibt ihnen recht. Das pflanzt sich so fort. Meine Mutter war erschöpft und unglücklich. Zermürbt. Sobald ich in den Kindergarten kam, arbeitete sie wieder. Einmal war sie so am Boden zerstört, dass sie mir nicht mal mehr etwas zum Essen machen konnte. Um die drei musste ich damals schon gewesen sein, trotzdem machte sie mir nichts als lauter Babyfläschchen, sodass ich in jenem Sommer abmagerte. Meine Oma und Tantchen waren damals nicht zu Hause, sondern in einem Ferienhaus auf den Prinzeninseln.

Als ich mit vier in den Kindergarten kam, hatte mein Vater noch seine Anstellung im Archäologiemuseum. Dort verdiente er zumindest einigermaßen und kam für das Kindergartengeld auf, doch immer wenn es fällig wurde, regte er sich auf. Eines Tages verkündete er, er würde mich von nun an nicht mehr in den Kindergarten schicken. Meine Mutter fing sogleich zu weinen an und schlug die Hände vors Gesicht wie ein heulendes Kind. Von da an zahlte Tantchen heimlich für den Kindergarten, und meine Mutter machte meinem Vater weis, sie habe eine erhebliche Ermäßigung erwirkt, und um den lächerlich geringen Restbetrag ging sie meinen Vater jeden Monat an. Hatte sie den in der Tasche, war sie regelrecht glücklich. Sie suchte sofort ihr Lieblingscafé auf und gönnte sich einen Filterkaffee und eine Süßigkeit. Außerdem ging sie zur Maniküre und Pediküre und ließ eine Putzfrau kommen. Zu mehr reichte das Geld ohnehin nicht.

Morgens schickte sie mich ohne Frühstück aus dem Haus. Im Kindergarten wurde durchaus ein Frühstück angeboten, aber nicht gratis, und dafür hatten sie mich nicht angemeldet. Während die Kinder, die schon zu Hause gefrühstückt hatten, längst spielten, stellte ich mich neben die essenden Kinder und die Kindergärtnerin. Normalerweise hätte ich ja satt sein müssen, doch die Kindergärtnerin gab mir ein Marmeladenbrot und etwas Milch, und das schlang ich gierig hinunter. Wie konnte meine Mutter mich nur hungrig aus dem Haus schicken? Vielleicht, weil sie am Morgen immer kaum die Augen aufbekam. Einmal waren meine Beine von Mücken zerfressen, und ich kratzte mich blutig. Da reinigten sie mir im Kindergarten die Wunden und klebten Pflaster darauf.

»Um die Kleine scheint sich niemand zu kümmern.«

»Wo ist denn ihre Oma?«

»Auf den Prinzeninseln.«

»Wenn sie zurück ist, kümmert sie sich wieder.«

»Wenigstens kämmt sie ihr die Haare.«

Eine der Kindergärtnerinnen musterte mich ganz aus der Nähe. Sie hatte ein großflächiges, dunkles Gesicht mit gezupften Augenbrauen. An den dünnen Brauen konnte ich mich gar nicht sattsehen und stellte mir vor, sie seien Vögel, die auf die breite Stirn zuflatterten.

»Sag deiner Mutter, sie soll dir die Haare schneiden lassen«, forderte sie mich auf.

Ich sagte meiner Mutter nichts.

Kaum war aber meine Oma zurück, sah sie meine verfilzten Haare und rückte ihnen mit der Schere zu Leibe. Meiner Mutter fiel überhaupt nicht auf, wie ich danach aussah.

Am nächsten Morgen besah sich meine Oma ihr Werk und sagte: »Das ist ja völlig danebengegangen!«

Darauf brachte sie mich zum Friseur.

Als wir dort saßen, betrat eine alte Frau den Salon. Älter als meine Oma, ja so alt, dass sie die Geschichte meiner Oma kennen konnte. Sie sagte etwas in einer anderen Sprache. Griechisch? Sie war aus einer anderen Stadt. Athen? Meine Oma und die alte Frau umarmten sich. Eine frühere Nachbarin?

»Meine Enkelin«, erklärte meine Oma.

Ich baumelte auf dem Friseurstuhl mit den Beinen. Meine Haare waren geschnitten, nun wurde mir noch mit einer Rosshaarbürste der Nacken gesäubert. Ich hatte Puderduft in der Nase.

»Weißt du noch, die Haare von Efrosa und dir haben wir damals auch so schneiden lassen. Weil ihr Läuse hattet.«

Während die alte Frau das sagte, rückte sie mühsam ihre Brille zurecht und sah meine Oma an. Durch die dicken Brillengläser wirkten ihre Augen riesig. Vom Brillengestell hing eine glänzende Kette herab. Die Frau stützte sich mit aller Kraft auf einen Stock, ohne den sie wohl auf der Stelle zusammengebrochen wäre; so aber sah sie aus wie in die Welt hineingenagelt.

Ich erlebte meine Oma zum ersten Mal so. Was ich mit »so« meine? Als Kind merkt man ja manchmal, dass irgendetwas komisch ist, aber man kann es nicht einordnen. Bekommt man Jahre später, so wie ich jetzt, Gelegenheit, darüber nachzudenken, beginnt man etwas zu ahnen. Natürlich nur, wenn man daran glaubt, dass solchen Ahnungen mehr Wert beizumessen ist als der puren Logik. Ansonsten ist die Logik über so etwas längst hinweggegangen.

Meine Oma wollte anscheinend so schnell wie möglich weg von dem Ort. Die alte Frau hatte böse Erinnerungen in ihr geweckt. Aber was für welche? Ich hatte meine Oma noch nie so geschlagen gesehen. Von wem aber geschlagen? Sie packte mich am Arm und zog mich zur Tür. Langsam, wie ich als Kind nun mal war, stieß ich, während meine Oma an mir zerrte, an alles Mögliche, bis wir an der Tür waren. Die Frau redete uns hinterher.

»Efrosa hat es nicht geschafft wie du. Sie hat sich aufgehängt. Hast du davon gehört?«

Sie musste es gehört haben. Ihr Blick verriet: Ich habe es gehört. Ich weiß Bescheid. Ich weiß es.

Die alte Frau war kein schlechter Mensch. Warum war sie dann so wütend?

»Achtundvierzig Jahre ist es jetzt her, und ich bin zum ersten Mal wieder hier. Ich bin jetzt achtundachtzig, und bevor ich sterbe, wollte ich alles noch ein letztes Mal sehen.«

»Was soll es denn noch zu sehen geben?«

Meine Oma schien ein ganz anderer Mensch zu sein. Zermürbt. Verwundet. Ein Opfer. Und doch ein irgendwie stolzes. Jenen höflichen, unschuldigen, ja beflissenen Fragesatz hatte sie formuliert, ohne ihn mit dem Stempel eines Fluches zu versehen. Das war sehr sonderbar.

»Du willst wohl prüfen, wie viel Kraft du noch hast?«, schob sie hinterher.

»Welche Kraft soll ich denn noch haben? Und wofür? Diese Stadt hat mir meine ganze Kraft genommen. Sie hat mir meine Tochter geraubt.«

»Aber warum bist du mir böse?«

»Weil du am Leben geblieben bist. Du hast es geschafft, meine Efrosa nicht.«

»Wäre es vielleicht besser gewesen, ich hätte mir auch das Leben genommen wie Efrosa?«

Meine Oma redete ganz anders als sonst. Warum nur?

»Wie konntest du mit diesem Schmerz weiterleben, Peri? Wie konntest du am Leben bleiben?«

»Ach, Sie werden auch Peri genannt, statt Perihan?«

Für diese unangemessene Bemerkung hatte sich der Friseur Ali den Schlag mit der Krokodilledertasche auf den Kopf redlich verdient.

Oma *came back*. Juhuuuu!

Der Friseur hatte das nicht erwartet. Instinktiv hob er schützend die Arme über den Kopf. Auf den einen Arm hatte er ein Mädchenbild tätowiert, so ähnlich wie Amy. Der schien nichts anderes eingefallen zu sein, aber warum hatte sie sich ausgerechnet etwas ausgewählt, was sonst Männerarme ziert? Dem Friseur fiel die runde Haarbürste aus der Hintertasche. Das Spray, mit dem er seine Werke verewigte, fiel verdutzt um. Die zylinderförmige Schachtel mit den Toupierkämmen bekam vom dicken Hintern des Friseurs ihren Teil ab. Die Haarlocke wiederum am Ende der Schere gehorchte ganz einfach den Gesetzen der Natur und fiel von selbst zu Boden.

Im Laden herrschte eine Verblüffung, die sich auf alles und jeden erstreckte: auf die Handpflegerin, die Immobilienmaklerin, die sich gerade maniküren ließ, den Lehrling, der den Boden kehrte, die Fotos mit den perfekten Haarmodellen an der Wand, den Färbekatalog, den Ammoniakgeruch in der Luft, die unnützen Trockenhauben im Retrolook, die immer noch nicht weggeworfenen Metalllockenwickler, die Föns mit dem Trichtermund, die scharfen Scheren, die ohne

Weichspüler gewaschenen Handtücher, das blaue Licht der Box, in der das Maniküreset sterilisiert wurde, und sogar die Motte, die benommen über uns schwirrte.

Warum nur hatte die Oma sich gegenüber der Frau so benommen?

Als wir wieder zu Hause waren, expedierte sie mich in meine Wohnung. Sie machte im Treppenhaus das Licht an, sah mir nach, wie ich bei uns läutete und meine Mutter die Tür öffnete, dann ging sie in ihre eigene Wohnung. Ich hörte noch, wie sie ihre Tür zwar nicht voller Wut, aber doch aus einer seltsamen Stimmung heraus ins Schloss fallen ließ. Ja, ich sah das sogar. Dass ich Dinge sah, die ich gar nicht sehen konnte, bildete ich mir seit damals ein. Ganz neu war mir diese Fähigkeit ja nicht, denn schon am Tag von Amys Tod hatte ich das auf der senffarbenen Couch erlebt.

»Du fantasierst mal wieder«, nannte meine liebe Pembe das.

Jener Tag, an dem ich ungesehene Dinge sah, ging so weiter, dass ich meine Mutter so fröhlich erlebte wie noch nie. Sie bemerkte meine frisch geschnittenen Haare und strahlte mich an. Auf einmal war meine Mutter eine andere Frau. Sie war verliebt.

»Scheiße, ey, jeder verliebt sich.«

Sagte Derin. Es musste Winter gewesen sein, denn wir tranken Boza, ein typisches Wintergetränk, und stromerten in den armseligen Gassen jenseits der Unkapanı-Brücke herum. Manchmal schweigend.

»Eigentlich solltest du über uns einen Roman schreiben, über unsere Mädchenbande!«

»Den schreibst du bestimmt mal.«

»Ich werde das Schreiben zur Hölle schicken.«

»Viel zu brav.«

»In den Arsch der Hölle. Besser so?«

Endlich hatte sich mir mal ein echter Fluch entrungen.

»Ab jetzt geht das wie Butter.«

»Hm, wie Butter. In einem Test habe ich mal nicht gewusst, was das im übertragenen Sinn bedeutet.«

»Ist aber nicht dein Ernst, oder?«

Was hatten wir dort bloß verloren? Heute ist mir klar, dass wir uns furchtbar langweilen mussten. Dabei hatte die Zukunft noch einiges mit uns vor. Gar nicht mehr wiedererkennen würden wir uns. Als wir davon noch nichts wussten, waren wir noch vollauf damit beschäftigt, die Federn unserer Seele aufzuziehen. Das heißt, eigentlich besorgte das unsere Umwelt für uns. Das System, kurz gesagt. Was immer das tat, tat es für uns. Angeblich.

Die Liebe war wie eine Bombe ins Leben meiner Mutter geplatzt und hatte noch mehr Schönes mit sich gebracht. Meine Mutter brutzelte mir ein Stück Fleisch, dazu gab es irgendeine Alibi-Beilage. Reispampe, gekochte Tomaten oder Gurkensalat. Das aß ich hinunter und setzte dabei mein charmantestes Kleinmädchenlächeln auf. Verstellen konnte ich mich wie keine zweite. Aber immer aus gutem Grund.

Hab mich lieb, Mama.

Meine Mutter lächelte mich an. Genauer gesagt galt ihr Lächeln ihrem eigenen, vor Liebe überbordenden Zustand. Es war folgendermaßen: Seit etwa einem halben Jahr arbeitete sie in einer renommierten Diätklinik in Nişantaşı. Auf deren Internetseite wurde in der Wegbeschreibung ausgerechnet auf das Restaurant direkt gegenüber Bezug genommen, das in der Welt der Dicken jedem ein Begriff war. Im Sinne von, Sie können ruhig mal aussetzen mit Ihrer Diät und sich da drüben den Wanst vollschlagen. Meine Mutter war zufrieden mit der Arbeit, aber eine wesentliche Veränderung brachte diese noch nicht mit sich. Das war noch lange vor der Zeit, in der sie dann verzweifelt nach einem Job suchte. Was sie an der Arbeit hatte, war ihr also noch nicht bewusst. Es gab ihr nur Selbstvertrauen, eigenes Geld zu verdienen, und zumindest lief sie nicht mehr in ihren ausgelatschten Adidas herum, sondern kaufte sich Ballerinas mit Gummisohle. Zum Glück hatte sie bleistiftdünne Füße, wie mein Vater immer sagte. So was von zart. Wenn sie zur Arbeit ging, zog sie eine schwarze Hose und eine von drei gleichen Blusen in drei verschiedenen Farben an, dazu hängte sie sich ihre alte Lederhandtasche in die Armbeuge. Das an sich war schon Wunder genug, denn es gab Zeiten, in denen sie mit schmutzigen Fingernägeln knapp am Rande des Wahnsinns gesessen hatte. Nun trug sie die Haare als wippenden Pferdeschwanz, und es ging etwas seltsam Nobles von ihr aus, etwas Leuchtendes. Sie mochte noch so müde und überdrüssig sein und sich als Frau schon so sehr aufgegeben haben, dass sie nicht mehr die Unterhose wechselte, sondern sich mit parfümierten Slipeinlagen behalf, aber dennoch leuchtete sie wie eine Perle. Wie unausgeschlafen sah sie aus, aber das war es nicht. Es waren die Blicke einer unglücklichen, erschöpften Frau. Bald darauf aber würde die Liebe sie von Kopf bis Fuß verändern.

Eines Tages wurde sie von der bekannten Diätärztin, bei der sie arbeitete, in ihr Büro geladen.

»Trinken wir doch einen Kaffee, wenn Sie mit dem letzten Patienten fertig sind.«

Meine Mutter meinte gleich, sie würde entlassen. Diese Furcht saß tief in ihr, denn ihr war das schon mehrmals passiert. Das Problem lag wohl darin, dass meine Mutter eine rebellische Frau war. Wie sie sich meinem Vater so unterordnen konnte, weiß ich nicht, doch in jungen Jahren war sie bei jeder Arbeit rausgeflogen oder hatte selbst gekündigt. Sie war irgendwie aus einem anderen Stoff, von einer Persönlichkeit, die sich mit einer Tätigkeit als Ernährungsberaterin nicht vertrug. Davor hatte sie als Diätassistentin in diversen Firmenkantinen gearbeitet, wo es vor allem darum ging, die Angestellten möglichst billig sattzukriegen. Da ließ sie dann Sätze vom Stapel wie »Aus dem verrotteten Gemüse können Sie keinen Salat mehr machen« oder »Dann nehmen Sie doch gleich Motoröl her«. Anscheinend gab es Chefs, die ihre Handlanger schamlos anwiesen, den Mitarbeitern statt Hühnchen Möwenfleisch unterzujubeln. Das Lügen und Betrügen scheint uns in den Genen zu stecken. Wenn meine Mutter wieder mal gefeuert wurde, kam sie weinend nach Hause.

»Du sorgst ja selbst dafür, dass du rausgeschmissen wirst«, sagte mein Vater einmal.

Als sie vor meiner Geburt in einer Verlagskantine arbeitete, schaffte sie es, die Gedichte, die sie geschrieben hatte, als Buch herauszubringen. Meine Mutter war also Verfasserin eines Gedichtbands. Eine Dichterin. Dass das mal gesagt ist. Das Büchlein hatte sich sogar verkauft, immerhin so sehr, dass meine Mutter sich 1994 eine Lederjacke, hohe Markenstiefel und eine gediegene Einkaufstour im Luxusladen Beymen leisten konnte. Für einen Gedichtband ist das allerhand.

Die Küchenfee.

So hieß er.

Es kamen sogar Artikel über sie heraus, in denen sie als die »Dichterin aus der Küche« betitelt wurde. Glänzendes Haar, funkelnder Blick, ebene Gesichtszüge, eine interessante junge Frau.

»Damit hätte sie weitermachen können.«

Sagte Tantchen, wenn sie über meine Mutter redete und über sie herzog.

Dann kam die Heirat mit meinem Vater, dann ich.

Eines ihrer Gedichte wurde sogar vertont. Sie wären begeistert, wenn ich Ihnen das vorsingen würde. Jedes Mal, wenn das Lied irgendwo gespielt wurde, bekam sie ein paar Kröten Tantiemen aufs Konto. Ich glaube nicht, dass ich Ihnen von der Sache so richtig eine Vorstellung vermitteln kann. Es macht mich immer ganz fertig, wenn es mit dem Leben einer Frau dahingeht.

Warum war sie dann Ernährungsberaterin geworden?

Hören Sie mal zu. Mit der Kunst hatten es beide Mädchen, meine Mutter und ihre Schwester, Tante Hülya. Tante Hülya studierte wie gesagt an der Fakultät für traditionelles türkisches Kunsthandwerk der Mimar-Sinan-Universität. Eigentlich wäre ihr etwas lieber gewesen, bei dem es mehr so richtig um Kunst ging, etwa Grafik, Malerei, Bildhauerei oder Fotografie. Bei der Aufnahmeprüfung, bei der die Bewerber den Brand der Galata-Brücke darstellen sollten, hatte sie am besten abgeschnitten, sodass alle erwarteten, sie würde sich in Malerei einschreiben, und dann entschied sie sich stattdessen für so etwas Abwegiges wie das traditionelle türkische Kunsthandwerk. Und das nur, weil ein Freund meines Großvaters gesagt hatte: »Wenn sie da lernt, bringen wir sie hinterher in der Glasfabrik unter, bei Paşabahçe.« Selbst wenn Mädchen in sich ein kreatives Feuer verspüren, tendieren sie also dazu, sich von anderen lenken zu lassen. Sie tragen von Geburt an ein Juwel in sich und bleiben doch furchtbar passiv. Unterdrückt. Natürlich gibt es wohl auch Mädchen, die intelligent genug sind, um das zu merken, doch Tantchen entwickelte sich in kürzester Zeit zum

Oberflittchen der ganzen Uni. Während auf dem Tisch kalligrafische Wunderwerke entstanden, wurde darunter gefummelt, gerieben, geleckt und wer weiß was noch alles. Von einem Jungen aus der Bildhauerfakultät (und auch tatsächlich einem Bild von einem Mann) wurde Tante Hülya schließlich schwanger. Abgetrieben hat sie nicht, aber sie hatte einen Abgang. Als ihre Mutter davon erfuhr, fiel sie in Ohnmacht, dem Vater wurde alles verheimlicht, Tante Hülya war in Panik, der Junge machte sich aus dem Staub, und so blieb Tante Hülya am Sohn des Elektrohändlers kleben.

»Mädchen, habe ich mir gesagt, heirate, dann bist du aus dem Schneider.« So schilderte Tante Hülya die Geschichte ihrer Hochzeit. Wenn auch nicht ganz so kurz und klar.

Ihr Bräutigam wurde geleimt.

»Du hättest das letzte Glas nicht mehr trinken sollen!«

Er war weggesackt, darauf zogen sie ihn aus und legten ihn ins Bett. Tante Hülya wiederum zeigte sich in der Hochzeitsnacht als wahre Künstlerin. Sie färbte die Satinbettwäsche ein, aber ohne Übertreibung. Ich war damals noch klein, und die Erwachsenen flüsterten in meiner Gegenwart, dass es nur so pfiff wie der Wind und ich Angst bekam.

»Na, wenn jetzt Blut geflossen ist, wie ist sie da vorher überhaupt schwanger geworden? Die müssen sich irgendwie aneinander gerieben haben, und da ist es passiert. So wie man mit dem Pinsel nur mal so drüberhuscht. So wie bei Marmorpapier.«

Tante Hülyas Name bedeutet in etwa so viel wie Tagtraum, und das passte gut zu ihrer lebendigen, träumerischen, fröhlichen und gerissenen Art von Intelligenz. Dass sie allein schon mit dem gefärbten Betttuch zur Künstlerin wurde, merkte sie leider gar nicht. So verpassten sowohl meine Mutter als auch Tante Hülya die Chance, sich wie Tracey Emin zur Kunst aufzuschwingen, dem zweiten Leben nach dem Tod. Wer jetzt nicht weiß, wer Tracey Emin ist, soll das googeln. Aus den Mädchen wurde nichts weiter, teils wegen ihrer Familien, teils weil sie so gestrickt waren, dass sie beim ersten Widerstand gleich aufgaben. Wenn eine Frau sich all das Aufbegehren, das in ihr steckt, den Freiheitswillen, die Kraft, so leicht ausreden lässt, ist das eine Tragödie. Statt Widerstand zu leisten und zu schreien und statt Dichterin oder Malerin zu werden, lassen die sich vorschreiben, was sie zu tun haben. Wo bitte schön bleibt da die Logik?

Durch ihr Vermögen, ein Betttuch einzufärben und damit den hehren Beweis ihrer Jungfernschaft zu erbringen, hatte Tante Hülya sich in eine Ehe gerettet, die nun das Einzige war, woran sie sich klammern konnte. Bei meiner Mutter wiederum war es so, dass das Buch, das sie vor Jahren geschrieben hatte, nun ihr Leben verändern würde.

Wo hatten wir meine Mutter zuletzt gelassen? Ach ja, im Büro dieser Promi-Diätfrau, ihrer Chefin damals. Alle Patienten waren weg, und die beiden saßen sich gegenüber und tranken Kaffee. Die Frau war unter anderem bekannt für ihre Direktheit. Sowohl den Patienten als auch den Angestellten gegenüber.

»Jetzt sagen Sie mal, wie sehen Sie bloß aus?«

Das beschämte meine Mutter, wie sie einer Freundin gestand. Damals klebte ihr der Telefonhörer förmlich an der Hand. Für ihre kostenlose, aber ebenso nutzlose Telefontherapie hatte sie sich in ihrer Verzweiflung drei Freundinnen auserwählt, denen sie ihr Herz ausschüttete. Und wie sie schüttete.

»Das ist wie ein Hörspiel, wenn du so erzählst, ganz toll«, sagte die eine von ihnen ihr mal, aber der war sie nicht böse, sondern erzählte weiter. Die drei lauschten ihr wie einer Märchenerzählerin, und meine Mutter verabreichte ihnen für Erwachsene geschriebene Märchen, mal in fröhlichem, mal in dramatischem Ton. Schon mal eins: Das Dramatische fand weniger Anklang. Die Freundinnen waren auf Hoffnung verheißende Geschichten voller Liebe und Sex aus.

Dann der Wandel, nach der Aufforderung der Chefin, sie solle sich »endlich mal zusammenreißen«.

Erst mal geschah das rein oberflächlich, in Form einer hingeworfenen Geste, indem nämlich die Königin der Diätärzte sie zum Shoppen mitnahm und ihr das Gekaufte danach vom Gehalt abzog. Auf solche Hätscheleien war meine Mutter nicht angewiesen. Wenn sie wollte, konnte sie sich äußerst schick anziehen. Sie wusste genau, was ihr stand, und kannte ihre unschöneren Seiten.

Auf Trab aber brachte sie etwas anderes: eine Liebesverheißung.

Nun, in wen hatte sie sich so verliebt?

Ja, jetzt kommen wir zu dieser Verheißung. Meine Mutter hörte die Schritte der Liebe, und die waren so weich wie die Schritte einer Fee.

Der Mann, den sie sich ausersehen hatte, den sie bewunderte, in den sie sich auf den ersten Blick verliebt hatte, fing eines Tages in der Klinik an, in der meine Mutter angestellt war. Und als Kardiologe sollte er dort mit meiner Mutter zusammenarbeiten.

Liebe geht nicht verloren.

Als meine Mutter den Mann zum ersten Mal gesehen hatte, war sie so aufgeregt gewesen, dass sie die ganze Nacht nicht schlafen konnte.

Wo das war? In einem Hotel, in dem meine Eltern und ich im Urlaub waren.

Kennengelernt hatten sie sich über Freunde am selben Urlaubsort, bei einem gemeinsamen Abendessen. Da sitzt also meine Mutter, müde, unzufrieden, mit einer Dreijährigen am Hals und einem Ehemann, von dem sie die Nase voll hat. Und verliebt sich auf der Stelle in den Arzt, der nun nicht gerade die Art Mann war, in den man sich nicht verlieben könnte. Nach jener Nacht, in der sie keinen Schlaf fand, ging sie am Morgen mit mir zum Kinderpool des Hotels. Richtig erinnern kann ich mich daran nicht, ich war ja erst drei, aber irgendwie habe ich davon noch Bilder im Kopf. Ich spiele also im Pool, in einer lustigen rosafarbenen Badehose, und das Wasser geht mir fast bis zum Bauch. Meine Mutter sitzt daneben, mein Vater ist Gott weiß wo. Er war fast nie mit uns zusammen, weil er sich da langweilte. Er hörte nicht auf meine Mutter, ja redete nicht mit ihr. In das Tagebuch, das meine Mutter während ihrer Schwangerschaft führte, schrieb sie hinein, die Hebamme, von der sie betreut wurde, sei der einzige Mensch gewesen, mit dem sie in der Zeit wirklich gesprochen habe. Bei den Routinekontrollen hätten die beiden sich ein wenig unterhalten, und das bisschen habe sie schon glücklich gemacht. So einsam war sie damals. Man kann es drehen und wenden, wie man will, aber ihr Leben war ein Trümmerfeld. Und danach musste sie sich noch dazu um mich kümmern. Wenn man in solchen Situationen plötzlich einen Ast vor sich hat, möchte man sich gleich daran klammern, und in einen Baum kann man sich reinweg verlieben.

Da schläft also meine Mutter an dem Pool auf einer Liege ein, in einem roten Bikini, ein verschossenes Handtuch auf sich, müde von der Liebesverheißung, erschlafft, und es fließt ihr wohl auch Speichel aus dem halb offenen Mund. Und ich stehe im Wasser und schaue meine schlafende Mutter an. Meine Mutter war anwesend, kümmerte sich aber nicht um mich. Ich wurde also von niemandem beaufsichtigt. Wenn meine Mutter die Augen wieder aufmachte, konnte sie gut und gerne eine gerade ertrinkende Dreijährige vor sich haben. Falls mir der Kopf unter Wasser geriet, brachte ich ihn vielleicht nicht wieder hoch.

Da kam mein Vater und weckte meine Mutter auf.

Wie die Sache damals ausging, erfuhr ich aus den Telefongesprächen meiner Mutter. Sie war der lebende Beweis dafür, dass man am Telefon durchaus Psychoanalyse betreiben kann. Ihre Freundinnen lauschten ihr stumm, und meine Mutter erzählte und erzählte, genauso wie ich, nur dass sie von sich selbst erzählte. Das ist eben von Mensch zu Mensch verschieden. Manche Leute erzählen erst auf dem Umweg über andere von sich selbst.

Den Mann, der meine Mutter verrückt machte, den Helden eines nicht gelebten, aber doch möglichen Liebesabenteuers, verschlug es also in die Klinik, in der meine Mutter arbeitete. Da sein erster Arbeitstag noch dazu mit seinem Geburtstag zusammenfiel, wurde ihm eine Überraschung bereitet. Meine Mutter überreichte ihm ihren Gedichtband, was ihn anscheinend sehr überraschte. Sie hatte davon geträumt, sein Interesse zu wecken, und mit den Gedichten gelang ihr das.

Der Arzt arbeitete drei Tage pro Woche in der Klinik, und meine Mutter sehnte diese Tage immer herbei. Sie leuchtete auf wie ein Stern. Dem achtzehn Jahre älteren Arzt schmeichelte die Zuneigung meiner Mutter. Es begannen die Flirttage, die meiner Mutter das Herz hüpfen ließen.

Entferne dich von dem, was dich von mir entfernt.

Verzichte, wenn nötig, auf die Welt.

»Am besten gefällt mir dieser Vers«, sagte der Arzt.

Mit dem blauen Hängekleid, das ich damals zum ersten Mal an ihr sah, den rot lackierten Zehennägeln, den runden Schultern und dem neuen Haarschnitt, der ihr so gut stand, war meine Mutter eine Liebesschönheit. Sie hing am Telefon. Und erzählte. Und erzählte und erzählte. Mit der Hand am Telefon redete sie, als würde sie tanzen. Ich starrte sie an. Endlich war das Gespräch zu Ende. Und sie wieder allein mit der Liebesgeschichte, die ihr den Puls beschleunigte.

»Bist du mit dem Essen fertig?«

Brav nickte ich. Ich wollte immer von ihr lieb gehabt werden.

»Willst du runter zu Oma?«

Ich war groß darin, alles hinzunehmen, ohne zu protestieren. Kam gar nicht infrage, dass ich gesagt hätte: »Aber ich bin doch gerade erst heimgekommen und würde gern mit meinen Sachen spielen.«

Meine Mutter machte im Hausgang das Licht an, ich stieg die zwei Stockwerke hinunter und läutete bei meiner Oma. Noch bevor mir aufgemacht wurde, hörte ich, wie oben die Tür schon wieder zuging. Wie sehr mir Mama doch vertraute! Sie machte sich keine Sorgen um mich. Meine Oma öffnete die Tür.

»Was machst du denn da? Geh wieder heim.«

Stumm machte ich kehrt, aber da zog sie mich auch schon am Arm. »Na, komm schon rein.« Ich ging die paar Stufen wieder zurück und in die Wohnung meiner Oma. Es war dort dunkler als bei uns, weil die Häuser gegenüber so nah an unseres gebaut waren.

Meine Oma machte mir den Fernseher an und setzte sich wie immer ans Fenster. Seit der Begegnung beim Friseur war sie sehr nachdenklich. So still hatte ich sie noch nie gesehen. Sie schaute zum Fenster hinaus, als gäbe es da etwas Besonderes zu sehen. Auf ihren Wunsch hin war ihr Wohnzimmer auf der gleichen Seite eingerichtet worden wie in den Etagen weiter oben, die über eine Aussicht verfügten, doch sah sie eben nur die Häuser gegenüber mit den dunklen, nach hinten hinausgehenden Balkons und dem bisschen Grün, das zum großen Teil aus Feigenbäumen und riesigen Farnen bestand. Die Balkons standen voll mit unbenutztem Zeug. In den Wohnungen selbst ging es ordentlich zu, auf den Balkons dagegen herrschte Durcheinander. Wie bei uns im Kopf, in unserer Innenwelt. Nur ein einziger Balkon war schön aufgeräumt, dort hing ein Seil zum Teppichausklopfen, und neben einer Klappleiter mit einem Deckchen darauf waren in einer Ecke fein säuberlich alte Zeitungen gestapelt. Dort wohnten eine ältere Frau und ihre fast ebenso alte Tochter. Wenn meine Oma auf den Balkon hinübersah, konnte sie zum Beispiel sagen:

»Wenn doch deine Tante bloß bei mir wohnen würde. Ihre Wohnung könnten wir dann vermieten. Wäre ja nur zu ihrem Besten. Ich sage ja nichts, wenn sie Freunde mit nach Hause bringt, aber was da von droben manchmal für Geräusche kommen, ist schon unerhört. Dann lege ich mich zum Schlafen ins Wohnzimmer. Wenn sie bloß ihr Schlafzimmer nicht genau über dem meinen hätte, wo sie doch jeden Kerl ins Bett zieht, der ihr nur unterkommt. Und ich habe keine Lust, mein Schlafzimmer wegen ihr zu verlegen. Miststück. Luder. Nutte.«

An jenem Tag aber war ihr ganz anders zumute.

Da die Hochhäuser an einem Hang errichtet waren, verfügten sie über Stützmauern zum Stabilisieren des Fundaments. Zwischen diesen Mauern und den gegenüberliegenden Häusern war eine Grube, in die sich vor meiner Geburt mal von dem Haus drüben eine Frau gestürzt hatte. Tantchen hatte über den Selbstmord damals geschrieben. Das war auch nichts, woraufhin man einfach hätte zur Tagesordnung übergehen können. Die Leiche der Frau war nämlich nie gefunden worden. Echt jetzt.

»So tief ist es da?«

»Nein. Wir wissen ja noch, wie es damals aussah, bevor hier gebaut wurde.«

Es kamen Geophysiker, und sogar Spezialisten für byzantinische Geschichte, denn es sollte angeblich Tunnels zu alten Zisternen geben. Von dem Spalt wurden Röntgenaufnahmen gemacht, Unsichtbares wurde sichtbar gemacht. Von der Frauenleiche aber keine Spur. Wer weiß, wie viele Frauen in dem Spalt schon verschwunden waren. Eigentlich ist ja jeder Selbstmord, auch wenn er nur ins Auge gefasst wird, der Tod eines Menschen.

In jenen Abgrund sah meine Oma hinunter.

Dann machte sie das Fenster zu.

Und wandte sich mir zu.

Und sah, dass ich sie ansah. Das bedeutete ihr vielleicht eine Rückkehr ins Leben. Na ja, Efrosa war diese Rückkehr nicht gelungen.

»Starr nicht so mit offenem Mund. Mach ihn zu, sonst bleibt dir das.«

Ich machte den Mund zu. Aber meinen Verstand konnte ich nicht zum Schweigen bringen.

Das fünfjährige Mädchen von damals war mir jetzt ungeheuer nahe. Was hatte ich auf dem Baum verloren? Wollte ich das kleine Mädchen noch einmal großziehen, nur diesmal selbst?

 Mein Verstand hält nicht still. Irgendwann bricht natürlich jeder mal sein Schweigen. Man erzählt aber nicht alles auf einmal, sondern nach und nach, und während man so erzählt, hört man sich selbst zu. Wenn der Mensch zu erzählen anfängt, sprechen die Gefühle, nicht der Verstand. Darum geht es eigentlich auch. Wenn der Verstand viel redet, bringt das nichts. Denn durch den Verstand wird der Mensch nicht geheilt.

Wer soll glauben, dass ich in einem Storchennest schlafe? Wer hätte geglaubt, dass Pembe und Derin sterben würden? Und wer, dass meine Mutter nach den leuchtend schönen Tagen, als ich fünf Jahre alt war, sich in ein Wrack verwandeln würde? Oder dass meine Oma ein Geheimnis hatte, an dem sie litt?

Ich hatte noch gar nichts. Ich war noch ein Kind, wie Sie sehen. Als ich mit drei im Kinderpool stand, hätte ich ertrinken können, bin ich aber nicht. Ich bin am Leben geblieben. Habe gelebt. Lebe.

Wie es in dem unvergesslichen Lied heißt, das Tantchen immer auf ihren Partys spielte: »I Will Survive!«

Wie fröhlich da alle waren, bei diesen Partys in der Wohnung von Tantchen. Lauter gut gelaunte Journalistinnen und Journalisten. Menschen, die ihren Beruf über alles liebten, die Arbeit hatten und Geld verdienten, und die mit ihrem Leben zufrieden waren. Einmal hat Tantchen einen Preis gewonnen, ob das wohl gefeiert wurde? Es gab da einen älteren Journalisten namens Ünsal, der für Tantchen und ihre Kollegen eine Art Lehrmeister war. Ob der wohl auch eingeladen war? Und kichernd auf der senffarbenen Couch saß? In seiner Tasche hatte er eine Ausgabe von *Don Quijote* dabei.

»Den lese ich gerade wieder. Höchst amüsant.«

Er schenkte mir den Band, als ich, neugierig auf die Party,

hinunterging. Dabei verkündete ich ihm, ich würde mal Schriftstellerin werden.

»Oh! Sehr gut. Da kann ich nur gratulieren.«

Er ermunterte mich noch weiter.

Tantchen nannte ihn ihr großes Vorbild. »Hör gut zu, was er dir sagt.«

»Ach, die macht doch ohnehin einen aufgeweckten Eindruck.«

Tantchen wollte noch etwas loswerden.

»Ünsal, mein Buch ist jetzt fertig.«

»Schön, nur her damit, dann lese ich es.«

»Ach wirklich?«

»Ja natürlich wirklich. Du willst es doch nicht herausbringen, bevor ich es gelesen habe, oder?«

»Aber nein, wie sollte ich?«

Alle waren happy. Gute zehnmal hintereinander wurde »I Will Survive« gespielt, und lautes Gelächter dröhnte in die Nacht hinaus. Bis von dem ordentlichen Balkon gegenüber die Frau, die dort mit ihrer Mutter wohnte, zu uns herüberrief. Nicht unhöflich. Überhaupt nicht gereizt.

»Hallo! Hallo, Sie da drüben! Es ist wegen der Musik. Meine Mutter kann nicht schlafen.«

»Könnten Sie uns das heute Abend bitte durchgehen lassen? Wir feiern was. Wie wär's, wenn Sie im Wohnzimmer übernachten? Oder hört man es bis dort auch?«

»Ich wohl nicht, bei meiner Mutter weiß ich es nicht.«

»Möchten Sie nicht rüberkommen? Wo Sie wegen uns schon nicht schlafen können?«

Hat sie die doch glatt eingeladen.

Und die Frau, die noch immer bei ihrer Mutter lebte, kam tatsächlich herüber. Sie hatte kurz geschnittene graue Haare, olivschwarze Augen und Zähne wie Perlen. Leicht buckelig mochte sie sein, doch beim Tanzen machte ihr niemand was vor. Sie forderte sogar Ünsal zum Tanzen auf und vollführte die kunstvollsten Bewegungen, wie man sie nie von ihr erwartet hätte. Alle strahlten vor Begeisterung. Ünsal lachte schallend und klatschte in die Hände. Sein Beitrag zum Tanz bestand vor allem aus einem künstlerischen Trippeln mit den Füßen, aber ein Gefühl für Rhythmus hatte er durchaus. Der Mann liebte das Leben.

»Die Frau ist ein Geschenk des Himmels! Die hat Schwung in die Party gebracht.«

Einfach tanzen, als würde einem kein Mensch zuschauen; lieben, als würde es nie wehtun; singen, als würde keiner zuhören; und leben, als wäre die Welt ein Paradies! Darin bestand doch das Geheimnis des Glücks.

So eine fröhliche Zusammenkunft. Lauter gut aussehende, glückliche Journalisten, die sich amüsierten. Am nächsten Morgen würden sie frisch geduscht und nach Shampoo und Bodylotion duftend wieder ihrer Arbeit nachgehen. Voller Leidenschaft an ihrer Zeitung sitzen. In der Redaktionskonferenz mochte es etwas angespannt zugehen, aber das war nicht schlimm. Vielleicht sogar besser. »Ich muss jetzt los zu einer Reportage.« So ein Leben hatte Tantchen hinter sich gelassen. Können Sie sich vorstellen, wie sehr es an mir nagt, dass sich das alles aufgelöst hat?

Ich bin hier oben, um zu leben.

Oder stelle mir einen anderen Tod vor.

Unglaublich, wie dieses Storchennest mich aushält. Die haben das so toll geflochten und sich genau den richtigen Ast ausgesucht, fern aller Gefahr.

Es hat wohl noch nie jemand in einem Storchennest geschlafen. Oder Sie etwa? Federleicht habe ich mich gemacht.

Mein Schlaf war aber auch federleicht. In der Nacht fror ich ein bisschen. Als die Parklichter erloschen, versank ich in tiefer Dunkelheit, und die Dunkelheit deckte mich zu. Die Natur versteht sich auf so etwas. Unruhe stiften nur die Menschen. Schwester Störchin hat ihr Nest an einer besonders schönen Stelle gebaut. Von den Lorbeerzweigen über meinem Kopf duftete es zart herab. Neugierige Vögel und Schmetterlinge nutzten die Dunkelheit aus und flogen ganz dicht an mich heran, und ein Tier setzte sich sogar frech auf mich und ließ mich hochschrecken.

Wenn aber die Nacht in Schlaf versinkt, erwachen die Geräusche der Nacht.

Es gab so ein Kinderlied, das mir Angst machte, im Kindergarten sangen wir das. Eines Tages habe ich dabei angefangen zu weinen, denn irgendwie fiel mir dabei ein, wie seltsam es bei uns zu Hause zuging. Zählen wir doch mal auf: meine Mutter unglücklich, ich von ihr ungeliebt, mein Vater in seiner eigenen Welt und meine Oma, die alles in sich hineinfraß.

Dann kam aber das beruhigende Gefühl über mich, dass mich in jener tiefen Dunkelheit niemand erreichen und niemand berühren konnte. Da ich mich überhaupt nicht bewegte, war ich wohl schon ganz steif. Ich hätte behaupten können, dass ich mich jetzt nicht mehr fürchtete, aber das tat ich doch, nämlich vor dem Hinunterfallen, und damit vor dem Einschlafen. Dann schlief ich doch. Und sogar herrlich tief.

Am Morgen wurde ich von der Kühle und den früh einsetzenden Fontänen wach. Die Augen brachte ich noch nicht auf, zu sehr hatte der Schlaf mich noch im Griff. Ich hatte tatsächlich eine Nacht auf einem Baum verbracht. Ganz und gar. Plötzlich riss ich doch die Augen auf, denn von unten hörte ich: »Psst, du da oben, ich weiß, dass du da bist!«

Psst, ich da oben, war ich wirklich hier?

6 | POSTS

Der gleiche Junge wieder. Yunus. Obwohl ich den Namen da noch nicht kannte. Ich beugte mich vor. Die Stimme kam von unten, aber diesmal von der anderen Seite der Parkmauer, aus dem Hotelgarten. Unter dem mächtigen, hohen alten Lorbeerbaum mit dem Storchennest darauf. Als wäre es nur von den Blättern her Lorbeer, ansonsten aber eine Eiche. Vielleicht hing meine Hand aus dem Nest heraus, und er hatte mich so entdeckt. Seine Uniform hatte er diesmal nicht an. Jeans, T-Shirt, darüber ein kariertes Hemd mit hochgekrempelten Ärmeln, Rucksack. Hätte ich mir sein Gesicht nicht gemerkt, hätte ich ihn gar nicht wiedererkannt. Ich muss ihn angesehen haben, als träumte ich. Mich schwindelte leicht vom plötzlichen Hinuntersehen.

»Pass auf, dass du nicht runterfällst«, sagte der Junge.

Was sollte ich darauf antworten? Von fluch.com etwas Saftiges herunterladen, damit er sich zum Teufel scherte, kam nicht infrage.

»Geh weg«, sagte ich. Kam mir ganz spontan über die Lippen. Als hätte ich ihn schon lange gekannt.

»Was willst du da oben?«, fragte er.

»Was geht dich das an?«, gab ich zurück und verzog großspurig den Mund, wie Derin das immer machte. »Muss ich dich etwa um Erlaubnis fragen?«

»Das nicht.«

»Also was?«

»Gestern Abend warst du auch schon da. Auf dem anderen Baum. Darum frage ich.«

»Was geht dich das an?«

»Na, ich habe mir Sorgen gemacht.«

»Brauchst du nicht.«

»Das sagst du so … Hätte ja sein können, dass du wie eine Katze auf den Baum rauf bist und nicht mehr runter kannst.«

»Ich brauch keine Hilfe. Lass mich in Ruhe. Am besten, du hast mich nicht gesehen.«

»Versteckst du dich da oben?«

»Leck mich am Arsch, du Wichser!«

Pembe sagte immer, manchmal muss man sich aus einer Situation einfach rausfluchen. Auf einen Schlag alles versaubeuteln. Dann weiß der andere augenblicklich Bescheid.

»Jetzt komm aber! Ich habe dir Wasser und Kekse mitgebracht.«

Das hätte verlockend klingen können, und tat es auch. Ich hatte Hunger und Durst. Aber wegen einem Keks und einem Schluck Wasser von dem Baum runter? Haben Sie schon mal einen Toten wieder aus dem Grab steigen sehen?

»Du kommst also nicht runter?«

Auf einmal kam mir das Ganze wie eine Falle vor. Wo er mich doch unbedingt unten haben wollte.

»Wie hast du da überhaupt geschlafen? In dem Storchennest, wie in einer Wiege? Sogar Storchenküken fallen manchmal raus. Warum dann du nicht?«

»Mann, du kannst Fragen stellen!«

Ich redete wie Derin, und als ich sie so nachmachte, kamen mir die Tränen. Von unterwegs hatten sie mir über WhatsApp Videos geschickt, und dann ein Snap. Unter den vielen jungen Leuten im Bus zeigten sie, was sie so draufhatten. Und lachten. Ich schickte eine Nachricht voller Emojis.

»Ihr scheint euch ja zu amüsieren, ihr Ratten! Aber wer zuletzt lacht, lacht am besten!«

»Du hättest eben mitkommen sollen, da hast du echt was verpasst.« Am Ende war ein Emoji mit einem Stinkefinger. Wo hatten sie den bloß her?

»Kaum stehen wir nicht Gewehr bei Fuß, kommt schon wieder Oma-Talk: Wer zuletzt lacht, bla, bla, bla.«

»Gewehr bei Fuß! Geht's noch omamäßiger? Hahaha!«

»Wir müssen jetzt, der Bus fährt gleich. Wenn wir dort sind, rufen wir an.«

»Ihr wollt mich also loswerden?«

»Na gut, ein Selfie schicken wir dir noch.«

»Hoho, dann aber los!«

Ich wartete, aber das Selfie kam nicht, stattdessen nur: »Tschüss: X«. Da wollte ich dann auch nicht weiterlabern, oder vielmehr habe ich ein paar Sachen hingeschrieben und jeweils wieder gelöscht. Ungefähr so in der Richtung:

Stimmt ja, ihr seid auf wichtiger Mission.

Oder:

Lauter Florence Nightingales!

Bringt von dem Spielzeug was zurück, dann spielen wir damit.

Alles wieder gelöscht. Gar nichts mehr geschickt. So war das Letzte, was ich von Pembe und Derin bekam, ein »Tschüss«. Als hätten sie geahnt, dass sie sterben würden.

Später kam noch ein Tweet von Derin, »Bald sind wir da«, mit einem Foto vom Bus und den anderen jungen Leuten, mit denen sie unterwegs waren. Pembe hatte den Tweet retweetet, und ich hatte ihn sowohl retweetet als auch gelikt. Drunter wollte ich noch was wahnsinnig Witziges aus einem dämlichen Busfahrerlied schreiben, ließ es aber schließlich. Da rief Tantchen an. Twitter war der Spiegel unseres Lebens.

»Warum bist du mit deinen Freundinnen nicht mit?«

»Damit Mama nicht allein ist.«

»Ach komm!«

Es stimmte aber. Meine Mutter litt in dem Sommer an einer schweren Depression und verließ kaum noch das Bett. Tantchen wiederum war schon eine ganze Weile nicht in Istanbul. Als sie arbeitslos wurde, fand sie einen Job als PR-Mensch bei einer Stadtverwaltung, der sie politisch einigermaßen nahestand. Ihre Wohnung hatte sie untervermietet, und sie rief mich vom Festnetz jener Stadtverwaltung an.

»Man kriegt im Leben nicht auf alles eine Antwort. Muss auch gar nicht sein. Du brauchst also nicht auf alles zu antworten.« Sie war so eine Mischung aus Pembe und Derin. Das sagte ich Tantchen allerdings nicht. Ich konnte gar nichts sagen und wollte bloß weg von dem Thema. Zum Glück läutete es gerade an der Tür. »Bestimmt der Immobilienmensch«, sagte ich. Stattdessen kam ein Wisch von der Stromfirma. Wegen der unbezahlten Rechnungen würden sie uns den Strom sperren. Wir saßen vor allen anderen im Dunkeln.

Im Türkischen heißt es, es tut einem die Nase weh, wenn man über etwas traurig ist. Aber bei mir ist das wirklich so, mir kriecht der Schmerz durch die Nasenlöcher rein, und der ist dann nicht nur seelisch, sondern auch körperlich. Das ist überhaupt eine Definition dafür, wie seelischer Schmerz sich in körperlichen verwandeln kann. Danach tränen einem die Augen, aber sobald das passiert, lässt der Schmerz schon wieder ein bisschen nach. Dafür geht es dann im Herzen los, und zwar, je mehr man weint. Ich weiß schon, ich erkläre das nicht richtig, oder zumindest kommt

Ihnen das so vor. So ist eben der Mensch, das Wort eines anderen ist ihm einfach Wind. Aber zumindest kann ich den Schmerz beschreiben, denn ich bin noch am Leben. Und will nicht noch einmal jemanden verlieren, den ich sehr liebe. Darum wollte ich diesen Yunus weder kennen- noch liebenlernen. Doch so etwas hat man nicht in der Hand. Da dachte ich, so einen Yunus kann man sich vom Leibe halten, wenn man auf einem Baum hockt, aber jetzt sah er gekränkt aus. Obwohl er mich gar nicht kannte, wollte er mir Gutes tun, und ich war so zu ihm. Deswegen, und nicht etwa, weil ich Hunger und Durst hatte, rief ich ihm hinterher:

»Bleib stehen!«

Und Yunus blieb stehen.

»Warte mal, ich nehme das Zeug.«

7 | ENTFOLGEN

Dank meines Rucksacks, den ich am Nylonseil hinunterließ, konnte ich das Wasser und die Kekse hochholen. Trotzdem war ich mir bis zum letzten Augenblick nicht sicher, ob der Junge nicht doch ein Verrückter war, der vielleicht am Seil zog und mich hinunterplumpsen ließ. Darum band ich vorsichtshalber das Seil erst an einem Ast fest. »Jetzt kannst du die Sachen reintun.«

Wir tauschten quasi etwas. Es war wirklich aufregend. Dieser Junge, den ich doch gar nicht kannte, wollte mir etwas geben, und ich hatte trotzdem Angst und vertraute ihm nicht ganz, und durch diesen Mix an Gefühlen wäre ich fast von selbst runtergefallen. Ich kam aus dem Gleichgewicht, ruderte mit den Armen und zerkratzte mich an den Zweigen, die aus dem Storchennest herausstanden. Das war noch, während ich die Schnur festband. Auch wenn der Junge das überhaupt nicht beabsichtigt hatte, wäre ich beinahe hinuntergekracht.

Als ich den Rucksack hochzog, sagte ich: »Und jetzt verschwinde.« Das Gewicht des Wassers und der Kekse zu spüren, war wundervoll. Und mein rüder Satz natürlich keineswegs glaubwürdig. Wir spielten eine Art Spiel, und mit der Zeit wurde das immer mehr so.

Yunus kniff ein Auge zu und starrte zu mir hoch. Um sich vor der Morgensonne zu schützen, die durch das Blattwerk stach, hielt er sich eine Hand über die Augen. Der Junge war echt neugierig auf mich.

»Jetzt geh schon, worauf wartest du noch?«

»Na gut«, sagte er, hängte sich den Rucksack um und ging. Ich sah ihm nach. Dann blickte ich umher, ob uns nicht jemand gesehen hatte. Niemand. Er musste die ganze Nacht gearbeitet haben, und jetzt kehrte er nach Hause zurück. Mir gefiel die Art, wie er ging. Er hatte etwas Unsicheres an sich.

Ich öffnete den Rucksack und dann die Kekspackung. Erst aß ich schnell in mich hinein, dann dachte ich mir: langsam. Wie sollte ich mich auf dem Baum denn ernähren? Vielleicht war das meine letzte Mahlzeit. Ich trank etwas Wasser, oder vielmehr hielt ich gleich beim ersten Schluck inne. Vielleicht war das gar kein Wasser? Sondern eine Säure, die mir den Mund verätzen würde? Allein durch den Gedanken daran schmeckte das Wasser wie Säure, und ich spuckte es aus. Wie es mir die Hand hinunterlief, kam ich dann doch zu der Überzeugung, dass es Wasser war, und trank weiter. Was heißt Überzeugung, ich hatte einfach wahnsinnigen Durst! Dabei würde auch das Wasser ein Problem für mich sein, denn später würde ich pinkeln müssen, und noch mehr. In meinem Tagtraum hatte ich dafür eine Lösung gefunden. So würde es gehen. Aber was war mit dem Essen? Eine kleine Lösung bot sich da schon.

Gleich neben meinem Lorbeerbaum stand eine Pinie, und aus deren Zapfen pickte ich Kerne heraus. Damit war ich fast bis Mittag beschäftigt. Fast wie ein Vogel kam ich mir vor. Als irgendein Trottel auf einmal rief: »Da oben ist doch was? Ein Affe?«

Bis die Jungen unter meinem Baum standen, hatte ich mich schon in den hintersten Winkel zurückgezogen. Fast hätte mein Leben auf dem Baum schon geendet, bevor es richtig angefangen hatte. Ich versteckte mich hinter den Ästen, die auf die Mauer zwischen Park und Hotel herunterhingen. Da knackte ein dünner Lorbeerast unter meinen Füßen und brach. Hätte ich es nicht wie eine Seiltänzerin gerade noch auf die Mauer geschafft, wäre ich auf dem Boden aufgeschlagen. Der abgebrochene Ast fiel noch dazu hinunter.

»Ich schwör euch, da ist jemand«, sagte der Junge, und ums Haar hätten die beiden anderen ihm nun geglaubt.

»Ist vielleicht ein Vogel«, lispelte der eine.

»Ach was, Vogel, ein Affe eher, aber ein Affe hat keine Jacke an.«

Angespannt starrten sie zur Baumkrone hinauf und warteten auf eine Bewegung, auf irgendein noch stärkeres Zeichen als den abgebrochenen Ast. Irgendwann wurde ihnen das zu dumm, und sie zogen ab.

Jetzt saß ich zwar im abgeschiedensten Teil des Parks auf einem Baum, aber ich musste noch vorsichtiger sein. Mich tagsüber versteckt halten und nur abends herauskommen.

Das Fledermausmädchen!

Von den beiden anderen, die ihm nicht glaubten, bekam der Junge, der mich gesehen hatte, im Weggehen noch einen herzhaft-fröhlichen Schlag in den Nacken versetzt. Ich sah ihnen nach, als wäre ich um einiges älter als sie. Der Aufstand zwei Jahre zuvor hatte mich gelehrt, nicht so viele Vorurteile zu haben.

Sogar hier oben musste ich vor Jungs davonlaufen, das durfte ja nicht wahr sein! Obwohl, wenn ich die Füße auf dem Boden hatte, lief ja eher ich denen hinterher. Na ja, einigen nur. Nein: einem. Ja, es gibt da bei mir so eine halb gare Liebesgeschichte. Oder es gab sie vielmehr. Wenn man das überhaupt Liebe nennen konnte.

Beim Herumturnen auf der Mauer hatte ich mir das Knie aufgeschlagen. Ich sah mir gerade die blutende Stelle an, da hörte ich schon wieder die Stimme von Yunus. Er rief zu mir herauf, diesmal von der Hotelseite her.

»Bist du nicht heimgegangen?«

»Nein, ich war nur im Park, um dich zu sehen. Meine normalen Sachen hatte ich an, weil ich aus dem Hotel nicht in Uniform rausdarf.«

»Vielleicht gibt es ja zwei von dir!«

Er lachte.

»Stimmt schon, mit mir ist immer zu rechnen. Wir arbeiten in zwei Schichten im Hotel. Normal ist das nicht.«

Zwischen Mauer und Hotel schlängelte sich eine Feuerleiter hinauf, ein potthässliches Ding. Als hätte man dem eleganten dreistöckigen Hotel eine unförmige Krücke verpasst.

Als Yunus merkte, dass ich auf der Mauer saß, klapperte er auch schon die Feuerleiter hinauf. Beim Anblick meines blutenden Knies verzog er besorgt das Gesicht.

»Wie ist denn das passiert?«

»Mich hat ein Junge im Park gesehen, und als ich mich besser verstecken wollte, habe ich mir das Knie aufgeschrammt. Fast wäre ich runtergefallen. Und ein Ast ist runtergekracht.«

»Ich weiß ja nicht, wie du auf dem Baum leben sollst …«

Es gefiel mir, dass er mit mir redete, als würde er mich besser kennen als ich mich selbst. Und dass er akzeptiert hatte, dass ich auf dem Baum lebte. Aber kaum hatte er das gesagt, stieg er auch schon wieder die Treppe hinunter.

»Was ist denn? Kannst du etwa kein Blut sehen?«

Ohne eine Antwort zu geben, eilte er davon.

8 | ZU DEN FAVORITEN HINZUFÜGEN

Dann kam er zurück. Mit einer Flasche Desinfektionsmittel und einem Verband.

»Also, falls du mich anmachen willst, lass es lieber, ja?«

»Überhaupt nicht. Ich will dir nur helfen«, erwiderte er. »Außerdem habe ich eine Freundin.«

Das war für mich, zugegeben, eine Enttäuschung.

Er hielt mir die Flasche hin. »Mach die Wunde sauber.« Ich sah zu, wie mein Blut allmählich gerann. Zum achtundfünfzigsten Mal scheuchte ich eine Fliege weg und sagte dabei: »Ach, hau ab!« Yunus dachte, er sei gemeint, und verzog das Gesicht. Er war auf die letzte Stufe der Feuerleiter gestiegen; ein großer Schritt weiter, und er wäre, wie ich, auf der Mauer gewesen. Den Schritt tat er aber nicht. Erst meinte ich, er habe Angst, seine Uniform schmutzig zu machen. Er sagte aber was von Höhenangst.

Meine Hose war am Knie zerfetzt. Ich hatte mich ja auch so heftig gestoßen, dass ich erst schon fürchtete, der Fuß sei gebrochen. Das kalte Desinfektionsmittel tat meiner Wunde gut. Als Yunus die Treppe wieder hinunterstieg, rief ich ihm nach: »Danke!«

Er drehte sich nicht um.

War es nun gut, dass ich ihn kennengelernt hatte, oder schlecht? Wäre ich allein geblieben, wie hätte ich dann überhaupt zurechtkommen sollen? Was wäre aus mir geworden? Ja, ich wiederhole mich. *Repeat after me!* An meiner Stelle würden Sie sich diese Fragen auch eine Million Mal stellen, also seien Sie nicht gleich so kritisch.

Eigentlich kommt der Mensch mit fast allem zurecht. Ich verband meine Wunde und steckte mir den Rest Verband und die Flasche in den Hosenbund. Mein Rucksack war ja noch im Storchennest. Ich kann den Augenblick nicht genießen, ständig habe ich den nächsten Schritt im Kopf. Deswegen habe ich nie richtig Ruhe. Diese Gefühle würde ich Ihnen gerne viel besser schildern, aber ich kann es nun mal nur so. Außerdem bin ich jemand, der immer alles von Neuem versucht, immer und immer wieder. *Game over* nennen wir das.

Warum bin ich hier?

Schon klar, das ist die Frage, die ich ganz zu Anfang hätte stellen sollen. Aber oft sieht man ja nicht einmal in sich selbst hinein.

»Jetzt schau dich einfach mal richtig um hier«, sagte ich mir.

So ließ ich von der Mauer aus meinen Blick schweifen. Es fängt ja alles damit an, dass man schaut. Und etwas sieht. Mein Vater sagte, die Mauer zwischen Palast und Park sei genauso original wie die Hagia Sophia. »Da ist nichts Heutiges hinzugefügt worden. Übrigens ist sowohl die Mauer als auch der Palast von Strafgefangenen erbaut worden. Als Lohn hat man sie später freigelassen.« Ich saß auf einer alten Mauer, in deren Mörtel man Eiweiß gemischt hatte. Als ich die Hände fest auf die Mauerziegel legte, hatte ich das Gefühl, die ganze Geschichte der Stadt mit Händen zu greifen. Das Hotel war aus einer später zum Palast dazugebauten Villa entstanden. Und was heißt später? 17. Jahrhundert? Neben der Feuerleiter wuchs ein Berg von Klimaanlagen empor. Viele Hotelfenster standen offen, an manchen hatte es den Vorhang herausgeweht. Die braunen Leinenvorhänge sahen aus wie vom Wind zerzauste Haare.

Die Mauer lag in sanftem Schatten, die Lorbeerblätter glänzten. Und die Vögel zwitscherten herrlich. Es war warm auf der Mauer, ich legte die Füße fest auf, und auch den Hintern bohrte ich geradezu hinein. Um mich herum hingen lauter Zweige herunter, ich rieb an den Blättern und roch dann an meinen Fingern. Mit zur Sonne gewandtem Gesicht saß ich da wie eine Schildkröte, die den Kopf immer weiter herausstreckt. So blieb ich eine ganze Weile sitzen.

Es musste der 17. September sein. Bald würde ich einen kompletten Tag auf dem Baum verbracht haben. Das Knie tat mir weh. Auch fürchtete ich, jemand könnte mich sehen. Immer war eine neue Sorge »an der Reihe«. Liebend gern wäre ich jemand, dem alles viel gleichgültiger wäre. Hätte ich ein Handy dabeigehabt, hätte ich ein Selfie geschossen. Das hätte mir vielleicht dabei geholfen, mir besser über mich selbst klar zu werden. Ich konnte ja meinen Gesichtsausdruck nicht mehr sehen. Und wie Narziss nach einer Wasserfläche suchen würde ich nun doch nicht. Vielleicht konnte Yunus mir einen Spiegel bringen? Oder gar ein Handy? Aber wozu? Eigentlich brauchte ich gar nichts mehr. Das versetzte mir einen Stich. Ich hatte aufgegeben. Verloren. Nur wegen mir wäre das nicht schlimm gewesen, aber alle, die ich liebte, hatten auch aufgegeben und verloren. Und waren gestorben. Eine Weile sah ich auf das Hoteldach. Die Dachziegel waren von ganz ungewöhnlichem Rot. Jemand, der aus einem Hotelfenster sah, hätte schon ziemlich weit nach oben blicken müssen, um mich zu bemerken, sich also wirklich dafür interessieren, was so in der Luft war am Istanbuler Himmel. Gab es solche Leute?

Höchstens Yunus. Ich kam mir echt vor wie Gott, so hoch oben über allem.

Wie überall in der Türkei war auf der Hinterseite des Hotels alles voller Gerümpel. Es wurde zwar nichts hingeworfen, was hätte verrotten und stinken können, aber lauter Zeug, das im Hotel nicht mehr gebraucht wurde – ein Kühlschrank, ein riesiger verrosteter Grill, Stühle mit zerbrochenen Beinen – und das nun den Weg alles Irdischen ging. Den Weg alles Irdischen! Sagen wir mal so: Meine Oma versorgte mich immer mit Lektüre, mit alten Büchern von ihr, und da waren viele altmodische Romane dabei. So manches Wort ist mir von da überkommen. Ja, Bingo, überkommen! Volltreffer!

Yunus würde mir wohl bringen, was ich nur wollte.

Aber wer auf so einen Baum stieg, der wollte doch nichts mehr vom Leben. Habe ich nicht recht? Nein, habe ich nicht. Finde ich zumindest.

9 | LIKEN

Yunus ist mit was angekommen, da musste ich furchtbar lachen. Italo Calvino: *Der Baron auf den Bäumen*. In Folie eingeschweißt. Hatte er also extra für mich gekauft. Er stand diesmal wieder direkt unter dem Baum mit dem Storchennest und rief: »Psst!« Ich lugte erst mal vorsichtig hinunter, ob da nicht wieder der Kerl war, der mich für einen Affen oder einen Vogel gehalten hatte, und als ich Yunus sah, musste ich schmunzeln. Meine Oma erzählte mir immer, wie sie durch das hölzerne Gitterfenster ihres Hauses nach schicken jungen Männern gespäht hatte. Sie ist 1937 geboren, ein Unfall, denn ihre Mutter war schon siebenunddreißig. Für damalige Verhältnisse *too late*. Die Mutter war im selben Haus aufgewachsen und berichtete unermüdlich, was es in Istanbul 1915 für gut aussehende Männer gegeben hatte. Obwohl ja, weil überall Krieg herrschte, nicht gerade viele herumliefen. Wenn man schon einen sah, ließ man sich bis zu den Schnurrbartspitzen nichts davon entgehen, was einen Mann damals so ausmachte. Zwischen meiner Miene, als ich Yunus erblickte, und dem Gesicht, das ich zog, als ich ihn mit »Du schon wieder!« begrüßte, war ein himmelweiter Unterschied. »So groß wie ein Berg! Wie der Uludağ!«, sagte Pembe immer, denn aus der Gegend dort, aus Bursa, stammte ihr Playboy-Vater. In seiner Familie machten sie irgendwie in Textilien. Warum hatten sie dann was gegen ihren Namen? Weil sie versuchten, sich in die feine Gesellschaft hochzuarbeiten? Nein, ich will hier gar nicht abschweifen. Genauso wie ich erst auf eine Platane geklettert bin, von da auf einen Eukalyptusbaum und schließlich in das Storchennest auf dem Lorbeerbaum, würde ich am liebsten im Geiste auch nur zwischen zwei, drei Themen hin und her schaukeln, aber das wird irgendwie nichts.

»Na, wenigstens kein Tarzan-Buch«, sagte ich zu Yunus. »Hätte ja auch sein können.«

Ich konnte ein Lachen nicht unterdrücken, und Yunus war wieder beleidigt. Das war wohl sein Schicksal. Wie gern hätte ich das Pembe und Derin erzählt. Ich begriff nicht, warum der Junge nicht lockerließ. Ich musste den Rucksack hinunterlassen, er legte das Buch rein und sagte: »Zieh rauf!«

Es ging also fast zu wie bei den kleinen Lebensmittelgeschäften, den sogenannten Bakkal, die es in Cihangir noch vereinzelt gab. Da ließen Frauen von ihrem Fenster einen Korb hinab, und viele plärrten schon los, bevor der Korb überhaupt unten war: »Bakkal! Bakkal!« Meine Oma regte das auf, und einmal zog sie am Strick einer Nachbarin über ihr wie ein wild gewordener Glöckner.

»Ficken soll er dich, der Bakkal! Einmal plärren reicht. Bringt die ihr Muschimaul nicht zu. Bakkaaaal, bakkal!«

»Hast du sie noch alle! Verrücktes Weibsstück!«

Darauf zog meine Oma noch fester an der Schnur, und die Frau am Fenster wäre fast runtergepurzelt. Jene Wohnungen, wo man noch den Korb runterließ, sind inzwischen alle verkauft worden, und die neuen Besitzer bestellen per Telefon oder Internet. In einer türkischen Schnulzenkomödie zog der Taugenichts von Held – »Einer von uns!«, sagte Derin immer – so fest am Strick, dass die
 Nachbarin tatsächlich runterfiel. Wir lachten uns kaputt

über diesen beknackten Film, für den wir die Schule geschwänzt hatten.

»Warum sträuben Sie sich eigentlich so sehr dagegen, sich in diese Schule zu integrieren?«

Pembe, Derin und ich mussten uns beim Direktor einiges anhören. Und das Buch, das Yunus mir brachte, hatte ich schon gelesen. Wir waren zwar üble Lästermäuler, hatten aber auch unsere zivilisierten Seiten.

»Das Buch kenne ich, aber ich bin nicht deswegen hier rauf.«

Warum bemühte sich Yunus so sehr um mich? Nun gut, jemand, der auf einem Baum zu leben versucht, dafür kann man sich schon mal interessieren, aber er wollte mir vor allem helfen. Es gefiel mir sehr, wie er immer zu mir raufsah. Ich kam mir dann vor wie seine Herrin. Endlich hatte ich mal einen kleinen Sklaven. Durch die Liebe versklavt man jemanden oder man wird selbst zum Sklaven. Kann auch mal sein, dass beide gleichberechtigt sind, aber dann greift irgendeine außenstehende Macht ein. Jemand muss der Liebe einen Atem einhauchen. Sie anfachen.

»Ich dachte mir, du langweilst dich vielleicht, da habe ich dir was zum Lesen mitgebracht. Ich hätte dir eins von meinen Büchern geben können, aber dann ist mir das da eingefallen. Ich habe nicht daran gedacht, dass du es vielleicht schon gelesen hast.«

»Das ist bezeichnend. Aber mit bezeichnenden Sachen und mit diesem Drecksloch, das man Leben nennt, will ich nichts mehr zu tun haben, darum bin ich ja hier oben.«

»Wie geht's deinem Knie?«

Lenk nicht ab, hätte ich am liebsten gesagt, aber ich beherrschte mich.

»Willst du Desinfektionsmittel und Verband zurück?«

»Nein, behalt das mal.«

Eine Weile sahen wir uns nur an. Er hatte so etwas Unschuldiges, Kindliches, weil er sich tatsächlich noch wundern konnte. Nun stand er da, als wüsste er nicht, was er tun sollte.

»Was schaust du mich so an?«

Ich war doch so was von gemein. Mit anderen rumspielen, das hatte ich drauf. Eine Scheißangewohnheit. Nichts weiter als ein Miststück war ich!

»Ich wundere mich über dich.«

»Tu das. Wundern ist gut, das bringt einen zu sich.«

Aus der Tiefe des Parks waren Stimmen zu hören. Wer weiß, wie es im Sommer hier zugehen mochte. Jetzt, Mitte September, war kaum jemand unterwegs, höchstens mal hier und da ein umschlungenes Liebespaar.

»Wenn du weiter hier raufstarrst, merkt das irgendwann mal jemand. Und der will dann wissen, was hier oben los ist.«

Während ich das sagte, stand ich auf, als würde ich wie Peter Pan auf und davon fliegen. Am Vortag hatte ich mich noch nicht mal getraut, mich an den Platanenstamm zu lehnen, und nun stand ich aufrecht da und hielt mich an den Ästen fest, die mit aller Kraft zum Himmel strebten. Ich spürte, dass in dem Baum etwas floss. Als würde sich unter meinen Händen und meinen Fußsohlen etwas regen, eine blutdurchströmte Ader, eine atmende Lunge, ein mitten im Baumstamm schlagendes Herz. Und kommen Sie mir jetzt nicht mit dem Rauschen der Blätter im Wind, das war schon ganz etwas anderes. Der Baum war wirklich und wahrhaftig lebendig. Darum war es ja auch zu dem Aufstand gekommen.

 »Warte mal«, sagte Yunus und verschwand.

Dabei hätte es mir gefallen, wenn er noch weiter so brav und ruhig dagestanden hätte. Hätte ich Angst gehabt, gesehen zu werden, hätte ich mich ja wieder auf die Mauer zurückziehen können. Und unser – wenn auch recht einseitiges – Wortgefecht hätte ich gerne weitergeführt. Ich zog den offenen Rucksack hoch. Den Titel des Buchs hatte ich schon von dort oben lesen können, als Yunus es hineinsteckte. Ich sah Yunus noch nach, solange ich konnte, dann zog ich mich wieder auf die Platane zurück. Wenigstens mit den drei Bäumen, die einander unterstützten, und mit den Vögeln und Insekten darauf hatte ich innerhalb eines Tages Bekanntschaft geschlossen. Platane, Eukalyptus und Lorbeer. Ein Lorbeerbaum, der viel eher einer Eiche glich. Nicht zu vergessen die Pinie, die mich mit ihren Kernen nährte! Wie alt die Bäume wohl sein mochten? Von wem waren sie einstmals gepflanzt worden? Wahrscheinlich von Menschen, deren Grab es heute nicht mehr gab. Womöglich waren sogar die Grabsteine schon zerbröselt, und die Bäume standen noch immer da. Und auch die Mauer. Am schwächsten war der Mensch. Und ausgerechnet der schadete der Natur am meisten. Schwache quälen gerne. Weil sie feig sind.

Tyrannen haben Angst.

So sprühte ich das damals an Mauern. In den Tagen des Aufstands.

»Mensch, bist du doof, Mädchen!«

»Sag mal, Kleine, haben sie dich zu heiß gebadet?«

»Nein, wahrscheinlich vom Wickeltisch fallen lassen, drum ist sie jetzt so.«

»Mit der stimmt was nicht, Derin!«

»Und jetzt will sie auch noch einen Roman schreiben, die Kuh!«

»Wer so einen Stummelsatz an die Wand schreibt, was wird der wohl für einen Roman zusammenfaseln?«

»Und wenn ich es tue, wollt ihr ihn dann etwa nicht lesen?«

»Oh, wie die gleich aufgeht!«

»Na los, Pembe!«

Ich sprühte den beiden Farbe in die Haare, und sie versauten mein Sweatshirt. Während der Sprayschlacht, die daraufhin ausbrach, färbten wir Derins Beine völlig schwarz ein. Ich hielt mich an der Mauer schadlos und sprayte einen Spruch nach dem anderen. Einen tweetete ich sogar: *Liberté Egalité Beyoncé!*

Damit kam ich auf 1356 Retweets und hatte auf einmal 1056 Follower.

Pembe versuchte erst gar nicht, die Farbe aus ihren Haaren zu bekommen.

»Steht mir bestimmt.«

Bevor die beiden die Reise antraten, von der sie nie zurückkamen, hatten sie sich die Haare mit Ombré aufstylen lassen.

»Hatten wir einfach Lust dazu.«

»Ombré? Was soll denn das? Das werden die Leser vielleicht nicht verstehen.« In meinem Roman für den Wettbewerb lässt sich die Protagonistin das machen, und daraufhin musste ich mir von meiner dämlichen Literaturlehrerin und Oberpatriotin Özlem diese Frage anhören. Ich schwör's, die Frau hat sie nicht alle. Derin und Pembe aber ließen sich von meiner Romanfigur inspirieren und färbten sich die Haarspitzen in einer ganz anderen Farbe. Bei Pembe war es honigfarben, bei Derin eher so etwas Platinblondes.

»Sieht ein bisschen billig aus, was?«, fragte Derin, als sie sich in einem Autospiegel begutachtete.

»Weiß nicht«, versetzte Pembe und zog einen Flunsch. Dann ließ sie lachend ihre Haare fliegen.

»Ist gar nicht schlecht. Mal was anderes.«

»Aber schon komisch, dass wir es beide zugleich gemacht haben.«

»Gab's eben gratis auf der Sozialstation, Madame!«

Wir lachten wie die Verrückten. Nach dem Friseur fuhren wir mit dem Stadtdampfer nach Kadıköy hinüber, dort fuhr ihr Bus ab. Bis dorthin begleiten wollte ich sie eben doch. Als Derin von ihren Ombré-Haaren immer weniger überzeugt war, steckte sie sie zu einem Dutt zusammen. Dabei hatte sie beim Friseur noch die meisten Selfies geschossen und verschickt, als ihre Haare zum Färben in Aluminiumfolie eingewickelt wurden.

Es war ein schöner warmer Sommertag, als die beiden mir beim Wegfahren zuwinkten. In Kadıköy war wie immer wahnsinnig viel los. Das Meer glitzerte, und sobald die beiden weg waren, wollte ich mit dem Dampfer gleich wieder zurück auf die europäische Seite. Zuvor hatten wir in Kadıköy noch ein Abschiedsbier getrunken. Ein Gute-Reise-Bier.

»Im Bus werden wir so was von pinkeln müssen.«

Derin und ich hatten unsere iPods getauscht, damit sie unterwegs volle Pulle die neuen Lieder hören konnte, die ich drauf hatte. Zum Rüberladen hatte die Zeit nicht gereicht. Die reichte zu nichts. Dabei gab es noch so viel zu lernen, so viele Lieder zu singen, so viele Jungs zu lieben. Wie Pembe das so ordinär beschrieb. Ich hatte Derins iPod genommen. Am meisten an den Dingern gefiel mir der Name: iPod, angeblich bedeutet es Samenkapsel. Als ich den iPod auf dem Dampfer anmachte, hörte ich, dass die beiden Dödel mir als Überraschung ein Lied gemacht hatten. Sie wussten, wie traurig ich war, dass ich nicht mitkonnte. Und wäre ich mitgefahren, wäre ich jetzt tot. Na ja, das bin ich jetzt vielleicht auch.

Was kann ich schon tun, als an vergangene Tage zu denken? Wer sein Leben weiterleben will, denkt nicht an die Vergangenheit. Ich bin aber gerade hier, weil ich es nicht weiterleben will. Und wenn ich wüsste, dass ich mein Gedächtnis verliere, wenn ich von hier runterfalle, würde ich mich sofort runterstürzen.

»Komm her, ich habe dir was zu essen mitgebracht.«

»Ich weiß ja noch nicht mal, wie du heißt.«

Da erfuhr ich den Namen von Yunus.

Ich war auf den Lorbeerbaum zurückgeklettert. Der Gedanke an den letzten mit Pembe und Derin verbrachten Tag machte mich so melancholisch, dass ich gar nicht merkte, wie ich dort hinübergekommen war. Als wäre ich durch die Luft gewandelt. Durch meinen Kummer war ich ganz entrückt. Da flüsterte Yunus mir seinen Namen zu. Und es hörte sich an, als zwitscherten ihn Vögel. Das kam mir wohl so vor, weil meine Oma immer behauptete, Tauben gurrten »Yusuf, Yusuf«, also Josef, und darum dachte ich auch zuerst, er heiße Yusuf.

»Ich liebe dieses Gurren«, sagte meine Oma, wenn wir auf dem Balkon saßen, der auf das viele Grün hinter dem Haus hinausging.

»Gut, dass wir den Balkon nicht ans Wohnzimmer haben anbauen lassen. Jetzt können wir hier so schön frische Luft schnappen. Der Bauunternehmer hatte gesagt, was wollen Sie denn hier mit einem Balkon? Aber eine Wohnung mit Aussicht wollte er uns ja nicht geben. Da wäre ein Balkon erst ein echter Balkon gewesen. Die Seeluft hätte uns um die Nase geweht, und ganz Istanbul hätten wir vor uns gehabt.

Na ja, das haben wir jetzt auch, zumindest den Arsch von Istanbul. Aus einer Wohnung mit Aussicht würden wir jetzt den Feenpalast sehen. Und die Stadtdampfer.«

Wir lagen so da und lauschten auf das Meer. Ein schöneres Geräusch gibt es gar nicht. Irgendwo im Kopf höre ich meine Oma immer noch reden. Damals auf dem Balkon lag ich zu ihren Füßen.

»Erst so lange mit deiner Tante rummachen, und dann doch tun, was der Vater sagt. Der Dreckskerl. Machte immer einen auf verwegen und war dabei so feige wie ein Baby im Mutterleib. Und was ist dann passiert? Die haben ihm eine ausgesucht, und die hat er geheiratet. Und deine Tante hat er schnöde sitzen lassen. Die war dann schwer in der Krise, und eines Morgens wollte sie glatt vom Balkon runterspringen. Ich habe sie gerade noch erwischt. Vom Gurren der Tauben war ich wach geworden.«

Als ich, begleitet wiederum von zauberhaftem Taubengurren, diesem Monolog meiner Oma lauschte, war ich noch zu klein, um Fragen zu stellen. Darauf baute meine Oma wohl, als sie mir da ihr Herz ausschüttete. Sie erzählte bis zu einem bestimmten Punkt, dahinter war es stockfinster. Taubengurren erinnert mich jedenfalls an meine Oma. Und dass ich Yunus vertrauen sollte, sagte mir nicht nur mein Herz, sondern auch die Tauben. Eine mitgeben musste ich ihm allerdings schon noch.

»Deine Höhenangst hast du aber schnell überwunden.«

»Von wegen, habe ich gar nicht.«

Hatte er wirklich nicht. Er stand auf der höchsten Stufe der Feuerleiter, und mit einem Schritt wäre er auf der Mauer gewesen, doch er blieb lieber stehen wie ein Affe im Käfig.

»Wenn du dich mit deinem Seil an den Baum bindest und dich dann vorstreckst, kann ich dir das da geben.«

Er hielt mir eine Tüte hin. Eine warme, duftende Tüte, das spürte ich bis zu mir hin.

»Halt es noch weiter vor, dann kriege ich es.«

»Nichts da! Sonst fällst du mir noch runter.«

»Sag mal, hast du sonst nichts zu tun, als dir um mich Sorgen zu machen? Ich fall schon nicht runter. Du siehst ja, ich bin schon einen ganzen Tag hier oben.«

»Pass trotzdem auf.«

»Warum redest du dauernd wie meine Mama?«

»Weiß auch nicht. Ich bin immer so.«

»Schon mal gut, wenn du es merkst.«

»Ich muss weg, meine Pause ist bald vorbei, und ich muss noch essen. Nimm das, aber bind dich erst an.«

»Gib schon her!«

Ich riss ihm das Paket aus der Hand. Und wäre dabei fast hinuntergeknallt. Yunus stieß einen Schrei aus, und ich auch. Wie Efeu oder wie eine Spinne klebte ich an der Wand. Hätte ich nicht das gesunde Knie wie einen Haken auf die andere Mauerseite geschwungen, wäre ich kopfüber runtergekracht. Sobald ich mir irgendwas zutraue, geht es garantiert schief. In winzigen Bewegungen zog ich mich langsam wieder auf die Mauer hoch. Wie eine Eidechse kroch ich dahin. Yunus sah mir staunend zu.

»Jetzt hast du dir am Kinn wehgetan.«

Ich betastete mein Kinn, und siehe da, er hatte recht. Es blutete. Und aus dem Paket war etwas Essen herausgefallen. Ich hatte es aber immer noch in der Hand. Als wäre es meine einzige Lebensfreude.

»Ist es schlimm? Nicht, dass es genäht werden muss?«

Es blutete schon ziemlich. Yunus verzog das Gesicht.

»Von wegen nähen. Das müsste ich schon wissen. Mich haben sie mal am Kopf mit vier Stichen genäht.«

Ich beugte den Kopf vor und versuchte, die Stiche zu zeigen, die längst von meinen Haaren überwachsen waren. Das war natürlich Unsinn. Auch waren wir einen guten Meter voneinander entfernt.

»Hoffentlich sieht uns keiner aus dem Hotel. Sonst hetzen die mir noch die Polizei oder die Feuerwehr auf den Hals.«

»Keine Angst, außer mir sieht dich niemand.«

»Und warum siehst du öfter rauf als runter? Wegen deiner Höhenangst?«

»Das mit der Höhenangst ist eine andere Geschichte. Die würde an meiner Stelle jeder haben. Und wie hast du deinen Kopf so zugerichtet?«

»Dass ich wie eine Verrückte hier rauf bin, meinst du?«

»Nein, nicht das. Dafür wird es schon einen Grund geben. Ich meine die vier Stiche.«

»Woher willst du wissen, ob es dafür nicht auch einen besonderen Grund gibt?«

»Stimmt. Dann tun wir einfach so, als hätte ich nicht gefragt.«

»Ich muss erst mal wissen, auf welcher Seite du bist.«

»Wie, welche Seite?«

»Wir sind vom Taksim-Platz losgestürmt. Bullen, Tränengas, Wasserwerfer, und als ich die Augen wieder aufgemacht habe, war ich in einer Moschee.«

»Du warst beim Aufstand dabei?«

»Du etwa auch?«

»Ich bin an dem Tag auch verletzt worden, mich haben sie auch in die Moschee getragen.«

»Nein!«

»Ich schwör dir's. Ich habe eine Tränengaskapsel in den Bauch gekriegt.«

Mit kindlichem Eifer zog Yunus seine Uniformjacke hoch

und zeigte die Narbe auf seinem Bauch. Eine Linie aus fünf, sechs Stichen zog sich dahin, als versuchte ein Wurm, in den Bauchnabel zu kriechen.

»An einer Wade hat es mich auch erwischt. Und einem Freund von mir haben sie das Kinn zerschmettert.«

»Mensch, mir haben sie fast den Kopf zerschmettert.«

»Was bist du für ein Jahrgang?«

»98. Und du?«

»97.«

»Dann warst du ja damals auch um die sechzehn.«

»Ja, aber bei uns im Viertel waren wir schon einiges gewohnt. Als es hieß, da ist ein Aufstand, und Tote gibt es auch schon, bin ich sofort los.«

»Ich war sogar schon vorher dort, als die ersten Bäume gefällt wurden. Die haben unsere Zelte angesteckt, meins auch, und Pembe war drin, die wäre fast verbrannt.«

Da piepste das Funkgerät von Yunus.

»Yunus, wo steckst du, da sind Koffer zu tragen.«

Aufgeregt drückte Yunus auf die Taste.

»Komme sofort!«

Und zu mir sagte er: »Ich muss weg.«

»Du hast doch noch gar nicht gegessen.«

»Trotzdem bin ich satt. Von deiner Geschichte. Schön, dass ich dich kennengelernt habe.«

Er meinte, er würde jetzt meinen Namen erfahren, aber ich hatte ja einen neuen: »Das Mädchen auf dem Baum.«

Seine Antwort darauf fiel etwas flach aus.

»Na gut, Mädchen auf dem Baum. Bis bald.«

Er trampelte die Feuerleiter hinunter, und sogar noch als er unten über den Hof lief, hallte es wider. Ich hörte jemanden rufen: »Mensch, wo warst du denn?«

 »Bin ja schon da. War nur mal Luft schnappen.«

»Zum Teufel mit deiner Luft. Drückt sich hier hinten beim Müll herum. Vorn steht ein ganzer Bus voller Leute. Na los, beeil dich!«

Ich sah Yunus mit seiner roten Uniform im Grün des gepflegten Hotelgartens verschwinden, als würde ein kleiner, glänzender Farbfleck sich langsam auflösen. Ich saß noch immer auf der Mauer, an der ich mir nach dem Knie nun auch noch das Kinn aufgeschlagen hatte. Die Mauer war anscheinend nur dazu da, um mich zu verletzen. Ich führte Krieg mit Mauern, nicht mit Bäumen, und an denen hatte ich mich noch kein bisschen aufgekratzt.

Nun kehrte ich in das Storchennest zurück, mein Heim sozusagen. Meinen Rucksack ließ ich schon immer hier. Den *Baron auf den Bäumen* legte ich schmunzelnd beiseite, dann tröpfelte ich Desinfektionsmittel auf das Verbandstuch und tupfte mir das blutende Kinn ab. Schon sonderbar, dass ich mich zweimal am selben Tag verletzt hatte. Noch sonderbarer jedoch war, dass ich, obwohl noch immer ohne Spiegel, das Gefühl hatte, als würde ich mich dabei beobachten, wie ich mein Kinn behandelte; als säße ich mir also selbst gegenüber. Und als hielte ich dabei inne, weil mir das so seltsam vorkam. Ich erschrak, und dabei fiel mir der Flakon mit dem Desinfektionsmittel aus der Hand, dem ich nur noch nachschauen konnte, wie er gleich einer weißen Taube hinunterpurzelte.

Meine Wunden taten mir weh.

Ich setzte mich im Schneidersitz in mein Nest wie ein Kind, das in einem Zuber gewaschen werden soll. Das dunkelgrüne Blattwerk des Lorbeerbaums beschirmte mich. Die Tüte mit dem Essen hatte ich neben mir. Der Reis, die Frikadellen und die Kartoffeln waren aus der Plastikdose geflutscht, und auch die Hälfte der Nachspeise. Ich füllte wieder alles hinein und stellte erleichtert fest, dass der Becher mit dem Ayran nicht geplatzt war. Obwohl ich wahnsinnigen Hunger hatte, richtete ich erst mal ganz langsam die Gabel und den Löffel aus Plastik zurecht. Ich musste dieses Essen zelebrieren. Besonders freute ich mich über die Erfrischungstücher, damit konnte ich mich ein bisschen säubern, wenigstens unter den Achseln und im Schritt. Soweit man sich auf Bäumen eben waschen kann. Wahrscheinlich würde ich mir mit Regenwasser und Blättern behelfen. Schon jetzt allerdings starrte ich vor Dreck, doch das durfte mich nicht kümmern. Wenn das ein Problem für mich war, was hatte ich dann hier oben verloren? Warum hatte ich dann mein Zuhause verlassen, in dem meine Mutter extra einen besonders großen Duschkopf angebracht hatte? Mit der Zeit gewöhnst du dich an alles. Schau, das Schwierigste hast du schon geschafft, du bist hier heraufgeklettert und bist immer noch da. Ich schmunzelte.

Alles, was ich vor mir hatte, würde ich jetzt essen. Die weiße Papierserviette breitete ich feierlich aus. Schön, dass auch etwas Salat dabei war. »Siehst du, Glück besteht aus so kleinen Dingen«, sagte ich mir, Wunde hin, Wunde her.

Da fiel mir auf einmal ein, woher ich Yunus womöglich kannte. Oder ich bildete es mir zumindest ein. So ein ähnliches Gefühl hatte ich doch während der Tage des Aufstands schon mal gehabt, vielleicht war ich Yunus da begegnet. Vielleicht, als wir verletzt in die Moschee geschleppt wurden und dort Ärzte wie weißflügelige Engel um uns herumschwirrten und ich hörte: »Die ist am Kopf verletzt.« »Vielleicht Gehirnerschütterung.« »Wir hatten Mühe, sie herzubringen.« »Die Polizei hat uns erst nicht durchgelassen.« »Ob sie bei Bewusstsein ist?«

War ich bei Bewusstsein?

Über meinem Kopf strahlte ein riesiger Kronleuchter. Wie das Mädchen mit den Schwefelhölzern, das sich an den brennenden Streichhölzern in seiner Hand erwärmt und dabei ins Träumen verfällt, sackte ich allmählich weg, wurde ganz ruhig, glitt fast ins Jenseits hinüber, nur ein Schritt noch, ein ganz kleiner Schritt.

Als ich nämlich den Kopf nach links wandte, sah ich meine Oma vor mir, die zwei Monate zuvor gestorben war.

»Keine Angst. Es gibt nichts zu befürchten. Der Tod ist ein sanfter Schlaf.«

Auf der anderen Seite wiederum war ein Junge, auch verletzt wie ich. Er lag direkt neben mir. Sie hatten ihm das T-Shirt hochgeschoben und machten sich an seinem Bauch zu schaffen. Er lächelte mir zu. Mit letzter Kraft streckte er die Hand aus und berührte meine Finger. Das war etwas aus der diesseitigen Welt. Während ich hinwegglitt, berührte mich etwas aus dieser Welt, und so blieb ich hier, auf dieser Seite.

10 | LÖSCHEN

Die Box mit dem Dessert hätte ich auslecken können, aber ich wollte ja »zivilisiert« bleiben. So wischte ich mir den Mund nicht am Arm ab, sondern mit der Serviette. Wilde war ich noch keine. Anstatt mich darauf zu versteifen, nie wieder von hier hinunterzusteigen, dachte ich mir: »Jetzt leb hier mal den heutigen Tag und denk nicht an morgen.« Vielleicht würde ich wirklich hier oben bleiben, einfach so. Zweifel plagten mich keine. Nirgendwo anders konnte es mir so gut gehen wie hier. Schon der eine Tag hatte mir gutgetan. Wie damals in den Tagen von Gezi. Dort zu sein und Widerstand zu leisten, hatte mir auch gutgetan. Nun fand mein Widerstand eben auf einem Baum statt. Unten würden sie mich ohne Ende schikanieren.

Ich füllte den Müll in die Tüte und steckte mir den Zahnstocher, der beim Plastikbesteck gewesen war, in den Mund. Wie sollte ich mir eigentlich die Zähne putzen? Zahnbürste hatte ich keine dabei, aber Yunus hätte mir eine besorgen können. Yunus konnte mir alles besorgen, wenn ich nur wollte, sogar einen neuen Namen und ein neues Leben. Er war also auch bei dem Aufstand gewesen, das beruhigte mich. Ich fühlte mich gut, in Sicherheit. Das war so schön wie essen.

Meinen Minimüll würde ich in die Tonne werfen, die nicht weit von hier stand. Vielleicht sollte ich vorher aber auch noch in die Tüte kacken, dann wäre ich alles auf einmal los. Dass mein Darm eher träge arbeitete, war hier oben von Vorteil. Ich legte die Tüte in der Mitte des Storchennestes aus, schon war meine Hochtoilette fertig. Dann produzierte ich drei Kugeln von der Größe eines Tischtennisballs, wischte mir mit Lorbeerblättern den Hintern ab, zog die Tüte unter mir hervor und knotete sie fest zu. Währenddessen hörte ich es plötzlich arg laut knacken. Wie ein Lebewesen verlor das Storchennest sein Gleichgewicht, und hätte ich mich nicht an den Baum geklammert wie an meine Mutter, wäre ich auch schon unten gewesen.

Aha, die Bäume prüften mich also.

Ihr Misstrauen Menschen gegenüber war durchaus berechtigt. Das Storchennest war im Grunde stabil genug, um mein Gewicht auszuhalten. Es gibt ja diese berühmten Korbstühle von IKEA, so wie die war das Nest auch geflochten, also solide. So solide wie IKEA, haha! Nur mit dem Gleichgewicht gab es ein Problem, und um das zu lösen, musste ich das Nest etwas weiter zurückziehen, damit es mehr auf dem Ast ruhte. Und mich quasi anschnallen, mit meinem Seil. Gefahr vorbei. Mein Nest war sicher.

Ich flüsterte den Bäumen zu: Ihr könnt mir vertrauen. Von mir werdet ihr keinen Schaden erleiden. Gewährt mir aber bitte euren Schutz. Ich werde von nun an zwischen euren Ästen leben und keinen Fuß mehr auf den Boden setzen. Ich weiß schon, wohin der Mensch auch geht, sein Innenleben kommt mit, denn das ist sein eigentliches Haus. Aber da unten lauern so viele Gefahren, darum suche ich bei euch Schutz.

Die Bäume wiegten sich, als hätten sie mir gelauscht und mich verstanden. Ich hörte den Wind rauschen und fuhr zusammen. Wenn man sich fürchtet, erschreckt einen alles.

Aber noch war die Nacht nicht angebrochen, es herrschte noch entspannte Nachmittagsstimmung. Außerdem fürchtete ich mich nicht vor der Nacht.

Ich stieg wieder auf die Mauer, denn von da kam ich am schnellsten zur Tonne. Ich balancierte wie auf der Slackline. Als wäre ich auf der Chinesischen Mauer. Unter meinen Füßen die Welt. Groß und erhaben fühlte ich mich auf einmal. Solange eine Gefahr nicht zu gefährlich ist, scheint sie den Menschen zu verzaubern. So jedenfalls ging es mir, ich war auf der Mauer, zwischen den Bäumen, wie verzückt, trotz meiner Wunden. Die alte Mauer schien unter meinen Füßen leicht nachzugeben, so wie ich das vom jahrelangen Balancieren auf dem Nylonseil gewohnt war. Ich schleuderte die Tüte in die Tonne. Volltreffer. Von der achten bis zur zehnten Klasse hatte ich Basketball gespielt, zielen konnte ich. Eigentlich war ich in allen Spielen gut. Nur im Leben vermasselte ich alles.

Zurück im Nest dachte ich mir, das könnte womöglich meine letzte Mahlzeit gewesen sein. Ich musste mich daran gewöhnen, weniger zu essen. Mich vom Leben allmählich zurückzuziehen. Hier oben zu leben, musste mein einziger Traum sein. Meine Oma sagte immer: »Gib keinen deiner Träume auf. Der Mensch hält Hunger aus, aber nicht, dass seine Träume und seine Bestimmung sich nicht erfüllen.«

Also würde ich Hunger ertragen, nicht aber, dass meine Träume verflogen. Was waren eigentlich meine Träume? Hatte ich welche? Die Träume meiner Freundinnen sind alle geplatzt. Was seid ihr doch für Schweine! Wie habt ihr diese tollen Mädchen in die Luft jagen können? Warum habt ihr sie umgebracht? Nehmt euch doch das ganze Land und macht damit, was ihr wollt. Fresst es von mir aus auf. Ihr seid so hässlich, und mit allem, was ihr macht, werdet ihr noch hässlicher. Ihr habt meine Freundinnen getötet. Und meine Familie kaputtgemacht. Ja genau, daran seid ihr nämlich auch schuld. Ihr habt eine Flora geschaffen, in der manche Erwachsene nicht mehr existieren können. Wisst ihr überhaupt, was eine Flora ist, ihr Herdenschafe? Und was eine Metapher ist? Wenn nicht, dann erkundigt euch. Denkt mal ein bisschen nach. Gebraucht mal euren abgefeimten Verstand. Tantchen zum Beispiel, die hat in der Flora, die ihr geschaffen habt, nicht mehr als Journalistin arbeiten können. Und was ist dann passiert? Dann hat sie eine Krise gehabt. Und was ist eine Krise? Das ist, wenn man vor sich hin glotzt wie ein toter Fisch. Und meine Freundinnen? Die habt ihr umgebracht, als ob es eure Feinde wären! Aber stimmt schon, gute Menschen sind wirklich eure Feinde. Wer als junger Mensch ein Gewissen hat, der ist euer Feind.

Ich atmete tief durch. Sich erinnern bedeutet, dem Leben neuen Atem einzuhauchen. Genau das will ich hier oben. Wie gesagt, ich kenne Sie nicht besonders. Ich weiß nicht, wer Sie sind, aber hören Sie mir trotzdem mal zu: Wissen Sie, wie meine Freundinnen auf die Idee gekommen sind, den Kindern da drunten Spielzeug zu bringen? Wir haben von der Aktion über zwei Leute erfahren, die wir im Park kennengelernt hatten. Den Kindern im Krieg sollten Spielsachen und Bücher gebracht werden, und Freiwillige konnten auch beim Aufbau von Schulen und Parks mithelfen. Aus der ganzen Türkei haben sich Leute gemeldet. Für die Spielsachen galt nur, dass kein Kriegsspielzeug dabei sein durfte. Zwei Wochen lang haben wir gespendetes Spielzeug gesammelt und neues gekauft.

Nicht das Vergessen lindert den Schmerz, sondern das Erinnern. Ich erinnere mich jetzt in aller Nüchternheit. Das ist alles, was ich für die beiden tun kann.

Am Tag ihrer Abfahrt waren sie so konfus, dass sie sich das Ombré in die Haare machen ließen. Sie wussten nicht, was sie mit sich anfangen sollten.

»Ich möchte mich nicht den Massen entfremden.«

»Dummkopf! Im Park haben wir doch mit den Massen Schulter an Schulter gekämpft.«

»Ja schon, aber ...«

»Was aber? Das ist doch nur Gelaber.«

»In Gelaber steckt aber auch ein ›aber‹.«

»Spielst du jetzt Wortsalat? Dann lass ihn dir schmecken.«

Wir rauchten eine nach der anderen, während wir auf die Abfahrt des Busses warteten. Andauernd legten Stadtdampfer an und fuhren wieder ab, oder vielleicht kam uns das nur wegen des vielen Biers so vor. Derin ging zu einem Kiosk und holte sich noch eins.

»Mensch, und dann pennst du an meiner Schulter ein.«

»Lass mich doch pennen, ich bin so was von angespannt.«

»Warum denn?«

Ob sie wohl spürten, dass sie sich Schritt für Schritt ihrem Tod näherten?

Wir gingen auf die unterirdische Toilette neben der U-Bahn. Derin hielt mir die Bierdose hin.

»Trink du die lieber. Ich will auf der Fahrt nicht dauernd pinkeln müssen.«

Möwen sausten im Sturzflug auf das silbern glänzende Meer herab. Was für ein schöner Sommertag. Es kamen vier junge Leute auf uns zu, die recht sympathisch wirkten.

»Ihr gehört auch dazu, ja? Ihr wartet auf die Busse?«, fragte ein nettes Mädchen mit Zahnspange.

Derins Angespanntheit war wie verflogen. Wir waren sofort im schönsten Gespräch. Ein Junge mit lockigen Haaren und orangefarbenen Converse machte uns auf ein verdächtiges Auto aufmerksam.

»Ah, unsere Eskorte steht auch schon da.«

»Meinst du, die fahren die ganze Strecke hinter uns her?«

»Sieht ganz so aus.«

Im Auto saßen zwei finster dreinblickende Männer.

»Oder wollen die uns festnehmen?«

»Genau wenn wir in den Bus steigen?«

»Weil wir kriegsgeplagten kurdischen Kindern Spielzeug bringen?«

»Na, die prügeln auch manchmal junge Leute tot, da würde ich nichts ausschließen ...«

»Wer sind die überhaupt?«

»Ach kommt, das reicht, reden wir von was anderem.«

»Reichen tut es wirklich. Meine Mutter sagt immer, wir erleben es ja nicht mehr, aber ihr vielleicht, wenn ihr mal so alt seid wie wir jetzt.«

»Was?«

»Eine glückliche Zeit.«

Dampfer tuteten. Ich winkte meinen Freundinnen nach. Abschiede machen mich immer furchtbar traurig.

Als ich auf dem Dampfer war, kam die erste Nachricht.

»Hast du hinter uns her geweint?«

Ich schickte ihnen ein paar Emojis, die exakt ausdrückten, wie sehr ich die beiden schon vermisste. Ich saß auf dem Seitendeck des Dampfers und konnte mit den Füßen fast das Wasser berühren. In meiner Bierträgheit freute ich mich, dass ich zufällig die Schattenseite erwischt hatte.

Kurz bevor der Dampfer in Karaköy anlangte, kamen Snaps. Die Gruppe tanzte an einer Tankstelle im Kreis.

»Die Busse waren anscheinend nicht vollgetankt.«

Und wie die zwei sich austobten. Beide führten mal den Tanz an, und Pembe schwenkte dabei ihr Halstuch.

»Da merkt man eben doch, dass ich aus Bursa bin!«

Am meisten musste ich lachen, wie Derin mit den Füßen ständig durcheinanderkam.

»Da komme ich vom Dorf und kann's trotzdem nicht!«

Pembe tanzte aus dem Kreis heraus und zappelte allein herum. Aus der reichen Textilfamilie aus Bursa war wenigstens in ihrer Generation etwas geworden. Wenn auch unter dem Namen Pembe, und mit einem ziemlich losen Maul.

Schmunzelnd spielte ich die Snaps ab, solange sie anhielten. Manchmal musste ich laut loslachen, aber an so was ist man ja heutzutage gewöhnt, wo Leute auf der Straße allein vor sich hin reden oder in Telefone starren und dabei lachen, weinen oder wütend werden. An anderes dagegen gewöhnte man sich nicht, aber das muss ich ja hier nicht aufzählen. Ich dachte mir, ich könnte im Starbucks von Karaköy einen Kaffee trinken, um wieder zu mir zu kommen, aber was ich in der Tasche hatte, reichte nicht für einen stinknormalen Filterkaffee und auch nicht für einen Mokka. Wasser?

»Geben Sie mir einfach, was Sie haben, der Rest geht aufs Haus.«

Es gab doch auch nette Leute auf dieser Welt.

Trotz des Kaffees (Americano) kam ich von Tophane nach Cihangir nur im Schleichgang hinauf. Zu Hause legte ich mich sofort ins Bett. Und schlief wie ein Stein. Als ich wach wurde, sah ich mir an, was Pembe und Derin inzwischen geschickt hatten. So war ich ein bisschen mit ihnen unterwegs. Dann las ich, lud Musik herunter, bis ich Hunger bekam, aber es war nichts Ordentliches zu essen daheim. Ich haute mir zum Kaffee zwei Eier in die Pfanne, dann raffte meine Mutter sich zu ein paar Bratkartoffeln und einem Salätchen auf. Davon klaute ich mir noch was, dann legte ich mich wieder hin.

Als sie gegen Morgen ankamen, frühstückten sie in einem Kulturzentrum. Da schlief ich in Istanbul noch. In ihrem letzten Video sagten sie, sie würden danach eine Pressekonferenz abhalten. Sie rührten in ihren Teegläsern, und man sah ihnen an, wie temperamentvoll und zugleich zuvorkommend sie waren. Von Überheblichkeit oder Egoismus keine Spur. Meine Freundinnen hatten einfach ein goldenes Herz. Sie stellten ihre Reisegefährten vor. Die auch alle sterben würden.

Als die Bombe explodierte, schlief ich noch.

Meine Mutter riss die Tür auf.

»Da ist eine Bombe explodiert!«

Das tat sie nun auch in meinem Kopf. In meinem Herzen. Mitten in meinem Leben. Ich setzte mich auf. Es war heiß. Am liebsten hätte ich das Unglück mit dem Handrücken einfach weggewischt.

Entweder meine Mutter oder Tantchen sagte am Telefon immer wieder: »Wo waren Pembe und Derin?«

Als ich ins Wohnzimmer wankte, setzten sich die Puzzleteile auf einmal zu einem Bild zusammen. Der Fernseher lief. Ich hatte das Handy in der Hand. Mit Twitter. Das war genau das Kulturzentrum aus dem Video.

Die Liste der Toten.

Pembe P. Yılmaz. Pembe hatte doch keinen zweiten Vornamen, oder? Das musste eine andere Pembe sein. Neben dem Namen meiner Freundin stand kein mysteriöses zweites P.

Emine D. Erdoğdu. Das ist doch nicht Derin Erdoğdu, oder? Ein D. steht doch meistens für etwas anderes als für Derin.

Nein, die waren da nicht auf der Liste.

Da erlitt ich meinen ersten Nervenzusammenbruch. Als meine Mutter nicht mehr mit mir fertigwurde, kamen Tante Hülya und meine Oma.

»Die heult sich ja die Augen aus, die Kleine.«

Während Tante Hülya mir ein Glas Wasser reichte, bewegte sie die Lippen zu einem lautlosen Gebet. Wie schnell doch Miss Deepthroat sich zu einer braven Muslimin gewandelt hatte! Die sündigen Lippen hatten um der politischen Zukunft ihres Gatten willen Buße getan.

»Seid bloß still! Ihr habt sie umgebracht! Eure Leute!«

Die Lippen, die sich regten wie Blätter auf einem Zweig, hielten inne. Erregt schlug ich Tante Hülya das Glas aus der Hand. Das Glas flog in der einen Richtung davon, das Wasser plätscherte in die tiefe Kluft zwischen uns. Als Tante Hülya mir eine kleben wollte, fiel ihr meine Mutter in die Hand.

»Tu das ja nicht!«

Meine Mutter schützte mich vor der Schlechtigkeit der Macht.

Hatte ich etwa nicht recht? Das hätte ich die liebend gerne gefragt. Da Tante Hülya mich nicht hatte schlagen dürfen, fühlte ich mich stark. Ich hatte sehr wohl recht.

Das Gewissen mochte blind sein, stumm war es nicht. Zwar verfiel es über den Schmerz anderer nicht in ein Klagelied, doch tat es flüsternd seine eigene Schuld kund, seine eigene Sünde.

»Wir sind keine Mörder«, sagte Tante Hülya.

Ihre Sonnenbrille hatte sie auf das Kopftuch hochgeschoben. Das Modell Katzenaugen von Céline. Die islamische Mode wieder mal in den passenden Farben. In Lilatönen. Aus der langen Leinenjacke standen Chiffonärmel heraus, und Seide, und der Hosenrock reichte bis zu den Knöcheln. Wie die Hohlköpfe immer sagten: Obwohl sie sich züchtig bedeckt, versteht sie sich anzuziehen. Schon wieder ein neues Parfum? Ein leichter Sommerduft: Jasmin, von Tom Ford. Unter all der Verhüllung schauten Sandalen von Jimmy Choo hervor. Der Nagellack: French Nails. Und wie die Leute, die gern über den weiblichen Körper befanden, immer so dumm daherredeten: Egal wie eine Frau sich anzieht, irgendwas von sich zeigt sie immer her. Auf der Höhe ihres rechten Ohrs hatte Tante Hülya sich eine diamantene Brosche angesteckt. Das musste »das Herrliche« sein, von dem meine Mutter geredet hatte. Ein Geschenk zum Hochzeitstag von meinem Onkel.

So wie Tante Hülya es geschafft hatte, in der Hochzeitsnacht mit einem geschickt eingefärbten Bettlaken als Jungfrau dazustehen, wusste sie auch, die Verständnisvolle und Beflissene zu spielen. Und zahlte mir mein Flugticket. Ich sah sie zwei Hunderter auf den Tisch blättern, auch wenn meine Mutter später hartnäckig behauptete, es sei nur einer gewesen.

Am Nachmittag war ich schon dort. In der Stadt, in der vierunddreißig junge Menschen in die Luft geflogen waren. Der Stadt, die nach Blut roch. Es war, als hätte man der ganzen Stadt ein riesiges Blaulicht und eine Polizeisirene aufgesetzt. Ich fuhr ins Krankenhaus, das voller Angehöriger war.

»Zerrissen hat es sie.«

Mütter sagten das immer wieder vor sich hin und wimmerten in ihrem Schmerz. Ihre Kinder waren nicht nur tot, sondern in tausend Teile zerfetzt worden, unkenntlich, das war noch mal so schlimm.

»Meine Tochter war wie eine Porzellanpuppe. Ich konnte mich gar nicht sattsehen an ihr.«

Die Mütter waren in erbärmlichem Zustand.

»Es soll ein DNA-Test gemacht werden. Die nehmen von uns eine Probe, damit wir unsere Kinder identifizieren können.«

Ich erkannte meine Freundinnen an ihren Haaren.

»Nein, nicht aufdecken. Die Locke da genügt mir schon.«

»Sie sind nicht zu weit weggeschleudert worden, darum ist ein Haarbüschel nicht verbrannt, und die Farbe hat sich kaum verändert.«

Unter den Decken lagen blutige Puzzleteile. Gewebe, die zueinanderpassten, nur wusste man nicht, wem sie gehörten.

»Das da ist Derin.«

»Aber eine Derin steht nicht auf der Liste.«

»Ihr erster Vorname ist Emine.«

»Emine D. Erdoğdu.«

»Genau. Und die mit den honigfarbenen Haarspitzen ist Pembe. Bei Derin sind die Haarspitzen platinblond.«

»Pembe Paris Yılmaz.«

»Was, Paris? Wie hat sie uns das verheimlichen können? Im Klassenbuch stand nie ein zweites P.«

Das war also Pembes letzter Streich. Jetzt lagen die beiden nebeneinander, auf zwei Metalltischen mit Löchern darin, durch die in kleinen Rinnsalen das Blut ablief, und dieses traurige Tropfen verursachte ein ganz bestimmtes Geräusch. Das hörte aber vielleicht nur ich. Die letzten Töne aus Derins und Pembes Körper. So kam es mir vor, als würden sie noch leben. Wie konnten sie aber auch sterben? Jemand, den man so liebte? Wie konnten sie weg von uns sein, raus aus dem Leben? Menschen, die wir lieben, sterben nicht.

Sie hielten mich für eine Blutsverwandte, darum zeigten sie mir die Gesichter. Und irgendwie waren wir auch verwandt. Blutsschwestern.

In meiner Erinnerung werden sie immer schön bleiben.

Wie sie von der Sonne geblendet dasitzen und Bier trinken und sich die Hand über die Augen halten. Na, was sagt ihr zu meinem Lippen-Piercing? Hältst du dich für Amy, oder was? Wir hätten uns ja auch eine Locke blond färben lassen können, so wie Amy. Hätten wir das bloß mal gemacht, anstatt dieses Ombré. Wenn Derin nachdenklich war, verschwand ihr Gesicht wie hinter einem Nebelvorhang. Und Pembe hatte niedliche kleine Ohren. Derins Oberlippe war aufgeworfen und voll wie bei einem Baby. Pembe hatte am Arm noch das Engel-Tattoo, auf das sie Bepanthen geschmiert hatte. Das ist echt gut geworden! Nicht zu groß, oder? Hätte Amy das gesehen, hätte sie bei sich das gleiche machen lassen, statt dieser grinsenden Schnepfe. Genau das gleiche.

»Meine Nase stammt garantiert nicht aus Bursa. Die ist so süß, die habe ich von meiner Mutter. Aber die Gene von meinem Vater, mit dem breiten Gesicht, haben natürlich alles versaut.«

So ging es auf der Schultoilette über Schönheitsfragen hin und her. So wie wir damals vor dem Spiegel standen, möchte ich die Gesichter der zwei in Erinnerung behalten. Lächelnd. Lachend.

Sie hatten auch tolle Zähne.

»Jetzt lacht mal, los! So richtig schön breit für Insta.«

Sofort hatte ich zwei Strahlefrauen vor mir.

»Die habe ich dem Zahnarzt zu verdanken, bei dem meine Mutter geputzt hat. Zahnärzte fahren darauf ab, Leuten zu helfen, wusstet ihr das? Wenn denen ein armes Häschen wie ich über den Weg läuft, richten sie ihm die Zähne. Alle Armen, die immer noch schlechte Zähne haben, sind denen bloß noch nicht begegnet. Tatsache, Kinder.«

»Mir haben sie als Kind eine Spange verpasst.«

»Ich habe die meine sogar mal verschluckt. Meine Mutter hat sie aus meiner Scheiße rausgekramt, gewaschen, abgekocht und dann behauptet, das sei eine neue, frisch vom Zahnarzt. Bäääähh!«

Jetzt lagen meine Freundinnen zerfetzt auf einem Metalltisch.

Wie habt ihr ihnen das antun können?

»Ich hätte nie gedacht, dass die sterben könnten. In dem Alter! Auf so eine Art!«

Pembes Vater erwischte es besonders schlimm. Der alternde Playboy aus Bursa hatte sich immer mehr zum Regierungsanhänger entwickelt. Aber der Staat hatte ihn und seine Kinder gefälligst zu schützen. Wozu unterstützte er ihn sonst die ganzen Jahre schon? Nun hatte der Staat seine bildhübsche Tochter in die Luft gejagt.

»Was hatte meine Tochter unter solchen Leuten zu suchen?«, sagte er immer wieder.

»Jetzt reicht's!«, explodierte schließlich seine Frau, die frühere knackige Hostess. »Geh mir aus den Augen, du elender Kerl! Weg mit dir!«

Die Beerdigung der beiden war schön, an einem herrlichen Sommertag. Wäre es kalt und regnerisch gewesen, hätte mich das noch mehr mitgenommen. Der Gedanke, dass sie in der matschigen Erde liegen.

»Sie sind jetzt nicht mehr bei uns, sondern in einer anderen Dimension. Du wirst um sie trauern und dich bis zu deinem Tod an sie erinnern. Vergessen sollst du sie nicht, aber der Schmerz in deinem Herzen darf ein wenig verglühen.«

Meine Mutter hatte mich in eine Therapie geschickt. Es half nichts anderes, denn ich kratzte mir die Wangen blutig. Und eines Nachts soll ich versucht haben, mich in die Spalte hinter dem Haus zu stürzen, so wie das alle Frauen der Familie irgendwann schon mal erwogen hatten. Angeblich packte meine Mutter mich am einen Arm, Tantchen am anderen, sodass sie mich gerade noch zurückhalten konnten. Ich erinnere mich an nichts davon. Tantchen war auf einen Hilferuf meiner Mutter hin angereist.

»Ich sehne mich so nach Istanbul«, sagte sie zu meiner Mutter. Mit ihrem Job war sie nicht zufrieden.

»Ich sehne mich so nach meiner alten Arbeit.«

Sie wohnte in einer gesichtslosen, faden Kleinstadt. Von ihrem öden Wohnblock aus sah sie über endlose Felder. Eines Tages ging sie in die einzige Bierkneipe der Stadt und merkte, dass augenblicklich alle Gäste verstummten. Nur ein Kanarienvogel in seinem Käfig zwitscherte. Als jemand sagte: »Das ist auch ein Mann. Wenn er schon mal eine Frau sieht, singt er los«, verließ Tantchen fluchtartig die Kneipe.

»Ich bin's so leid.«

Zum ersten Mal erlebte ich, dass Tantchen sich beklagte.

»Unser Leben ist doch furchtbar geworden.«

Von den vielen Medikamenten war ich völlig daneben. Ich schlief im Wohnzimmer, damit man mich im Auge hatte. Als damals Amy starb, war ich irgendwie von einem inneren Frieden erfüllt worden, aber diesmal war es überhaupt nicht so, ich erstickte. Eigentlich steckte ich schon in dem Spalt, in den ich mich hatte werfen wollen, und ich kam da nicht mehr raus. Ich rang nach Atem, als hätte man statt meiner Freundinnen mich begraben. So hämmerte ich gegen die Bretter, mit denen ich bedeckt war.

»Holt mich hier raus!«

Gegen solche Albträume verpasste man mir heftige Medikamente, aber die halfen natürlich nichts. Wenn ich aufwachte, steckte ich nur umso mehr in der Scheiße.

Und darum bin ich jetzt hier oben, um diesem Scheißleben zu entkommen.

Auf einem Dampfer bekam ich mal einen Schreianfall. Als aus einem Fernseher dort Nachrichten kamen, meinte ein Fahrgast abfällig: »Die haben sich doch selbst in die Luft gesprengt.«

»Was sagst du da?!«, fuhr ich ihn an. Ich war unterwegs zu einem Trauergebet für Pembe, im Haus ihrer Eltern in der Bagdad-Straße.

Als ich auf den Mann zuging, wurde er unruhig. Ich streckte so drohend die Hand aus, als wollte ich den Kerl auf der Stelle abmurksen.

»Wer hat sich selbst in die Luft gesprengt?«

»Na, die jungen Leute da.«

»Sag mal, hast du sie noch alle, du Arsch?«

Ich schrie derart, dass mir die Kehle anschwoll. Kein Mensch sagte noch etwas. Es war völlig leise auf dem Dampfer, sogar aus dem Maschinenraum kam kein Dröhnen mehr. Alle Maschinen stopp, hieß das wohl. Alles lief ab wie in Zeitlupe. Der Maschinist sah von draußen durchs Fenster. Nur die Möwen waren noch zu hören, die waren neugierig, was ich noch so bringen würde.

»Da sind meine Freundinnen gestorben, hörst du, meine Freundinnen!«

Ich schlug mir wie wild auf die Brust. Ich war außer mir vor Zorn.

»Das sind Anarchisten, die wollen doch bloß das Land spalten!«

»Ich scheiß auf dein Land, du Arschloch!«

»Halt's Maul, sonst kriegst du es mit dem Staat zu tun!«

»Den ficke ich, deinen Staat!«

»Was sagst du da? Du Anarchistenflittchen! Du Armenierin! Du Kurdin! Du ASALA! Du PKK-Terroristin!«

Das gab der Mann zwar tatsächlich alles von sich, aber ohne sich vom Fleck zu rühren. Sogar den Mund machte er kaum auf. Sein ganzer Hass steckte tief in ihm drin. Trotzdem fürchtete er mich irgendwie. Ich war ihm nicht geheuer. Um sich den Anschein von Sicherheit zu geben, schlug er schließlich die Beine übereinander und lehnte sich zurück. Ich hätte am liebsten zugelangt und dem Dreckskerl den Kopf abgerissen. Vor lauter Anspannung presste ich die Kiefer zusammen. Dass ich mich überhaupt so viel traute, kam vielleicht von den Medikamenten. Statt mich zu beruhigen, verschafften sie mir ein übles Schandmaul. Oder wollte ich damit Pembe und Derin nacheifern? Damit sie in mir weiterlebten? Irgendwas lösten die Medikamente jedenfalls aus in mir, aber das rettete mich auch, als es zu einem Verfahren kam.

»Ein Mädchen, dem diese Medikamente verabreicht wurden, hat daraufhin kaltblütig seine Mutter abgeschlachtet. Erinnern Sie sich an den Fall? Eiskalt die Kehle durchgeschnitten. Eine Studentin aus Ankara, ein bildhübsches Ding. Als sie ins Gefängnis musste, hat sie sich aufgeputzt und sich die Haare seitlich zu einem Zopf geflochten, dass alle nur den Kopf schüttelten. Das waren haargenau die gleichen Medikamente.«

Mein Anwalt brachte im Zimmer des Staatsanwalts vor, was er nur konnte. Sogar mein Herr Vater hatte sich herbemüht.

»Wegen dir habe ich mit diesem Subjekt reden müssen«, schimpfte er mich hinterher, denn er hatte den verkommenen Kerl von Kläger anflehen müssen, damit der seine Anzeige zurücknahm. Was er dann unter lauter Zögern und Zaudern auch tat, der Saukerl.

»Der Staatsanwalt ist nämlich auch einer von denen, der hätte dich eingebuchtet.«

Denen gehörte ja inzwischen die ganze Welt. Der ganze Planet war im Arsch. Um zu gewinnen, musste man auf Seiten der Schlechten sein, und die Guten verreckten am besten gleich nach der Geburt.

Nach meiner Aussage war ein Polizist zu mir gegangen und hatte mir erzählt, was Mädchen drinnen so zu erwarten hatten.

»Du kommst in die schlimmste Zelle, und da fingern dann die hartgesottensten Weiber die ganze Nacht an dir und sabbern wie Schnecken auf dir herum, mit Zungen, die größer sind als jeder Männerschwanz, und damit fahren sie in deine Muschi rein und kriegen gar nicht genug davon. Manchmal wirst du auch in eine Männerzelle geschickt, als ganz besondere Belohnung. Irgendein Wächter hat es bestimmt auf dich abgesehen. Wenn du wüsstest, was mit Mädchen wie dir dort alles passiert! Du sollst ja auch bei diesem Aufstand dabei gewesen sein, da werden sie erst recht auf dir rumtanzen, um sich bei der Direktion einzuschmeicheln. Bevor noch ein Monat rum ist, pisst und kackst du dich ständig ein.«

Ich kotzte. Konnte einfach nicht mehr an mich halten, als der Scheißkerl das alles erzählte, und kotzte vor ihm auf den Boden.

»Jetzt saut die uns alles ein hier!«

»He!«

Kollegen brachten den ehemaligen Folterer zum Schweigen.

»Mensch, Rıza, du gehst jetzt bald in Rente. Schämst du dich nicht, hier Kindern Angst einzujagen?«

Fast wäre ich auf den Kerl genauso losgegangen wie auf das Schwein vom Dampfer. Hätte ich es getan, wäre ich jetzt allerdings nicht auf dem Baum, sondern im Knast. Auf dem Dampfer hatte ich in der Tasche sogar ein Kopftuch, um mich bei dem Gebet für meine Freundinnen zu bedecken. Und ich schmierte dem Sack eine. Darauf war er nicht gefasst. Dann ging er aber auch auf mich los. Während er Schläge auf mich niederprasseln ließ, rief er wieder: »Du Scheißarmenierin! Du Scheißkurdin!«

Die Armenier machten schon einiges mit, die fielen den Leuten immer als Erstes ein.

Ich ging zu Boden. Der Kerl verprügelte wohl ständig seine Frau und seine Tochter und war daher im Training, da konnte ich nicht mithalten. Am Boden bekam ich noch ein paar Fußtritte ab, und Flüche sowieso. Obwohl Leute ihn zurückhielten, zog er sein Ding durch. Auf dem Polizeirevier erfuhren wir, dass er erst ein halbes Jahr zuvor seine Frau krankenhausreif geschlagen hatte. Trotzdem war ich die Schuldige und er das Unschuldslämmchen.

Das sollte ich nun alles vergessen.

»Vergessen ist lebenswichtig«, sagte meine Oma immer.

Okay, sie sagte eher: »Vergessen ist für dieses Scheißleben wichtig.« Und: »Wenn wir nichts vergessen würden, könnten wir in dieser verfickten Welt gar nicht leben.« Sie würde sich im Grab umdrehen, falls ich vergessen sollte, wie sie jeden Spruch mit einem Fluch aufpeppte. Aber man kann nicht leben, indem man vergisst. Wir verwandeln nur das, was wir erlebt haben, in etwas anderes. Das müssen wir ganz einfach. Wir müssen es zu etwas werden lassen, das uns nicht mehr peinigen kann. Geschichten, die uns traurig machen, mutieren natürlich nicht in so etwas Herrliches wie etwa Diamanten, die unter einem Kohlenhaufen versteckt waren. Wenn wir trotzdem weiterleben, verwandeln eben wir selbst uns in etwas anderes. In eine Schatzkiste vielleicht, die eine einzige Muschel enthält, in der wiederum eine riesige Perle heranwächst. Meine Freundinnen waren gestorben. Ich hatte verloren, was ich am meisten liebte. Wem hätte ich da wehtun sollen? Welches Kind schlecht behandeln? Wem sollte durch mich irgendetwas Schlechtes widerfahren?

Die Sonne musste schon untergegangen sein. Das merkte ich an den Vögeln, die in die Bäume zurückkehrten. Hätte ich ihre Sprache verstanden, hätte ich sie fragen können: »Wie geht es der Stadt, die ich zurückgelassen habe? Wie ist das Leben ohne mich?«

Wer weiß, wie man Erinnerungen vergessen kann, der trete bitte vor. Ich bin nämlich hier, weil ich es nicht kann. Weil ich vergessen will. Aber nicht kann.

11 | FREUNDSCHAFTSANFRAGE VERSENDEN

Eine Begegnung von Einsamen findet in der Einsamkeit statt. Yunus saß auf der Mauer wie eine furchtsame, aber niedliche, wunderschöne Katze. Ich konnte mich nur wundern und wollte in der Art von Pembe oder Derin reagieren.

»Schau einer an! Und deine Höhenangst? Wie hast du's dann da raufgeschafft?«

»Komm.«

Da er sonst nichts herausbrachte, musste er wohl noch immer Angst haben. Irgendwie wirkte er sogar, als wüsste er gar nicht, wo er da war. Er saß auf einer Pelzdecke und drückte die Beine fest an die Mauer, als hätte er ein Pferd unter sich. Als ich aus meinem Versteck auf dem Lorbeerbaum herauskam, stellte ich ihn mir vor, als ritte er ein Tier, wie ich noch nie im Leben eins gesehen hatte. Mal schauen, wann ich hier oben so richtig durchdrehen würde. Bis jetzt dominierte noch der Trotz: Ich steige da nicht runter, ich setze keinen Fuß mehr auf den Boden. Angst war vielleicht auch noch da: Mir ist was Schlimmes passiert, und all diesen Schmerz und Verlust ertrage ich nicht. Suche nach Zuflucht: Wenn ich könnte, würde ich in den Bauch meiner Mutter zurück. Rückzug: Wenn ich könnte, würde ich in hundertjährigen Schlaf versinken. Sterben, ohne zu sterben, wie ich ja schon mal gesagt habe. Wenn ich Lust habe, wiederhole ich das noch hunderttausendmal, denn das ist meine Geschichte, die will ich gefälligst so leben, wie ich will. Denn das Leben kann einem ganz plötzlich genommen werden, wie wir bei Pembe und Derin gesehen haben. Warum sollten zwei lebenslustige Mädchen mit Ombré in den Haaren von selbst in den Tod gehen? Sie waren unterwegs, um einer kriegsmüden Kleinstadt in der Wüste neues Leben zu verleihen. Und dabei sind sie zerrissen worden. Hätten all der Kummer und die Trauer aus mir herauswachsen können wie Zweige und Blätter und Wurzeln, wären so große Bäume entstanden wie der, auf dem ich hier saß. Wie sollte ich über das alles nur hinwegkommen? Könnte ich doch nur verrückt werden und in eine Anstalt eingeliefert. Endlich das Bewusstsein verlieren. Aber das hatte ich eben noch. Obwohl ich hoch auf einem Baum lebte, war mein Verstand noch intakt. Das alles dachte ich, als ich mir Yunus ansah, der sich irgendwie auf diese Mauer hinaufgewagt hatte. Ich war noch bei Verstand.

»Also, diese Höhenangst?«

»Ja, die hatte ich.«

»Und wie hast du sie besiegt?«

»Ängste sind da, um besiegt zu werden.«

»Ich glaube eher, du bist besiegt worden, nicht die Angst.«

Yunus saß auf jenem seltsamen Wesen wie ein Ritter, der auf mich wartete. Nur war mir nicht ganz klar, wie er von der Feuerleiter des Hotels rüber auf die Mauer gekommen war. Er musste doch gefürchtet haben runterzuknallen. So leicht überwindet man seine Angst nicht. Erst musste er den Pelzmantel auf die Mauer geworfen und sich dann raufgeschwungen haben wie ein Reiter auf einen Sattel.

Es war eine hohe Mauer, nur damit das mal wieder erwähnt ist. Höher als das elegante dreistöckige Schlösschen, das man in ein Hotel umfunktioniert hatte. Die roten Dachziegel des Hotels wirkten unter uns wie ein fliegender Teppich.

»Warum hast du geweint?«

Das hatte er also gesehen. Er musste mich von seinem Platz aus eine Weile beobachtet haben. Beluchst geradezu.

»Du hast dir ständig Tränen aus den Augen gewischt.«

Aha. Böse meinte er es nicht.

»Und hast geschnieft wie ein kleines Mädchen.«

Stimmt. Ich hatte aus tiefstem Herzen heraus geweint.

»Was ist dein Problem, Mädchen auf dem Baum?«

Auf diese Frage hin hätte ich am liebsten gleich wieder losgeweint, aber ich musste auch lachen, und darum hatte er mich ja auch so genannt: Mädchen auf dem Baum.

»Meine Sorge ist die Welt.«

»Wessen Sorge die Welt ist, der hat eine Welt voller Sorgen.«

»Yunus Emre.«

»Weil mein Vater den so mochte, hat er mich Yunus genannt.«

»Ich kenne auch niemanden, dessen Namen nicht irgendeine Geschichte hätte.«

»Wenn jemand ein ganz gewöhnliches Leben führt, gibt es vielleicht auch keine Geschichte zu seinem Namen. Kann doch sein, oder?«

»Wenn du hier sitzt und dir dabei das Herz schlägt wie wild, hast du eine Geschichte. Alles, was du fühlst, dein Leben, deine Träume, deine dunklen Seiten, das alles ist eigentlich deine Geschichte.«

»Willst du mir nicht sagen, warum du geweint hast?«

Ich wich seiner Frage aus, was nicht schwer war, denn vor meiner Nase hatte ich etwas Faszinierendes, Verzauberndes, das viel interessanter war als mein Weinen.

»Sag mal, sitzt du da auf einem Pelz? Oder ist das irgendein Vieh, das dich hier raufgetragen hat?«

»Kann schon sein, dass es so was ist, denn wie wäre ich sonst hier raufgekommen? Wo ich doch gestern noch auf der Feuerleiter gebibbert habe wie noch was.«

»Wie kannst du deine Schwächen so leicht zugeben?«

»Weiß nicht. So war ich schon immer. Ist wahrscheinlich angeboren.«

»Ach was, so was kommt nur von der Umgebung.«

Jetzt versuchte wiederum er abzuschweifen. Wie ein Delfin – denn nichts anderes bedeutete sein Vorname – dachte er sich wohl, abtauchen ist die beste Lösung, und deutete auf den Pelzmantel.

»Den habe ich im Hotel gefunden, bei den Fundsachen, die nie abgeholt wurden.«

Yunus war bereit, mir seine Beute zu präsentieren. Er klemmte die Beine fest an die Mauer und rutschte mit dem Po stückchenweise vor, bis der Pelzmantel dalag, als würde er die Mauer umarmen.

»Zwei Jahre hing der schon im Schrank, und keiner wollte ihn. Ist völlig vergessen worden. Ich habe ihn dir gebracht, damit du in der Nacht nicht frierst.«

»Danke. Aber wie bist du hier raufgekommen? Wo du doch Angst hast?«

»Kommst du davon gar nicht los?«

»Deshalb bin ich ja hier, weil ich so bin. Mir geht nicht so leicht was aus dem Kopf, und aus dem Herzen auch nicht.«

»Ja, manches nistet sich in uns ein, damit wir es nur ja nicht wieder loswerden. Manche Dinge sind da, um uns ständig zu erinnern. Die sind das Fundament unseres Lebens, und unsere Lebensgeschichte wird in die nach und nach reingerammt.«

»Erzählst du mir jetzt, warum du Höhenangst hast?«

»Hast du etwa vor gar nichts Angst?«

»Doch, aber ich habe zuerst gefragt.«

»Du bist ja wie die Mädchen in der Schule.«

»In welcher Schule warst du denn?«

»Ach, in irgendeiner halt. Ist vorbei. Und eigentlich bist du ganz anders als die Mädchen damals. Die kommen in den Park höchstens, um mit ihrem Freund zu knutschen. Von denen würde es keine schaffen, so wie du auf einem Baum zu leben. Die meisten sind Verkäuferinnen geworden. Und zwei arbeiten als Zimmermädchen hier im Hotel.«

»Jetzt lass doch mal das Ballrumgeschiebe. Ich komme mir schon vor wie in der Verlängerung.«

»Mann, bist du stur.«

Wenn einem die eigenen Fehler von einem anderen vorgehalten werden, ist das unangenehm. Solche Wahrheiten sind wie Wolken, die sich vor die Sonne schieben. So ging es mir jetzt. Soso, stur war ich also.

»Da war es ja noch besser, als du dich über meine Höhenangst lustig gemacht hast.«

Wir saßen uns auf der Mauer gegenüber. Zeit für Geständnisse.

»Ich weine um meine Freundinnen. Die sind tot. Frag mich jetzt nicht, wie und warum. Wenigstens nicht, bis ich von selbst damit anfange. Ich bin hier oben, damit mich keiner was fragt.«

Es war schön, wie aufmerksam und verständnisvoll Yunus mir zuhörte. Dann rückte auch er mit einem Geständnis heraus.

»Das mit der Höhenangst, das stammt aus meiner Kindheit. Mein großer Bruder ist von Polizisten in Zivil verhaftet worden, und wer bei uns im Viertel so abgeholt wird, den sieht man meist nie wieder. Ich mochte meinen Bruder wahnsinnig gern und fragte überall rum, wo er wohl war. Nachbarn sagten, die haben ihn in die Sporthalle geschleppt, sag deinen Eltern Bescheid. Meine Eltern waren beide Textilarbeiter. Um meinen Bruder nicht zu verlieren, lief ich, so schnell ich konnte, zur Sporthalle, und da sah ich noch, wie sie mit ihm hineingingen. Um auch dort reinzukommen, musste ich von hinten über eine Mauer klettern, das hatte ich schon öfter gemacht, um gratis in ein Spiel zu kommen. Manchmal wurden bei uns im Viertel Razzien durchgeführt, dann wurden die Leute in die Halle geschleppt und dort verhört und durchsucht. Und jetzt war mein Bruder da drin. Von da, wo ich hochgeklettert war, sah ich ihn. Einer der Zivilbullen hatte seine Pistole gezogen und klopfte mit dem Knauf immer wieder auf den Kopf meines Bruders. Ein anderer rückte ihm mit gefletschten Zähnen auf den Leib. Mein Bruder hatte Angst, ganz schwarz war sein Gesicht vor lauter Angst. Als der Kerl, der mit dem Knauf fast spielerisch auf den Kopf meines Bruders klopfte, auf einmal die Pistole umdrehte und sie meinem Bruder an die Schläfe hielt, brüllte ich: ›Nein!‹ Mein Bruder hatte zu weinen begonnen. Hatte die Augen zugekniffen und das Gesicht wie ein Blatt Papier zerknittert. Jetzt sahen die Polizisten und mein Bruder zu mir hinauf. Ich war in etwa auf Höhe des Dachs, und von dort plumpste ich nun hinunter. Urplötzlich. Ich wusste gar nicht, was los war. Aus Furcht, die könnten meinen Bruder umbringen, war ich in Panik geraten, hatte das Gleichgewicht verloren und war runtergefallen. Mit dem Gesicht nach vorn. Im Fallen hatte ich wahnsinnige Angst, mir wehzutun. Allein beim Gedanken, gleich am Boden zerschmettert zu werden, tat mir alles so weh, als würde ich schon unten liegen. Manches stellt man sich so schlimm vor, dass das mehr wehtut als der Schmerz, der dann tatsächlich kommt. Mit der einen Wange und dem Brustkorb kam ich als Erstes auf dem Boden auf. Der Schmerz ging mir in zittrigen Wellen durch den ganzen Körper. Das war das Intensivste, was ich je erlebt hatte. Schwer zu beschreiben. Ich spürte, wie mir aus Mund und Nase warm das Blut troff. Die Augen hatte ich auf, und ich hörte auch. Mein Bruder lief auf mich zu und rief meinen Namen, und weinte noch schlimmer als zuvor, so wie du vorhin. Wenn man auf trockene Zweige steigt, macht das so ein Geräusch, und ich finde, bei Menschen, die weinen, weil sie ganz schlimmen Kummer haben, hört sich das so ähnlich an. Mein Bruder kniete neben mir nieder, und auch die Polizisten, die ihm Angst eingejagt hatten, kamen mit spinnenartigen Schritten näher. Ich sah das nur verschwommen, aber nicht wie im Nebel, eher so, als wäre alles nass und dampfig oder hinter einer fettigen, klebrigen Schicht. ›Halt, heb ihn nicht hoch‹, warnte einer der Polizisten meinen Bruder. Auf einmal sah ich nichts mehr. ›Jetzt meinen sie es plötzlich gut mit mir‹, dachte ich, dabei hatten sie doch vorhin gedroht, meinen Bruder in den Kopf zu schießen. ›Jetzt haben wir den hier an der Backe‹, klagte einer der Polizisten. ›Das ist ja noch ein Kind.‹ Dem bin ich viel später mal in Istanbul auf der Straße begegnet, da hatte er seinen Sohn dabei, so in meinem Alter. Mir wurde ganz schwarz vor Augen. Von den Ohren aus schoss mir ein stechender Schmerz in den Kopf. Als ich die Augen wieder aufmachte, war ich im Krankenhaus. So ging der Ärger los und hörte nicht mehr auf. In dem Sommer bin ich an den Nieren erkrankt, und die eine konnte nicht gerettet werden. Meine Mutter hat das furchtbar traurig gemacht, die hat nur noch geweint. Am meisten weinen sowieso immer die Mütter. Tja, und seither bin ich ein Herz und eine Niere.«

»Wie alt warst du damals?«

Er überlegte.

»So um die zehn wohl. Weil da meine Mutter noch dabei war.«

Das mit der Mutter klang nach einer offenen Wunde, da wollte ich nicht nachbohren. Aber ich erkundigte mich nach seinem Bruder.

»Der hat sich einer Untergrundbewegung angeschlossen.«

»Welcher?«

Unruhig blickte Yunus sich um. Als würde jedes einzelne Blatt die Ohren spitzen. Ich versuchte, ihn zu beruhigen.

»Lass nur, wenn du's nicht erzählen willst.«

»Nein, so meine ich es nicht. Ich weiß nur nicht, wie du reagierst. Wenn du ganz was Abweisendes sagst, kracht es vielleicht zwischen uns, davor habe ich Angst.«

»Stimmt, vor so was habe ich auch Angst. Dass ich mich mit jemand zerstreite, den ich mag. Und mitkriege, dass er eigentlich total herzlos ist. Versteh mich nicht falsch, ich meine keine Liebessachen, sondern eher so das Politische. So Gewissensfragen.«

»Ich verstehe dich schon. Mein Bruder ist bei der Gruppe, weil er all die unschuldigen Frauen und Kinder und Jugendlichen rächen will, die umgebracht worden sind.«

»Aber bei solchen Organisationen geht es nie ganz sauber zu. Glaub mir, manchmal hat da der Staat seine Finger im Spiel, da kommt er leicht an die Leute ran und nutzt sie aus, als Handlanger oder so. Das meine ich bloß.«

»Stimmt, so was kann passieren. Wäre logisch.«

»Am besten, man vereinigt sich so wie wir, in Liebe und Aufstand. Für Osten und Westen, für Leben und Menschlichkeit, für Freiheit, Gleichheit, Brüderlichkeit! Und Gerechtigkeit!«

Yunus stieg sofort darauf ein. Er streckte die Faust in die Luft und reckte das Kinn vor.

»›Diese Welt soll untergehen!‹, hat dieser eine Sänger früher getönt, aber damit braucht er mir heute nicht mehr zu kommen, jetzt hat er sich auf die Seite der Mächtigen geschlagen!«

Und fast im gleichen Atemzug, als wollte er etwas aus sich herausspucken oder herausreißen, sagte er: »Neulich wäre mein Bruder fast wieder abgekratzt. Da, wo sie das Justizgebäude überfallen haben, als Anwälte getarnt.«

Mir blieb der Mund offen stehen.

»Da war dein Bruder dabei?! Wo der Staatsanwalt als Geisel genommen wurde?«

Yunus hielt den Zeigefinger hoch. Er saß da wie ein Jesus mit eingefallenen Wangen und rot überschattetem Gesicht, der befürchtet, einer seiner Jünger werde gleich sagen: »Ich denke, ich glaube nicht mehr an Gott«, und der ihn deshalb sanft am Reden hindern möchte.

»Den Staatsanwalt haben aber nicht die umgebracht. Die sind alle zusammen getötet worden.«

»Davon weiß ich nichts.«

Als ich das sagte, verzog Yunus das Gesicht, als sei eingetreten, was er befürchtet hatte. Ich korrigierte mich sofort.

»Du hast schon recht. Weder der Staatsanwalt hätte sterben sollen noch die jungen Leute. Aber das ist eben wieder mal so eine undurchsichtige Sache. Wo wir nicht durchsteigen.«

»Hast du mir richtig zugehört?«

Er sagte das wie ein überdeutlicher Synchronsprecher, und seine Augen leuchteten dabei unbeschreiblich. Im gleichen Ton wiederholte er: »Den Staatsanwalt haben nicht die umgebracht.«

»Ja, ich weiß, die sind alle zusammen getötet worden, und es tut mir auch um alle leid, auch um die Hinterbliebenen. Der Staatsanwalt hatte einen kleinen Sohn, der wurde dann vom Ministerpräsidenten zu einem Fußballspiel mitgenommen, da stand er so tieftraurig da, der kleine Kerl.«

Ich musste losweinen.

»Und diese jungen Leute waren ja auch so. Alle so gut und so unschuldig. Die unschuldigsten Menschen der Welt. Alle noch so jung, so jung.«

Ich redete, als wäre ich so alt wie der Baum, so alt wie die Mauer. Als wäre nichts und niemand auf Erden so alt wie ich.

»Die da umgebracht worden sind, waren fast noch Kinder.«

»Ich habe mir immer wieder die Gesichter angeschaut und mir gedacht, so viel Unschuld, das ist fast schon Heldentum.«

»Und wie sind deine Freundinnen gestorben?«

Ich schluchzte. Ganz tief in mir drin hörte ich dieses Geräusch, das Yunus beschrieben hatte, von den trockenen Zweigen, auf die man tritt. All die Trauer und der Kummer in mir flossen auf einmal los. Als meine Freundinnen gestorben waren, hatte ich nicht so viel geweint, nicht so viel weinen können wie jetzt. Erst jetzt war der Moment dafür gekommen.

»Ein Selbstmordattentäter. An einem wunderschönen Morgen sind sie einfach in die Luft gesprengt worden. Auf den letzten Bildern sieht man sie noch lachen, und sie machen das Siegeszeichen.«

»Furchtbar schade ist es um sie.«

»Wir waren zusammen in Gezi, und als ich verletzt worden bin, haben sie mich in die Moschee getragen. Mann, dieser Kronleuchter über mir! Pembe konnte es kaum fassen. ›Hey, der beleuchtet ja die ganze Welt!‹, hat sie gesagt.«

Yunus lächelte, darauf redete ich weiter, denn ich bringe die Leute liebend gern zum Schmunzeln.

»Während ich am Kopf genäht wurde, haben die mich mit solchen Sachen abgelenkt. Derin hat gesagt: ›Bild dir bloß nicht ein, dass wir wegen dir hier sind, es ist bloß wegen dem Kronleuchter.‹«

»Der war wie ein Stern, der Kronleuchter, wie ein Planet, wie die Sonne, ich habe den auch angestaunt. Mir ist dabei ganz anders geworden. Dann habe ich dich gesehen.«

»Vielleicht habe weder ich dich gesehen noch du mich.«

»Aber der Kronleuchter war da. Der hat uns gesehen.«

Darüber mussten wir beide lachen. Wären wir online gewesen, hätte ich das garantiert auf meiner Timeline gepostet. Am Leben sein ist ja so was Ähnliches wie online sein. Derin und Pembe zum Beispiel waren nicht mehr online.

»Wenn meine Freundinnen noch da wären, hätten die auch so was gesagt. Wir hätten noch über so vieles gelacht.«

»Das kannst du im Leben noch hunderttausendmal sagen. Bis an dein Ende wirst du mit ihnen leben, und sie mit dir. Sterben tut man erst, wenn sich kein einziger Mensch mehr an einen erinnert.«

Wir schwiegen, aber nicht lange, denn ein Schweigen zwischen zwei Leuten macht mich befangen, und ich breche es immer als Erste.

»Mir ist ganz warm geworden von dem Licht in der Moschee. Hätte ich bloß in dem Augenblick verharren können, in dem Licht, in der Zeit.«

»Wo Liebe herrscht, vergeht nicht Zeit, sondern Licht. Ist mir gerade eingefallen. Stammt aus einem Gedicht.«

Da ergoss sich ein Licht auf uns. »Geradezu« hätte ich am

liebsten gesagt, damit sich das noch ein bisschen wuchtiger anhörte. Die Äste der Platane, des Lorbeer- und des Eukalyptusbaums gingen an jenem Teil der Mauer ineinander über, und dennoch fand die Sonne ihren Weg hindurch und beschien uns mit einem strahlend gelben, aber nicht stechenden, sondern wärmenden Licht. Es war Herbst.

Yunus hatte offensichtlich seinen Arbeitstag im Hotel hinter sich und würde bald nach Hause gehen. Er war schlicht gekleidet. Wie die anmutigen Blätter an den Zweigen regte er sich leicht, als würde er bald aufbrechen. Bestimmt war sein Körper so rank und makellos wie ein Ast. Zwar hatte ich seinen Körper nicht nackt gesehen, aber so stellte ich ihn mir vor, so glatt und frisch wie den Stamm einer Platane. Wie eine Platane hatte er vielleicht auch eine dünne Schicht Rinde am Körper.

Wie merkt man, wenn man sich verliebt?

Da widerfuhren mir auf dem Baum Dinge, die ich da unten nie erlebt hatte.

»Ich gehe jetzt, aber ich möchte nicht vor deinen Augen runterfallen.«

»Aha, du gehst also, aber du weißt noch nicht, wie? Wie hast du's dann auf die Mauer geschafft? Den Mut bräuchtest du jetzt wieder, aber wo ist der bloß hin?«

Kindisch rief ich in unseren kleinen Wald hinein: »He, Mut, wo bist du?«

»Jetzt machst du dich schon wieder über mich lustig.«

»Ach was, ich helfe dir schon rüber.«

»So schwierig ist es gar nicht. Wenn ich die Hand weit genug ausstrecke, so ein bisschen wie Spiderman, erwische ich die Feuerleiter, und dann muss ich eben springen. Schlimmstenfalls bleibe ich an der Feuerleiter hängen.«

 Zwischen Yunus und mir war vielleicht ein halber Meter.

Als ich mich auf der Mauer aufrichtete, um ihm zu helfen, roch ich prüfend nach meinen Ausdünstungen. Allmählich musste ich ziemlich riechen. Nach etwas Verrottendem. Zumindest meine Kleider stanken, das war mir doch peinlich. Hier oben auf dem Baum würden mit der Zeit meine Fingernägel lang werden, meine Haare verfilzen, vielleicht würde ich sogar verlausen. Meine Augenbrauen würden ins Buschige übergehen, meine Beine wie Yeti-Füße aussehen, überhaupt würde ich zu Frau Waldschrat mutieren. Und immer mehr verwildern. Aber war ich nicht gerade deswegen hier? Ich wollte zu etwas anderem werden. Vielleicht zu einem Teil dieses Baums. Ich merke schon, wie naiv ich das alles runtererzähle. Deshalb habe ich ja auch den Romanwettbewerb nicht gewonnen. Da war nichts Ausschmückendes dabei.

»Damit willst du den Leser bei der Stange halten?«

Hatte, wer sonst, Özlem gefragt, unsere Literaturlehrerin. Und sogar ein Beispiel vorgelesen.

»Sag mal, wie viele Wörter benutzt du eigentlich beim Schreiben?«

In der Klasse gluckste es. Man durfte bei uns ungeniert weinen, aber nicht ungeniert lachen. Das war die erste Regel unserer faschistischen Erziehung, die die Leute zum Weinen, aber eben nicht zum Lachen brachte.

»Du kommst immer vom Hundertsten ins Tausendste. Da ist keine Linie drin. Du kannst nicht einfach nur planlos dein Inneres ausschütten. Schließlich hast du Leser vor dir.«

»Vielleicht schreibt sie ja für Pfeifen wie uns.«

»Derin, auf der Stelle raus mit dir!«

»Aber nein, unter Schülern ist Pfeife total positiv gemeint. Tut mir leid, dass Sie das missverstanden haben!«

»Derin, raus! Du wartest vor der Tür des Direktors auf mich.«

Derin warf den Faber 0.5, den sie ständig um die Finger drehte, auf die Bank und ging hinaus. Als wäre dem Stift noch ganz schwindlig, drehte er sich vor und zurück und danach, entgegen jeglichen Gesetzen der Physik, noch mal vor. In solchen Momenten herrschte in der Klasse völlige Stille. Die Stille des Faschismus. Irgendwelche Laute künden ja von Fröhlichkeit, von Eifer. Stimmt, Stille kann von innerem Frieden herrühren. Aber auch die Stille hat ihre eigenen Geräusche, und das hier war nicht die Stimme einer friedlichen Stille, es war die Stille der Angst. Die Stille der Ängstlichen, die sich vor Angst in die Hose machen. Die Stille der Mädchen, die auf der Toilette sagen: »Ich habe schon gefürchtet, die schickt mich auch zum Direktor.« Worauf sich erwidern ließe: »Wenn du schon völlig grundlos gefürchtet hast, dass du auch zum Direktor musst, warum hast du dann nicht protestiert, Schätzchen?« Im Faschismus kommt irgendwann jeder an die Reihe. Der Faschismus ist dazu da, um Rechenschaft zu fordern. Das ganze Leben ist voller Dinge, für die wir zur Rechenschaft gezogen werden. Der Faschismus tut das ohne Unterlass, denn Rechenschaft zu fordern ist sein Geschäft.

»Du erzählst zu ausschweifend. Und deine Dialoge klingen zu gewöhnlich, zu hohl.«

»So wie im Leben auch?«

Özlem hob die Augenbraue und schlug einen anderen Ton an. Sie war bescheidener Herkunft, was einen ja nicht daran hindert, ein guter Mensch zu sein. Sie aber hatte sich durch die Nackenschläge des Schicksals zum Schlechten gewandelt, und sooft man ihr nun wehtat, so oft schlug sie unbarmherzig zurück. Nun musste erst mal Pembe eins auf den Deckel kriegen.

»Nein, so wie jemand, der zu allem seinen Senf geben muss.«

Sie merkte, dass sie damit eine Steilvorlage geliefert hatte und hielt inne. Pembe spielte augenblicklich die ganz in den Unterricht vertiefte Schülerin.

»In den Dialogen? Ja, in den Dialogen, da hat sie tatsächlich ...«

»Ich meine dich.«

Pembe presste die Lippen zusammen. Um nicht loszulachen. Allein dafür hätte sie zum Direktor geschickt werden können.

»Ist euch schon klar, was die zu mir gesagt hat?«

Wir standen nach der Schule lachend im Schulhof zusammen. Derin war eine Disziplinarstrafe aufgebrummt worden.

»Ich muss den Neuntklässlern bei den Hausaufgaben helfen. Mann!«

Als Derin weg war, kicherten die anderen weiter, ich aber schwieg. Unsere Literaturlehrerin hatte sich das mit dem Romanwettbewerb ausgedacht, hatte sich beim Direktor damit durchgesetzt und die ganze Organisation übernommen, warum war ihr nun so viel daran gelegen, mich zu kränken? Sie selbst war mir nicht besonders wichtig, aber das Schreiben schon, damit konnte sie mich fertigmachen.

Das Mädchen, das den Wettbewerb gewonnen hatte, verhielt sich wie eine echte Siegerin. Mir gegenüber war sie zuckersüß, ich stellte für sie keine Gefahr dar. Da sie nicht verloren hatte wie ich, sondern für sie alles zum Besten lief und ihr die Welt zu Füßen lag, war sie hochzufrieden. Ich dagegen war am Boden zerstört. Sie behandelte mich so zuvorkommend, denn ich hätte ja an ihrer Stelle sein können, war es aber nicht. Irgendein winziger Rechenfehler oder

Pech oder das Schicksal oder sonst irgendein Mist hatte dazu geführt, dass an der Stelle, an der ich hätte sein sollen, nun sie war. Sie hatte meinen Platz eingenommen, ihn mir weggenommen. War es nicht immer so?

»Du bist ja ganz weggetreten?«

Ganz behutsam stellte Yunus diese Frage, wie der Wind, der sanft in die Blätter fährt.

»Geht es dir nicht auch manchmal so?«, erwiderte ich. »Du denkst über irgendwas nach und kommst allmählich in einen Strudel rein. Dann musst du entweder voll weitermachen oder ganz aufhören. Sonst bleibst du mitten im Leben stecken, als ob du mit offenen Augen schlafen würdest.«

Yunus hörte mir aufmerksam zu, ohne mich zu unterbrechen. Wie oft unterbreche ich dagegen andere Leute! Das kommt davon, dass ich so einsam bin. Ich habe ja niemanden, mit dem ich reden kann. Und wenn ich jemanden finde, bin ich aufgeregt und will alles auf einmal loswerden.

Die Gespräche mit Pembe und Derin etwa waren herrlich. Wir spielten quasi Tennis miteinander. Tennis spielt man zwar nicht zu dritt, und zu dritt kriegt man auch nicht so leicht ein Gleichgewicht hin, und das Teilen ist zu dritt auch nicht so leicht, trotzdem fällt mir kein besserer Vergleich ein. Das Gespräch flog wie ein Tennisball zwischen uns hin und her. Was die eine sagte, wurde von einer der anderen ergänzt. Oder von zweien zugleich. Und manchmal auch von allen dreien. Wir amüsierten uns wahnsinnig. Zweimal habe ich von den beiden bisher geträumt. Und wissen Sie, ich schlafe eigentlich nur, um die beiden im Traum zu sehen. Und wenn ich morgens aufwache, bin ich traurig, weil schon wieder ein neuer Tag beginnt, und auch, weil mein Traum zu Ende ist. Wahnsinnig gerne würde ich auch von meiner Oma und von Tantchen träumen.

Yunus machte sich auf.

»Ich habe meine Angst beim Aufstand begraben«, sagte er, sobald er es von der Mauer auf die Feuerleiter geschafft hatte. Der Satz klang zwar billig, aber das durfte Yunus sich herausnehmen, bei all dem Mut, den er hier aufbrachte. Ohne meine Hilfe hatte er mit zusammengekniffenen Augen nach der Feuerleiter gegriffen, hatte einen Augenblick lang in der Luft gehangen und war dann auf die andere Seite gelangt.

Die andere Seite.

Wo es warmes Wasser gab, ein Bett, Shampoo, Frühstück, heiße Getränke, all die Betäubungsmittel, die man Zivilisation nennt.

Yunus war stolz darauf, von der Mauer auf die Feuerleiter gesprungen zu sein. Dass er von seiner Höhenangst so offen gesprochen hatte, ehrte ihn. Und das mit der Nierenkrankheit war eine ernste Sache. Das Leben war für Yunus wertvoll. Irgendwann würde er noch sagen: »Mit einem Bein stehe ich schon im Grab«, wie ein alter Knacker.

Nachdem Yunus mit Getöse auf der Leiter gelandet war, roch ich an mir und fand den Mut zu sagen: »Tut mir leid, aber ich stinke.« Die Sonne ging gerade unter. Auf den Dächern sammelten sich Tauben und fingen an zu gurren. Als verriete er mir ein Geheimnis, flüsterte Yunus mir zu: »Die Zimmer auf der Seite hier sind noch ein paar Tage frei, da kannst du rein, wenn du willst. Dich waschen und ausruhen.«

Ohne meine Antwort abzuwarten, trampelte er die Feuerleiter hinunter. Ich raffte den Pelzmantel als Beute an mich und kehrte in mein Nest zurück. In einer Manteltasche fand ich eine kleine Flasche Wasser und ein paar von den Crackern, wie man sie im Hotel zum Kaffee bekommt. Yunus wollte mich anscheinend hier füttern wie einen Vogel. Der Park konnte gut und gerne mein Käfig sein.

Tage später sollte er sagen: »Als ich darüber nachgedacht habe, warum du beschlossen hast, hier auf einem Baum zu leben, habe ich mir gesagt, der ist wehgetan worden.«

Das stimmte. Mir war wehgetan worden. Das Leben da drunten auf der Erde tat verdammt weh.

12 | ICH

Ich würde hierbleiben und dafür in Kauf nehmen, zu stinken, nass zu werden und zu erfrieren. Aber dass ich das so oft sagen musste, schien mir ein Zeichen dafür zu sein, dass ich noch nicht so ganz überzeugt war. Mag durchaus sein, doch würde ich mich daran gewöhnen.

»Meinst du wirklich, eine Romanheldin sollte so frei von sich reden?«

Noch ein Schuss Kritik. Die Klasse hielt den Mund. Und ich seufzte.

»Hättest den Roman eben nicht schreiben sollen, du Unglückswurm.«

Der Trost meiner Klassenkameraden war nicht gerade hilfreich. Sowohl im Leben als auch in Romanen wurden also schweigende Menschen bevorzugt.

»Nein, sollte sie nicht«, antwortete ich. »Eine Romanheldin sollte meiner Meinung nach nicht so frei von sich reden.« Das war jetzt meine Signalrakete dafür, dass ich aufgegeben hatte. Özlems Mund hatte jetzt quasi einen Ständer. Das dauerte aber nicht lang. Wie ein Fettfleck machte sich auf ihrem Gesicht ein Lächeln breit. Sie hatte es geschafft, mich vom Schreiben abzubringen.

Sie war nicht hier auf dem Baum, aber ich war da. Wie meine Protagonistin, auf die die Pfeile der Kritik herabsegelten, konnte ich freiheraus reden: Auch wenn ich noch nicht voll und ganz überzeugt war, sah es doch so aus, dass ich nicht mehr da runtergehen und mein altes Leben weiterführen konnte. Das ging einfach nicht. Das war ein ganz starker Trieb. Es war unmöglich für mich, wieder nach Hause zu gehen, in die Schule, unter Leute; unmöglich. Wie schwer es hier oben auch sein mochte, ich würde hierbleiben, zum Vogel werden. In mir spürte ich die Entschlossenheit des Selbstmörders, der den Stuhl unter sich wegkickt. Ist es Ihnen noch nie so gegangen? Lieber lass ich mich umbringen, als dass ich da hingehe. Lieber lass ich mich umbringen, als dass ich da anrufe. Absolute Starrköpfigkeit. Es gibt Dinge im Leben, die man nur ganz allein weiß, ganz allein spürt. Hinter denen keinerlei Logik steckt, oder zumindest keine, die irgendjemand begreifen würde. So was kann man niemandem erklären, und für einen selbst steckt es trotzdem voller Sinn und Bedeutung.

Die Sonne war untergegangen.

Ich schlüpfte unter den Pelzmantel, unter dem es unheimlich warm war. Es freute mich, diese Erfahrung zu machen. Diese Erfahrung zu machen ... Das sagte meine Mutter immer. Obwohl sie Jahrgang 1973 ist, redete sie gern so altmodisch daher. Ach, meine Mutter ... Mein liebes fahles Tageslicht. Wenn die Sonne unterging, ließ meine Mutter unsere Wohnung in ihrem Licht erstrahlen. Unsere schachtelgroße Wohnung. Obwohl, es gibt größere Schachteln als unsere Wohnung.

»Nur weil Küche und Bad groß sind, denkt man, die ganze Wohnung ist es auch«, sagte meine Oma. »Das ist aber eine optische Täuschung.«

Bei Sonnenuntergang färbte sich die ganze Wohnung rot ein. Die ganze Schachtel. In diese Röte hinein kam meine

Mutter nach Hause. Sie machte die Wohnungstür auf und betrat eine blutrot ausgeleuchtete Bühne.

»Huhu, da bin ich!«

Solange sie verliebt war, war sie sehr glücklich. Als mein Vater sie dann aber jahrelang schikanierte, betrat sie die Wohnung still und leise, und nicht nur sie, auch wir, und man hörte nur noch, wie die federleichte Tür erst quietschte und dann mit einem grellen Ton ins Schloss fiel.

»Kann vielleicht einer von euch Banausen die Tür mal ordentlich zumachen?«

Sagte mein Vater ständig. Er demütigte meine Mutter, wo er nur konnte. Banausen!

Wie die beiden mal verliebt sein und heiraten und mich zur Welt bringen konnten, war mir ein Rätsel.

War meine Mutter glücklich, dann war ich es auch. Ich strahlte sie an und brauchte nichts anderes, keinerlei Bonus. Die brennende Liebesgeschichte meiner Mutter ging im Leerlauf weiter. Ich glaube nicht, dass sie mit dem Arzt, in den sie so verliebt war, je was hatte; darum ist es ja auch eine große Liebesgeschichte.

Der Arzt war an bestimmten Wochentagen in der Klinik. Meine Mutter hielt ihre Freundinnen über alle Geschehnisse telefonisch auf dem Laufenden, und ich hörte zu, als lauschte ich einem Märchen. Vorgelesen wurde mir nie etwas, nur einmal das Märchen von Däumelinchen, aber da auch nur, weil ich krank war. Meine Mutter hatte sich aus lauter Gram in ein Wrack verwandelt, und durch ihre neue Liebe kam sie allmählich wieder auf die Beine. Irgendwann würde sie sich vielleicht auch mal um mich kümmern können.

Meine Grundbedürfnisse wurden befriedigt, mehr nicht. Mit fünf fing ich an, mich selbst zu waschen. Mein Essen wurde mir hingestellt. Ich zog mich selbst aus und selbst wieder an. Die Schmutzwäsche ab in den Wäschekorb. Mit monotoner Stimme, ohne jeden liebevollen Ton, sagte meine Mutter mir, was ich tun sollte. Sie war ständig angespannt und erschöpft.

Sie war keine schlechte Mutter. Über ihre Defizite lässt sich diskutieren, aber während sie darum kämpfte, in einem Meer der Freudlosigkeit nicht zu ertrinken, brachte sie eben nicht mehr zustande. Wo sie hätte Dichterin werden können, schlug sie sich als Ernährungsberaterin durch. Das mit dem Dichten steckte wohl immer noch in ihr. Sie haderte mit dem, was sie nicht hatte schreiben können. Das mag jetzt billig klingen, aber streichen tue ich das nicht. Sie hatte einen Mann geheiratet, den sie bewundert hatte und der sie nun herabwürdigte. Obwohl sie eine Familie hatte, war sie allein. Das mit ihrer Mutter und mit Tantchen war etwas anderes. Wenn mal Zeit ist, erzähle ich das.

Meine Oma und Tantchen standen ihr einigermaßen bei, auch wenn es nicht immer so aussah. Tantchen gab ihr Ratschläge und wies sie auch manchmal zurecht. Sie selbst gab das als weibliche Solidarität aus, aber das war es nun dennoch nicht. Über meinen Vater zog sie her, aber ihm selbst wagte sie nichts zu sagen. Zu meiner Mutter meinte sie nur immer wieder: »Du liebst ihn zu sehr. Sei stark. Lass dich von ihm nicht so behandeln.«

Meiner Mutter in ihrer Erstarrung fiel es nicht ein, ihr zu sagen, sie solle diese Botschaft einmal direkt an meinen Vater richten.

Nur einmal, als sie heulte wie ein Kind und überhaupt nicht mehr weiterwusste, bat sie Tantchen, doch mal mit meinem Vater zu reden. Mein Vater hatte in seinem Zorn meiner Mutter ein Buch hinterhergeworfen und sie am Rücken getroffen.

»Wäre das ein Messer gewesen, hätte es mir nicht so wehtun können«, sagte sie.

Noch dazu hielt mein Vater meine Mutter mit dem Geld kurz. Für die Haushaltsausgaben hatte sie eine Kreditkarte, deren Kontoauszüge mein Vater peinlich genau studierte, und wenn ihm etwas Besonderes auffiel, pflanzte er sich vor meiner Mutter auf.

»Was soll das da?«

Psychologische Kriegsführung.

Meine Mutter fürchtete sich so sehr vor meinem Vater, dass sie mit der Kreditkarte keinerlei persönliche Ausgaben wagte. Und was heißt schon persönliche Ausgaben, das waren im Fall meiner Mutter Kaffee, Reis, Zucker, Waschmittel und was sie so für mich brauchte. Aus Geldmangel ging sie weder zum Friseur noch zum Shoppen oder auch nur mal zum Essen. Nicht weil wir insgesamt kein Geld gehabt hätten, sondern weil mein Vater ihr keines gab. Ganz im Gegenteil war mein Vater damals sogar ziemlich flüssig, als er nämlich für den reichen Sammler arbeitete. Kaum ein Land in Europa, in das er nicht fuhr, und außer nach Paris und nach London nahm er meine Mutter nirgendwo hin mit. Angeblich waren diese Reisen für Museumsbesuche notwendig, also sozusagen geschäftlich. Und für sich selbst kaufte mein Vater damals so einiges, und noch Jahre später schwärmte er von den Armani-Anzügen, die damals ein kleines Vermögen kosteten, den Tommy-Hilfiger-Hemden, den Hug-Schuhen, der 1250 Euro teuren Seiko, die er so liebte, und von den zwei Jahren, in denen er sich eine Mitgliedschaft im Wellnessbereich des Swisshotel gegönnt hatte. In jener Prunkphase, die sich als die Blütezeit meines Vaters bezeichnen ließe, hatte er anscheinend keine Frauengeschichten. Und falls doch, waren sie meiner Mutter nicht zu Ohren gekommen.

Von alldem hörte ich, wenn meine Mutter sich am Telefon bei ihren Freundinnen ausweinte, und manches erzählte mir Tantchen, die immer sagte: »Lass dich nicht so unterdrücken wie deine Mutter.«

Diese war also massiver psychologischer Gewalt ausgesetzt, ohne es überhaupt zu merken. Mein Vater schrie ja nicht, er misshandelte sie nicht, schlug nichts kaputt. Abgesehen von dem einen Buch, das er mal nach ihr warf. Ansonsten verrichtete er sein unseliges Werk in aller Stille, redete nicht mit meiner Mutter und sah sie nicht einmal an. Von Männern ausgeübte Gewalt ist wie Rauch, sie dringt überall ein. Der Staat und die Gesellschaft lassen zu, dass sie sich in jedes Haus schleicht, sich dort einnistet und die Frauen langsam vergiftet oder in Zombies verwandelt.

»Und ich sag mir noch, ist die krank oder was, warum sieht die so aus?«, rief die damenhafte Frau aus, die meine Mutter auf der Straße ansprach. Das Damenhafte rührte allein von ihrer schicken Kleidung her, ansonsten hatte sie Glotzaugen wie ein Frosch; ohne ihre hochhackigen Camper wären ihre kurzen Beine aufgefallen, ohne ihr elegantes Kleid der unförmige Hintern, und ohne die sehenswerten Klunker ihre Wurstfinger. So aber hatten wir eine Frau vor uns, die mit sich höchst zufrieden war. Mit offenem Mund starrte ich sie an. Sie trug zum Beispiel eine Sonnenbrille, und meine Mutter nicht, die ihre hatte sie nämlich verloren und sich keine neue leisten können, nicht mal ein Billigmodell. Die Frau redete selbstbewusst daher, voller Leben, meine Mutter dagegen tat keinen Mucks, war stumm wie eine Maus, die sich in einem Loch verkriecht. Meine Mutter war unglücklich, und wenn man unglücklich ist, schwitzt man das aus allen Poren aus. Jeder sieht es und tut so, als würde er es nicht sehen. Eine unglückliche Frau erkennt man sofort an ihren Augen.

Die freimütige, aufgeputzte Frau war in etwa so alt wie meine Mutter. Es war gut, dass sie beim Anblick meiner Mutter keine diplomatischen Floskeln gebrauchte, sondern geradeheraus sagte, was sie empfand.

»Du schleichst daher, als hättest du einen Buckel. Und deine Augen sind ganz eingefallen. Dabei warst du mal ein so hübsches Mädchen.«

Meine Mutter ging darauf tagelang herum wie narkotisiert. Als wäre sie überhaupt nicht bei sich. Sie dachte viel über das nach, was die Frau gesagt hatte, viel über sich selbst. Damals begriff sie wohl zum ersten Mal, was sie alles entbehrte. Als ich noch ganz klein war, lief sie anscheinend ständig in Adidas und einer Leinenhose mit kaputtem Reißverschluss herum wie eine Eremitin, und in dem Aufzug ging sie auch mal zu einer schicken Party. Mein Vater hätte sagen können, hör mal, so willst du da hin, aber er sah sie ja nicht mal. Als würde er ein Phantom an seiner Seite haben. Eine aus dem Grab wiederauferstandene Frau, die er mit seinem Desinteresse und seiner scharfen Zunge fast umbrachte und ihr zugleich auferlegte, weiter am Leben zu bleiben.

Auf der Party bestaunte sie die eleganten Schuhe der Gastgeberin, an denen sie sich nicht sattsehen konnte. Dennoch kam ihr nicht in den Sinn, sich zu fragen: »Warum sehe ich dann so aus? Und wie komme ich dazu, mit solchen Schuhen auf einer Party aufzukreuzen?«

Eine unglückliche Frau. Die sich gehen ließ. Sich aufgab.

Und doch war sie irgendwie stark. Denn ganz umgefallen war sie nicht, und irgendwann hatte sie sich wieder aufgerappelt. Scheiden lassen konnte sie sich nicht, denn sie wusste nicht, wohin sie dann sollte. Im Rückblick sah sie wohl, dass sie sich eigentlich gar nicht hatte scheiden lassen wollen. Wie man sich bettet, so liegt man. Wäre ihr die Scheidung wichtig gewesen, wäre sie mit mir schon irgendwo untergekommen, und sie hätte wieder angefangen zu arbeiten, wie sie das ja später auch tat. Schließlich hatte sie auch eine Familie, wenn sie mit der auch oft über Kreuz lag. Ihre Mutter und ihre Schwester hätten ihr schon weitergeholfen.

Sie kam nicht mal auf die Idee, von meinem Vater für mich Unterhalt zu fordern. So wie sie sich auch aus Stolz heraus nichts von dem knappen Geld kaufte, das mein Vater ihr gerade mal zugestand. So weit war es allerdings mit dem Stolz auch nicht her, denn obwohl mein Vater sie ganz bewusst immer wieder verletzte, verstand sie sich dagegen nicht zu wehren und ging auch nicht davon.

Dunkel erinnere ich mich, wie meine Mutter in einer roten Cordhose und einem schwarzen Rollkragenpullover melancholisch umherging, ohne überhaupt zu wissen, wie schön und elegant sie darin aussah. Oder weiß ich das alles nur von dem her, was sie ihren Freundinnen erzählte? Oder was Tantchen mir berichtete? Ich bin mir nicht sicher. Gewiss weiß ich nur, dass ich auf die eine oder andere Art die stille kleine Zeugin des Unglücks meiner Mutter war. Und was Kinder vom Leben ihrer Eltern mitbekommen, versuchen sie später auszubügeln.

Während meine Mutter mich also freudlos mit einem ungehobelten Ehemann großzog, der sich nicht um sie kümmerte, freundete sie sich mit anderen Müttern an, die sie auf dem Spielplatz kennenlernte, und traf sich mit ihnen, damit wir Kinder miteinander spielen konnten. Jede Woche kamen die Frauen bei einer anderen zusammen, und durch die Gespräche mit diesen tat sich bei ihr allmählich etwas. In manchen der Familien gab es eine Haushälterin, in anderen zusätzlich noch eine Kinderfrau. Ich glaube, außer meiner Mutter und einer Halbschweizerin zog niemand seine Kinder ganz ohne Hilfe auf. Meiner Mutter erschien es so, als seien all diese Familien glücklich, und dieses Glück konnte sie nur bewundern. Wobei Bewunderung ja nichts anderes ist als ein Neid, der sich geschlagen gibt.

»Bei einer Depression ist man böse auf sich selbst.«

Diesen Satz schnappte sie bei einem jener Treffen auf und schrieb ihn in das kleine rote Heft, in dem ich später so gerne las.

Von Tantchen lieh sich meine Mutter ein Kleid und sogar Isabel-Marant-Stiefel in Größe 37 aus.

»Ich dachte, du hast Größe 36?«, wunderte sich Tantchen.

»Seit der Schwangerschaft habe ich ein bisschen größere Füße.«

Was gelogen war. Sie wollte einfach mal schöne Stiefel tragen. Und stopfte sich vorn Watte rein.

»Schön so.«

Ja, schön, aber es war nun mal nur geliehenes Glück. Meine Mutter sah das Glück und die Zufriedenheit der anderen, lauschte ihren Märchen von einem trauten Heim, und je mehr dabei der Neid in ihr hochstieg, umso mehr versank sie in ihrem eigenen Unglück. Auf dem Heimweg von solchen Besuchen hatte ich das Gefühl, neben einer Toten herzugehen.

Als die anderen Frauen und ihre Kinder einmal zu uns kamen, war meine Mutter ganz aufgeregt. War eine liebende Hand, die vor einem blinden Fenster Brosamen ausstreut. Und vor dem blinden Fenster zwitscherten fröhliche Vögel. Die Frauen und die Kinder waren bei uns zu Hause, dort war es noch nie so voll gewesen, und meine Mutter noch nie so glücklich.

Als ein neu gegründeter Verlag den Gedichtband meiner Mutter herausbrachte, kam sie an ein bisschen Geld. Sie fühlte sich gut und kaufte sich sogleich ein Paar Stiefel. Ich kann gar nicht beschreiben, wie aufgeregt sie zusah, wie die Stiefel wieder in die Schuhschachtel verpackt wurden. Danach fand sie die Arbeit, von der ich schon erzählt habe. Die ersten Tage in der schicken Diätklinik in Nişantaşı liefen gar nicht gut. Man ertrug dort meine Mutter nicht einmal so, wie sie da gerade war. Hätten die Leute gewusst, wie meine Mutter davor zu Hause herumlief, wäre sie in die Klinik nicht mal hineingelassen worden.

Der Arzt war ein Liebesversprechen. Und die Verwandlung meiner Mutter ging schnell vor sich.

Mit einem Hängekleid aus rosafarbener Seide, Sandalen, die wunderbar zu ihren zarten Füßen passten, Ohrringen aus Korallen und Gold, einem Seidenschal und leuchtendem Haar holte meine Mutter mich vom Kindergarten ab. An den Tagen, an denen der Arzt in der Klinik war, blühte meine Mutter auf wie die Rose des kleinen Prinzen. Wenn mir meine Mutter gefiel, sagte ich ihr das auch so.

»Mama, du siehst aus wie die Rose des kleinen Prinzen.«

Da sie sich um mich nicht weiter kümmerte, kam ihr nicht in den Sinn zu fragen, woher ich das Buch denn kenne, ob sie uns das im Kindergarten vorgelesen hätten etc.

So wurde also meine Mutter, wenn sie nach Hause kam, von dem rötlichen Schein beleuchtet, der es bis in unsere Wohnung schaffte, obwohl wir keine Aussicht hatten und von Hochhäusern umstanden waren. So etwas nennt man Hoffnung, und die geht nie aus einem raus, genauso wenig wie das Blut, und wenn doch, dann stirbt man, geht zugrunde. Nun sehe ich meine Mutter mit den Augen einer Fünfjährigen:

Meine Oma holte mich vom Schulbus ab, stellte mir einen Teller mit geschältem Obst hin und machte mir den Fernseher an. Mein Vater verschwand wie immer, sobald er zu Hause war, in sein Büro.

Nun hatte meine Mutter ein blaues Kleid an, das ihr ausgezeichnet stand. Vermutlich war der Arzt an dem Tag in der Klinik gewesen. Die Details bekam ich am folgenden Tag zu hören, wenn meine Mutter sie am Telefon einer Freundin erzählte, bevor mein Vater kam.

Mit offenem Mund sah ich meiner Mutter zu, wie sie ihre Stofftasche von der Schulter nahm und sanft auf den Boden stellte, wie sie in der scheuen, furchtsamen Art, die ihr wegen der Schimpfereien meines Vaters zu eigen geworden war, die Schuhe von den schlanken Füßen streifte und in den Schuhschrank stellte, was sie auch an Tagen so hielt, an denen sie vor lauter Aufregung und Glück die Schuhe am liebsten von sich geschleudert hätte, und wie sie lächelnd, immer nur lächelnd, zur täglichen Routine überging.

Sie trug jetzt auch ein Parfum auf.

»Dafür schleuderst du also dein gesamtes Geld raus?«

Mein Vater in seiner ganzen fordernden Art. Dabei kam meine Mutter schon fast für alles Häusliche auf, dazu für die Einkäufe. Die spezielle Kreditkarte meines Vaters benutzte sie schon längst nicht mehr, ja sie hatte sie sogar vor den Augen meines Vaters zerschnitten. Nicht mal demonstrativ oder wütend, sondern mit ruhiger, natürlicher Geste, so wie man etwa Bohnen bricht. Mein Vater machte ihr sogar Vorwürfe, wenn sie ihr eigenes Geld ausgab, darauf verräumte sie die schicken Kartons, mit denen sie nach Hause kam, ohne dass er sie sah.

Ein neues Kleid. Make-up. Schuhe. Eine Sonnenbrille. Eine neue Creme. Das gute Shampoo. Das alles hatte sie jahrelang entbehren müssen. Sich sogar selbst darum gebracht. Um all das Schöne, das sie nun, hinter dem Rücken ihres Ehemanns, vor dem sie sich nach wie vor fürchtete, in eleganten Einkaufstaschen gierig und begeistert nach Hause trug.

Solange sie den Arzt nur sah, war sie glücklich. Immer wieder erzählte sie, wie sie an den Tagen, an denen er in die Klinik kam, auf der Suche nach ihm wie ein Spukgeist herumschlich.

Dazu war sie geworden, zu einem Spukgeist der Liebe. Zum Spukgeist der Liebe, die sie vor dem Zugrundegehen bewahrte, vor dem Tod!

»Manchmal hörte ich ihn nur, ohne zu wissen, wo genau er war«, erzählte sie. »Ich gierte danach, ihn zu sehen und von ihm gesehen zu werden. Ich hörte seine Stimme, aber woher nur? So ging ich von Zimmer zu Zimmer, und wenn mich jemand fragte, was ich denn suche, gab ich nie Antwort. Es sollte ja niemand erfahren, wie verliebt ich war.«

Meine Mutter in ihrer grenzenlosen Naivität.

Wer kann schon ein Geheimnis mit sich herumtragen, ohne es jemandem zuzuflüstern …

Wäre mein Vater ihr ein Gefährte gewesen, hätte es sie nicht so herumgebeutelt. Sie war aber sehr einsam. So einsam, dass sie wohl genauso mit sich selbst sprach wie ich auf diesem Baum hier. Letztendlich – auch das wieder ein Lieblingswort meiner Oma – schlich sie dem Arzt hinterher, und soweit ich das beurteilen kann, war der recht zögerlich. Liebend gern hätte er an der herrlich duftenden Rose gerochen, die da vor ihm erblühte, doch fürchtete er sich wohl. Liebe ist nichts für Feiglinge. Sie erfordert Mut. Der Arzt empfand durchaus etwas für meine Mutter. Aber Liebe IST Mut. Auf dieses abgrundtiefe Klischee komme ich gerade, weil Derin mal in Beyoğlu vor dem Café Hayal bei einem

Wahrsager ein Zettelchen zog, auf dem genau dieser Satz draufstand.

Auf meinem stand: »Er wird dich finden.«

Und bei Pembe: »Ihr werdet zusammenfinden, verlier nicht die Hoffnung.«

»Warum steht da immer so kurzes Zeug drauf?«

»Das ist heute so. Wie eine SMS.«

Wir leben im SMS-Zeitalter, hast du das etwa noch nicht gemerkt?

Diese verdammten Nachrichten! Hast du schon vergessen, wie sich auf der Schultoilette zwei Mädchen in die Haare gekriegt haben, weil die eine von einer unbekannten Handynummer die Nachricht »Du Snapchat-Nutte!« bekommen hatte? Weiß jetzt irgendjemand nicht, was Snapchat ist? Ich erklär's mal lieber, vielleicht lesen ja auch ältere Herrschaften mit.

Also, auf Snapchat verschickt man Nachrichten, die sich nach ganz kurzer Zeit selbst löschen, ob sie nun jemand gesehen hat oder nicht. Wer will, kann jemandem da seine intimsten Stellen zeigen. Obwohl, unsere wahrhaft intimsten Stellen sind mit dem Auge nicht sichtbar. Nun ja, auf jeden Fall hatte ein Mädchen dem Freund eines anderen Mädchens ein Snapchat im G-String geschickt, und die hatte die Tätowierung auf dem Hintern der anderen erkannt: eine Rose, ein Herz, ein *I love you*, und das Ganze mit einer Kordel verbunden. Darauf gab es Ärger um Ärger, und schließlich sind die beiden von der Schule geflogen.

»So was hat es in der Geschichte unserer Schule noch nie gegeben«, erregte sich der Direktor. Scherzkeks, gab es etwa schon immer Snapchat?

Sogar der Wahrsager hatte den Geist der Zeit erkannt. Früher sagte irgendjemand etwas, und darüber wurde dann vierzig Tage lang nachgedacht. Heute ist am Morgen vergessen, was am Abend zuvor war. Der Wahrsager hatte begriffen, was die Zeit für Absichten hatte, doch meine Mutter kriegte nicht heraus, wie es um die Absichten des Arztes stand. Und da es ihr an Selbstvertrauen mangelte, fragte sie alle möglichen Leute: »Glaubst du, er ist in mich verliebt?«

Die Leute hörten sich die schmalzig erzählte Liebesgeschichte meiner Mutter wie ein Märchen aus *Tausendundeiner Nacht* an und gaben mittelmäßige Kommentare dazu ab. Meine Mutter wiederum lauschte nicht auf die Stimme ihres Herzens, und selbst wenn sie das getan hätte, hätte sie nichts gehört. Während zu erwarten war, dass sie meinen Vater nicht nur seelisch, sondern auch körperlich betrügen würde, tat sie nichts dergleichen. Sie war wie gehemmt. Und der Arzt ein Feigling.

Aber wer weiß, vielleicht liebte sie doch meinen Vater.

So erlebte meine Mutter mit dem Arzt eine romantische Liebe, die nicht einmal zum Händchenhalten führte. Ihn zu sehen, seine Stimme zu hören, mit ihm zu sprechen und nur in ihren Träumen wild mit ihm zu schlafen, machte sie schon glücklich. Wie Jane Austen das schon zweihundert Jahre zuvor beschrieben hatte.

So weit ich das mitbekam, kamen sie einander immer näher und näher, und als sie eigentlich aufeinanderprallen mussten, bekam der Arzt es mit der Angst zu tun und machte sich aus dem Staub. Aus den Telefongesprächen mit ihren Freundinnen schloss ich, dass sie sich nicht einmal geküsst hatten. Eine höchst archaische und unschuldige Liebesgeschichte also. Sie waren mit jemandem aus der Klinik zum Essen gegangen, und meine Mutter war einfach froh gewesen, die Aufmerksamkeit des Mannes zu erregen. Oder sie waren gemeinsam zu Fuß von Nişantaşı zum

Taksim-Platz gegangen. Sie wartete immer darauf, dass der Arzt den ersten Schritt tun würde. Der aber kannte vielleicht meinen Vater oder sie hatten gemeinsame Bekannte, und er wollte deshalb nichts unternehmen. So kam es nie zu einer richtigen Beziehung, nicht mal zu einem Ansatz davon.

Wenn schon mal etwas zu Ende war, noch bevor es begonnen hatte, dann war das die Liebesgeschichte meiner Mutter.

Wohin der Arzt sich geflüchtet hatte? Ganz weit weg, über den Ozean hinweg, nach Amerika.

Und erfahren hatte meine Mutter das per Zufall, in einem Blumenladen, deren Besitzerin sie kannte und die absolut nichts von der Liebesgeschichte wusste, an der meine Mutter sich verzehrte.

»Er ist nach Amerika, nach Houston. Und soll gesagt haben, dass er nicht so bald wieder zurückkommt. Seine Wohnung hat er auch verkauft. Und seine Sachen nach drüben verschifft.«

Mann, sogar das!

Meine Mutter stand unter Schock. Sie hatte stets darauf gewartet, dass der andere den ersten Schritt tun würde, und war bereit gewesen, bei erster Gelegenheit meinen Vater zu betrügen, ihn zu verlassen und sich nicht einmal nach ihm umzudrehen, und so hatte sich diese unschuldige Liebesgeschichte immer länger hingezogen. Es heißt ja, bei manchen Bäumen reichen die Wurzeln so tief hinunter, wie der Baum hoch ist, und von der Art war auch meine Mutter. Sie lebte ihre Liebe in sich selbst aus, und was herausquoll, teilte sie mit ihren Freunden am Telefon. Aus ihrer Einsamkeit heraus ließ sie ihre Liebe in einem Abgrund widerhallen. Und schrieb anstatt eines Gedichtes diese Liebesgeschichte.

Der Arzt hatte sie in seine Zukunftspläne nicht eingeweiht. Was nichts anderes bedeutete als: »Ich empfinde nichts Besonderes für dich.« So kommentierten das zumindest die Mitlauscher meiner Mutter. Nur einer, ein Mann gesetzten Alters, sagte: »Der muss vor was Himmelschreiendem davongelaufen sein.« Meine Mutter hätte ihn fragen sollen: »Liebst du mich auch?« So einfach war das!

Und falls der Arzt auf dieses Geständnis hin wieder nur dumm dreingeschaut hätte, hätte meine Mutter sagen sollen: »Hab keine Angst, meine Liebe reicht für uns beide.«

Um dem Arzt die Sache verständlich zu machen, hätte meine Mutter auf seinen Schreibtisch auch ein Gedicht legen können, das mit jenem Satz begann. Aber zu so was war sie ja zu feig. Das habe ich ihr auch mal gesagt.

»Mama, du bist unheimlich feig!«

»Was soll jetzt das?«, erwiderte sie verdutzt.

Ich war da noch klein und malte etwas auf dem Tischchen, das aus dem Grabstein gemacht worden war, keine Sorge, darauf komme ich schon noch zurück. Meine Mutter hatte gerade mal wieder eines ihrer verzweifelten Telefongespräche hinter sich. Ich sah ihr ins Gesicht und wiederholte: »Du bist furchtbar feig!«

Voller Wut sagte ich das. Meine Mutter aber glaubte nicht, dass ich mir auf das, was sie da erlebte, einen Reim machen könne. Das glaubte niemand. Ein Kind in dem Alter begreift so was nicht. Unmöglich. Meiner Mutter war nur nicht bewusst, dass unsere einzige Beziehung in jener Liebesgeschichte bestand, die sie irgendwelchen Erwachsenen erzählte. Mit mir nämlich redete sie nicht. So wie mein Vater nicht mit ihr redete.

Dann erwischte es sie voll.

Sie war verbittert. Wie hatte sie sich derart täuschen können! Ihre große Liebesgeschichte war zu Ende. Es war kein

Arzt mehr da, der sie hätte trösten und mit seiner Liebe nähren können. Sie hatte ihn verloren.

Sie lief mit versteinertem Gesicht herum, ihre Mundwinkel wurden wieder faltig. Dazu vergrub sie sich in ein solches Schweigen, dass es mir regelrecht wehtat. Mein Vater nahm ihren Zustand nicht einmal wahr. Das Licht meiner Mutter war wieder einmal erloschen, und die Sonne, von der sie erleuchtet wurde, untergegangen. Es war nun Nacht. Ewigliche Nacht.

»Ewiglich. Wie kommst du denn auf so ein Wort?«

Im vom Weltraum für Derartiges vorgesehenen *space*, den Tiefen meines Geistes nämlich, kritisierte Özlem weiter an meinem Roman herum.

»Das klingt ja krank.«

Ich hielt es nicht länger aus und fing an zu weinen. Dass sie das zustande brachte, tat ihr gut. Auf ihren Lippen erschien ein kleines Siegerlächeln. Der eine Mundwinkel wurde wie von einem unsichtbaren Faden höher gezogen, immer höher und höher.

»Komm, jetzt mach dir nichts draus.«

Was für ein verlogener Trost.

Derin und Pembe flüsterten: »Wein doch nicht.« Mit stummen Lippen, und mit Augen, die so feucht waren wie die meinen. Ich sah meine Freundinnen hilflos an. Ewiglich würde ich das nicht vergessen, denn sogar hier auf dem Baum kam es mir in den Sinn. Unser Verstand ist unser Weltraum, nichts geht dort verloren.

Der Arzt war wirklich und wahrhaftig weg. Meine Mutter hatte eine ebensolche Enttäuschung am Hals wie ich mit meinem misslungenen Roman, dem versemmelten Romanwettbewerb und dem Stipendium, das mir so durch die Lappen ging.

»Vielleicht sollte ich noch mal ein Kind kriegen?«, dachte sie. Sie wollte sich den ganzen Ärger aufhalsen, noch mal ein Kind aufzuziehen, und sich damit selbst bestrafen, sich kasteien. Dann bekam sie es aber mit der Angst zu tun und ließ die Sache lieber. Schließlich wurde sie ganz unbeabsichtigt doch schwanger, beschloss, das Kind auszutragen, machte dann doch einen Termin aus, um abzutreiben, geriet aber an einen Arzt, der dagegen war und ihr einredete, sie sei über die gesetzliche Frist schon hinaus, worauf sie sich gezwungen fühlte, das Kind zur Welt zu bringen. Eines Morgens wachte sie auf und dachte, nein, ich will das nicht, dabei hatte sie meiner Oma und Tantchen schon die frohe Botschaft verkündet. Sie ging zu einem anderen Arzt, der gleich sagte, was wollen Sie denn, das sind noch keine zehn Wochen, und so bekam ich doch kein Geschwisterchen.

Danach verschrieb meine Mutter sich dem Plan, als Ernährungsberaterin eine Berühmtheit zu werden. Sie musste die Leere ausfüllen, die der Arzt und die Liebesgeschichte in ihr hinterlassen hatten. Dabei tat sie aber etwas Grundfalsches, Gefährliches. Um des Ruhmes willen tischte sie eine grandiose Lüge auf, unter deren Last sie später zusammenbrechen sollte. Kurzfristig wurde ihr der Ruhm durchaus zuteil, aber das Ganze endete in einem gewaltigen Debakel.

Bin ich etwa auf diesem Baum hier, um an das alles zu denken?

Unser Leben gehört jedem, nicht nur uns selbst, und wie mit einer Nabelschnur sind wir an anderer Menschen Leben gebunden. Ich meine damit, dass jeder die Geschichte eines anderen ist. Habe ich das schon mal gesagt? Mein Kopf ist wie eine Spieluhr, die immer wieder dieselbe Melodie spielt, weil ich sie andauernd aufziehe. Entschuldigung für all die Wiederholungen, aber das ist nun mal so. Eigentlich sind es ja keine Wiederholungen, das kommt Ihnen nur so vor, weil ich es Wiederholungen nenne. Was ich auch sage, glauben Sie mir, nur weil es aus meinem Herzen und den Tiefen meines Verstandes kommt. Geht es Ihnen etwa nie so, dass Sie an etwas immer wieder denken? Dass ich mir in den Kopf gesetzt habe, auf einem Baum zu leben, mag etwas Kreatives an sich haben, aber daneben bin ich ein völlig gewöhnlicher Mensch.

»Was du da geschrieben hast, ist ernst zu nehmen, aber stellenweise auch respektlos, es ist kreativ, aber auch gewöhnlich. Deinem mit Allerweltssätzen verfassten Erlebnisbericht verleihst du einen ganz besonderen Anstrich und bringst dadurch etwas Neues, Verwegenes hinein.«

Dieser Kommentar, der mir nicht ganz einleuchtete, stammte von Pierre, einem anderen Lehrer unserer Schule.

»Was begreifst du daran nicht, du Dummchen?«, zischte Pembe. »Er meint einfach, du hast eine bestimmte Frequenz erwischt, und da fließt das Buch jetzt dahin. Man nimmt dir das Mädchen ab, obwohl das gar nicht du selbst bist.«

»Echt, wie hast du das schreiben können? Wie kann man überhaupt was schreiben?«

»Ich versenke mich in eine eigene Welt.«

Bruhaha!

Ich musste selbst mitlachen, aber es war wirklich so gemeint.

»Wenn es Herzen berühren soll, muss es auch von Herzen kommen.«

Diesen Ratschlag gab Pierre mir noch mit, und er war immerhin ein Bewunderer von Yunus Emre und Goethe, also notierte ich mir das gleich in mein iPhone. Ich war nicht so eine Leseratte wie Derin und Pembe. Die brachten den Kindern statt Spielzeug lieber Bücher mit, die hatten wir alle gemeinsam ausgesucht. Von der Bombe, die Pembe und Derin zerriss, wurde das Gepäckfach des Busses nicht erwischt. Menschen werden vernichtet, doch was sie produzieren, lebt weiter, leider. Mit einer Plastiktüte wird die Erde in zweihundert Jahren nicht fertig, aber Menschen sind nicht so. Meine Oma dachte das auch. Sie schaute sich um und sagte: »Die Leute, die dieses Haus gebaut haben, der Schreiner, der die Fensterläden gemacht hat, die Schneiderin, die die Samtvorhänge genäht hat, die sind alle längst mausetot, aber die Sachen, die sie mit ihren Händen berührt haben, sind noch bei uns und am Leben, und sie werden sogar noch da sein, wenn auch wir weg sind, ist das nicht ein Elend?«

»Alles Irdische ist nur ein Gleichnis.« Das war einer der Hammersätze aus meinem Roman. Hätte ich gewonnen, wäre mein Roman ja auch veröffentlicht worden; Özlem wollte sich mit mehreren Verlegern treffen. Und wäre mein Roman herausgekommen, hätte ich ihm den Hammersatz vorangestellt.

»Stammt das von dir?«

Wer außer Özlem mit ihrem Pimmelmund hätte das schon fragen können. Die mit ihren Komplexen.

Das brachte das Fass zum Überlaufen. Ich ging aus der Klasse hinaus.

Nach allem, was geschehen war, hätte ich mir gewünscht, meine Mutter wäre in die Schule gekommen und hätte mit allen geredet, angefangen beim Direktor. Und auch mit Derins Vater, gleich beim Reinkommen.

»Meiner Tochter ist das Herz gebrochen worden, da will ich denen mal zeigen, was eine Harke ist. Hat das Kind etwa irgendetwas verbrochen? Sie hat sich hingesetzt und was geschrieben. Hat nachgedacht, ihre Fantasie spielen lassen. Ist das ein Verbrechen?«

»Ist es wohl«, hätte Derins Vater da sagen können. Oder »Emines Vater«, wie er lieber genannt worden wäre. Und Nachdenken war tatsächlich ein Verbrechen. Und Schreiben ein noch größeres, denn dadurch geriet diese Krankheit namens Denken ja erst in Umlauf.

Das eigentliche Gespräch hätte meine Mutter aber mit dem Direktor und danach mit Özlem führen sollen.

»Sie können ruhig sagen, dass meine Tochter schlecht geschrieben hat, aber sagen Sie es gefälligst anständig.«

Meine Mutter hätte zur Tigerin werden sollen, zur Löwin, hätte mich schützen und die Menschen zerfleischen sollen, die ihrem Töchterchen wehgetan hatten, hätte ihre Krallen ausfahren, wie ein waidwundes Raubtier brüllen und ihnen allen Angst einjagen sollen! Sogar Straßenkatzen tun das für ihre Jungen, warum sollte es da meine Mutter nicht tun?

Sie tat es nicht.

Sie ging nicht in die Schule, um zu sagen, wie sehr man mich gekränkt hatte. In jenen Tagen kam sie nämlich vor Scham beinahe um. Ich finde, meine Mutter hat die beiden Gefühle erlebt, die das Leben ausmachen: Liebe und Scham. Es beschämte sie eine Geschichte, die tiefer ging als die Liebe. Sein Ich entdeckt der Mensch eher bei anderen, darum kennen andere uns besser als wir uns selbst. So wie ein Arzt, der einfühlsam fremde Körper untersucht. Niemand kann in sich hineinsehen, seine eigene Krankheit diagnostizieren, so etwas nehmen immer nur andere wahr. Jeder ist die Geschichte eines anderen. Keiner kann die eigene Geschichte erzählen. Aber auch andere erzählen sie unvollständig. Darum muss jeder die eigene Geschichte selbst erzählen. Und wenn es sein muss, dabei ständig in den Spiegel sehen!

Ist es nicht ein Zeichen für das, was ich hier sage, dass

ich in dem Pelzmantel einen Spiegel fand? Mir blieb der Mund offen stehen. Die Taschen des Mantels mussten doch schon tausendmal gefilzt worden sein, aber wie durch ein Wunder war der kleine Spiegel unentdeckt geblieben. Genauso werde ich hier oben auf meinem Baum unentdeckt bleiben.

Der Wind fuhr sanft in den Lorbeerbaum.

Die Laternen des Parks waren noch nicht gelöscht. Durch die Blätter kam noch genug Licht, dass ich im Spiegel mein dunkles Gesicht ausgiebig betrachten konnte. Hatte ich nicht genau das gewollt, einen Spiegel? Falls es einen Gott gab, hatte er mich erhört. Ich trank von dem Wasser. Krank werden durfte ich hier oben auf keinen Fall. Wurden eigentlich Vögel krank? Ich war kurz davor, in Schlaf zu versinken. Wieder ging ein leichtes Schütteln durch den Baum. Das war aber nicht der Wind, das war ich. Eingehüllt in die Wärme des Mantels hatte ich mich herumgedreht, als wäre ich in meinem Bett. Ich schlief also nicht mehr starr vor lauter Kälte. Das allein musste zu meinem Glück doch schon genügen. Oder etwa nicht?

Pierre war nach Gezi in seine Heimat zurückgekehrt.

»Ich halte das hier nicht mehr aus. Ich kann nicht mehr so tun, als wäre ich ein unbeteiligter Fremder. So viele junge Menschen werden umgebracht, das ertrage ich nicht mehr. Schon der Tod eines einzigen Menschen ist ein Grund für einen Aufstand, aber es sind so viele. Es gibt zu viel Leid hier.«

Das sagte er uns zum Abschied, zu Derin, Pembe und mir.

Auf Facebook schrieb er mir später:

»Gestern ist mir auf einmal dein Roman eingefallen. Als ich so an Istanbul dachte. Ich finde, mit deinem Roman hast du richtig zugeschlagen, aus wildem Zorn, zwingender Logik und strahlender Intelligenz heraus. Schreib bitte weiter.«

Meine Antwort fiel kurz und knapp aus.

»Ich habe mein Geschreibsel vernichtet und denke nicht, dass ich noch einmal etwas schreiben werde.«

Er wollte wohl, dass ich mir das noch einmal überlege, darum fragte er:

»Pourquoi?«

Warum ist die Banane krumm?

»Sie wollten von hier weg, und ich will aus ähnlichen Gründen nicht mehr schreiben.«

»Pourquoi?«

»Ist das nicht Grund genug?«

»Pourquoi?«

War jetzt endlich mal genug?

»Um eine Heldin zu sein, braucht man nicht einer Menschenmenge voranzumarschieren. In einem Land, in dem Blut vergossen wird, bestehen das größte Heldentum und der größte Widerstand darin, sich jeden Morgen an seinen Schreibtisch zu setzen und zu schreiben.«

Darauf wusste ich keine Antwort. Tag für Tag verlor ich etwas, das ich liebte. Genau genommen wurde mir das alles abgenommen. Was machte es da schon aus, wenn ich mit dem Schreiben und dem Erzählen aufhörte?

13 | NACHRICHTEN

Am Sonntag, den 20. September, war ich auf einmal in einem leeren Hotelzimmer. Dazu kam es folgendermaßen: Ich hörte ein seltsames Vogelpfeifen, und da wusste ich auch schon, dass Yunus auf der Feuerleiter saß und mich mit seinem Pfeifen auf die Mauer rief. Ich kletterte hinauf und streckte den Kopf vor.

»Was ist denn?«

Wenn er mich so rief, dann war irgendwas, das wusste ich schon. Auf der Mauer selbst war er seit dem Tag nicht mehr gewesen, als er sich heldenhaft auf den Pelzmantel gesetzt hatte. Was er mir an Proviant mitbrachte, holte ich mir dank meiner Kletterqualitäten über die primitive Seilbahn ab, die ich mit meinem Nylonseil fabriziert hatte. Wenn wir uns unterhielten, saß ich auf der Mauer und er auf der Feuerleiter. Abgesehen von einem Tag, an dem er sich freigenommen hatte, trafen wir uns jeden Tag. Sein Pfeifen von der Feuerleiter her kannte ich aus allen Vogelstimmen heraus. Obwohl es da oben wahnsinnig viele Vögel gab. Als wären mehr Vögel auf der Welt als Menschen. Oder als hätten sich alle Vögel der Stadt wie ich auf die Bäume dieses Parks geflüchtet. Es war ein Park voller Vögel, aber ohne Menschen.

»Das ist saisonbedingt«, erläuterte Yunus. »Im Sommer geht es sehr zu hier.«

Für mich war das immer noch der Garten des Sultanspalasts. Vom Geist her. Es war wirklich niemand unterwegs.

»Im Sommer kommen sie hier trambahnweise an.«

»Magst du etwa keine Menschen?«

»Keine schlechten und egoistischen Menschen.«

Yunus stand hinter dem Eisengitter der Feuerleiter. Wie in einem Käfig. Jeder meint immer, er sei frei, aber das stimmt gar nicht. Freiheit bedeutet nicht, dass man machen kann, was man will. Das ist eine irrige Vorstellung. Und um gefangen zu sein, braucht man auch nicht unbedingt irgendwo eingesperrt zu sein. Gefangen ist man manchmal auch, obwohl man gerade ungehindert herumspaziert. Es spielt sich alles im Kopf ab. Eine ganze Welt.

Vielleicht bewegten sich für mich die Menschen ja einfach außerhalb jener Welt aus drei Bäumen, an die ich mich nunmehr gewöhnt hatte. Einmal beobachtete ich, wie sich unten ein Mädchen mit Kopftuch und ihr Freund heftig küssten. Es wurde schon dunkel. Das Mädchen sagte, sie habe ihrer Familie erklärt, sie mache Überstunden. Der junge Mann bat inständig: »Komm, gehen wir in ein Hotel.« Also waren sie schon mal in ein Hotel und damit sehr weit gegangen. Zu weit. Aber wohl kaum in das teure Hotel, in dem Yunus arbeitete. Der lange Mantel des Mädchens, ihre Schnallenschuhe, die Tasche und der Stoffdutt unter dem Kopftuch, das alles wirkte eher billig. Noch dazu auf eine ganz eigene, gewollte Art. Pembe kannte sich mit so etwas aus. Sie wusste über Modetrends Bescheid, über Fälschungen, die doch nicht allzu bescheiden aussahen, und auch darüber, wie man sich einen Stil aneignete. Tante Hülya war darin auch nicht schlecht. Warum also trug dieses Mädchen hier ein Kopftuch? Um frei zu sein? Um sich freier bewegen zu können, um arbeiten und spät nach Hause kommen zu dürfen, verzichteten solche Mädchen auf bestimmte Freiheiten und setzten das Kopftuch auf, damit sie andere Freiheiten erlangten, die Frauen sonst nicht so leicht hatten. Falls sie es aber tatsächlich wegen ihres Glaubens aufsetzt, tun wir ihr hier gerade ziemlich unrecht. Aber wir wissen ja alle, dass es in der Welt höchst ungerecht zugeht und jeder davon seinen Anteil abkriegt. Geht nicht anders.

»Ich geniere mich so vor dem Typen an der Rezeption«, sagte das Mädchen.

»Warum denn?«, fragte der Mann enttäuscht. Ja, genau, warum eigentlich? Genieren etwa die Männer sich vor uns?

Der Mann hatte einen Schnurrbart, der sich ganz unabhängig von seiner Lippe bewegte. Er war ganz und gar mit der jungen Frau beschäftigt, streichelte ihre Brüste, fasste ihr mit der anderen Hand an den Hintern, und als er am Hals eine freie Stelle entdeckte, fuhr er dort schnüffelnd mit der Nase hin.

»Du, ich halt's nicht mehr aus, ich stecke ihn dir gleich hier rein.«

»Bist du verrückt? Und wenn uns jemand sieht?«

»Wer soll uns schon sehen?«

»Ich wollte mit dir reden heute, aber du gehst schon wieder so ran.«

»Du willst es doch auch, oder?«

»Ach, lass mich in Frieden! Du wolltest dich doch im Sommer scheiden lassen, was ist jetzt, der Sommer ist gleich vorbei.«

»Erst muss meine Frau aus dem Dorf zurück sein, dann kann ich mit ihr reden.«

»Die ist noch nicht wieder da? Aber die Schule hat doch schon angefangen.«

»Ja, zurück ist sie schon. Sonst hätte ich dich ja wieder zu mir nach Hause genommen.«

»Hoffentlich haben uns die Nachbarn neulich gesehen und es deiner Frau gesteckt.«

»Was braucht es da Nachbarn? Wenn ich die Fotos auf Facebook nicht gelöscht hätte, wüssten schon längst alle Bescheid.«

»Von wegen! Glaubst du vielleicht, deine Frau und ich hätten gemeinsame Freunde?«

»Laut Facebook nicht. Aber was wissen die schon von Frauenmachenschaften?«

Der Schnurrbärtige küsste das Mädchen nicht mehr, sondern sah ihr ins Gesicht. Nach seinem letzten Satz aber tauchte er wieder ab:

»Ihr lasst uns bloß was sehen, aber ranlassen tut ihr uns nicht …«

Von oben sah der Kopf des Mädchens wie eine appetitanregende Frucht aus. Sie mochte sich erst gesträubt haben, überließ sich dem Mann aber doch und wehrte sich nicht dagegen, dass er sie küsste und an ihrem Hals herumschnüffelte. Sie hatte den Kopf zur Seite gelegt, sodass ich ihr Gesicht sehen konnte. Die Augen hatte sie geschlossen. Ach, Lust war doch die Essenz jeder Natur! Mit den geschlossenen Augen, dem runden Gesicht, dem korallenrot angestrichenen Schmollmündchen, den gezupften Augenbrauen, dem spitzen Näschen und dem weißen Teint sah das Mädchen aus wie eine Miniatur. Ob sie mich wohl sehen würde, wenn sie die Augen aufschlug? Oder war ich meisterhaft im Dunkel versteckt? Sie wimmerte nun, als würde es mit ihr dahingehen. Vielleicht war der Schnurrbärtige ja ein sterblicher Vampir, der ihr das Blut aussaugte. Das Liebesspiel, zu dem sie sich in diesen entlegenen Teil des Parks zurückgezogen hatten, war also ein verbotenes. Das vom rosafarbenen Kopftuch eingefasste Gesicht des Mädchens barg in sich sämtliche Triebe, die der menschlichen Natur nun mal eigen sind, doch wie gesagt sah es gerade aus wie eine herrliche Frucht.

Der Schnurrbärtige aber blieb misstrauisch. Er riss sich aus seiner paradiesischen Position los und sah das Mädchen herausfordernd an.

»Haben die Nachbarn dich also gesehen? Oder hast du in der Wohnung irgendein Zeichen zurückgelassen? Oder auf Facebook was geschrieben?«

Der gestutzte Schnurrbart lag wie ein Strich auf der Lippe, und als Zeichen dafür, wie ernst die Lage war, regte er sich nicht im Mindesten.

»Kriegst du's mit der Angst zu tun?«, fragte das Mädchen, deren Gesicht ich jetzt nicht mehr sah.

»Ach was!«

Zu Hause warteten wohl seine Frau und seine Kinder auf ihn. Er würde heimgehen, als wäre nichts geschehen, sich seine Pantoffeln hinhalten lassen und es sich in seiner blitzblanken Wohnung gemütlich machen.

»Moment, Kinder, ich muss mir erst die Hände waschen, die sind noch ganz schmutzig von draußen.«

Worin bestand aber der Schmutz jener Welt da draußen? Etwa von der verbotenen Liebe? Eine nach Möse riechende, im Bus fummelnde, sündige Hand. Mit der er seinen Kindern nicht über den Kopf streicheln wollte. Zwar konnte er sich die Hand nicht ausreißen, musste aber doch die Koordinaten seines frommen Lebens ein wenig überdenken. Finde ich zumindest. Es geschah nun mal nicht alles so, wie Gott es befahl. Religion ließ sich nicht in eine Flasche einsperren. Nein, nichts mit Alkohol, was Sie immer gleich denken! Eine Flasche Zemzem-Wasser, aus Mekka.

Die beiden redeten noch weiter, aber sie interessierten mich nicht mehr. Mir fiel das Video von dem Kopftuchmädchen ein, das belästigt worden war. Ich hatte das auf Twitter gesehen, wo mein zweites Leben stattfand. Eine Überwachungskamera hatte aufgenommen, wie das Mädchen vor lauter Schreck in Ohnmacht gefallen war. Die tat mir so leid, dass ich sogar einen Hashtag über sie erstellte. Wie kann ein Kopftuch eine Frau schützen? Wie kommt es überhaupt, dass Frauen so oft angegriffen werden?

Die Frau mit dem Kopftuch zierte sich noch immer. Das Grün um die beiden herum glänzte durch die Leuchtstofflampen im Park nur noch mehr. Mir ging nicht aus dem Kopf, was der Schnurrbärtige vorhin gesagt hatte:

»Wer soll uns schon sehen?«

»Ich!«, dachte ich.

Ich wollte beweisen, dass ich noch nicht ganz weg war, dass der mörderische Staat, die nichtswürdigen, niederträchtigen Menschen, die aus den Fugen geratene Gesellschaft, die Ungerechtigkeit und Gewissenlosigkeit es nicht geschafft hatten, mich hier oben zu vernichten. In dem Augenblick zumindest wollte ich das.

In meinem Storchennest, meinem Heim, in den Pelzmantel gewickelt wie ein Baby, das darauf wartet, neugeboren zu werden, war ich dazu verurteilt, über die Vergangenheit nachzudenken, aber das machte mir nichts aus. Ich bekam die Zeit gut herum, indem ich um mich herumsah. Um mich zu amüsieren, konnte ich jonglieren. Oder in den Spiegel schauen und mich in Erinnerungen verlieren. Sobald ein Schmerz zur Erinnerung wird, blüht er zu Schönheit auf. So wie ein Stück Kohle zum Diamanten wird. Ja, das habe ich schon mal gesagt. Ich weiß noch ganz gut, was ich gesagt habe und was nicht. Bei diesem Scheißromanwettbewerb wurde mir vorgeworfen, ich hätte nichts als lauter Tweets abgefeuert. Dass ich weinend aus der Klasse lief, war nur eine meiner kleinen Fluchten. Das Arschgesicht von Özlem sagte: »Du bist mir jetzt wahrscheinlich böse, aber ich meine es nur gut mit dir. Du wirst ja bestimmt weiterschreiben, denn Schreiben ist wie Leben, es ist unwillkürlich, und man hört damit nicht einfach auf.«

»Woher wissen Sie das? Haben Sie schon mal was geschrieben?«

»Und ist es veröffentlicht worden?«

Gut, dass ich meine Freundinnen hatte. Nun habe ich sie nicht mehr.

Eigentlich wollten wir damit sagen: »Haben Sie schon mal einen Schwanz in der Hand gehabt?« Erörterung des Tages in der Kneipe. Kartoffelspalten, Lachen und Scherzen, und dann noch der ältere Mann im Strickpullover, der uns zuprostete und sagte: »Ach, noch mal so jung sein!«

»Ich habe etwas geschrieben, aber an eine Veröffentlichung habe ich nie gedacht.«

»Ach so, ja, meine Mutter hat auch immer Tagebuch geschrieben.«

»Bei mir war das kein Tagebuch, Pembe.«

Hätte Pembes Mutter ihre Tagebücher bloß mal veröffentlicht. Mit ihren Erinnerungen hätte die Bilderbuchschönheit um Längen geschlagen, was sonst noch auf dem Markt war. Alles, was von Herzen kommt, ist von ewigem literarischem Wert. Sollte es zumindest.

Wenn jemand anders als Ihre Mutter zu Ihnen sagt: »Ich meine es nur gut mit dir«, dann meint der Mensch es eben nicht gut mit Ihnen. Hören Sie nicht auf ihn. Und auch bei Ihrer Mutter sollten Sie nicht so sicher sein. Eltern merken an ihren Kindern, wie schnell ihr eigenes Leben vergeht. Darüber trösten sie sich vielleicht hinweg, indem sie ihre Kinder von Erfolg zu Erfolg hasten sehen. Wiederum nichts als Druck und Bürde. Aber das ist jetzt nicht unser Thema. Indem Özlem meine Rivalin sagen ließ, was angeblich zu meinem Besten war, hetzte sie uns gegeneinander auf.

»So, du hast den Wettbewerb gewonnen, was möchtest du jetzt deiner Mitbewerberin sagen? Was hättest du an ihrem Roman zu kritisieren?«

»Ich will gar nicht mehr schreiben«, warf ich ein, auch wenn ich damit erst recht dumm dastand. Ich konnte ja kaum sagen: »Ich reiße mir beim Schreiben den Hintern auf«, denn eigentlich fiel mir das Schreiben leicht.

»Also meiner Meinung nach«, setzte das dürre Mädchen an, das gewonnen hatte, »dürfen wir nicht so schreiben, als wären das lauter Tweets. Ein Buch ist keine Facebook-Seite.«

»Genau das meinte ich.«

Özlem war hochzufrieden. Ich war quasi zum Unterrichtsstoff geworden. Und mehr noch, zum Prügelknaben. Also Prügelmädchen. Ich und mein Roman, den ich nie hätte schreiben sollen!

»Du hast keinen Roman geschrieben, sondern Tweets. Stellenweise ganz ordentlich, aber teilweise viel zu abgehackt. Wie ein Vogel hüpfst du von Ast zu Ast. Du darfst die Leser nicht so durcheinanderbringen und damit ermüden. So gesehen hat deine Klassenkameradin schon recht.«

Dann wandte sie sich an die ganze Klasse, wie eine Mörderin, die sich zu rechtfertigen sucht. Sie hatte meinen Roman und meine Träume umgebracht.

»Sich mehr dem Missratenen zu widmen, ist die beste Methode, um zu erfahren, ob etwas wirklich gelungen ist.«

Ich scheiße auf deine Methode.

»Ich habe den Roman geschrieben, um mich zu behaupten«, konnte ich ja nicht gut sagen. Sogar auf dem Baum hatte ich dieses Bedürfnis, mich zu behaupten. Darum griff ich mir einen Zapfen, warf ihn auf den Kopf des Schnurrbärtigen hinab und zog mich zurück in mein Storchennest, durch dessen Ritzen ich die beiden Verliebten weiter beobachtete.

»Wo ist das denn her?«

»Na, vom Baum gefallen. Bist du erschrocken oder was?«

»Ach was, erschrocken. Ich frage mich bloß, ob das nicht jemand runtergeworfen hat.«

Ein bauernschlaues Bürschchen, unser Schnauzbart. Kein Wunder, dass er eine Frau und eine Freundin zugleich managte.

»Oder sind hier vielleicht Geister, die sollen doch an so vollgeschifften Mauern leben?«

»Was? Du als Beamter glaubst an solchen Unsinn?«

Pfui Teufel! Beim Staat, der meinen Vater gefeuert und Tantchen um ihre Arbeit gebracht hatte, trieben sich jetzt solche Gestalten herum? Sofort pfefferte ich wieder einen Zapfen runter. Und den dritten gleich hinterher.

»Gott im Himmel, da stimmt wirklich was nicht!«

Das Mädchen sprang auf, zerrte den Schnurrbärtigen hinter sich her und stieß gleich mehrere Gebete aus. Der Mann starrte im Weggehen zum Storchennest hinauf, und obwohl er dort nichts sehen konnte, rief er im Vertrauen auf sein Gefühl aus: »Ganz bestimmt ist da was!«

Das Mädchen erschrak noch mehr und lief so schnell, dass ich sogar das Rauschen seines langen Mantels hörte, und die beiden hätten fast auch mein Kichern hören können. Sie trampelten auf die Plastikflasche mit dem Desinfektionsmittel, die mir ein paar Tage zuvor wie eine Taube im Rückwärtssalto hinuntergefallen war. Der Schnauzbart sah sich noch immer nach hinten um.

Kindisches Vergnügen bereitete mir das.

Einmal habe ich mir auch in die Hose gemacht. Mich quasi vergessen. Ganz unwillkürlich.

Um mir die Beine zu vertreten, ging ich auf den Ästen ein bisschen hin und her. Vom Eukalyptusbaum ließ ich mich mit dem Seil ein paar Meter hinunter und schaukelte ein wenig. Den Rest des Tages verschlief ich. Als ich merkte, dass meine Zähne so grün wurden wie Blätter, nahm ich einen Schluck Wasser in den Mund und rieb mir die Zähne mit dem Zeigefinger.

Tat so etwas, wer sterben wollte, ohne zu sterben?

Dass dennoch mein Gesicht innerhalb von vier Tagen allmählich wie das Gesicht eines wilden Tieres aussah, merkte ich sehr wohl. In dem Leben, aus dem ich hatte geschleudert werden wollen, war ich noch immer drin. Nur in den Tiefen meines Verstandes reiste ich in die Vergangenheit. Dabei wäre ich auf der Stelle wieder zum Aufstand gegangen, in den Gezi-Park. Sogar in die Moschee, unter deren glänzendem Kronleuchter ich dalag. Hin zu dem Augenblick, in dem der Junge neben mir mit den Fingerspitzen meine Finger berührte. Da möchte ich wieder hin. Aber nicht nur im Geiste, in echt. In Wirklichkeit.

War es wirklich Yunus gewesen, der mir mit seinen Fingerspitzen neues Leben eingehaucht hatte?

Liebende finden zueinander.

Ich horchte auf das Vogelgezwitscher und hoffte, es darin irgendwann einmal zu einiger Meisterschaft zu bringen. Dann stand ich in meinem Storchennest, das einer geflochtenen Babywiege erstaunlich nahekam, behände auf, drehte mich um den Stamm des Lorbeerbaums herum und trat auf den kräftigsten Ast der Kiefer auf der anderen Seite, deren Stamm sich unter meinen Füßen wie fester Boden anfühlte, hart und rissig zugleich. Auf den Bäumen das Gleichgewicht zu halten, fiel mir immer leichter, dennoch bewegte ich mich mit äußerster Vorsicht, denn runterfallen wollte ich auf keinen Fall, dann wäre es aus gewesen. Ich sah das als ein Spiel ohne *Game over* an.

Als ich auf der Mauer anlangte, erblickte ich Yunus.

»Das Zimmer wartet auf dich«, flüsterte er mir zu.

Wie ein Schimpanse sah er hinter dem Gitter der Feuerleiter aus, und als er neulich so einen nachgemacht hatte, hatte ich furchtbar lachen müssen. Nun ging ich zum ersten Mal auf die Feuerleiter.

»Pass auf«, warnte Yunus mich immer wieder.

Als würde ich von der Erde auf den Mond steigen. Oder aus einem Raumschiff ins Weltall hinaus. Oder, noch besser, am offenen Herzen operiert werden, oder an sonst irgendetwas Gefährlichem, Hauptsache, möglichst viele Organe lagen offen herum. So lebenswichtig war das.

Das bisschen Rüberspringen machte mir keine Sorgen. Ich dachte nur, beim Anblick von Yunus' entsetztem Gesicht würde ich in die Leere zwischen uns fallen. Und das, selbst wenn ich nicht fiel. Dabei war ich mit einem Satz drüben. Zurück auf die Mauer würde es schwieriger werden, wie ich auf einmal merkte, denn die Feuerleiter war etwas niedriger.

»Wie hast du es denn geschafft?«, fragte ich Yunus.

»Ich habe mich da festgehalten«, erwiderte er und zeigte auf den Ast, der sich von der Platane her wie eine hilfreiche Hand herüberwölbte.

»Warum hast du so ein Theater gemacht? Als wärst du nicht schon mal selbst auf die Mauer und wieder zurück.«

»Das war auch nicht ich.«

Das sagte er so selbstverständlich, dass ich stutzte. Wie gut es Yunus doch mit mir meinte. Er wollte mich nicht unnötig beunruhigen. Und naiv war er. Verbergen konnte er nichts.

»Ich war bedröhnt an dem Tag.«

Ich erschrak.

»Was, bist du das immer?«

»Nein, das war das erste Mal. Nur wegen der Mauer.«

»Und wo hast du das Zeug her?«

»Diese Mutpille? Ich kenne da so eine Jugendbande, bei uns im Viertel, von denen hatte ich die. Keine Angst, die rauben keine armen Leute aus, die langen nur da zu, wo das Geld unverdient herumliegt, auf Parkplätzen mit fetten Autos und in protzigen Wohnanlagen.«

»Und wie wollen die wissen, was verdient und was unverdient ist?«

»Die kennen schon die richtigen Wohnanlagen. Und die auszuräumen, ist besonders schwierig. Sagen sie.«

»Hast du schon mal vorgehabt, bei denen mitzumachen?«

»Ja.«

»Und warum hast du's dann nicht getan?«

»Weil das meine Mutter traurig machen würde. Obwohl sie schon tot ist.«

»Ich habe gar nichts von deiner Pille gemerkt. Nur, dass du aufgeregt warst.«

Wir stiegen die Feuerleiter hinunter. Es war ein herrlicher Sonntag. Meine Oma sagte immer: »Einen Tag erkennt man an seinem Licht.« Und sie hatte recht. Der Sonntag war aber ein besonderer Tag, auch wenn der Himmel bedeckt war oder es regnete. Das Schöne ging schon am Freitagabend los, der Samstag war dann der fröhlichste Tag, aber am liebsten waren uns die Wintersonntage. Da gingen wir gar nicht aus dem Haus, sondern saßen den ganzen Tag im Schlafanzug daheim. Wir kleckerten uns mit Essen und Trinken voll, aber das machte niemandem was aus. Wir waren in einem warmen, geschützten Heim und aßen unser bescheidenes, aber leckeres Essen. Gekochtes Hühnchen, Pasteten, Nudeln mit Hack. Meine Oma ließ den Heizkessel bullern. Wärme bedeutet Glück, sagte sie. So fachte sie das Märchen vom gemütlichen Heim an. An solchen Tagen waren wir eigentlich immer bei ihr in der Wohnung.

Yunus blieb stehen.

Ich auch.

Wir standen vor einer Tür.

Die Feuerleiter schwankte unter unserem Gewicht noch ein wenig nach.

Tauben gurrten, hielten inne, gurrten weiter.

Was Yunus doch für einen schönen breiten Rücken hatte. In seiner Uniform stand er da wie ein Kommandant. Man hätte schwören können, seine Uniform hätte auch ohne ihn strammgestanden. Yunus wirkte darin gleich viel stattlicher und hatte so gar nichts mehr von einem schüchternen Jungen an sich. Mit der Hand am Türgriff wartete er ein wenig ab.

Der Herbst war doch die schönste Jahreszeit. An der Feuerleiter schlängelte sich vorwitziger Efeu empor, bald würde die ganze Leiter davon umrankt sein.

Der Gang war frei.

»Das Zimmer, in das ich dich bringe, ist leer«, sagte Yunus. »Und sauber, aber die Klimaanlage funktioniert nicht, darum kommt in circa zwei Stunden ein Mechaniker. Du hast also zwei Stunden, die kannst du nutzen, wie du willst. Shampoo, Handtuch und Bademantel sind da, du kannst sogar die

Minibar leer räumen, wenn dir danach ist, aber nimm keinen Alkohol, höchstens was Billiges, wenn du unbedingt willst. Im Gang ist eine Überwachungskamera, darum mache ich mich jetzt davon, und du gehst ganz normal zu dem Zimmer, als ob du ein Hotelgast wärst. Die Zimmernummer ist 116, und das Zimmer ist nicht zugesperrt. Du findest dort auch saubere Kleider, deine schmutzigen kannst du dortlassen, die lasse ich waschen und bringe sie dir dann.«

Langsam ging ich den Gang entlang, mit meinen nackten Füßen versank ich in dem weichen Läufer.

An den Wänden hingen seltsame Fotos.

Türkischer ging es ja echt nicht. Offensichtlich war das Schlösschen aus dem 16. Jahrhundert einer Familie überlassen worden, die es restaurieren und dann betreiben sollte. Von der Eröffnung hatte der Hotelier Fotos aufgehängt, aber damit nicht genug, vom ersten Schritt der Restaurierung an waren alle möglichen Schandtaten exponiert. Im Grunde war hier dokumentiert, wie die Familie sich das Schlösschen unter den Nagel gerissen hatte. Es wäre fast besser gewesen, sie hätten billige Reproduktionen von Miniaturen hingehängt, aber nein, man musste unbedingt in Erscheinung treten.

Einen winzigen Augenblick lang kam mir in den Sinn, Yunus könnte mich in eine Falle gelockt haben. Das ganze Land war ja schon zur Hölle geworden. Das klang zwar billig, stimmte aber, und man konnte keinem mehr trauen. Das Herz aber weiß Bescheid. Wer hereinfallen will, fällt herein. Wer betrogen werden will, wird betrogen. Wer nicht sehen will, der sieht nicht. Ich aber war mir sicher, dass Yunus ein guter Mensch war. Und wenn ich mich doch täuschte, konnte ich immer noch auf meine Stärke vertrauen. Doch wie meine Oma schon sagte: »Falls es eine bessere Hölle gibt als diese Welt, dann sagt Bescheid, da gehen wir hin.«

Ich kam vor dem Zimmer 116 an.

Und hatte die Hölle direkt vor mir, denn gleich neben der Tür hing ein Foto von den Politikern, die es sich nicht hatten nehmen lassen, bei der Einweihung des Hotels das rote Band zu durchschneiden. Wie viele Leute braucht man eigentlich, um so ein Band durchzukriegen? Einer war jedenfalls dabei, den ich gar nicht leiden konnte, und auf den spuckte ich jetzt. Langsam troff der Speichel das Glas herunter. Ah, das tat gut! Geschah dem Kerl gerade recht!

Ich ging hinein. Das Zimmer war leicht abgedunkelt und roch sehr gut.

Die Vorhänge bauschten sich gerade so im Wind, wie ich das am liebsten sah. Ich hätte stundenlang so stehen bleiben können.

»Mensch, hör auf, du machst einem ja Angst«, sagte meine Mutter immer, wenn ich so vor mich hinstarrte.

Ich hätte meine Mutter anrufen können.

Zu meiner Überraschung stand sogar ein Computer da. Das Zimmer war anscheinend für Menschen eingerichtet, die gar nicht mehr wegwollten. Ich hätte nachsehen können, wie es in der virtuellen Welt gerade zuging. Und eine Spur hinterlassen können, dass ich noch am Leben war.

»Es ist jetzt nicht so, als würde ich erst vor dem Komfort davonlaufen und ihn dann bei der ersten Gelegenheit wieder suchen«, sagte ich mir. Es verhielt sich schon anders. Nicht alles im Leben ließ sich erklären. Ich war nicht von meinem Baum heruntergestiegen. Ganz im Gegenteil würde es dort oben weitergehen. Das war hier nur eine kleine Atempause.

»Warum tut deine Heldin so unlogische Dinge?«

Özlem verriss meinen Roman. An allem hatte sie etwas auszusetzen.

»Im Leben würde nie so etwas passieren!«

Was passiert im Leben schon so, wie wir das wollen, Herrgott noch mal? Tun Sie mir den einen Gefallen und vergessen Sie, was ich da geschrieben habe. Ob ich jetzt hundert Wörter hinschreibe oder tausend, und ob ich was Rohes und Gewöhnliches schreibe oder was Süßliches und Geschwollenes, auf jeden Fall ist nicht alles so, wie Ihnen das passt. Und soll es auch gar nicht sein.

Vom Fenster aus sah ich die höchsten Äste meiner Bäume. Erst vor Kurzem noch war ich mutig genug gewesen, vor lauter Verdruss auf die höchsten Äste zu klettern. Nun schaute ich auf diese Äste, die sich wie flehend dem Himmel entgegenreckten, und sagte mir sinnierend: »Ich bin nicht hier. Nein, ich bin hier nicht.«

14 | MENTIONS

Als ich mir das eingestand, verfiel ich in Panik. Als wäre ich vom Baum heruntergefallen. Und könnte nie wieder rauf. Ich versuchte, mich zu beruhigen: Du hast nicht den Boden berührt. Ich war kraft einer Feuerleiter in dieses Luxushotel gekommen. Kraft! Eines dieser fluchbereinigten Wörter meiner für Kraftflüche schwärmenden Oma, die sich beständig in Erinnerung bringen wollte. Sie war mir schon eingefallen, als ich die im Hotelflur links und rechts aufgehängten Fotos sah, denn auch bei der Grundsteinlegung unseres Hochhauses war so eine Fotoserie entstanden. Der junge Bauunternehmer und im Hintergrund sein Mercedes, der mit den geöffneten Türen aussah, als würde er gleich davonfliegen. Mein Vater, Tantchen. Und ein lustiges Foto, auf dem meine Oma mit einem Stock auf den Boden zeichnete, wo auf jedem Stockwerk die Küche hinkommen sollte, das Bad, das Wohnzimmer … Zum Schieflachen.

Ich musste vor allem an mich selbst denken. Gerade in einem so kurzen und doch lebenswichtigen Moment.

Um es auf den Bäumen länger aushalten zu können, musste ich die Batterien aufladen, dachte ich mir. Noch einmal sah ich zu den Bäumen und sagte mir wieder: Ich bin nicht hier. Auf der Hotelseite war die hohe Mauer nicht mit Efeu überwachsen. In schattigem Grün zwitscherten Vögel umher. Die Bäume verloren noch nicht ihr Laub, nur vereinzelte Blätter segelten elegant herab. Als die Spatzen ein wenig innehielten, stimmten Tauben ihr melancholisches Gurren an. »Jetzt muss ich gleich losheulen«, dachte ich. Alle waren weg, waren hinweggefegt wie diese fallenden Blätter, nur ich allein war auf dieser Welt übrig geblieben, so einsam und allein fühlte ich mich. »Wenigstens habe ich Yunus«, tröstete ich mich. Dann wandte ich mich profanerem Trost zu und öffnete die Minibar, in der ich Schokolade vorfand, mit Haselnüssen, so von der edlen Art, in Glanzpapier einzeln verpackt, zehn kleine Glückskugeln. Ich stopfte sie mir in den Mund. »Du hast es nicht leicht auf der Welt«, sagte ich mir. Weder sterben kannst du noch leben. Für da drunten bist du zu feige, und für ein Dasein auf den Bäumen hängst du zu sehr am Leben drunten. Und ein Zwischending gibt es nun mal nicht. Wieder sah ich ein paar Blätter herabschweben. Die Natur ließ sich nicht beobachten, solange man in ihr war. Erst von außen nahm man ihre Eleganz und ihre Stärke wahr. Galt das nicht eigentlich für alles?

So gierig schlang ich die Schokolade hinunter, dass mir aus den Mundwinkeln brauner Speichel troff. Mit etwas Mineralwasser spülte ich nach. Es stand eine Kaffeemaschine für Pads da, mit der ich mir einen Espresso machte. Auch Musik hätte ich anmachen können, aber besser schien es mir, möglichst still zu sein. Ich war wie ein Astronaut, der in einer Weltraumstation eine Pause einlegt. So kam ich mir zumindest vor.

Wie man sich mit einem Pad einen Kaffee machte, hatte ich in einer der Diätkliniken gelernt, in denen meine Mutter arbeitete. Im Wartezimmer stand immer garantiert so ein Ding herum, und eins davon hatte meine Mutter sogar mitgehen lassen. Wohl aus Bedürftigkeit heraus hatte sie sich zur Kleptomanin entwickelt und klaute, was ihr nur in die

Finger kam. Alle fürchteten, damit würde sie sich noch Ärger einhandeln, und eines Tages war es so weit. »Das hat uns gerade noch gefehlt«, sagte mein Vater. Erst rief meine Mutter mich an, dass sie auf der Wache saß, und ich dann meinen Vater. Sie war erwischt worden, als sie bei Zara ein Strickkleid, schwarze Lederstiefel und einen Lederrucksack mit Metallverzierungen mitgehen ließ. Dabei hatte sie schon so vieles andere gestohlen. Ihr Trick funktionierte so, dass sie in der Umkleidekabine die Diebstahlsicherung abschnitt und sie unter die Bank klebte. Eine Zeit lang klaute sie nur für mich, sagte mir aber nichts davon. Angeblich hatte sie einen Laden entdeckt, in dem man Ware mit Fabrikationsfehlern ganz billig bekam. Die Diebstahlsicherung war meist an besonders sichtbaren Stellen angebracht, aber meine Mutter verstand sich ausgezeichnet darauf, die beim Herausschneiden entstandenen Löcher so zuzunähen, dass man nichts merkte. Ich hüpfte vor Freude über die neuen Hosen, Pullover, Blusen und die Kaschmirjacke, denn zuvor hatte ich so gut wie nichts mehr zum Anziehen gehabt. Mich hatte lediglich Tantchen mal mitgenommen und mir eine billige Hose und einen Pullover aus Acryl gekauft; damit sollte ich über den Winter kommen. Und dann tanzte meine Mutter ein ums andere Mal mit solchen Schätzen an. Auf meine Frage, wo der Laden denn sei, ging sie nicht ein. »Derin und Pembe wollen da auch hin, jetzt sag doch mal, wo man die Sachen so billig kriegt.« Was sie mir antwortete, ist nicht mal der Erwähnung wert. »Haben die da auch Schuhe? Und Stiefel und Taschen?« Mit dieser Frage nach sehr schwer zu stehlenden Sachen hatte ich das Unglück praktisch eingeleitet. Kleinlaut saß sie auf der Wache. Sie schämte sich vor mir und begann zu weinen.

»Also auch noch Diebstahl. Jetzt hast du wirklich alles beisammen!«

Als wir die Wache verließen, brüllte mein Vater herum, meine Mutter sagte nichts, dazu hatte sie keine Kraft mehr. Von Zara wurde sie angezeigt, und es sollte zu einem Gerichtsverfahren kommen. Es wurde alles aufgelistet, was sie bis dahin schon gestohlen hatte, und sie gab alles zu. Und zahlte auch alles. Das heißt, mein Vater zahlte. Ich trug eine Hose und einen Pullover, die meine Mutter für mich gestohlen hatte. Nicht zu vergessen die Kaschmirjacke. Mir war, als hätte ich irgendetwas Aasiges an. Oder die Kleider einer Toten. Meine Mutter stand vor lauter Angst und Unbehagen ganz gebeugt da. Sie war am Ende. Mit meinem Vater standen wir nur so zusammen, wenn wieder mal irgendwas schiefgelaufen war. Ich beschloss, die Sache mit dem Diebstahl Pembe und Derin zu erzählen. Wir gingen also aus dem Polizeirevier in Teşvikiye raus und die Straße entlang, und ich wusste nicht, ob wir jetzt zur U-Bahn sollten oder was, da kamen uns an der Ecke zur Valikonağı-Straße auf einmal Pembe und ihre Mutter entgegen. Was für eine verfickte Welt! Was man am allerwenigsten brauchen kann, kriegt man peng auf den Teller serviert. Ich blieb stehen, meine Eltern gingen einfach weiter, ohne zu grüßen. Da mein Vater sich keinerlei Mühe gab, musste eben ich eine Lüge auftischen. »Meine Mutter hat einen Schwächeanfall gehabt, da sind wir ins Amerikanische Krankenhaus, dort hat sie eine Infusion gekriegt. Jetzt will sie frische Luft schnappen, darum gehen wir ein bisschen herum.« Pembes Mutter schlug ihre getuschten Wimpern auf wie eine Puppe und hauchte: »Woher kommt denn das?«

»Vom Stress«, erwiderte ich. Was anderes fiel mir auf die Schnelle nicht ein. Die Gute sollte nur ja nichts nachfragen. Bedauernd sahen die beiden mich an. Fürsorglichkeit, Trost und vornehme Zurückhaltung: Das Trio war perfekt. Dazu noch ein Bonus! Ein Wangentätscheln und ein »Du armes Kind!«. Die zarten Fingerspitzen von Pembes Mutter dufteten nach Chanel N°5. Die beiden waren Arm in Arm unterwegs, um Geburtstagsgeschenke umzutauschen, und trugen Tüten von Max Mara, Prada, Beymen und Mapa. Außer Beymen gab es wohl keines dieser Geschäfte bei ihnen in der Bagdad-Straße. So überflüssiges Zeug dachte ich, während ich den beiden kurz voller Neid hinterherblickte. Pembes Mutter stolzierte noch immer dahin wie in einem engen Flugzeuggang. Als sähe sie keinen der Passagiere, die sie alle anstarrten. Wobei sie natürlich jeden im Blick hatte. Wenn jemand nach einer Decke, einem Kissen oder einem Glas Wasser verlangte, versorgte sie ihn je nach Person, denn sie sah jedem gleich an, wie viel mit ihm los war. Den älteren Provinzler, der ein Kissen wollte, ignorierte sie geflissentlich, wogegen der Herr mit der Rolex, der nur in Economy saß, weil in Business kein Platz mehr war, auf seine Bitte um Tomatensaft ein »Möchten Sie auch Pfeffer?« entgegengehaucht bekam.

Und meine Mutter? Die war ohne Arbeit und ohne Perspektive. Vom Leben besiegt, trotz all ihrer Fähigkeiten. Zwei gleichaltrige Frauen strebten den entgegengesetzten Enden derselben Straße zu. Die eine hatte irgendwie zu dem gefunden, was sie gesucht hatte. Die andere war aufs Verlieren abonniert. Und ich? Stand in der Mitte. Und würde höchstwahrscheinlich den Weg meiner Mutter einschlagen. Was mir in dem Augenblick ganz einfach wie mein Schicksal erschien. Ich beneidete Pembe wie verrückt. Sie hatte von Geburt an Glück. Derin war nicht so wie ich, sie beneidete Pembe nämlich nicht. Sie hatte auch eine bescheidene Abstammung, hatte sich aber eine scharfe Zunge zugelegt und ließ alles an sich abprallen, oder erweckte zumindest den Eindruck. Warum war ich dann so?

Ich schmiegte mich in meine gestohlene Kaschmirjacke, deren Kragen Pembe zurechtgerückt hatte, als sie mitleidig mit mir sprach. Ich tat ihr leid, und dieses Mitleid tat mir gut. Ich war der Ansicht, dass ich meine Rolle recht gut spielte. Es gab so vieles, was unser Umfeld nicht über uns wusste. Eigentlich versteckt sich ja jeder in einem Kokon. Woher hätten die beiden wissen sollen, dass meine Mutter wegen eines gewöhnlichen Ladendiebstahls verhaftet worden war? Es war ein kalter Tag. Ich hätte in dem Winter auch gerne wie Pembe eine North-Face-Jacke gehabt, die einen selbst bei -25 Grad warm hielt. Hätte ich meiner Mutter davon was gesagt, hätte sie mir womöglich eine gestohlen. Sobald sie die Diebstahlsicherung abgeschnitten hätte, hätten die Gänsedaunen, das Markenzeichen der Jacke, ein Loch gefunden, um sich davonzumachen. Der Geist war aus der Flasche heraus. Und mit den Stimmen, dem Frust und den Gefühlen, die wir in uns horten, verhält es sich ähnlich. Sobald man ein Loch zum Abhauen entdeckt, hockt man plötzlich auf einem Baum so wie ich. Ich bin hier, weil ich mich kenne, ansonsten hätte ich auch im Irrenhaus landen können. Oder wie Amy in einem finsteren Grab, im Höllenschlund. Sie soll doch eingeäschert worden sein? Was sie mit ihrer Asche wohl gemacht haben? Vergraben? Auf eine dunstige englische Wiese gestreut? Oder über das Viertel, in dem sie wohnte? Vielleicht hebt ihr Vater die Asche in einer Urne auf, bis er sie mal besonders teuer verhökern kann.

Ich trottete also meiner Mutter und meinem sie nur widerwillig begleitenden Vater in meinen ausgelatschten Uggs hinterher. Neue Uggs kamen nicht infrage; wenn es echte waren, kosteten sie ein Vermögen. Ich weiß noch, dass ich einmal stehen blieb, um einen klaren Kopf zu bekommen. Auf der Straße war nur wenig los. War etwa Neujahrstag?

Um Konsum ging es mir nicht, so wie auch in den Tagen des Aufstands. Setzte ich Liebe in etwa gleich mit warmen Füßen? War es sehr wichtig für mich, diese Wärme mit echten Uggs zu krönen? Ich weiß nur noch, dass ich durcheinander war, wie ich ja auch schon ganz am Anfang erwähnt habe. Ich war eben jung, und in meiner Seele rumorte es. Um meinen Eltern hinterherzukommen, schlurfte ich etwas schneller. Da geschah etwas, das noch nie passiert war. Wie in einem Traum wurde der Abstand zwischen meinen Eltern und mir immer größer, je schneller ich ihnen hinterhereilte. Es sah aus, als würden sie wirklich langsam gehen, und ich war garantiert schneller als sie, aber irgendwie gelang es mir nicht, sie einzuholen. Und damit nicht genug, an der Ecke zur Rumeli-Straße musste mich eine Buchhandlung auch noch an meinen vermasselten Roman und meine vermasselten Träume erinnern. Der Wettbewerb war da nämlich gerade erst zu Ende gegangen. »Du hast einfach alles so hingeschrieben, wie es dir gerade in den Sinn gekommen ist. Und hast das Thema eines großen Romans eins zu eins kopiert. Du wolltest wohl schreiben wie die heutigen Schriftsteller, die du so kennst, aber glaubst du etwa, mit Alltagssprache sei gemeint, dass man ausfällig wird?«

»Jetzt reicht's aber!«, hätte ich am liebsten gerufen, als meine Literaturlehrerin einfach nicht aufhören wollte, meinen Roman in Fetzen zu reißen. Aber sie gab nicht nach: »Ich werde euch beibringen, wie man einen Roman schreibt, denn wenn ihr das erst mal wisst, kann euch kein Roman mehr aufhalten. Dann fegt ihr alle Bücher einfach weg.«

Während sie so dahinfantasierte, lag die Klasse im Halbschlaf, in irgendwelche Träume versunken. Das Mädchen, das den Wettbewerb gewonnen hatte, widersprach lieber nicht, um seine Interessen nicht zu gefährden. Und Pembe und Derin? Die lachten sich tot. Hätte ich da gesagt: »Sind Bücher vielleicht etwas, wogegen man kämpfen muss? Und reicht nicht das Lesen? Warum muss jeder lernen, wie man einen Roman schreibt?«, so hätte ich damit eine Explosion ausgelöst. Also schwieg ich lieber. Durch Schweigen bringt man sein Gegenüber dazu, noch mehr zu reden oder aber selbst zu schweigen, das ist von Mensch zu Mensch verschieden. Özlem war nicht zu halten. Zugegeben war sie eine gute Rednerin. Im Lebenskampf musste sie so manche Verwundung davongetragen haben, und wer oft verwundet wurde, verwundet andere erst recht. Sie wollte an anderen erleben, wie oft und wie sehr sie selbst beim Buhlen um etwas Liebe eine auf den Deckel bekommen hatte. Genau das tat sie jetzt nämlich anderen an. Sie schlug gewissermaßen zurück.

Özlem wollte noch einen Tick weitergehen, wollte mir, wo ich schon auf dem Gehsteig vor ihr lag, noch einen zusätzlichen Tritt versetzen und sich selbst damit einen tollen Abgang verschaffen.

»Einerseits ist dein Roman banal und hingeschludert, andererseits …«

Tja, die Regeln unserer schönen türkischen Sprache geboten nun mal, dass in so einem Satz nicht vorn und hinten etwas Negatives stehen konnte. Obwohl, als unser Philosophielehrer mal fragte: »Wie nehmt ihr einen Stock in die Hand, der an beiden Enden dreckig ist?«, stellte ich mit meiner flotten Antwort (»In der Mitte!«) wieder mal meinen unerschütterlichen Optimismus unter Beweis. Özlem aber steckte in der Kacke. Sie suchte nach etwas, das sich dem Banalen und Hingeschluderten gegenüberstellen ließ, aber umsonst. »Andererseits hat er auch Tiefgang«, vervollständigte Pembe vorlaut. »Nein, leider nicht«, erwiderte die

Schreckschraube. »Ich sage es mal mit so einem falschen Satz, wie er in deinem Roman andauernd vorkommt. Der Roman ist also einerseits banal und hingeschludert, andererseits reichlich oberflächlich.«

In der Klasse war es still. Nicht aber auf dem Gehsteig, auf dem ich lag. Es eilte jemand herbei, um mir aufzuhelfen.

Ich dachte, du brauchst doch nur ein bisschen schneller zu gehen und Papa und Mama einzuholen. Das war mir aber schon zu viel. Eine ungeheure Last. Wie eine Marionette, der man die Fäden durchschneidet, sackte ich zu Boden. Als wäre ich aus Hunderten von Metern Höhe heruntergefallen. Ich versuchte mich noch abzustützen, verletzte mich aber trotzdem am Kinn, so wie vor zwei Tagen. Immer dieses verdammte Kinn, mit dem ich ja auch meine Klappe aufreiße. Meine Eltern gingen indessen weiter und merkten gar nicht, dass ich hingefallen war. Ich wollte ihnen hinterherrufen, brachte aber keinen Ton heraus.

Ich habe keine Erinnerung daran, wie sie dann doch gekommen sind und sich um mich gekümmert haben.

In einer Apotheke wurde mir aufs Kinn ein Pflaster geklebt. Die Handflächen hatte ich mir auch aufgeschürft. »War das gleich, nachdem wir uns getroffen haben?«, fragte Pembe am Tag darauf in der Schule, als sie meine verbundenen Hände sah. Mit denen konnte ich im Unterricht nicht mitschreiben, also sah ich zum Fenster hinaus, so wie jetzt auch. Hinter der Schule wuchs verkümmertes Grün, genau wie hinter unserem Hochhaus.

»Ihr geht es nicht gut.«

Mit diesen Worten übermittelte unsere Klassenlehrerin Özlem meinen Eltern die Diagnose des Vertrauenslehrers. Ich fürchtete schon, meine Mutter würde zurückblaffen: »Wem geht es schon gut!« Was sie sagte, hörten beim Direktor alle über den Lautsprecher des Telefons mit. Von Monsieur Pierre erfuhr ich später, meine Mutter hätte versucht, mich als psychisch krank darzustellen. Das war ihm so herausgerutscht. Ich liebe es, wenn Leute sich verquatschen, da kommt Spannung auf.

Gut, dass meine Oma das nicht miterlebt, dachte ich mir. Da wäre sie sehr traurig gewesen. Vor allem wegen mir. Dass die Leute mich krank nannten, dass ich mich selbst krank nannte, usw. usw.

15 | PROFIL ERSTELLEN

Meine Oma wollte auf Teufel komm raus, dass man sich an sie erinnerte. Und die Erinnerung an sie konnte ich nicht wie eine Fliege verscheuchen. Ich wandte mich wieder dem Zimmer zu. »Vor lauter morgen lebst du dein Heute nicht, Kind.« Das hätte ich von meiner Oma zu hören bekommen, wäre sie aus dem Grab herausgekommen, um mir die Leviten zu lesen. Keine Sorge, Oma, wenn das Heute schon gestern ist, kann ich mich immer noch schön daran zurückerinnern.

Das Zimmer war sauber, das gefiel mir schon mal. Irgendwie hatte ich es mir furchtbar unordentlich vorgestellt, bis hin zu einer im ungespülten Klo schwimmenden Kippe. Die war da aber nicht. Die Haselnussstückchen von der Schokolade vorhin, die mir jetzt zwischen den Zähnen klebten, konnte ich mit einer Einwegzahnbürste wegkriegen, dann würde ich wieder zurück auf meinen Baum gehen, der war nämlich jetzt mein Zuhause. Was hatte ich dann hier zu suchen? Warum ließ ich nicht zu, dass mein Körper einfach verdreckte? Was sollte die Zähneputzerei?

»Oder läufst du etwa vor was davon?«

Das war eine der ersten Fragen von Yunus gewesen. Wäre doch bloß unser Gehirn so wie diese Wasserhähne. Die konnte man mit einem Dreh zumachen. Dann könnten die Erinnerungen nicht einfach dahinfließen. Mir standen sie nämlich schon bis zu den Knöcheln. Ich hatte die Füße im warmen Wasser. Das letzte Mal geduscht hatte ich vor kaum einer Woche, aber ich sehnte mich schon sehr nach warmem Wasser, nach Badeschaum, nach Dampf. Früher wusch mich immer meine Oma, wir gingen mit ihr oft ins Hamam, aber in das in Çemberlitaş, denn bei dem in Galatasaray hatte sie sich mit der Bademeisterin zerstritten. Ihr Bad zu Hause mochte sie nicht, da plagten sie böse Erinnerungen.

Ich erledige das hier schnell, dann haue ich wieder ab, sagte ich mir.

Das sagte sich damals auch meine Oma. Vor vielen, vielen Jahren.

»In Badezimmern wimmelt es vor bösen Geistern.« Das sagte sie dann später immer wieder. Aber das hier war ja ein besonderes Badezimmer, in einem noblen Hotel. Und ich war hier heimlich. Auf der Flucht vor dem Leben. Ich benutzte das Bad unerlaubt. Aber die Bäume da drüben, die gehörten mir. Ich war endlich frei.

Am 6. September 1955, jenem fatalen Datum, war meiner Oma ein Leid zugestoßen. Sie war damals achtzehn und spielte in einer kleinen Musikgruppe in Beyoğlu Laute. Aber nur für besondere Gäste, für erlesene Damen und Herren, die von Musik wirklich etwas verstanden. Die meisten Musiker waren Nachbarn von ihr, lauter Griechen. Lediglich einer, der türkische Lieder sang, war wie meine Oma Türke. Es war eine fröhliche Truppe im Alter von achtzehn bis achtundfünfzig Jahren, Männer und Frauen, bunt gemischt. Oft traten sie für ausländische Gäste auf, manchmal zweimal an einem Abend. Da sie bis in die Nacht hinein spielten, begann meine Oma ihren Tag meist ziemlich spät und ging dann gleich in die kleine Schokoladenfabrik ihrer griechischen Nachbarn in Çukurcuma, denn dort arbeitete ihre Mutter, genauso wie die Frau des Chocolatiers, Madame Eleni, und ihre einzige Tochter Efrosa, die an den Abenden Geige spielte. Sie erinnern sich doch an Madame Eleni, oder? Aber nein, wie sollten Sie, die trug ja damals weder Stock noch Brille!

Wenn ein Auftritt bevorstand, rief Monsieur Hariapulos an und sagte: »Die Mädchen sollen heute Abend spielen.«

Da schossen die beiden aus der Fabrik heraus wie der Wind, eilten nach Cihangir, aßen hastig zu Abend und verließen dann blitzsauber gewaschen, ordentlich gekleidet, und ja, schon auch ein wenig aufgeputzt, das Haus. So gegen neun, zehn fingen die Auftritte an. Efrosas Verlobter Niko war Musiklehrer und spielte auch in der Gruppe mit. Er beherrschte alle Instrumente, sodass er jederzeit einspringen konnte, wenn mal jemand ausfiel. Am 30. Oktober sollten Niko und Efrosa heiraten. »Das ist die beste Jahreszeit«, sagte meine Oma zu ihrer großen Freundin.

»Dann ist die Hitze in Istanbul vorbei, der Regen hat noch nicht angefangen, die Luft ist wie Limonade, die Leute sind von der Sommerfrische auf den Prinzeninseln zurück, in der Kirche sind mehr Termine frei, die Schneider haben nicht so viel zu tun, dein Vater hat genug Geld beisammen, es trifft frischer Kakao ein, die Schokolade auf der Hochzeitstorte riecht ganz frisch, und der Likör, der ausgeschenkt wird, hat genau die richtige Konsistenz.«

»Ich wünsche mir, dass es bei dir auch bald so weit ist, Perihan.«

Auch meine Oma hatte einen Freund, er wohnte im gleichen Viertel, in der Matara-Straße. Und er war Akademiker.

»Akademiker! Akademischer Leichengräber.«

So abfällig drückte sich die Mutter meiner Oma über den Bräutigamsanwärter aus, der allerdings nicht Leichengräber, sondern Archäologe war. Wie mein Vater. Wie das Schicksal seine Fäden spinnt, nicht wahr? Aber auch die Familie des Jungen sah auf meine Oma herab.

»Willst du nicht ein gebildeteres Mädchen heiraten?«

Der Junge war in meine Oma verliebt.

»Papa ist Zahnarzt, und du bist Hausfrau, was ist dann das für eine Ehe, Mama?«

»Das waren andere Zeiten, Junge.«

Auf dem Sterbebett ließ meine Oma alles heraus. Die Erinnerungen sprudelten nur so. Auch über jene Schwiegermutter in spe, der sie für ihren Jungen nicht gut genug war!

Im Gefolge von Niko und Efrosa fuhren die beiden heimlich auf die Prinzeninseln, und einmal gingen sie ins Kino. Dann beschloss der Jungarchäologe, in Frankreich weiterzustudieren. Meine Oma sollte auf ihn warten. »Sobald ich zurück bin, machen wir die Sache offiziell«, versprach er ihr, »dann ist es für uns beide leichter.«

Als er in Frankreich war, schrieben die beiden sich, und einmal schickte der Junge meiner Oma über einen Freund ein Geschenk: ein Kleid. Meine Oma war hin und weg. So ein schönes Kleid hatte sie noch nie gesehen. Es lag ein Zettel bei.

»Meine liebe, liebe Peri, dieses Seidenkleid wird dir ganz bestimmt wunderbar stehen. Aber du bist noch seidiger als diese Seide. Ich sehne mich so nach dir. Zieh das Kleid bitte an, wenn du mich abholen kommst. Wenn du es aber schon vorher anziehst, bin ich dir auch nicht böse, nur dass du es weißt, mein Schatz.«

Zeilen voll von einer Liebe und einer Sehnsucht, wie wir sie gar nicht mehr kennen. Unerreichbare Romantik aus einer Zeit, in der man, wie meine Oma, noch Krokodillederhandtaschen trug.

Während meine Oma auf ihren Studenten wartete, genossen Efrosa und Niko ihre Zeit als Verlobte. Sie waren schön, und es ging ihnen gut. Als die Mutter meiner Oma das aus Paris geschickte Kleid erblickte, begriff sie, wie ernst die Sache war. Von da an seufzte sie nicht mehr: »Ach, wenn er doch Arzt wäre, oder Ingenieur.« Auch die Familie des Jungen war zur Vernunft gekommen, da sie von einem jungen Mann gehört hatte, der sich das Leben genommen hatte, weil er seine Freundin nicht hatte heiraten dürfen. Wenn die Familien sich auf der Straße begegneten, plauschten sie sogar miteinander.

Meine Oma war glücklich. Ohne zu wissen, dass dies das erste und letzte Glück ihres Lebens sein würde. Wenn man nämlich etwas erlebt, worüber man sagt, lieber wäre ich gestorben, verblassen alle weiteren Glücksversprechen.

Nachdem ich die bittere Wahrheit erfahren hatte, dachte ich oft darüber nach, wie sie überhaupt noch hatte weiterleben können. Später stellte ich mir immer vor, wie sie in jenen glücklichen Tagen gewesen sein musste; zum Beispiel, als sie irgendwann doch das geschenkte Kleid anzog. »Das nutzt sich schon nicht ab, bis er zurückkommt«, dachte sie, sich im Spiegel betrachtend. Und einmal, als sie in ihrem Pariser Kleid Banjo spielte, weil der Banjospieler Nierensteine hatte, saß doch tatsächlich eine berühmte Opernsängerin im Publikum, die genau das gleiche Kleid trug. An dem Abend gab es mehr Trinkgeld als sonst, und Monsieur Hariapulos strahlte übers ganze Gesicht.

»Die hat sich wohl gedacht, wenn eine Musikerin sich das gleiche Kleid leisten kann wie ich, darf ich mit dem Trinkgeld nicht knausrig sein, wie sieht das sonst aus?«

 So ist es wohl, Monsieur Hariapulos, so ist es wohl!

»Um zwölf ist mir das Kind zu Hause. Sonst lasse ich sie da nicht mehr hin, ich sag es euch.«

»Dein Aschenputtel? Haha, wie im Märchen!«

Welches Märchen geht schon schlecht aus?

»Das meine hatte ein Scheißende!«

Das sagte meine Oma jahrelang. Und ich versuchte mir auf ihre vielen Anspielungen immer einen Reim zu machen. Ganz brachte ich ihre Geschichte leider erst zusammen, als sie schon tot war.

Tagsüber war sie also in der Schokoladenfabrik und abends oft in Beyoğlu auf der Bühne, und ein Tag war schöner als der andere. Einmal kam sie wieder aus der Fabrik nach Hause und hatte den ganzen Tag lauter herrliche Schokolade verpackt, sodass sie an den Fingerspitzen noch kleine Blattgoldreste hatte. Am Abend sollte sie wieder Musik spielen. Sie deckte den Tisch, ihre Mutter würde bald kommen. Auf dem Küchenherd machte sie Wasser heiß, um sich waschen zu können. Vom vielen Schokoladeverpacken war sie ins Schwitzen gekommen, und der eigene Schweiß stieg ihr bitter in die Nase. Vor allem wollte sie das Kleid nicht verschwitzen. Für neun Uhr war sie mit Efrosa verabredet. Sie sah auf die Uhr. Noch auf dem Sterbebett sollte sie von jenem Abend fantasieren. Was des Menschen Seele sein Lebtag lang belastet, plagt ihn auch auf dem Sterbebett, und bevor er damit nicht abgerechnet hat, will er aus dieser Welt nicht abtreten. Ich war dazu auserkoren worden, am Krankenbett meiner Oma zu sitzen. »Du bist jetzt ein großes Mädchen, du kannst auf deine Oma aufpassen.« So versuchte Tantchen, sich ein gutes Gewissen zu verschaffen. Es ging ihr nicht gut. In der Zeitung gab es Streit. Aus lauter Verdruss hatte sie schon zweimal Nesselfieber bekommen. Sowieso wurde sie bald darauf entlassen und fand nichts Neues. Einer wie ihr gab man keine Arbeit mehr. Meine Mutter wiederum musste das Unheil ausbaden, das sie sich bei ihrem Versuch eingebrockt hatte, eine berühmte Diätspezialistin zu werden. Mein Vater ließ sich nicht blicken, die beiden hatten sich getrennt. Ich war ganz auf mich gestellt. Hin und wieder kamen aber Pembe und Derin vorbei, steckten nach der Schule den Kopf zur Tür rein und huschten neben mich. »Meine Freundinnen«, sagte ich zu meiner Oma, aber sie bekam nicht mehr viel mit. Mit stets geschlossenen Augen lag sie wimmernd da und wartete auf den Tod. Der Augenblick der großen Abrechnung war ganz nah. Das merkten sie auch im Krankenhaus und entließen sie nach Hause. »Es ist besser, wenn sie daheim stirbt. Wir können hier nichts mehr für sie tun.« Am Tag, an dem sie ihren letzten Atemzug tat, war sie wieder »dort«. An jenem Abend, den sie ihr Leben lang nicht vergessen sollte. Und sie erzählte, was sie noch niemandem erzählt hatte.

»Ich kam aus dem Bad, frisch und sauber, und hatte das Kleid an, das mein Freund mir geschickt hatte. Meine Haare waren noch nass, und ich hoffte, sie würden rechtzeitig trocken werden. Um neun sollten wir aus dem Haus gehen. Um meine Haare etwas in Form zu bringen, hatte ich sie vorn ein wenig eingerollt. Meine Mutter sollte bald heimkommen, aber ich fing schon an zu essen. Das Radio lief, Nachrichten, und ich wollte schon ausschalten, da wurde die Stimme des Sprechers auf einmal ganz aufgeregt. Angeblich war das Geburtshaus von Atatürk in Saloniki bombardiert worden, und als Rache dafür hatte man hier in Istanbul begonnen, griechische Läden zu attackieren. ›Als Erstes wurde die Konditorei Haylayf angegriffen‹, sagte der Sprecher. Ein Mob solle plündernd durch Samatya und Kumkapı ziehen und habe auch schon Beyoğlu erreicht. Ich dachte mir noch, wenn es da so zugeht, können wir heute nicht raus, da ging krachend die Haustür auf, und von der Straße tönte es tumultartig herauf. Ich sah, dass es schon acht war. Wenn ich Angst habe, erstarre ich immer gleich, und auch diesmal muss ich dagestanden haben wie ein aufgeschrecktes Kaninchen. Ich dachte, meine Mutter sei zurück, und das war sie auch, aber mit ihr war eine Horde von Kerlen ins Haus gedrungen.

›Das sind auch Griechen‹, sagte einer. ›Aber die verstellen sich. Eine Frau und ihre Tochter. Die arbeiten bei Griechen, und die Tochter spielt mit Griechen zusammen Musik.‹

›Dann gehören die auch zu denen.‹

›Wir sind überhaupt keine Griechen, wir sind Türken, und Muslime.‹

›Halt's Maul!‹

›Gehen Sie da nicht rauf, da ist niemand.‹

›Die lügt, da oben ist ihre Tochter.‹

›Es hat doch geheißen, wir sollen uns nicht an Muslimen vergreifen.‹

›Die lügen, das sind keine Muslime! Das sind verkappte Griechen!‹

›Ich bin wirklich und wahrhaftig Muslimin. *La-ilahe-illallah* es gibt nur einen Gott, das ist Allah, und Mohammed ist sein Prophet …‹

›Ach was, das hat sie doch bloß auswendig gelernt!‹

›Was meinst du, wie viele Griechen mir das schon vorgesäuselt haben? Bei Männern sieht man's ja dann leicht. Aber wenn deine Nachbarn sagen, dass du Griechin bist, dann bist du eben Griechin.‹

›Tut meinem Haus nichts an.‹

›Sollen wir lieber dir was antun?‹

›Da ist ihre Tochter droben!‹

›Pfui Teufel, schämst du dich nicht? Und so was nennt sich meine Nachbarin?‹

›Was, du spuckst mir ins Gesicht? Siehst du, wie die sind? Holt euch ihre Tochter und nehmt sie mal so richtig her!‹«

Meine Oma lag mit weit aufgerissenen Augen da und trug im Gesicht das Entsetzen über jene so Furchtbares verheißenden Worte von damals. Was ist Reue doch für ein schlimmes Gefühl! Was für eine schwere Last! Es reute sie, dass sie sich damals nicht versteckt hatte, sondern in die Falle gegangen war. Deswegen machte sie sich immer noch Vorwürfe.

»Warum bin ich wie ein Dummkopf stehen geblieben, als ich das von unten alles hörte? Es war doch klar, was sie mir antun würden. Warum habe ich abgewartet? Warum bin ich nicht weggelaufen? Warum habe ich mich nicht versteckt? Es war doch gerade meine Spezialität, mich überall herauszuwinden und meine Spuren zu verwischen. Einmal, da habe ich mich heimlich mit meinem Freund getroffen und musste dann vom ersten Stock auf den Boden springen. Wäre mir in den Sinn gekommen, mich davonzumachen, hätte ich garantiert irgendein Fleckchen gefunden, um mich vor diesen Unholden zu verstecken. Aber ich bin an dem Tag ganz einfach stehen geblieben. Wie festgewachsen. Ich konnte mich nicht rühren.«

Sie weinte. Und wie sie weinte. Herzzerreißend, wie ein hilfloses Baby. So muss ihr Gesicht ausgesehen haben, als sie sich damals zu wehren, sich aus den Händen der Männer zu befreien suchte. Sie krampfte ihre Hände um den Kragen ihres Kleides, doch die Männer zerrissen das Kleid natürlich. So wie damals ließ sie auch nun hilflos die Hände sinken. Sie schrie. Die junge Perihan, die junge Peri schrie.

 Sie flehte.

Und flehte und flehte.

Schließlich fiel sie halb in Ohnmacht.

»Ich bin euch nicht zu Willen«, sagte sie.

»Bist du schon«, sagten die Männer bestimmt.

»Ich gehöre euch nicht.«

»Tust du schon«, flüsterten sie.

»Ich flehe euch an, lasst mich los.«

»Das tun wir nicht, warum sollten wir?«

Einer hob seine Hose auf, ging zum Fenster und pfiff zu den anderen hinunter, die gegenüber plünderten.

»Jetzt kommt noch mein Bruder, der ist sechzehn, für den wird das sein Einstand. Eigentlich hätte er dazu ins Puff gehen sollen, aber bei der Gelegenheit ...«

Meine Oma drückte die Augen ganz ganz fest zu. Ihr Weinen ging in ein peinvolles Wimmern über, eine Agonie.

»Schau dir nur das Kleid an. Zerfetzt haben sie das.«

Ihre Mutter zeigte einer tröstenden Nachbarin die Spuren des Unglücks.

Oje.

»Jetzt ist sie schwanger. Aber von wem?«

Ach, Perihan!

Die Arme.

»Ich Arme«, sagte meine Oma, genauso wie sie es an jenem Tag, zu jener Stunde gesagt hatte.

Die wissbegierige Nachbarin bohrte und bohrte weiter, das war ihre Aufgabe, als Vertreterin für das ganze Viertel.

»Seid ihr zur Polizei gegangen?«

»Und was sollen wir dann, wenn sie den Schuldigen finden? Und es war ja nicht bloß einer! Es war ja fast ganz Istanbul. Wie hätten die sonst so viele Viertel zerlegen können?«

»Geht ihr jetzt auch weg, wie die Griechen alle?«

»Wir sind doch keine Griechen!«

»Aber sie haben euch dafür gehalten.«

»Wir wissen ja gar nicht, wer uns das angetan hat! Außer dem Sohn des Eisenhändlers, der Schmiere gestanden hat, kennen wir keinen Einzigen. Und der hat nur an der Tür gestanden und danach geschaut, was passiert ist.«

»Du meinst also, die kommen nicht wieder und tun noch mal so was?«

»Meinst du etwa?«

Tief im Innersten zog meine Oma der Ungewissheit ein Gesicht. Mit der gleichen naiven Zuversicht ging es weiter.

»Die uns das angetan haben, glauben bestimmt, wir sind weg, und kommen nicht noch mal. Und was Schlimmeres kann uns niemand mehr tun. Wir gehen nicht weg, weil einem die eigene Geschichte überallhin nachfolgt, egal wohin man geht.«

Also?

»Und wenn uns da, wo wir hingehen, erst recht so was passiert? Wer von dem, was meiner Perihan angetan wurde, weiß oder gehört hat, wird eines Tages das Zeitliche segnen, dann wird all das nur noch Überlieferung sein.«

Recht hatte sie, meine Urgroßmutter. Und man braucht sich nicht zu wundern, dass die größten Schandtaten so überliefert werden, dass sich nie jemand dafür schämen oder entschuldigen muss, bis sie festbetonierte Geschichte sind. Schreib einfach Geschichte so, wie es dir in den Kram passt, und fertig.

Die Mutter hatte ihre Wunden nicht lindern können. Wie ein Unglückspfau zog sie ihren Federschwanz hinter sich her. Die Nachbarin vermeldete derweilen weitere schlechte Nachrichten.

 »Efrosa ist von ihrem Vater unter der Treppe eingesperrt

worden, aber durch das Schlüsselloch hat sie mit ansehen müssen, was ihrer Mutter angetan wurde, und ist darüber verrückt geworden. Die Kerle haben die Mutter danach durchs Fenster auf die Straße geworfen.«

Und da soll man an der Menschheit nicht verzweifeln!

Dann ging also die uralte Frau, die wir beim Friseur getroffen hatten, nicht deshalb am Stock, weil sie so alt war, sondern weil sie sich bei dem Sturz aus dem Fenster sämtliche Knochen gebrochen hatte.

Das Ergebnis: Efrosa war gerettet worden. Doch was sie gesehen hatte, hatte ihr gereicht.

»Und Niko hat sich umgebracht.«

Warum hat Niko sich umgebracht?

Im Schweigen der Nachbarin verbarg sich diese Antwort:

»Entweder diese Scheusale haben ihn aufgehängt, oder er hat es selbst getan, weil er nicht aushielt, was er mit angesehen hatte.«

Der Pfau zog weiter seine Schwanzfedern hinter sich her, und die Nachbarin erzählte.

»Monsieur Yorgo haben sie in einen heißen Kessel gesteckt, wo er sich schwer verbrannt hat. Er ist dann nach Athen, da mussten sie ihm gleich ein Bein amputieren. Und was alles auf der Straße herumlag, Klaviere, Sessel, Tische, Seidenwaren, Schuhe, alles, was irgendwie wertvoll war, haben sie auf die Straße geschmissen, ach, wenn du das nur gesehen hättest. All das Schöne, das man sonst nur bestaunt hat, lag plötzlich da draußen, und jeder trat darauf herum. Nicht mal im Krieg gibt es so eine Barbarei. In tausend Stücke zersprungene Spiegel und Schaufensterscheiben. Aus Fenstern beugten sich Mädchen ganz weit vor und schrien um Hilfe, aber niemand stand ihnen bei. Alle Türen von Häusern und Läden standen sperrangelweit auf. Gardinen wehten heraus wie aufgeblähte Segel, die sich zu unbekannten Meeren aufmachten. Ich habe weder gesehen noch gehört, dass man sich schon einmal in solcher Weise an Hab und Gut und an Leib und Leben vergriffen hat. Höchstens bei der Eroberung Istanbuls kann so etwas passiert sein. Sogar die Engländer waren nicht so, als sie uns nach dem Ersten Weltkrieg besetzt haben. Eine Schande ist das. Eine Sünde.«

Eine furchtbare Schande. Eine furchtbare Sünde.

Das Baby konnte die schöne Perihan weder abtreiben lassen noch irgendwie eine Fehlgeburt auslösen.

»Aber den Nachbarn sagen wir, wir sind diese Heimsuchung losgeworden, ja?«

So sagte es ihre Mutter, und Perihan hörte auf sie.

Was ist dann wirklich mit dem Baby passiert?

Ja, was?

Eines Nachts kam es plötzlich auf die Welt, ein Mädchen, noch dazu auf dem Abort, ja auf dem Klo, es plumpste in das Loch des Stehklos hinein, und ihre Mutter musste es wütend erst herausholen, dann hielt es ihm die Hand auf den Mund, bis es sich nicht mehr regte. In einen Kopfkissenbezug verpackt ließ sie das Kind in eine vorbereitete Grube im Garten hinunter und schaufelte Erde darauf. Am nächsten Tag musste sie die Straßenhunde verscheuchen, die an der Stelle neugierig herumscharrten. Das tote Baby war aber so tief vergraben, dass niemand es herausgeholt hätte.

Jetzt begreifen Sie wohl, warum meine Oma ihr Grundstück gegen ein anderes eingetauscht hat?

»Was hatte mein Baby bloß auf dem Schoß dieser Nutte zu schaffen, für die sie den Grabstein aufgestellt haben? Vielleicht hat es geweint und geweint, und die byzantinische Hure hat es aus Mitleid in die Arme genommen. Wer weiß, vielleicht hat sie ihm die Brust gegeben? Wir wissen ja nicht, was nach dem Tod alles geschieht.«

Leise ging ich aus dem Haus. Ich musste frische Luft schnappen. Das war im März 2013, meine Oma lag da wirklich schon im Sterben. Ich gab ihr zuletzt noch etwas Wasser zu trinken, denn über Jahre hinweg hatte ich von ihr gehört, dass sich an Sterbende der Teufel mit einem Glas Wasser heranmacht und ihnen zuflüstert: »Wenn du mir deinen Glauben gibst, gebe ich dir dieses Wasser.«

Ich weiß noch, wie bedrückt ich dann herumschlich. In den gleichen Straßen, durch die am 6. September 1955 jene Verbrecher gezogen waren. Die Häuser waren nicht mehr die gleichen. Die alten Holzhäuser mit den Geranien an den Fenstern und den Gärten voller Glyzinien und Rosen waren verschwunden und durch mehrstöckige Wohnhäuser mit hässlichen Mosaikmustern ersetzt worden. Aber die Straße war die gleiche, die gab es immer noch, ich trat auf den gleichen Boden wie die Kerle damals. Ich stieg die steile, aber nur kurze Kumrulu-Straße hinauf und ging in den Garten der Cihangir-Moschee. Dort gab es Sitzbänke und genau so hohe, alte Bäume wie die im Gülhane-Park, auf denen ich nun sitze. Von einer Bank direkt an der Moschee hat man einen wunderbaren Ausblick auf den Bosporus, dort setzte ich mich hin und atmete tief durch. Außer mir hielt sich niemand im Garten auf, denn es war kalt, regnerisch, trübe. Ich zitterte. Und dann passierte etwas, durch das mein Leben sich von Grund auf verändern sollte, und glauben Sie mir, ich weiß nicht, wie ich Ihnen das erzählen soll.

Ich stand noch unter dem Eindruck der Worte meiner Oma, als ich auf einmal Tantchen durch den Moscheehof eilen sah. Die war um die Zeit schon aus der Zeitung heraus?

Da musste sie doch sonst noch an der Provinzausgabe arbeiten. Aber da war sie, ganz eindeutig. Und lief über den Hof gleich hinter mir in Richtung nach Hause. Der Moscheehof hatte zwei Tore, durch die zwei Straßen miteinander verbunden waren. Wenn man von der Cihangir-Straße zur Özoğlu-Straße hinunterging, kam man durch das eine Tor in den Hof und durch das andere in der Kumrulu-Straße wieder hinaus. An dem Weg lag auch das Haus des Imams. Die Moschee und der angrenzende kleine Friedhof lagen zur Linken. Neben der Moschee war der kleine Garten mit der Aussicht, den man durch ein kleines schmiedeeisernes Tor betrat. Dort saß ich nun und blickte auf Istanbul, das mitten am Tag immer dunkler wurde, als Tantchen durch das Tor hereinkam, das auf die Kumrulu-Straße hinausging.

Ich sah zurück auf den Bosporus. Aber nur einen Augenblick lang.

Dann geschah das, von dem ich tatsächlich nicht weiß, wie ich es erzählen soll. Ich merkte, dass sich jemand näherte, und drehte mich wieder um. Und sah meine Oma auf mich zukommen, in ihren Mantel gehüllt. Wie hatte sie von ihrem Krankenbett aufstehen können? Völlig verblüfft starrte ich sie an und brachte nur ein gestottertes »Oma?« heraus, das sich wohl furchtbar dumm anhörte. An den Füßen trug sie ihre Stiefeletten mit dem Reißverschluss, und unter dem Mantel schaute ein Kleid hervor. Sie hatte also allen Ernstes Kraft genug gefunden, um sich umzuziehen. Als ich von ihr gegangen war, hatte sie noch im Halbschlaf fantasiert. Mensch! Jetzt hatte sie sogar hautfarbene, blickdichte Strümpfe an. Sie war doch sterbenskrank!

»Oma, warum bist du rausgegangen?«

Als hätte sie mich nicht gehört, ging sie an mir vorbei und setzte sich neben mich auf die Bank. Die Zweige über uns waren erst spät ergrünt. Auf das Gitter vor uns setzten sich zwei Krähen und flogen gleich wieder auf.

»Warum bist du hier?«, fragte meine Oma da. »Warum bist du rausgegangen?«

Lange war sie viel zu schwach gewesen, um überhaupt noch Fragen zu stellen. Sie wurde künstlich ernährt, meine Mutter wechselte immer die Infusion. Als ich schon dachte, sie würde bald ins Koma fallen, hatte sie mir ihr großes Geheimnis zugeflüstert. Manchmal flößte Tantchen ihr Zuckerwasser ein, damit sie ein bisschen zu Kräften kam. »Sie wird früh von uns gehen«, sagte sie. »Sie ist doch erst sechsundsiebzig.«

Nun saß sie da, als ob gar nichts wäre. Das war nicht die Frau, die ich auf dem Sterbebett zurückgelassen hatte.

»Ich war so traurig, als du mir das alles erzählt hast.«

»Sei nicht traurig, so ist das Leben nun mal.«

»Hast du gerade Tantchen getroffen?«, fragte ich. »Wohl nicht«, fügte ich bestimmt hinzu, denn aller Logik nach durfte das nicht sein. Meiner Stimme war anzuhören, wie bang und verschreckt und angespannt ich war. Kurz gesagt, schockiert.

»Nein, wieso?«, fragte Oma zurück.

»Sie ist gerade hier vorbeigekommen. Falls du von der Kumrulu-Straße hergekommen bist …«

»Da bin ich hergekommen.«

»Dann musst du sie gesehen haben.«

»Habe ich aber nicht.«

Eine Weile sahen wir uns schweigend an.

»Ich gehe jetzt«, sagte sie dann. Sie beugte sich zu mir vor und küsste mich auf die Wange.

»Wegen dir bin ich gekommen. Um dir zu sagen, dass du nicht traurig sein sollst.« Sie fasste mich am Kinn. Wie kalt ihre Hand war. Dann wandte sie sich wieder dem Bosporus zu. Ihr ging wohl etwas durch den Sinn, das sie mir noch sagen wollte, aber dann ließ sie es. Ich sah ihr nach, wie sie durch den kleinen Garten davonging. Mit ihren geliebten Stiefeletten, dem aschgrauen Regenmantel und dem über die Schultern geworfenen Fransentuch wirkte sie eher wie Marianne Faithfull in dem Film, in dem sie in einem Sexclub durch ein Loch hindurch Männer befriedigt, um Geld für ihren kranken Enkel zu verdienen.

So machte sie sich aus dieser Welt davon.

Adieu, ihr Katzen. Ihr werdet mir sehr fehlen, ihr am allermeisten, denn ihr habt mir nie was Böses angetan. Wäre ich doch bloß als eine von euch zur Welt gekommen, dann wäre mir weniger Unheil widerfahren. Oder ich hätte es vergessen können, mich nicht darum scheren. Auf Wiedersehen, Katzen, vergesst mich nur ja nicht.

Und du, Istanbul, vergiss auch meine Oma nicht.

* * *

»Und du, Istanbul, vergiss mich nicht. Wenn du mich vergisst, kriegst du einen Arschtritt von mir!«

* * *

»Eine schöne Aussicht hatte ich vielleicht nicht, aber sehen konnte ich auch mit geschlossenen Augen.« Sagte meine arme Oma. Ach, und das nennst du ein Leben? Das ist kein Leben, sondern eine Qual, das verwechselst du bloß! Das wird den Frauen und Mädchen hierzulande als Medaille angeheftet.

 Stellen Sie sich vor, meine Oma führte sogar ein Kacktagebuch. So nannte sie die Tabelle, in die sie die Tage eintrug, an denen ihr träger Darm mal seine Arbeit tat. Ein Kacktagebuch. Und überhaupt, was sie so alles hasste: Periodenkopfschmerzen, Durchfall, Erbrechen, Schweißgeruch, sich mit was anderem waschen als mit weißer Seife, sich zu Hause waschen, Hausarbeit, Muschigeruch, Ratten, Bettwanzen, Juckreiz, Mücken. Und das war noch lang nicht alles: Bidets, Insektensprays, Schwimmbecken, Lastwagen, Haare im Waschbecken, Feuchtigkeit, Schimmel, Motorradlärm, auf- oder zugehende Schubläden und so weiter und so fort.

Sie hatte eine müde, melancholische, enttäuschte Stimme. Das kam nicht vom Rauchen. Sondern vom Leben. In ihrer dunklen Wohnung hatte ich sie nur ein paarmal lächeln sehen, und auch da wusste ich nicht, ob das nun aus Freude war oder aus Kummer.

Das Hoffen hört nie auf. Das Ende der Geschichte kommt ja nicht mal mit dem Tod. Es wird erzählt, was man erlebt hat, und über dieses Erzählte lebt man weiter. So wie alles, was zu sehen ist, ja auch bleibt, wenn man selbst schon tot ist.

Schließlich schüttelte ich mich und stand auf. Und ging meiner Oma hinterher, die aus meinem Blickfeld verschwunden war. Ich verließ erst den Garten, dann den Moscheehof. Sogleich war ich in unserer Straße. Und da stand ein Krankenwagen, die hinteren Türen sperrangelweit geöffnet wie die Flügel eines wilden Tieres, das gleich davonfliegen wird. Daneben Tantchen. Auf einer Trage wurde jemand heruntergebracht. Meine Oma. Mit nackten Füßen. Unter einer Decke schaute ihr geblümtes Nachthemd hervor, das sie so gerne mochte. Aber … meine Oma war doch gerade noch da gewesen.

Da ist bei mir der Vorhang runtergegangen.

Irgendwie.

Es gibt ja bei jedem so Augenblicke, wo man völlig ins Schleudern kommt. Man erinnert sich nicht an Tage, sondern an Augenblicke. Diesmal, glaube ich, ist meine Oma wirklich gestorben. Obwohl sie noch in den kleinen Garten der Cihangir-Moschee gekommen war und sich von mir verabschiedet hatte, ist sie gestorben. Das war aber nicht ihr erster Tod. Der eigentliche Tod findet dann statt, wenn zwar der Körper sein Leben noch fortsetzt, aber die Seele stirbt.

Und wie stirbt eine Seele?

So, wie es meiner Oma am 6. September 1955 geschah.

Dann will man sich natürlich trotzdem noch trösten. Das tat auch meine Oma und reparierte das zerfetzte Kleid, das die Mutter der Nachbarin gezeigt hatte, als wollte sie damit sagen, schau nur, wie sie meine Tochter zugerichtet haben. Tag und Nacht schuftete meine Oma an das Kleid hin, und ihre Mutter ließ sie zunächst gewähren, wenn es ihr denn ein Trost war. Dann aber, als meine Oma sagte, sie werde jetzt das Kleid anziehen und ihren Freund vom Bahnhof Sirkeci abholen, packte die Mutter sie am Arm. Meine Oma heulte wie ein tollwütiger Hund.

»Lass mich los! Ich will ihn jetzt abholen! Lass mich gefälligst los!«

Am meisten verletzt uns, wer uns liebt.

»Schäm dich. Statt gegen deine Mutter hättest du dich gegen die Kerle wehren sollen, die über dich her sind.«

Wenn du schon hättest sterben sollen, dann da. Als die Frau, die doch deine Mutter war, dir mit ihren Worten tief ins Herz stach. Wenn du da nicht gestorben bist, Oma, bist du unsterblich!

Aber so ist es nun mal nicht. Bist du jetzt hier? Nein. Weil du tot bist.

Ihre Mutter konnte sie nicht zurückhalten, und so ging sie zum Bahnhof. Dort waren auch die Eltern des Jungen. Und eine entfernte Cousine von ihm, mit dem seine Mutter ihn verheiraten wollte. Das war längst bekannt und so gut wie beschlossen. Perihan, unsere Peri, stand in einer Ecke wie ein Geist.

Was ist denn mit dir los?, fragte der Junge. Und wollte zu ihr hin, doch die Mutter hielt ihn am Arm.

Geh da nicht hin, die ist nichts mehr für dich.

Ich will ja nichts sagen, aber ich hatte es dir gesagt.

Geh da nicht hin, die ist nichts mehr.

Wie dünn du geworden bist, wollte der Junge sagen. Aber der Bauch stand ihr heraus, als hätte sie eine Walnuss verschluckt. Die Wangen eingefallen, unter den Augen Ringe wie in einem trüben Teich. Die anderen hakten sich beieinander ein und zogen davon.

Hilfe, die ist in Ohnmacht gefallen!

Wie sollte sie nicht? Wer hält es schon aus, wenn er verlassen wird, enttäuscht, wenn ihm Liebeskummer bereitet und alle Hoffnung, alle Zukunft entrissen wird?

Wie der Zufall so will, kam ihr ein Gemüsehändler zu Hilfe.

»Kommen Sie, setzen Sie sich auf. Möchten Sie einen Schluck Wasser?«

Er brachte sie nach Hause. Der Partie, die ihnen somit ins Haus flatterte, tischte die Mutter sogleich eine Lüge auf. Meine Oma wurde mit dem Händler verheiratet. Als sie das Baby erst zur Welt und dann in den Tod beförderte, wurde dem Mann erklärt: »Da hat ihr einer die Ehe versprochen und sie damit rumgekriegt.« »Macht gar nichts«, erwiderte der Gemüsehändler. »Ich habe ja auch eine Frau zu Hause, bettlägerig, von der muss ich mich erst scheiden lassen.«

Wie versprochen ließ er sich scheiden, und die beiden heirateten. Die Brüder seiner Ex-Frau aber wollten ihn so nicht davonkommen lassen und zeigten ihn an, weil er sich vor dem Wehrdienst gedrückt hatte. Er wurde eingezogen und musste vier Jahre lang dienen, von 1956 bis 1960, und konnte in der Zeit kaum nach Hause. So erblickte das erste Kind meiner Oma, also mein Vater, erst 1962 das Licht der Welt. Meine Oma kam über den Schmerz, mit einem ungeliebten Mann verheiratet zu sein, nur dadurch hinweg, dass sie ihm in Tee und Suppe Schlafmittel mischte, oder auch mal Kaliumsulfat. Auch sorgte sie dafür, dass ihre Mutter fast immer mit im Haus war. Eines Tages sagte der Mann, er gehe zum Großmarkt, doch versteckte er sich in der Nähe des Hauses, und als er sah, dass seine Schwiegermutter zu einer Nachbarin ging, kehrte er zurück. So wurde meine Oma zum zweiten Mal schwanger. Mit Tantchen, die acht Jahre nach ihrem Bruder zur Welt kam, also 1970. Und der Gemüsehändler … Der war eines Tages von Istanbul nach Ankara unterwegs, denn von dort stammte er her, worauf er auch immer ganz stolz war, doch es ereilte ihn ein Verkehrsunfall, bei dem er zu Tode kam. Tantchen war da erst ein paar Wochen alt.

»Er lag mitten in einem Haufen von Kohlköpfen«, erzählte sein Geschäftspartner. Ich möchte jetzt aber nicht, dass Sie von dem ungeliebten Ehegatten meiner Oma so mir nichts, dir nichts Abschied nehmen und sich denken, vielleicht war er ja kein schlechter Kerl. Das bringe ich nicht übers Herz. Wäre er kein schlechter Kerl gewesen, würden wir ihm hier Blumen flechten, doch war er schlichtweg nicht zu ertragen. Obwohl er drei Tage in der Woche in Istanbul und vier

Tage zwischen Istanbul und Ankara unterwegs war. Warum das so war? Nun, das champagnerfarbene Seidenkleid, das seine Frau mehr zum Anschauen als zum Anziehen in einer Schublade aufbewahrte, zerriss er; die roten Schuhe, die sie sich ausgeliehen hatte, um ein Foto von sich machen zu lassen, warf er ins Feuer, und bei allen Stühlen im Haus sägte er aus purer Willkür die Lehne ab und verwandelte sie in lauter Hocker, der Hornochse.

Mit dem Effekt, dass meine Oma heilfroh war, den aufgezwungenen Ehemann loszuwerden.

»Effekt«, das war ein Wort, das Derin so scharf aussprach, als würde sie »Schere« oder »Skalpell« sagen. Wenn sie dem Wortsalat von Schwätzern wieder mal operativ zu Leibe rücken wollte. Ja, effektiv war, dass es für meine Oma eine Qual war, diese Ehe jahrelang auszuhalten. Ich versuche, sie hier nicht reinzuwaschen, aber gestatten Sie schon, dass ich auch nicht mit Dreck nach ihr werfe. Sie schämte sich, mit dem Gemüsehändler durch Cihangir zu gehen, denn der junge Mann, den sie geliebt hatte, wohnte noch immer im gleichen Viertel. Wenn Sie sich trennen, löschen Sie wohl von Instagram alle möglichen Fotos und blockieren sich gegenseitig. Die beiden aber besaßen die Größe, in ein und demselben Viertel zu leben. Begraben Sie einander nur in der virtuellen Welt! Der frühere Freund meiner Oma war von seiner Mutter mit dem Mädchen verheiratet worden, das sie für ihn ausgesucht hatte, und sie bekamen Zwillinge, zwei Mädchen, die wurden zum Spielen in den Cihangir-Park gebracht, manchmal auch in den Garten der Moschee. Meine Oma ließ ihre Kinder mit den beiden Mädchen nicht spielen. Auch eine Art Blockieren.

Ihr einziger Wunsch war es, dass die beiden Kinder, die sie von dem inmitten von Kohlköpfen sein Leben aushauchenden Gemüsehändler hatte, eine anständige Ausbildung bekamen. Aber da kam noch was. Ein jeder findet im Leben mal seine Liebe und lebt sie aus. So war es auch bei meiner Oma. Nach dem Tod des Gemüsehändlers ging sie in Hotels putzen. Als in einem Hotel in Pera wegen Bettwanzen sämtliche Zimmer ausgeräuchert wurden und einige Hotelgäste dadurch in die Bredouille kamen, bot meine Oma einem davon, auf den sie wohl schon ein Auge geworfen hatte, einfach an, er könne sich bei ihr einmieten, sie habe ein Haus in Cihangir.

Das war 1973. Und der Mann, der in eines der Zimmer ihres zweistöckigen Holzhauses einzog, war ein Amerikaner, der sich dienstlich in Istanbul aufhielt. Seine Aufgabe war es, die Hagia Sophia im großen Maßstab architektonisch zu vermessen. Es gibt doch eine himmlische Gerechtigkeit! Damals wurde mein Vater im renommierten Galatasaray-Gymnasium eingeschult. Die Mutter meiner Oma brachte sogleich das Gerücht in Umlauf, ihre Tochter habe den Amerikaner geheiratet. Wer ist schon an einer Lüge gestorben? Bevor die Wahrheit überhaupt ihre Schuhe anhat, ist die Lüge schon dreimal um die Welt gelaufen. Kein besseres Beispiel dafür als der 6. September 1955. Von wegen, das Geburtshaus von Atatürk in Saloniki sei bombardiert worden! Alles erstunken und erlogen. Meine Oma jedenfalls lebte verliebt mit ihrem Amerikaner zusammen, und zusammen mit den Kindern gingen sie auch in den Cihangir-Park.

»*Daddy!*«, rief Tantchen und fiel dem Mann um den Hals.

»Einer der türkischen Archäologen, mit denen wir in der Hagia Sophia zusammenarbeiten, wohnt hier im Viertel, und er hat auch Kinder. Ich habe ihm gesagt, er soll sie mitbringen.«

Wer kann der türkische Archäologe wohl sein?

Wer wohl?

Nicht wahr, Oma? Nicht wahr, du böses Mädchen? Nicht wahr, du gehässiges Ding? Rache ist süß, nicht wahr, du stures Weib? Nicht wahr, du aus der Asche wiederauferstandene Frau? Stabil wie die Kuppel der Hagia Sophia. Standfest wie ihre Stützmauern. Nicht wahr, Perihan, kleine Peri?

Es war tatsächlich der junge Archäologe, in den sie verliebt gewesen war. Wenn das Schicksal seine Fäden spinnt … Der Amerikaner war der Chef des Unternehmens, der junge Archäologe wiederum musste ihm zuarbeiten, und zwar besonders eifrig, denn er hoffte, von seinem Chef nach Amerika mitgenommen zu werden. Und das verweinte Mädchen, das einst am Bahnhof Sirkeci verlassen wurde und in die Hände des Gemüsehändlers geriet … kam spektakulär zurück.

»Dich habe ich drangekriegt, Herr Archäologe!«

Ich stellte mir vor, wie meine Oma diesen Satz, den sie jahrelang zu meinem Vater sagte, damals flüsterte und dann noch diskret den Stinkefinger zeigte.

Da ist noch so viel zu erleben.

Und so viel zu erzählen.

Meine Oma fand, das Leben sei nicht kurz, sondern lang. Finde ich auch. Das soll Sie jetzt aber nicht erschrecken. Sie können also noch viel Verpasstes nachholen. Noch Zeit genug, dass sich Erwartungen verwirklichen, dass Rache geübt wird, dass geliebte Menschen zurückkehren, dass sich herausstellt, wie recht Sie hatten, dass die Gerechtigkeit siegt, dass Träume sich erfüllen.

Für die Schule sollten wir mal einen Erwachsenen aus unserer Familie interviewen, aus der Großelterngeneration. Dazu durften wir uns auch zu mehreren zusammentun. *Oral History* nannte sich das. Klar, mit wem ich mich zusammentat. Aus der Generation war nur meine Oma übrig, und da wir das Interview schriftlich abgeben sollten, ließen sich auch die übelsten Flüche rausschneiden.

»Dann liest sie uns auch aus dem Kaffeesatz. Da ist sie supergut drin.«

Meine Freundinnen waren zum ersten Mal bei mir zu Hause. Bei Derin daheim ging es einfach zu, aber alles war blitzsauber, die sauberste Wohnung des Landes. Man traute sich kaum reinzugehen, weil man Angst hatte, irgendwas schmutzig zu machen. Und Pembes Wohnung können Sie sich ja vorstellen. 400 Quadratmeter in einem Luxushochhaus in Caddebostan, mit Riesenaussicht auf die Prinzeninseln und das Marmara-Meer. Die Einrichtung ziemlich klassisch, so gar nicht mein Geschmack, aber doch recht gelungen, nur die versenkten Halogenlampen im Flur hatte der Innenarchitekt irgendwie versaut. Unsere Wohnung hatte für Derin und Pembe also nichts weiter Befremdliches, sie lag in ihrer leicht bobomäßigen Anmutung so etwa in der Mitte zwischen ihren beiden Wohnungen. Ein altes Sofa, das aus dem Grabstein fabrizierte Tischchen, die Archäologiebücher meines Vaters, in einer Ecke ein Schreibtisch und das Laufband meiner Mutter, das sich im winzigen Wohnzimmer riesenhaft ausnahm.

»Wo esst ihr da?«

»Wir essen nicht. Hat meine Mutter uns verboten.«

»Die Küche ist so breit wie eine Witwenmöse. Wir essen dort.«

Auftritt meine Oma.

Wir waren damals in der neunten Klasse und noch ziemlich kindisch drauf. Derin und Pembe konnten sich vor Lachen kaum halten. Ich hatte ihnen schon gesagt, dass meine Oma übler fluchte als sie, aber sie glaubten es ja nicht. »Jetzt seht ihr's selbst!«

»Wow!«, sagte Pembe.

»Schau!«, sagte Derin.

»Mensch, deine Oma sieht aus wie Marianne Faithfull!«

»Wie wer?«

Dank ihrer Kettenraucherei hatte meine Oma eine Stimme wie ein Reibeisen. Die Haare färbte sie sich selbst. Immer nur mit Koleston, aschblond. Das vermischte sich gut mit ihren weißen Haaren. Sie hatte leicht hängende Wangen, dichte schwarze Augenbrauen und feuchte Augen. »Wie ein Hund sehe ich mit denen aus. Aber meinem Amerikaner gefielen die.« Der breite Mund, ein leichter Hang zum Doppelkinn, schon hatte man beisammen, was die Rock'n'Roll-Königin ausmachte, die sie nicht mal vom Namen her kannte. Und nach der sie noch mal fragte, als sie sich auf ihren angestammten Platz setzte. Meine lieben Freundinnen waren gleich aufgestanden, als sie hereingekommen war.

»Wer das ist, möchte ich wissen.«

»Das bist du, Oma. Ich mach uns Kaffee.«

Bald würde meine Oma genau wissen, was mit den beiden Mädchen los war. Ihre Augen rutschten oft nach unten, als wären daran zwei Gewichte gebunden. Obwohl sie so was Wildes an sich hatte, sah sie doch auch melancholisch drein. Und zwar von Tag zu Tag immer mehr. Trotz allen Ungemachs bis hin zur Ehe mit dem ungeliebten Gemüsehändler hatte sie sich nicht unterkriegen lassen. Immerhin hatte sie es draufgehabt, sich den amerikanischen Archäologen als halboffiziellen Gatten und Vater ihrer Kinder zu organisieren. Sie war im Herzen Istanbuls geboren und aufgewachsen, hatte dort gelebt und überlebt, eine gefallene Königin. Genau das wollte ich bei dieser *Oral History* hervorheben, ob meine Oma es nun so sagte oder nicht.

Meine Oma hatte für ihren Mokka auf einmal eine Kaffeemaschine.

»Mensch, Oma, wie funktioniert denn die? Wo soll denn da das Wasser rein und wo der Kaffee?«

Das Kabel der Kaffeemaschine hatte ich mir um den Hals gelegt wie eine Schlangenbeschwörerin. Dafür bekam ich sofort mein Fett weg.

»Wie eine Frau, die zum ersten Mal fickt und sich den Schwanz um den Hals hängt.«

»Wow! Von deiner Oma müsste man einen Screenshot machen!«

Das machte meine Oma stolz, und aus diesem Stolz heraus gab sie das erste und letzte Interview ihres Lebens und rückte mit ihrer *Oral History* heraus.

»Bevor man nicht ganz unten ist, kann man nicht wieder rauf. Was ich erlebt habe, haben alle Frauen erlebt.«

Das war der Titel. Zumindest sagte ich: »Ich glaube, das will meine Oma sagen.« Derin und daher auch Pembe sagten erst mal nichts. Sie waren nicht so recht überzeugt. Schließlich hatte meine Oma das so nicht gesagt. Zugegeben, sie war keine Marianne Faithfull. Aber gemeint hatte sie das. Finde ich. Pembe setzte das freche Grinsen auf, das ich so gar nicht mochte.

»Und was soll dann unser Hashtag sein?«

»Die Muschi deiner Mutter!«, konnte ich natürlich nicht sagen. Ich war genervt. Ich war überhaupt ein nervöses Mädchen. Den Rat meiner Oma, »Denkt nicht bloß immer an eure Muschi!«, konnten wir nicht gut als Leitgedanken hernehmen. Mir war zum ersten Mal ein richtiger Fluch entfahren. Indem ich einen von meiner Oma wiederholte! Wissen Sie, der erste Mensch, der auf seinen Feind nicht einen Speer geworfen, sondern ihn verflucht hat, der hat die Zivilisation begründet. Ich bin ja immer noch jemand, der lieber mit dem Speer in der Hand rumläuft. Meine Freundinnen merkten das nur nicht. Bis ich meine große Sünde erzähle, ist es noch ein bisschen hin.

Was meine Oma so erzählte? Cihangir, die Katzen, wie Mädchen früher verheiratet wurden, ihre angebliche zweite Ehe, was für eine fleißige und lernbegierige Frau sie immer war, usw. usf. Ein Haufen Lügen dabei. Der Kern wahr, aber drum herum jede Menge Erfundenes. Sie merken es schon. Wie geht ein Mensch damit um, dass er einem Angriff ausgesetzt war, der sich tief auf sein ganzes Leben ausgewirkt hat? Meine Oma war ein lebendes Beispiel dafür. Meist gibt es ein Gesicht, das kein Spiegel uns zeigt. Das Leben besteht aus Dingen, die wir nicht wissen. Und nicht erraten können.

»Was haben Sie gemacht, als Ihre Freunde alle aus Istanbul weg sind?«

»Ich habe mir Katzen als Freunde gesucht. Cihangir war wunderschön damals. Da war die Stadt noch nicht so gefickt worden. Katzen gab es nicht so viele wie heute, aber doch auch schon welche. Als meine griechischen Freunde weggezogen sind, habe ich mich der Erinnerung an sie angenommen. Ich habe die Tiere aufgesammelt, die sie zurückließen, und sie gefüttert. So gut ich das mit meiner lädierten Hüfte konnte.«

Hier schwieg meine Oma kurz. Wie hatte sie sich die Hüfte lädiert? Als Erstes würde einem einfallen, dass sie in einem der Holzhäuser, die kaum bessere Hühnerställe waren, auf einer steilen Treppe gestürzt war, doch das war es nicht, wie wir alle wissen. Der Orthopäde sagte damals: »Gut, dass nichts gebrochen ist. Aber einen Wirbel hat es übel gestaucht.« Einen Wirbel? Ihr ganzes Leben! Aber das sollte niemand erfahren.

»Vierzig Tage lang bin ich damals nicht aus dem Bett gekommen.«

Noch eine Wahrheit kam leise ans Licht: Das uneheliche Kind war behindert geboren. Als meine Oma wegen ihrer Lendenwirbel geröntgt wurde, wusste sie noch nicht, dass sie schwanger war, und hätte sie es gewusst, wäre es ihr egal gewesen, doch als das Kind zur Welt kam, stellte es sich als Missgeburt heraus. »Sonst hätte ich nicht zugelassen, dass meine Mutter es in das Kloloch stopft«, sagte sie weinend auf dem Sterbebett.

Und was kam beim Kaffeesatzlesen heraus?

Lauter ungesagte Wahrheiten! Pechschwarze Wolken, Herzschmerz, ein vor Kummer abgemagertes Mädchen, daneben ihre Mutter, ist da auch noch ein Bahnhof, ein Zimmer voller furchtbarer Kerle, wer sind die denn, sind das Feinde?

So ist das Leben nun mal. Setzt sich aus lauter Sachen zusammen, die man nicht erzählen kann. Ein zusammengesetztes Herz.

Ja, jetzt fühle ich mich ein wenig besser. Wer weiß, vielleicht weil ich gewaschen bin!

Wie Yunus es mir gesagt hatte, stopfte ich meine dreckigen Sachen in eine Tüte. Und war immer noch im Bad. Dabei kann der Geist ja hingehen, wo er will, wie Sie soeben gesehen haben. Meine einzige Wirklichkeit war nun das Hotelbad, in dem ich die Hand nicht mehr vor den Augen sah.

Der Spiegel war völlig beschlagen. Und meine Hände sah ich wirklich kaum.

Ich wasche mich gern mit heißem Wasser. »Sie liebte das heiße Wasser, wenn ihre Oma sie im Hamam wusch.« Ich hatte mal ein Gedicht geschrieben, da kam das vor. Nun würde ich die sauberen Sachen anziehen, die Yunus mir besorgt hatte. Wo hatte er die nur her? Ich trug erst mal den Bademantel des Hotels. Weiß und weich. Ich kam mir vor wie ein Schneeball. So was von flauschig!

Wie konnte meine Oma, als sie zu Hause ihren letzten Atemzug tat, mir zugleich in dem Moscheegarten erscheinen und mit mir reden? Kann ein Mensch an zwei Orten zugleich auftauchen?

»Jetzt redet sie ziemlichen Unsinn«, zischte Tante Hülya. Völlig zu Recht waren wir alle sehr verwirrt. Bei mir kam der Unsinn schon gehäuft. Dass ich in Nişantaşı auf dem Gehsteig zusammengeklappt war, lässt sich auch dazuzählen. Wenn man erst mal geisteskrank war, galt einem dann nicht alles gleich als ein kleines Zeichen von Verrücktheit?

Jetzt erst mal die Zeichen der Jetztzeit. Gefährliche Zeichen. Die Tür des Hotelzimmers ging auf und wieder zu. Jemand war ins Zimmer gekommen. Ich sah auf das Schloss der Badezimmertür. Schlösser retten Leben. Derart auf der Hut zu sein, hatte ich von meiner Oma gelernt. Der Türriegel war draußen. Ich hätte also gar nicht zuschließen können. *Fuck!*

16 | HILFE

»Im ersten Satz deines Romans erklärst du schon, worum es darin gehen soll.«

Eigentlich sagte sie »offenbarst du«, aber das fand ich so abgehoben, dass ich es nicht verwenden wollte.

»Bist du denn sicher, dass es darum geht?«

Konnte ich wohl ebenso gelassen sein wie Özlem? Bald würden Pembe und Derin eine perfekte Lösung finden. Einen kleinen Besuch bei der Schulleitung: »Ich meine, sind wir da im Unterricht oder in einer Romanwerkstatt? Mit dem Unterricht geht es jedenfalls nicht voran. Dabei müssen wir uns doch auf die Uni vorbereiten.« Und an Özlem würde eine kleine Warnung ergehen.

»Sagen Sie mal, hat sich die Nachbereitung dieses Romanwettbewerbs nicht ein bisschen lang hingezogen?«

Es gibt eine Beschwerde über Sie. Jetzt geht Ihnen der Arsch auf Grundeis! Ich sagte mir, so könne es durchaus kommen, und bemühte mich um Gleichmut.

»Ist es nicht schwer, die beiden starken Gefühle, die ich erwähnt habe, im wirklichen Leben zu finden?«

»Und du bist sicher, dass du darüber einen Roman geschrieben hast? Oder willst du den Leser an der Nase herumführen? Ihn nur anlocken mit dieser Falle?«

»Nein, ich habe wirklich über diese beiden Dinge geschrieben.«

»Da täuschst du dich. Ich finde, du hast dich steril über eine Vergangenheit ausgelassen. Über das Leben anderer Menschen. Über ein Mädchen, das von allen erzählt, nur nicht von sich selbst.«

»Vielleicht erzählt es ja gerade dadurch von sich selbst?«

Mit dieser Frage stieg Pembe oder Derin, oder beide gleichzeitig, in die Debatte ein. Pembe konnte mir unbemerkt zublinzeln, denn Özlem war damit beschäftigt, das digitale Whiteboard zu löschen.

»Versucht erst gar nicht, von der Vergangenheit zu erzählen, das haben andere vor euch schon viel besser gemacht.«

»Dann können wir das Schreiben ja ganz bleiben lassen.«

Um bei diesem verzweifelt banalen Satz möglichst unbeteiligt zu wirken, kaute ich am Ende meines Kulis herum. Damit sah ich zwar aus wie eine Grundschülerin, aber was anderes fiel mir nicht ein. Gleich würde ich eine tödliche Wunde davontragen. Moment, da kommt sie:

»Ja, das solltest du tatsächlich.«

Keine weiteren Fragen, Euer Ehren, durchfuhr es mich. Zieh es nicht länger raus, fang nicht von vorn an, lass es bleiben.

»Ja, ich gebe zu, dass es nichts Rechtes geworden ist. Und was die Protagonistin da macht, ist Unsinn. Es wirkt wie ein bloßer Streich. Dabei sagt sie, dass sie viel gelitten hat. Vieles wiederholt sich. Ein ziemliches Durcheinander. Ich dachte mir eben, wenn ich das so erzähle, kommt ihre Innenwelt lebendiger daher, und dass das irgendwie auch eine Kunst ist.«

»Eine Kunst?«

Dieses dreckige Lächeln dabei, das vom Licht des Whiteboards auch noch beleuchtet wurde.

Okay, ich ergebe mich, bist du jetzt zufrieden?

Die soll sich den Hintern mit Henna einschmieren! Schrieb Derin wütend in ihr Heft und zeigte es mir. Enttäuscht sahen die anderen mich an. Nicht nur Pembe und Derin, die ganze Klasse. Außer der Schleimerin, die den besten Roman geschrieben hatte. Ich hatte lange Widerstand geleistet, aber jetzt gab ich auf. Wie meine Mutter, als sie ihrem Freund hinterherweinte, wie meine Oma auf dem Weg in den Tod, wie mein Vater, als er nach Bodrum zog, wie noch einmal meine Mutter, als sie an ihrem Karriereplan zerbrach, und wie Tantchen, als sie auf Teufel komm raus weiter als Journalistin arbeiten wollte.

Das Whiteboard war nun gelöscht.

»So, wir machen jetzt weiter und beenden dieses Thema ein für alle Mal.«

Mit einem zynischen Lächeln sagte sie das. Unwillkürlich weinte ich los. Es war schwer, die Niederlage einzugestehen.

»Ich möchte noch was Letztes sagen.«

»Bitte, wir hören.«

Rache ist süß. Özlem löschte jetzt noch mehr auf dem Whiteboard, löschte Sachen, die noch von Monsieur Pierre übrig waren, seine Zeilen über Proust. *Auf der Suche nach der verlorenen Zeit*. Dass Proust in der Vergangenheit gelebt hatte. Özlem schrieb nun ihr eigenes primitives Unterrichtsthema hin. Ich bemühte mich, Stück für Stück aus dem Mund gleiten zu lassen, was ich zu sagen hatte. Als hätte ich eine Handvoll Perlen im Mund, von denen ich ja keine verschlucken durfte.

»Freiheit und Liebe sind die beiden möglichsten und zugleich unmöglichsten Dinge. Dass sie auf Erden geschehen, ist eigentlich hochwahrscheinlich, und doch werden sie nur selten erlebt. Und voller Mühe erlebt. Was ist eigentlich leichter, als frei und verliebt zu sein? Kaum läuft man weg, ist man frei. Sogar ein dummer Vogel bringt das zustande. Entschuldigung, liebe Vögel.«

An dieser Stelle meines Monologs sah ich zum Fenster. Zu den flink auffliegenden Vögeln. In ihrem Blog schrieb Pembe: »Heute ist der Geburtstag meiner Freundin, die so gutherzig ist, dass sie sich sogar bei Vögeln entschuldigt.« Obwohl sich darüber diskutieren ließ, wer da wirklich gutherzig war. »Sie hat auch voller Einfühlungsgabe und Eifer einen Roman geschrieben, in dem sie eine verlorene Welt völlig neu erstehen lässt. Einen Roman über uns junge Menschen und unsere Zeit.« Das rührte mich. Später begriff ich allerdings, dass sie das nur geschrieben hatte, weil sie mir zum Geburtstag was Gutes tun wollte. Ja, irgendwie arbeite ich mich immer noch daran ab, meinen Roman Leuten schmackhaft zu machen, für die ich nichts weiter bin als ein Fußabstreifer. Da rede ich mir im Kackunterricht von Özlem den Mund fusselig. Armes Mädchen.

»Unter dem Vorwand, ganz was anderes zu erzählen, habe ich über Freiheit und Liebe geschrieben. Meistens weiß man als Mensch gar nicht, was einem gerade wirklich widerfährt. Sogar die Liebe merkt man manchmal nicht. Und Freiheit erst recht nicht. Darum ging es mir beim Schreiben.«

Ich legte eine Pause ein.

»Was du da versucht hast, ist Proust vor dir schon viel besser gelungen, glaub mir. Überhaupt können wir diesem wichtigen Protagonisten der französischen und der Weltliteratur *bonjour* sagen, denn mit ihm werden wir uns in den nächsten drei Monaten beschäftigen.«

Als ob sie es draufhätte, uns Proust näherzubringen! Allerhöchstens würde sie etwas von seinem Einfluss auf die türkische Literatur faseln, und das würde dann auch nur irgendwo abgelesen sein. Von Monsieur Pierre hätten wir über Proust was erfahren können. Özlem war mal wieder größenwahnsinnig. Die doofe Kuh.

Wer Tränen hat, hat auch ein Herz. Ich blickte zum Fenster hinaus, und was ich damals dort sah, glich in etwa dem, was ich soeben aus dem Fenster des Hotelzimmers gesehen hatte. Eine mit Efeu überwachsene Mauer. Allmählich kahl werdende Bäume und ein paar Vögel.

Wäre doch bloß nicht irgendjemand ganz Schrecklicher ins Zimmer gekommen, dann könnte ich am Fenster in aller Seelenruhe meine nassen Haare kämmen und verzaubert die herrliche Aussicht genießen. Aber so war es nicht. Ich saß wie ein verängstigtes Mäuslein in der Falle. Sollte jemand die Badtür öffnen wollen, würde ich mich mit aller Kraft dagegen wehren.

Wer war da ins Zimmer gekommen?

Harmlose Menschen.

Ein Liebespaar.

Ich hörte sie durch die Tür.

Ein kleines Liebesabenteuer.

Die Frau kicherte: »Und wenn uns jemand erwischt?«

»Uns erwischt niemand.«

Liebende erwischt niemand.

Bald vernahm ich Stöhnen und kleine Lustschreie. Sogar, wie sie sich hektisch auszogen, glaubte ich zu hören. Es mussten Hotelangestellte sein. So um die zwanzig, fünfundzwanzig. Wer bleibt schon länger verliebt? Wer ist noch bereit, einen hohen Preis zu zahlen?

Es ging ziemlich heftig zur Sache. Wie meine Oma gesagt hätte (und auch Tantchen, ganz die Tochter ihrer Mutter): Rein mit dem Eisen ins Feuer!

Sogar ich wurde dabei feucht, denn ich stellte mir vor, ich

wäre mit Yunus im Bett. Ich schloss die Augen und lehnte mich an die Badezimmerwand, die genauso feucht war wie ich. Wie wäre es wohl, wenn Yunus und ich uns küssen würden? Uns in einem Bett wälzten? Wenn er mit seinem weichen roten Bart erst über mein Gesicht, dann langsam über den Hals und meine Brüste striche …

Der Kopf lässt sich nicht gern einsperren. Vorhin ist er zu den Geräuschen im Zimmer abgeschweift, jetzt versucht er sich vor beschämenden pornografischen Geständnissen davonzumachen. Wird ihm aber nicht gelingen! Einmal, damals beim Aufstand in Gezi, saßen Pembe, Derin und ich zusammen, Tantchen hatte uns Döner mitgebracht, und das Bier dazu hatte sie wohl auch spendiert. Im Nebenzelt war ein Liebespaar, der Junge spielte toll Gitarre, das Mädchen hatte eine kristallklare Stimme. Von dieser netten Umgebung animiert, traute ich mich zum ersten und letzten Mal zu fragen:

»Sagt mal, lest ihr eigentlich, was ich da schreibe?«

Ich hatte einen Blog angefangen. Darin schrieb ich, was schließlich, wie meine Oma das nannte, den »Nukleus« meines Romans bildete. Die Mädels hatten den Mund voll und konnten so nicht antworten. Und ich war gekränkt. Derin und Pembe hielten mir gegenüber immer zusammen. Aber darum geht es jetzt nicht. Ich steckte in einem Bad fest, und wie unbekannte Männer meine Oma in einem Bad zugerichtet haben, wissen Sie ja …

Weiter jetzt. *Skip ad.*

Die beiden im Zimmer waren fertig.

Und glücklich. Und gurrten wie die Tauben.

»Gehst du gleich?«, fragte das Mädchen.

»Was soll ich denn noch?«

Aha. Das Mädchen liebte den Jungen, und der war ein

Fiesling. Falls er die Angewohnheit hatte, nach dem Geschlechtsverkehr zu pissen, war ich geliefert. Er stand vor der Badtür, als wäre dem so. Die Tür war fast durchsichtig geworden, ich konnte sogar fühlen, wie er die Hand nach der Klinke ausstreckte, nein, ich sah das sogar, ob Sie es glauben oder nicht. Ich hatte einen besonderen Sinn entwickelt, so wie Blinde. Das habe ich schon mal erwähnt. Wenn Sie sich nicht merken, was ich Ihnen erzähle, kränken Sie mich damit. So wie die anderen auch.

Er kam nicht ins Bad. Es klopfte nämlich an der Tür, die auch sogleich aufging. Es war Yunus, der sich wunderte, seinen Kollegen zu erblicken. Er musste sich um mich Sorgen gemacht haben. Dann hörte er das Mädchen, das sich weiter hinten im Zimmer hastig anzuziehen versuchte, und begriff sofort. Der Junge fragte ungehalten: »Ist ein Gast gekommen? Dann halt ihn noch hin.«

»Nein, nein«, perlte es aus Yunus heraus. »In dem Zimmer ist die Klimaanlage kaputt.«

»Das weiß ich, du Esel. Deshalb sind wir ja hier. Geh wieder an deine Arbeit, wir sind hier gleich raus.«

Dann knallte er die Tür zu.

Das Mädchen fragte mit weinerlicher Stimme: »Warum sagst du ihm das?«

»Ja, meinst du, der hat nicht kapiert, dass ich hierher eine abgeschleppt habe?«

Er liebte sie wirklich nicht.

Wieder ging die Zimmertür auf. Vielleicht wollte der Junge nachschauen, ob Yunus wirklich gegangen war. Das Mädchen stopfte sich die Bluse in den Rock, zog die Schuhe an, schüttelte ihre langen Locken und sah mit angespannt geöffnetem Mund zu der Tür, durch die sie gleich gehen mussten. Als würden sie ein untergehendes Schiff verlassen, griff sie wohl sogar nach der Hand des Jungen. Der aber fragte nur: »Hast du alles wieder so hergerichtet, wie es vorher war?«

»Ich habe das Bett gemacht.«

»Du verhütest doch, oder?«

»Habe ich dir doch schon gesagt.«

Ansonsten hätte der Junge draußen kommen müssen, dann hätten sie Papiertaschentücher gebraucht, um ihren Liebessaft wegzuwischen, und die wiederum hätten sie schlimmstenfalls im Bad weggeworfen. Und mich dabei gesehen. Alle Achtung vor dem Mädchen. Ich verhütete nicht, war aber zum Glück nie schwanger geworden. Obwohl ich das mal behauptet hatte, weil mein Freund mich verlassen wollte. Eine ziemlich kaputte Liebesgeschichte aus der Vergangenheit. Wenn sich's fügt, erzähle ich sie mal.

Die beiden zogen ab.

Meine Gefangenschaft war vorbei.

Und dann?

Dann kam Yunus wieder. Wir lachten über die ganze Sache. Er holte Marshmallows aus der Minibar und trank und aß überhaupt so viel daraus weg, wie er nur konnte, mit Ausnahme der Alkoholika.

»Das verkommt sonst nur.«

Die Cola schmeckte mir gar nicht. Innerhalb einer Woche hatten sich meine Geschmacksnerven also schon verändert. Zu der Annäherung, von der ich fantasiert hatte, kam es nicht. Yunus wollte mir nämlich einfach nur helfen. Das sah er anscheinend als seine Aufgabe an. So wie es seine Aufgabe war, Koffer zu tragen, musste er auch für mich etwas tun.

»Tu deine schmutzige Wäsche in den Schrank, die bringe ich dann in die Wäscherei.«

Ich trennte mich nur sehr ungern davon. Unter den Sachen, die er mir gebracht hatte, war auch Einwegunterwäsche. So etwas hatten sie im Hotel für Gäste, deren Gepäck verloren gegangen war. Meine eigene Unterwäsche war tatsächlich schmutzig. Ein BH Größe 34B und eine Baumwollunterhose mit dickem Bund. Meine Jeans, das T-Shirt, der Kapuzenpulli, meine Strümpfe. Wieder gut zu riechen, tat mir schon gut, aber mit körperlicher Hygiene hätte ich es eigentlich nicht mehr so haben sollen.

Wie jemand, der auf Erden nicht mehr wusste, wo er hinsollte, machte ich mich daran, wieder auf meine Bäume zurückzukehren. Yunus wirkte nervös. Nachdem er das Paar gesehen hatte, fürchtete er vermutlich, mit dem Zimmer aufzufliegen. Als wir das Zimmer rasch verließen, reute mich auf einmal doch, nicht den Computer angemacht und auf meinen Accounts nachgesehen zu haben. Ich hätte auch meine Mutter anrufen und ihre Stimme hören können. Doch was hätte das geändert? Gar nichts. Mir kam es vor, als würde dort, von wo ich geflüchtet war, ein anderes Mädchen an meiner Stelle weiterleben. So wäre es mir am liebsten gewesen.

Im Korridor blickte ich im Vorbeigehen auf die seltsamen Fotos, die mich an meine Oma erinnerten. Unsere Familienbilder hatte ich noch ganz lebendig vor mir. Ich habe ja schon erzählt, wie meine Oma auf dem eingetauschten Grundstück mit einem Stock in der Hand ihre neue Wohnung plante: die Küche hierhin, den Eingang dahin, und hier das Wohnzimmer. Da sie ihr Schicksal nicht auch so planen konnte, versuchte sie, alles und jeden unter Kontrolle zu bringen. Nicht umsonst habe ich sie als Bombe bezeichnet, die auf ein Haus herunterfällt. Durch ihr Geheimnis war das Haus zertrümmert worden. Warum sie ihr Grundstück gegen das eines Nachbarn eingetauscht hatte, ist ja klar geworden. Sie wollte vor ihren Erinnerungen davonlaufen. Und traute sich doch nicht allzu weit weg. Sonst wäre sie längst auf und davon gegangen, ohne sich auch nur umzudrehen. Es musste eine Qual gewesen sein, noch jahrelang in dem Haus zu wohnen, in dem das Furchtbare passiert war. Das Haus musste weg, so öffnete sich eine Perspektive, nicht auf dem Fleck zu bleiben, auf dem es gestanden hatte, und so kam es zu dem Tausch. Lieber als eine schöne Aussicht war es meiner Oma, ihre Erinnerungen loszuwerden. »Die Aussicht kenne ich ja, die sehe ich auch mit geschlossenen Augen«, hatte sie in dem Interview gesagt, das wir als Hausaufgabe machten. Und damit basta.

Yunus und ich standen nun vor der Tür zur Feuerleiter, und ich fragte mich, wie ich auf die Mauer wieder hinaufkommen sollte, denn die war hoch. Hätte etwa auch ich eine Mutpille gebraucht?

Yunus dachte an alles. Er war wie ich. Um nicht an sich selbst zu denken, lotste er seine Aufmerksamkeit auf anderes.

Lotste er!

»Du schreibst oft so altmodische Wörter.« Meine Freundinnen hatten beschlossen, über meine Texte zu reden.

»Die verwendet eben meine Romanfigur.«

Sie lachten los. Der Gitarrenspieler nebenan schlug auf einmal einen anderen Rhythmus an, als wollte er auf das Gelächter eingehen. Das verliebte Paar lächelte uns an.

»Aber die Romanfigur bist du doch selbst, du Doofi!«

Indem sie nicht zwischen Romanfigur und Autor unterschieden, tappten sie in die gleiche Falle wie die meisten Leser. Ein Irrtum, wie ihn eben viele Leute begingen, die über sich selbst kaum mal was anderes schrieben als ihren

Lebenslauf. Wer schreibt, schreibt über sich selbst, dachten sie, weil sie selbst es so machten. Wenn man schläft, träumt man, was ist aber, wenn das Leben selbst ein Traum ist? Es war ein Fehler gewesen, Pembe und Derin zu fragen, ob sie meine Texte lasen. Sie bestärkten mich nicht, fanden die Texte ungenügend. Die gefielen ihnen einfach nicht. Hätte Yunus sie gelesen, wäre es ihm vielleicht ähnlich ergangen. Aber jetzt machte er mir das Leben leichter. Er hatte eine Leiter aufgetrieben, die er von der Feuerleiter an die Mauer anlegte. Erst sah er sich nach allen Seiten um, dann gab er mir die Hand und führte mich auf die Leiter. Und küsste mich. Verdutzt sahen wir uns an. Und ich küsste ihn zurück. Wobei er zum Zungenkuss überging und mich sanft am Kopf hielt.

»Bis bald, Prinzessin.«

Das schmeichelte mir. Auf meiner Schule wurden manche Mädchen Prinzessin genannt. Pembe zum Beispiel, aber Derin und ich nicht. Es war früher eine reine Mädchenschule gewesen, und wohl darum waren die Jungs noch immer in der Minderheit. Da kamen Mädchen mit farbloser Wimperntusche, Permanent-Make-up auf Lippen und Lidern und eingecremt mit Shiseido BB in die Schule und beteuerten gegenüber dem Lehrer: »Nein, das ist kein Eyeliner, das ist ganz natürlich bei mir.« Beim permanenten Lidstrich war man sich in der Schulleitung nicht so ganz einig. Prinzessinnen wurden also Mädchen genannt, die Chanel Mademoiselle anlegten und natürlich vollkommen epiliert waren. Aber nicht ich. Pembe war nicht ganz so aufgetakelt, aber doch sehr gepflegt. Sie hatte Silikon in der Brust. »Ich kriege nun mal keine Möpse. Meine Mutter und ich haben das zusammen beschlossen. Das ist nötig für mein Selbstvertrauen und mein seelisches Gleichgewicht.« Und doch kannte sie sich am besten mit Proust aus und war die Klassenbeste in Mathe und Chemie. Und überredete Derin zu der Fahrt, bei der sie dann in die Luft flogen. Und war dabei die Allerletzte, die man normalerweise als Anarchistin, Separatistin und Terroristin in die Luft sprengen würde. Ihre Brüste mochten nicht echt sein, aber ihr Gewissen und ihre Intuition waren angeboren.

Daran dachte ich, als Yunus und ich uns abschmatzten. Wenn ich gut darin wäre, den Augenblick zu leben, was sollte ich dann auf einem Baum? Der Kuss war schön. Auch wenn ich ihn nicht so recht genießen konnte … Wir lösten unsere Lippen voneinander. Es war furchtbar schwer, den Kuss zu beenden, unsere Lippen zogen sich magnetisch an. Wenn es auch mit dem Genießen nicht so klappte, gefiel mir doch, beachtet, begehrt, geliebt zu werden. Als ich mich zur Leiter umwendete, bemerkte ich plötzlich eine Kamera, die wie ein böser Blick auf uns gerichtet war. Ich erstarrte, wollte mir aber nichts anmerken lassen. Yunus' Aufmerksamkeit galt ohnehin eher meinen nackten Füßen.

»Was hast du denn für eine Schuhgröße?«

»Ach, lass nur. Geh jetzt lieber, bevor dich jemand erwischt.«

Er lächelte sanft.

»Müsste nicht eher ich das sagen?«

Dummerchen! Er hatte nicht begriffen, dass mich die Überwachungskamera an der Feuerleiter beunruhigte. So was von naiv!

War es denn möglich, dass er von der Kamera gar nichts wusste?

Nein. Er hatte sie höchstens vergessen. Etwas zu vergessen und sich dann überrumpeln zu lassen, war immer fatal. Also? Also würde Yunus sich mit den Kameraaufnahmen Ärger einhandeln. Nur er allein? Ich schon auch.

So verging der Tag, an dem ich in die Zivilisation zurückkehrte, heiß duschte, saubere Sachen anzog, eine Überraschung erlebte (das Liebespaar), eine Tafel Schokolade aß, auf einem weichen Bett saß, und an dem durch eine weitere Errungenschaft der Zivilisation, nämlich die Kamera, dokumentiert wurde, wie ich mich ins Hotel schlich und auf dem Rückweg Yunus küsste.

Zurück in meinem Nest roch ich an den sauberen Kleidern, die mir nicht gehörten. Die Ärmel des Sweatshirts waren zu lang, die schlug ich um. Ich bereute schon ein wenig, für kurze Zeit einem bequemen Leben anheimgefallen zu sein. Das hieß doch, dass ich auf diesen Bäumen war, weil ich nicht mehr weiterwusste. Ich wollte mir ein Leben ohne Vergangenheit schaffen. Eines Tages würde ich mich so oft an meine ganze Vergangenheit erinnert haben, dass zum Erinnern nichts mehr übrig blieb. Nichts anderes mehr als die Tage, die ich auf den Bäumen verbracht hatte. Tage ohne Vergangenheit, von denen einer verlief wie der andere. Erst dann würde ich glücklich sein.

Mit diesen dummen Gedanken im Kopf saß ich da. Ich verstand inzwischen, mich in dem Storchennest professionell zurechtzurücken. Die heiße Dusche hatte mich entspannt. Ich setzte die Kapuze des Sweatshirts auf und legte die Hände zwischen die Knie. Von den Bäumen, den Ästen konnte ich meinen Blick gar nicht wenden. Ich sah sie an. Die Bäume. Und irgendwann muss ich eingeschlafen sein.

17 | TIMELINE

Ich war eine der Ersten, die in Gezi ein Zelt aufgeschlagen haben. Hört sich jetzt komisch an. Zumindest für mich. Ich ging immer zu Fuß zur Schule. Der Slogan »Wenn jemand die Welt entfacht, dann sind es die Armen!« war damals noch nicht übertüncht, dafür sorgte die Stadtverwaltung gleich nach dem Aufstand. Mir fiel auf, dass im Park etwas vorging. Es wurden Bäume gefällt, damit an der Stelle wieder die Kaserne errichtet werden konnte, die da früher mal gestanden hatte. Das war angeblich ein Jugendtraum des Ministerpräsidenten. Hätte er doch bloß andere Träume gehabt. Man kann ja auch davon träumen, seinem Land Freiheit, Liebe, Gleichheit, Brüderlichkeit und Gerechtigkeit zu bringen, oder? Müssen Träume immer aus Beton sein?

Damals begann ich mich zu fragen, ob ich denn einen Traum hatte. Und wenn ja, was für einen? Es war dann auf einmal mein Traum, in diesem Park und bei diesen Bäumen zu bleiben. Ich hatte einen Traum, und er bestand aus diesem Stück Grün in der Stadt. Und warum? Weil ich auf dem Schulweg an dieser Stelle immer das Gefühl hatte, einen Wald zu betreten. So wie in den *Chroniken von Narnia* die Kinder aus einem Schrank heraus in einen verschneiten Zauberwald treten. Das Kapitel hatte mich wahnsinnig beeindruckt. Das kleine Mädchen, das sich durch die Pelzmäntel hindurchschiebt und auf einmal in dem Wald steht. Die Macht des Erzählens.

Früher nahm mich immer meine Oma in den Gezi-Park mit, der wie eine kleine Insel im Häusermeer war. Ein kleiner Dschungel. Ob Sommer oder Winter, wir hatten dabei stets ein Eis in der Hand. Meine Oma sagte immer: »Streck beim Lecken deine Zunge nicht raus wie ein Esel.« Und ich muss ein ziemlich stures Kind gewesen sein, dass ich mir diese Mahnung jedes einzelne Mal einfing. Wir setzten uns auf eine Bank und schauten den Leuten zu. Meine Oma hatte das Portemonnaie dabei, das sie zum Krämer, zum Metzger und zum Gemüsehändler mitnahm, und darin waren unweigerlich auch Feuchttücher, wie man sie in kleinen Lokalen bekam, damit wischten wir uns den Mund ab. »Wisch nur anständig«, sagte meine Oma, »ein sauberer Mund ist wichtig.« Dann lehnten wir uns zurück, schauten weiter, und ich lernte dabei, wie man sich mit sich selbst beschäftigt, ohne sich zu langweilen. Einmal sagte meine Oma, alles, woran sie nicht denken dürfe, denke sie dort zu Ende. Das hörte sich komisch an, aber genau so sagte sie es. Als habe ein Gedanke ein bestimmtes Ende und könne daher abgeschlossen werden. Es war wohl eine Art Selbsttherapie: Nur dort ließ sie es zu, darüber nachzudenken, was ihr im Leben widerfahren war, jene Tage in der Vergangenheit, die nicht vergehen wollten. Sobald ich den Park verlasse, denke ich nicht mehr darüber nach! Wie aber lassen sich Gedanken verscheuchen? Da hatte sie eben ihre Methode. Was Efrosa nicht hatte überwinden können, überwand meine Oma, indem sie immer wieder in diesem Park saß. Jetzt ist wohl begreiflich, wie viel Gezi mir bedeutet?

Dann kam da ein Politiker und versuchte uns seine Träume aufzudrängen. Er redete drauflos, ohne sich zu kümmern, was die Leute davon hielten. Ich saß damals in einem kleinen Lokal in Cihangir und aß meinen Auberginenauflauf, und über mir lief der Fernseher. Nach der Schule pfiff ich mir hin und wieder so was rein, bevor ich nach Hause ging. Da hörte ich, dass im Park Zelte aufgestellt wurden von Leuten, die Widerstand leisteten. »Gegen was eigentlich?«, fragte im Fernsehen ein Politiker.

»Pfft!«, rief ein Mann aus, der gerade das Lokal verließ.

»Psst!«, wies ihn der Wirt zurecht.

Ein paar Gäste lachten.

»Die buchten dich noch ein.«

»Sollen sie doch!«, blökte der Aufmüpfige und bedachte den Fernseher über seinem Kopf mit einer verächtlichen Handbewegung. »Eine Kaserne! Sonst noch was!«

Ein kauender Gast klopfte mit dem Messer anerkennend gegen den Tisch.

»Recht hat er!«, rief ein anderer.

Der Aufmüpfige beendete seine kleine Protestaktion mit einer fliegenverscheuchenden Geste und zog davon.

Im Fernsehen redete der Politiker weiter. Langsam und eindringlich. Wie die fliegenden Händler auf den Stadtdampfern. »Da kann kommen, was will, wir haben unsere Entscheidung getroffen.«

Dieser Satz kam mich hart an. Jetzt werden Sie sagen, was verstehst du junges Ding schon davon, was soll dich hart ankommen? Nun, Entscheidungen, die über die Köpfe der Leute hinweg getroffen werden, sind Scheißentscheidungen.

Ich folgte dem Aufmüpfigen ein wenig, in Richtung Çukurcuma. Nach Hause würde ich nicht gehen. Sondern zum Park. Dort suchte ich mir ein Plätzchen und setzte mich mit dem Rücken an einen Baum. Gut gesättigt vom Auberginenauflauf wurde ich rasch müde und schlief ein. Den allerschönsten Schlaf meines Lebens habe ich wohl dort gefunden, und ansonsten noch hier auf dem Baum. Völlig eins mit mir schlief ich wahnsinnig lang, ohne es zu merken.

Wach wurde ich von meinem Handy.

Gut, dass es die heutzutage gibt. Zu Hause machten sie sich Sorgen um mich. Ich sagte irgendwas, aber echt, ich wusste nicht mehr was. Wahrscheinlich nur: »Ich bin im Park.« Oder gar: »Ich bin im Traum.« Sie haben aber wohl nachgefragt, in welchem Park, denn von einem Aufstand war ja noch keine Rede.

Als ich auflegte, merkte ich erst, dass schon Abend war. Wie viele Stunden hatte ich denn geschlafen? Einem jungen Paar neben mir war ich wohl schon aufgefallen.

»Du schläfst seit fünf Uhr.«

»Und wie spät ist es jetzt?«

»So circa neun.«

»Ach so, deswegen haben sie sich um mich Sorgen gemacht.«

»Das haben wir auch. Wir haben sogar mal nachgeschaut, ob du überhaupt atmest. Dann haben wir uns gedacht, die muss einfach furchtbar müde sein.«

Als meine Augen sich gerade an die hereinbrechende Dunkelheit gewöhnt hatten, gingen im Park die Lichter an. Damals wollte man uns noch nicht um jeden Preis verscheuchen. Auf einmal sah ich, dass ich eine Decke auf den Knien hatte. Meine beiden Samariter sahen mich liebevoll an und fragten sich wohl, ob ich aus einem Drogenrausch aufwachte oder ob es nur der harmlose Schlaf einer Jugendlichen war, der dabei der Speichel aus dem Mund lief.

»Bei Sonnenuntergang ist es kühl geworden, da haben wir dich zugedeckt.«

Nicht nur schob ich die Decke reflexartig weg, als sei sie

etwas völlig Fremdes, sondern ich bedankte mich nicht mal bei den beiden.

»Ich bin Hande«, sagte das Mädchen.

»Und ich Özgür.«

Als Gipfel der Unhöflichkeit sagte ich nicht mal meinen eigenen Namen. Allmählich fing ich mich aber.

»Ich muss so tief geschlafen haben, dass ich immer noch nicht ganz wach bin. Ist das jetzt echt hier, oder träume ich noch?«

Sie lächelten.

»Willst du Kaffee?«

Hande hatte eine Thermosflasche, auf der Shaun das Schaf prangte. Es duftete sogleich nach heißem Kaffee, und um mich herrschte sanfte Frühlingsstimmung. Beim Schlafen war mir der Rock der Schuluniform verrutscht. Zugedeckt hatten sie mich unter dem Vorwand, dass ich nicht frieren sollte, doch womöglich sah ich aus wie Amy, wenn sie mit Drogen vollgepumpt irgendwo liegen blieb. Vielleicht würde der Kaffee mir auf die Beine helfen. Tat er aber nicht. Manchmal hatte auch meine Oma so eine Thermosflasche dabei, immer mit Kaffee, weil Tee so schnell fad wurde. Wir hatten dazu türkisblaue Tassen, die meine Oma auf ihrer einzigen Flugreise hatte mitgehen lassen, als sie mit Tantchen unterwegs war, mit Turkish Airlines. Vier waren es, zwei vom Hinflug, zwei vom Rückflug. Die passten zu der Thermosflasche dazu. »Für uns tun sie es«, sagte meine Oma. Die Tasse, die ich nun in der Hand hielt, sah genauso aus, nur war sie rot. Wie soll man da nicht in Erinnerungen versinken?

»Vor zwei Monaten ist meine Oma gestorben«, sagte ich und fing an zu heulen. Von der Tasse grinste mich Shaun das Schaf an, und in der Tasse schwappte der Kaffee wie ein dunkles Meer.

»Mit der bin ich immer hierhergekommen, da haben wir uns hingesetzt und die Bäume angeschaut. Sie hatte eine Thermosflasche mit Kaffee dabei, und auch so Tassen, sodass wir aussahen, als würden wir Vater-Mutter-Kind spielen.«

»Ach, Mädchen«, sagte Hande. Ich glaube ja nicht, dass ihr das wirklich naheging, aber sie wollte eben nett sein. Sie legte mir die Hand auf die Schulter und blickte mich mit gekünstelter Trauermiene an. Özgür wirkte betroffener und sah mich an wie ein guter Mensch, der sich wirklich um jemanden Sorgen macht. Sein Gesicht war fast zur Hälfte von unzähmbaren Locken bedeckt. »Er sah aus wie jemand, wo du schwören kannst, der tut dir nichts Böses, und ich schwör's dir, genauso war es dann …«

»Du redest daher wie ein Junge, pass bloß auf«, mahnte mich Tantchen, wenn ich wieder mal übers Ziel hinausschoss. Meine Mutter hörte das und sagte dann: »Rede gefälligst ordentlich!« Ich hätte sie am liebsten angefahren: »Und du lüg nicht!«, aber das konnte ich ihr nicht antun. Wenn ein Kind seiner Mutter oder eine Mutter ihrem Kind etwas antut, ist sowieso Feierabend. Dann ist das Leben vorbei.

Während ich mir die Tränen abwischte, zauberte Hande ein Stück Schokolade hervor und hielt es mir hin.

»Trink deinen Kaffee und iss das, – was Süßes tut dir gut. Du warst also immer mit deiner Oma hier …«

Ich nickte und zog den Rotz hoch. Da kreuzten meine Mutter und Tantchen auf. Wenn man vom Teufel redet … Und was für einen Auftritt sie hinlegten! Fast hätte ich losgekichert, obwohl ich doch gerade noch geheult hatte. Sie rauschten heran, ganz fröhlich eigentlich, mit wehenden Röcken, redeten auf jedermann ein, fragten sich plappernd durch, als gehörten sie längst hierher.

»Da ist sie, da!«, rief meine Mutter schließlich aus.

»Was tust du denn hier?«, stimmte Tantchen ein, fast schon irgendwie stolz.

»Die wollen den Park hier plattmachen.«

Sie setzten eine so wohlwollende Miene auf, dass es eigentlich schon wieder nervig wirkte, und wiederholten ein paarmal hintereinander ein »Hm, hm«.

»Ich bin hier, um Widerstand zu leisten«, schloss ich meine kleine Ansprache ab.

»Das war schon richtig so«, sagte meine Mutter ganz ruhig, als wollte sie mich sanft überreden. »Aber du bist noch jung und musst zur Schule, also kannst du nicht hierbleiben.«

Hande und Özgür verharrten im Beobachterstatus.

»Willst du denn hierbleiben?«, fragte Tantchen. Die treffendste Frage stellte nicht von ungefähr sie.

»Ja«, antwortete ich, obwohl ich gar nicht wusste, was ich machen sollte, denn ich hatte nicht darüber nachgedacht. Irgendwie wäre mir aber am liebsten gewesen, ich könnte hier Wurzeln schlagen wie die Bäume, die ich mit meiner Oma angeschaut hatte. Ich wollte die Bäume beschützen. Und überhaupt denen mal die Meinung geigen, die uns alles Mögliche wegnahmen. Die Bäume waren in dem Moment ein Symbol für alles Schöne, das wir auf keinen Fall verlieren wollten. Wenn erst mal die Bäume weg waren, würde alles zusammenbrechen, alles sterben. Meine Oma, die Thermosflasche, die geklauten Kaffeetassen, alles. Es ging nicht nur um Bäume, es ging um unser Leben. Unsere Freiheit. Mein Entschluss war gefasst. Was meiner Mutter in ihrer gewitzten Art natürlich nicht entging.

»Lass den Unsinn!«, bellte sie. Sie war arg mitgenommen durch die harten Tage, die sie wieder mal hinter sich hatte.

Diesmal nahm sie zu, bekam einen Bauch, und ließ sich überhaupt gehen, nach dem Motto: Lasst alle Hoffnung fahren. Immerhin war sie noch am Leben und stand auf ihren zwei Füßen, das reichte uns schon. Ein Doppelkinn bekam sie allmählich auch. Als würde sie sich um einen neuen Look bemühen, um nicht wiedererkannt zu werden. Einen Schlabberlook.

Ich sagte nichts mehr, um mich nicht vor allen Leuten mit meiner Mutter zu streiten. Lieber sollte Tantchen vermitteln. Und das machte sie tatsächlich.

»Ich bleibe mit ihr hier.«

So geschah es. Nicht umsonst war Tantchen Journalistin.

Die Nacht sank wunderbar herab, als hätte sie seidene Flügel, als wäre sie lebendig, ein Geschöpf mit einer Seele. Tantchen wusste gar nicht, dass ich mit Oma so oft hier gewesen war. Ich erzählte ihr das, während ich einen Käsetoast verschlang. Hätte ich doch bloß statt des Ayrans Orangensaft bestellt. Und Tantchen wusste allen Ernstes auch nicht, was Oma damals zugestoßen war. Wusste tatsächlich nicht, was ich wusste. Ich sah sie an, als starrte ich in die Nacht hinaus. Bis sie sagte: »Was glotzt du mich so an?« Ich sagte: »Ach, nur so.« Und starrte nur noch auf den Himmel, so wie jetzt.

Irgendwas Weiches fiel von oben herab. Welke Blätter? Segelten auf den Boden hinunter. Ich war müde. Erschlafft. Ich hatte den heutigen Tag betreten, das Jetzt, den Augenblick. Yunus rief mich mit einer Vogelstimme auf die Feuerleiter, auf die Mauer, aber ich kümmerte mich nicht darum. War einfach zu müde dazu. Außerdem konnte die Kamera dort uns Ärger einhandeln. Wie konnte Yunus die nur vernachlässigt haben, wo er mich doch vor den Kameras im Hotelgang ausdrücklich gewarnt hatte? Darüber dachte ich unentwegt nach. Ich habe mein Leben lang nachgedacht. Und vor lauter Denken nicht gelebt. So ist es nun mal.

Als ich mitten in der Nacht wach wurde, hatte ich Fieber. Zwischen den Zweigen hindurch sah ich die Sterne wie lauter silberne Stecknadeln. Meine Mandeln hatten wieder mal zugeschlagen. Wäre meine Oma noch am Leben, hätte sie gesagt: »Jetzt lasst doch dem Kind mal die Mandeln rausnehmen.« Vor lauter Schmerzen brachte ich nicht einmal den Mund zu. Eine starke Hand schien mir die Kehle zuzuschnüren. Oder sie mir gar aufzuschlitzen. Meine Mandeln taten mir jedes Jahr ein Leids. Taten mir ein Leids … So stand es bei Suat Derviş, die hatten wir letztes Jahr durchgenommen. Aber nicht mit Özlem, sondern mit dem echten Literaturlehrer, der schließlich entlassen wurde, weil er zugelassen hatte, dass in der Schülerzeitung Wörter wie »Muschi« und »Möse« vorkamen. Eine französische Schule, das schon, aber *alla Turca*. Die Helden der Französischen Revolution hätten sich im Grabe umgedreht. Diesmal schlug das Schicksal hier zu. Was heißt eigentlich hier, wo bin ich denn? Auf einem Baum oder im dunklen Meer der Erinnerung?

18 | BIST DU ONLINE?

Zwei Tage lag ich in fiebrigem Schlaf. Was ich allerdings erst von Yunus erfuhr, der irgendwann besorgt nach mir sah. Als ich auf sein Vogelzwitschern nicht reagierte, kam er unter meinen Baum, aber erst einen Tag später. Gewollt hätte er sofort, doch einen Tag musste er sich freinehmen, weil sein Vater ihn in aller Herrgottsfrühe in die Warteschlange vor dem Krankenhaus gesteckt hatte, in dem er einmal im Jahr seine noch verbliebene Niere untersuchen ließ. »Von der Steherei geht mir noch mal die gesunde Niere hops«, sagte er. Jedenfalls sah er dann zu mir rüber und merkte, dass ich mit verrutschtem Pelz und heraushängender Hand wie bewusstlos dalag, und da kam er her.

Einfach so.

Moment mal. Darüber kann man nicht so einfach hinweggehen.

Yunus ist zu mir rübergekommen, das ist eine Riesensache.

Er hat also die Tür aufgesperrt, die zur Feuerleiter rausgeht.

Hat die kleine Leiter an die Wand gelehnt.

Ist auf die Mauer gestiegen.

Hat sein Herz in die Hand genommen.

Hat an seinem Hosengürtel einen weiteren Gürtel befestigt und sich damit am Baum festgebunden. Und ist dann insgesamt eine Stunde lang Millimeter für Millimeter auf dem Hintern vorgerutscht, ohne je nach unten zu schauen. Und ganz ohne Mutpille.

Ich brachte hin und wieder ein Auge auf. Zum Glück hatte ich die Wasserflasche neben mir, aus der ich schluckweise trank wie ein Vogel. Ich fühlte mich, als würde ich unter Trümmern liegen. Andererseits war es ein seltsames Gefühl, als würde ich mich selbst verlieren. »Andererseits«, so ein harmloses Wörtchen. Kommen Sie jetzt nicht gleich herbeigeschwärmt, würde ich am liebsten sagen, aber Sie stehen ja schon herum um meinen Satz. Also weiter: mein Traumgefühl. Ich wusste nicht, ob ich schlief oder schon tot war. Vor lauter Schmerz muss ich sogar gewimmert haben. Wer schon mal eine Mandelentzündung hatte, weiß, was ich meine.

Dann hörte ich Yunus flüstern. Hätte aber auch im Traum sein können. Er begriff sofort, dass ich Fieber hatte und legte mir die Hand auf die Stirn. Eiskalt war die. Ich lächelte. »Du bist krank«, sagte er. »Ich habe Halsweh.« Und wie ein Kind beim Arzt versuchte ich sogar, den Mund aufzumachen.

»Mit Fieber kenne ich mich aus«, sagte Yunus. »Als meine Niere versagt hat, hat es mich vor Fieber richtig geschüttelt. Als würde nicht ich zittern, sondern die Welt um mich herum.«

»Ich zittere ja gar nicht«, murmelte ich. Als ich fragte: »Wie bist du denn hierhergekommen?«, war Yunus klar, dass ich nicht gerade im Sterben lag, und erst recht, als ich sagte: »Hast du etwa wieder diese Pille genommen?«

Da machte er sich schon wieder auf den Rückweg, und mir kam der Verdacht, ob er nicht etwa einen Krankenwagen holen wollte und mich verpfiff, um mich von meinem Leben auf den Bäumen zu erretten. Ich richtete meinen betonschweren Kopf auf und sah Yunus mit ängstlichen, ungeschickten Bewegungen auf die Mauer zugehen. Mit seinen Lederschuhen rutschte er ein-, zweimal aus, hielt sich in Panik an Zweigen fest, und obwohl er sich mit den Beinen an Äste klammerte, verlor er immer wieder das Gleichgewicht und kratzte sich Hals und Beine auf. Auch mit den Gürteln, die ihm doch Sicherheit verschaffen sollten, kam er nicht zurecht. Ich rief oder vielmehr wimmerte ihm nach: »Wo willst du denn hin?«

»Ich bringe dir Medizin.«

»Brauche ich nicht, mir geht's gut.« Wieder gewimmert.

Er antwortete nicht. Ich sah ihm zu, wie er so ungeschickt, wie ein einzelner Mensch sich nur anstellen kann, auf die Mauer kletterte. Dann sank ich zurück in mein Nest. Als ich noch unten war – fast hätte ich gesagt: Als ich noch am Leben war –, war ich immer gerne krank, dann stand das Leben nämlich still. Als gäbe es nichts zu tun. Pause.

Dann aber kam Yunus nicht zurück.

Drei volle Tage vergingen, ich wurde wieder gesund, aber Yunus kam nicht.

Da ging ich auf eine kleine Entdeckungsreise.

Und fand noch etwas, in das ich mich verliebte, nämlich einen riesigen Kastanienbaum. Obwohl weder Frühling war noch sonst irgendwas, blühte der wie verrückt. Ich schluckte. Voller Verwunderung darüber, wie sehr die Natur mich trösten konnte. Mit Bäumen vertraut gemacht hatte mich meine Oma. Bei jedem Besuch im Gezi-Park gab sie mir Früchte der Jahreszeit zu essen und schwärmte von Bäumen.

»Gibt es irgendwas anderes auf Erden, das im Boden Wurzeln schlägt?«

Wenn ich da nicht wie aus der Pistole geschossen »Nein« sagte, wurde sie böse.

Ich würgte an den Orangenscheiben herum, die ich mir in den Mund gestopft hatte, ließ etwas Saft herausspritzen und brachte erst dann unter den zürnenden Blicken meiner Oma mein »Nein« heraus.

Und Tante Hülya erst, die kannte sich noch mehr mit Bäumen aus. »Das Einzige, was sie nicht kennt, sind die fünf täglichen Gebete«, sagte meine Mutter gern, um sie zu ärgern.

Und Tante Hülya ärgerte sich oft über meine Mutter. Sie zündete sich hin und wieder genüsslich eine Zigarette an, lief zu Hause ohne Kopftuch herum und zog lieber einen bequemen Kapuzenpulli an. Als käme sie direkt aus Hogwarts. Das habe ich ihr auch mal gesagt, als ich noch klein war. Sie zwinkerte mir zu. »Ich war tatsächlich in Hogwarts. Kein Wunder, dass sie Harry Potter dort eingeschrieben haben. Eine tolle Schule.«

Sie konnte schon auch witzig sein.

Sich zu bedecken, schränkte sie nicht in ihrer Fröhlichkeit ein, sondern schützte sie nur vor der Außenwelt. Wie eine Art Schild. Als sie mal mit meiner Mutter stritt, dass die Fetzen flogen, rief sie aus: »Dein ganzer Dreck prallt an meinem Kopftuch ab!«

Ein richtiger Panzer also schien es zu sein. Wie mochte man sich darunter fühlen? Meine Mutter war felsenfest davon überzeugt, dass Tante Hülya sich nur verhüllte, um die politische Karriere ihres Mannes zu befördern. Mit der wurde es zwar nichts, aber das stand auf einem anderen Blatt. Ihr Mann hatte einfach Pech oder wurde ständig hingehalten. Bei jeder anstehenden Wahl war er nah daran, der offizielle Kandidat seiner Partei zu werden. Er verbreitete sogar, ums Haar wäre er Bürgermeisterkandidat geworden.

Es gab ein vergilbtes Foto, das ihn neben dem Parteivorsitzenden zeigte, und das war auch schon die einzige Ausbeute seiner jahrelangen politischen Bemühungen.

Tante Hülya hatte sich daran gewöhnt, für ihren Mann mit dem Kopftuch herumzulaufen.

»Was bleibt ihr schon übrig?«, lästerte meine Mutter. »Ich sehe sie auch gar nicht wie jemanden, der sich verhüllt. Die ist uns eigentlich im Kopf weit voraus.« Wenn Tante Hülya mal wieder auf Krawall gebürstet war, nannte sie zwar meine Oma ein »Flittchen« und Tantchen direkt eine »Nutte«, doch meiner Mutter zufolge war dieses Ordinäre nichts anderes als ein Ausdruck von Grimm. Ach, Oma, schau, ich sage Grimm, ich rede mit deinen Worten, hörst du deine Enkelin? Kriegt man im Jenseits mit, was ich hier so erzähle?

Ehrlich gesagt erinnerten die rosafarbenen Kastanienblüten mich nicht an meine Oma, sondern an Tante Hülya. Trotz der nicht enden wollenden politischen Misserfolge ihres Mannes verblühte sie nicht und lehnte sich auch nicht auf. Sie verstand sich aber zu trösten. Und ihr Mann schmierte jedem Honig ums Maul.

»Stimmt schon, die große politische Karriere habe ich nicht gemacht, ich bin immer noch einfaches Parteimitglied, aber …«

Mit dem »aber« war gemeint, dass wo auch immer ein Studentenwohnheim oder ein Parteigebäude ausgerüstet werden musste, sämtliche Elektrogeräte bei ihm gekauft wurden. Sein Trostpflaster bestand eben darin, dass in ganz Beyoğlu kein Haushaltsgeräteladen mehr Umsatz machte als der seine. Reichte das etwa nicht? Wenn seine Frau und seine Schwiegermutter ihm wieder mal zusetzten, plärrte er diese Frage heraus.

»Was fehlt euch eigentlich?«

»Zum Glück fehlt uns gar nichts, wir haben sogar zu viel«, erwiderte Tante Hülya seelenruhig.

Und so war es tatsächlich. Ihr Haus war vollgestopft, und Jahr für Jahr wurde das Mobiliar erneuert und musste eine neue Küche her. Sehr unschlüssig war Tante Hülya immer, wie sie ihr Bad einrichten sollte. Eher wie ein türkisches Hamam oder mehr so französisch, mit Bidet? Und das Wohnzimmer: mal ganz englisch mit überladenen Tapeten, das Jahr darauf im Country-Look mit Jutekissen. Sogar Häuser sind Moden unterworfen, und die ändern sich verdammt noch mal schneller als die Jahreszeiten. »Wir sollten vielleicht was im osmanischen Stil machen, mit vergoldeten Tulpen an der Wand und Kalligrafie an der Decke.« Gequirlte Architektenscheiße!

»Das Haus ist ja völlig hinüber«, sagte zu Recht meine Mutter.

Bei Ausgrabungen unter dem Haus von Tante Hülya würden zig Schichten verschiedener Kulturen und Stile zum Vorschein kommen.

»Wenn uns das Leben schon konsumiert, sollten wir beim Leben wenigstens was konsumieren«, pflegte Tante Hülya zu sagen.

»Eigentlich ist Hülya ganz in Ordnung«, behauptete hin und wieder Tantchen. Durch die Tattoos, die sich Tante Hülya mal zum Spaß machen ließ – ganz richtig: Tattoos –, wurde Tantchen zu einer Reportage mit dem Titel »Was sich unter der Verhüllung so versteckt« animiert. Es wurde sogar ein Foto von den Tattoos veröffentlicht, auf dem Tante Hülya natürlich das Gesicht abwandte. Tantchen nahm es auf, und Tante Hülyas Mann konnte das nicht verhindern.

»Statt hier zu meckern, hättest du eben Abgeordneter werden sollen, du Weichei!«

Das saß.

Die Tattoos hatte sich Tante Hülya heimlich bei uns zu Hause stechen lassen, damit keine Gerüchte aufkamen. Die Tätowiererin hatte die Sachen selbst entworfen. Auf den Bauch kam ein Spinnennetz mit herabhängender Spinne, auf den Arm ein Efeuzweig und auf den Busen eine Rose. Tante Hülya fand ihre Tattoos toll. Zu Gesicht bekommen würde sie kaum jemand, nur die Ärzte, die sie an der Gallenblase operierten, und Frauen im Hamam. Auf jene Frauen aber kam es an, denn das waren die Gattin des Landesvorsitzenden und ihre Entourage. Als vor einer Hochzeit eine Hamam-Party gefeiert wurde, erwartete man auch den Besuch einflussreicher Damen aus der Hauptstadt.

»Die mögen schon da gewesen sein, aber erkannt habe ich sie nicht. Es waren ja alle nackt.«

Tante Hülya erzählte gern, wie sie tagelang darüber nachgedacht hatte, wie sie mit ihren Tattoos dort hingehen sollte. Mit meiner Mutter zusammen hatte sie überlegt und überlegt und nach einer Lösung gesucht. Eine Lösung findet man aber nicht dann, wenn man danach sucht. Wenn es wirklich eine gibt, fällt sie einem vor die Füße. Meine Mutter und Tante Hülya schmiedeten aber weiter Pläne, schließlich waren sie Schwestern, trotz allem.

»Um den Leib schlingst du dir den Badeschurz«, schlug meine Mutter vor, »und auf den Arm klebst du ein Pflaster. Und wenn sie fragen, sagst du, du hast dich verbrannt.«

Das überzeugte Tante Hülya nicht so ganz.

»Und wenn das alles runterrutscht, wenn ich massiert werde, oder beim Waschen?«

»Dann zieh eben den Burkini an, mit dem du im Meer badest. Mensch, man kann sagen, was man will, nie bist du zufrieden!«

»Sogar das wäre noch sinnvoller«, sagte Tante Hülya.

»Warum zeigst du die Tattoos nicht ganz einfach?«, schlug Tantchen vor. »Sag halt, die hast du schon ewig, und fertig.«

»Und wenn die mich fragen, warum ich sie nicht wegmachen lasse?«

»Dann sagst du, das tut zu weh.«

Tante Hülya bekam leuchtende Augen.

»Oder ich sage, die erinnern mich an meine sündigen Zeiten von früher, und immer wenn ich sie anschaue, tue ich Buße.«

»Du bist ja so was von dreist, Hülya! So wie du auf irdische Dinge aus bist, hilft alles Verhüllen nichts.«

»Gott weiß eben, wem er gibt.«

Meine Mutter und Tantchen hatten für Tante Hülya einfach etwas übrig. Sie sahen sich nicht oft, aber es verband sie eine Freundschaft aus alten Zeiten, und das wäre auch so geblieben, wenn Tante Hülya ins Weltall geschossen worden und nicht zurückgekommen wäre. Erinnerungen üben eine Anziehungskraft aus, die die Menschen miteinander verbindet. Die drei waren nicht Feindinnen und auch nicht Freundinnen. Sie kannten einander einfach sehr gut.

So hatte denn Tante Hülya bei jener Hamam-Party mit ihren Tattoos Aufsehen erregt.

»Gott, waren die neugierig«, sagte sie, als sie meiner neugierigen Mutter erzählte, wie sie sich aus der Affäre gezogen hatte. »Ich habe gesagt, die sind ganz alt, aus meiner Studentenzeit noch, als ich noch nicht verhüllt war.«

Die Frauen fragten und fragten, und Tante Hülya ließ sich nicht lumpen. Mit dem Ergebnis, dass ihrem Mann, der mit seinen ganzen politischen Bemühungen nicht über den Verkauf von Haushaltsgeräten hinausgelangt war, auf einmal alle Türen offen standen. Die Frauen waren nämlich von

Tante Hülya begeistert, denn sie war nicht so langweilig wie die anderen.

»Wenn heute Wahlen wären, würde er den ersten Listenplatz kriegen«, sagte sie stolz.

»Ja sag mal, wie hast du denn das geschafft?«, fragte ihr Mann verzückt am Telefon. Der Landesvorsitzende habe angerufen; was seine Gattin denn für eine unterhaltsame Frau sei.

»Ja waren Sie etwa auch dabei, hätte ich fast gefragt! Ach, Hülya, das hast du fantastisch gemacht!«

»Meine Frau gibt gar keine Ruhe mehr«, habe der Landesvorsitzende fortgefahren, »die müssen wir öfter sehen, hat sie gesagt, ruf doch ihren Mann an, der soll sie mitnehmen, wenn er in Ankara zu tun hat. Und ich tue nun mal alles, was meine Frau sagt. Also, ich geb's nur weiter!«

»›Ich halt's ja genauso‹, habe ich gesagt. Mach dich also schon mal drauf gefasst, dass die dich anrufen werden.«

Dann trällerte er noch ein Lied, in dem eine Hülya vorkam und das er als Klingelton auf sein roséfarbenes iPhone geladen hatte.

Von da an hatte Tante Hülya keine ruhige Minute mehr. Unter immer neuen Vorwänden schlug sie die Einladungen aus, die aus Ankara eintrafen. Ihren Mann hielt sie hin, indem sie sagte, jaja, ich fahre da schon hin, und es dann doch nicht tat, und einmal ging sie sogar aus dem Haus und sagte, so, ich fahre jetzt nach Ankara, und in Wahrheit verbrachte sie mit meiner Oma ein paar Tage in einem Kurort.

Tante Hülya war wie die rosafarbenen Blüten jenes Kastanienbaums. Ganz selten sind solche zu finden.

»Wenn ich schon ein Baum sein müsste, dann am liebsten ein Judasbaum«, sagte sie einmal.

 »Oje«, erwiderte mein Vater. Ja, Sie haben schon richtig

gehört, mein Vater. Mein abwesender Vater, mein Schattenvater. Sie haben sich doch schon öfter gewundert, warum der nie da ist. »Warum erzählt sie von dem nichts?«, haben Sie gestöhnt. Hören Sie mal, was geht Sie das an? Ich erzähle, von wem ich will. Alles hat seine Grenzen. Mein Vater also wunderte sich zu Recht, dass seine Schwägerin ausgerechnet ein Judasbaum sein wollte, und fühlte sich bemüßigt, die Geschichte des Judasbaums zu erzählen, worauf wiederum Tante Hülya es schulterzuckend für angemessen hielt, ihm ständig dazwischenzureden.

»Der Judasbaum ist eines der bedeutendsten Symbole von Byzanz und Istanbul.«

»Und ich liebe Istanbul.«

»Ja schon, Hülya, aber mit Byzanz hat er eben auch zu tun.«

»Na und, das haben sich unsere Vorfahren unter den Nagel gerissen.«

»Also, durch die Farbe des Judasbaums haben sich die byzantinischen Adeligen inspirieren lassen. Nur sie durften Umhänge in dem Purpurrot tragen, wie es die Blüten des Judasbaums haben, denn es war die exklusivste Farbe.«

»Und meine Lieblingsfarbe.«

»Es gibt auch eine Legende um den Baum, die du vielleicht nicht kennst, sonst würdest du nicht unbedingt so ein Baum sein wollen.«

»Lernen ist Gold. Klär uns mal auf.«

Lernen ist Gold! Ach, Tante Hülya, anpassungsfähig bis dorthinaus!

»Nach dem letzten Abendmahl wird Jesus vom Apostel Judas verraten. Judas erträgt diese Schande nicht und erhängt sich an einem Baum, aber auch dem Baum ist die Schande zu viel, sodass seine weißen Blüten erröten. Und darum heißt der Baum bei den Christen heute Judasbaum.«

»Interessant. Da kann man ja einiges draus lernen. Und nicht nur als Christ, sondern überhaupt als Mensch.«

Als mein Vater darauf nichts erwiderte, fuhr Tante Hülya fort:

»Und weißt du, warum ich den Baum so mag? Weil das der Baum des Lichts ist. Um zu gedeihen, braucht er nichts anderes als Platz und Freiheit und Licht. Er will nichts anderes, als seine Arme frei zum Himmel recken.«

»Und, bist du etwa frei?«, fragte mein Vater in seiner hinterhältigen Art.

»Wer ist schon frei? Und was ist Freiheit überhaupt? Vielleicht bin ich freier als ihr alle.«

Mein Vater begnügte sich mit einem Schweigen, das zwischen Zustimmung und Herablassung hin und her pendelte. Das können Sie jetzt interpretieren, wie Sie wollen.

Tante Hülya redete weiter, als hätte sie sich schon lange darauf vorbereitet. Als würde sie seit Jahren darauf warten, dass endlich mal über den Judasbaum geredet würde.

»Wie gesagt, für mich ist er der Baum des Lichts. Und seine Blüte dauert nur so kurz. Wie vergänglich alles ist und wie Licht und Helligkeit vorbei sind, eh man sich's versieht, das erfahren wir Sterblichen so recht durch den Judasbaum. Glaubt mir, von Bäumen können wir viel lernen.«

So, jetzt hast du deine Antwort, hätte ich da am liebsten zu meinem Vater gesagt, der in meiner Erinnerung in einer Wolke von der Farbe des Judasbaums immer wieder aufflackerte. Sie hätten mal sehen sollen, wie belämmert mein Vater dreinschaute. Ein furchtbares Wort, dieses belämmert, aber mit noch was Furchtbarerem könnte man diesen Gesichtsausdruck nicht beschreiben. Eine solche Tirade hatte mein Vater nicht erwartet. Zum Abschluss wandte Tante Hülya sich meiner Mutter zu und sagte: »Du, glaube ich, würdest auch gern ein Judasbaum sein.«

Das war nun das Letzte, was meine Mutter hören wollte, deren Blüten gerade samt und sonders abgefallen waren. Ihre platonische Liebesgeschichte, seit dem Wegzug des Arztes nach Amerika im Verglühen begriffen, loderte kurz wieder auf, und zwar durch eine Nachricht, die meiner Mutter den letzten Schlag versetzte. Der Arzt hatte geheiratet! Und wen? Ausgerechnet die Diätkönigin. Also die Chefin meiner Mutter. Darauf kündigte sie sofort und suchte nach einem Ausweg aus ihrer Misere. Von da war es nicht mehr weit bis zu der Lüge, durch die meine Mutter unter ihren Karriereplänen begraben wurde. Gar nicht mehr weit.

Mein Vater begriff nicht, warum meine Mutter auf einmal losweinte. Aber was begriff er schon?

»So sind Männer nun mal«, sagte meine Oma. »Wir Frauen verleihen dem Leben einen Sinn. Die Männer verstehen sich nur auf Krieg oder Liebe.«

»Manche Männer sagen aber auch was Anständiges«, erwiderte Tantchen. »Und sind gute Menschen.«

»Weißt du, wo du dir deine Männer hinstecken kannst?«, versetzte meine Oma und beendete damit die Debatte.

Die Geschichte mit dem Judasbaum, die in meinen Erinnerungen einen leuchtenden Platz einnimmt, inspirierte Tante Hülya dazu, sich im Lichte ihres neu erworbenen Wissens ein Abziehtattoo anbringen zu lassen. Auf dem Rücken. Unterhalb des Nackens. Dort prangte nun für eine bestimmte Zeit das Gesicht einer byzantinischen Kaiserin.

»Sehr schön«, sagte meine Mutter.

»Geil«, sagte Tantchen.

»Verrücktes Weibsstück«, sagte meine Oma.

Ich war wie verzaubert. Ja, verzaubert. Denn auf dem wohlgeformten Rücken von Tante Hülya, genau zwischen den Schulterblättern, ach, ich kann nicht mal die Stelle genau beschreiben, die haben schon recht in der Schule, ich kriege das einfach nicht hin mit dem Schreiben. So was unheimlich Tolles war dieses Abziehtattoo gar nicht … Habe ich jetzt genug betont, dass es nur eine temporäre Tätowierung war? Das war nämlich irgendwie ein Beweis dafür, dass Tante Hülya sich nicht mehr viel traute. Aber wer traut sich denn überhaupt noch was? Man kann sich im Leben nun mal verbrauchen, und wir waren alle verbraucht. Nur noch die byzantinische Kaiserin ließ sich in ihrer regen Farbenpracht bewundern, und sie war so schön, so schön, also, so schön. Aber irgendwann war auch sie verbraucht. Ihre blitzenden Augen, ihr grün-violettes Mosaikkleid und ihre goldene Krone zwischen Tante Hülyas Schulterblättern verblassten immer mehr, bis sie schließlich nur noch aussahen wie ein blauer Fleck.

Deshalb war auch Tantchens Reportage »Was sich unter der Verhüllung so versteckt« von solcher Bedeutung. Veröffentlicht wurde sie schon, aber in verhunzter Manier, sodass Tantchen aus den nicht publizierten Teilen ein Buch schneiderte. Ihr erstes und einziges Buch als Journalistin. Das sie Ünsal zukommen ließ, dem großen Lehrmeister, der versprochen hatte, es zu prüfen. Ich war dabei, als sie darüber sprachen, denn an dem Tag hatte Tantchen mich am Hals. Sie hatte mich vom Kletterkurs abgeholt, und als Ünsal anrief, er habe das Buch gelesen und ein paar Anmerkungen zu machen, sie solle doch kommen, musste sie mich wohl oder übel mitnehmen. Was genau sie dann redeten, weiß ich nicht mehr. Ich kann es mir allerdings vorstellen. Es muss so im Juni 2009 gewesen sein. Da war ich elf.

»Na, liest du noch immer *Don Quijote*?«, fragte Ünsal mich.

»Das ist noch ein bisschen zu schwer für sie«, schaltete sich Tantchen ein.

»Du scheinst ja gar nichts begriffen zu haben von allem, was ich euch beigebracht habe«, schimpfte er. »Gleich muss ich ausfällig werden.«

»Ist gar nicht zu schwer für mich. Da sind Windmühlen, und ein Esel. Und Sancho Pansa.«

»Haha! Die hat was drauf, die Kleine. So jungen Leuten sollte ich Unterricht geben statt euch.«

Er sah aus wie der alte Mann in dem Film *Oben*. Der war gerade herausgekommen, und ich sah mir eine Raubkopie davon an. Das flüsterte ich Tantchen zu.

»Was sagt sie?«

Also war für ihn sogar von Bedeutung, was ein kleines Mädchen sagte. Ich weiß noch, wie glücklich mich das machte.

Manchmal erzählt man die belanglosesten Sachen, um von den wichtigen gerade nicht zu reden. Da wir den Mund nicht halten können, schwafeln wir drauflos, Hauptsache, das Wichtige geht in der Masse unter.

»Kommen wir jetzt zu dem, was unter der Verhüllung steckt«, sagte Ünsal lauter.

Er gab sich auch sogleich die Antwort, selbstsicher, mit funkelndem Blick.

»Ich finde, unter der Verhüllung, von der du berichtest, sind Ausnahmen.«

So sagte er das, oder aber ich bilde es mir nur ein. Sowieso stimmt ein Teil unserer Erinnerungen gar nicht, wir erfinden sie einfach. Unser Verstand tut das. Der Kopf. Das Bewusstsein. Die Seele. Alle zusammen. In schöner Eintracht. Wie eine Bande. *All together*.

Ach, das Rosa der Kastanienbäume.

»Diese Bäume leben so lange, dass sie schließlich die Jahreszeiten durcheinanderbringen«, erklärte mein Vater mir, aber ich begriff es nicht. Wir waren auf dem Heimweg vom Archäologiemuseum, in dem mein Vater eigentlich zeit seines Lebens arbeiten wollte, bis hin zur Rente, und wo noch heute sein Herz ruht, in einem Sarkophag. Ich muss damals fünf oder sechs gewesen sein und verstand nicht alles, was mein Vater sagte. Heute verstehe ich ihn.

Der Kastanienbaum hatte zur Unzeit geblüht. Wie konnten um diese Jahreszeit Blüten verwelken?

Nun ja ... Ich finde, unter der Verhüllung steckt ein Judasbaum.

In jedem von uns steckt ein Judasbaum.

Und stecken Scham und Verrat.

Ein Judasbaum hätte mich weder versteckt noch mich auf seinen Ästen beherbergt.

Zum Verstecken ist er zu niedrig, aber zum Aufhängen ideal.

Jetzt aber zu etwas viel Wichtigerem als meinen Ausführungen hier ... Ich hatte mich den Bäumen inzwischen ausgeliefert. Vertraute ihnen. Darum überließ ich mich den Ästen des Kastanienbaums, in den ich mich verliebt hatte. Ich streckte mich auf einem starken Ast aus und ließ die Arme zu beiden Seiten herunterhängen.

Ich fürchtete mich nicht mehr vor Bäumen.

Weder ich mich vor ihnen, noch sie sich vor mir.

Wir fürchteten uns nicht mehr voreinander.

Wie hieß es bei Gezi so schön: »Leben wie ein Baum, einzeln und frei, doch brüderlich wie ein Wald.« Aber so ist es eben nicht. Das lassen sie nicht zu.

19 | UNANGEMESSENE INHALTE MELDEN

Yunus rief über die Mauer herüber. Ich schob den dicken grünen Vorhang der Platanenzweige beiseite und sah nach einer Weile sein verschwitztes Gesicht. Wieder geschah ein kleines Wunder, denn Yunus hielt sich nun furchtlos auf der Mauer.

»Wo warst du denn so lange? Ich habe mir schon Sorgen gemacht.«

»Sag du mir lieber, wie es dir geht. Anscheinend besser, oder?«

Ich stand auf und balancierte auf den Ästen wie früher auf meinem roten Nylonseil. Yunus sah mir entsetzt zu.

»Pass bloß auf! Bind dir das Seil um den Bauch.«

»Brauche ich nicht mehr.«

»Hast du keine Angst runterzufallen?«

»Es gibt nichts zu fürchten als die Furcht. Der Feige stirbt schon oft, bevor er stirbt. Wer nass ist, braucht sich vor dem Regen nicht zu fürchten. Willst du noch mehr?«

»Woher kennst du die alle? Bei der Aufnahmeprüfung zur Uni haben sie nach so was gefragt.«

»Und?«

»Durchgefallen.«

»Jetzt laber hier nicht rum, Yunus, ich habe dich was gefragt. Wo hast du gesteckt?«

Yunus konnte nicht lügen.

»Die haben uns gesehen.«

»Aber du wusstest doch von der Kamera?«

»Ja, schon, aber die auf der Feuerleiter kontrollieren sie nie.«

»Wie haben sie uns dann erwischt?«

»Rein zufällig. Die haben nach was anderem gesucht und dabei uns gesehen.«

»Und was soll jetzt werden?«

»Keine Sorge, ich habe mit denen geredet.«

»Mit wem?«

»Mit der Security.«

»Und was hast du gesagt?«

»Kann dir doch egal sein! Bist du etwa nicht das Mädchen auf dem Baum? Also leb dort sorglos wie ein Affe.«

»Wir sind doch keine Primaten! Die Sache geht mich auch was an. Was ist, wenn die mich hier finden?«

»Ich sag dir doch, ich habe das erledigt.«

»Aber wie?«

»Iss die Trauben und frag nicht nach dem Weinberg.«

»Ist das jetzt auch eine Prüfungsfrage?«

»Nein, das sagt mein Bruder immer.«

Yunus saß rittlings auf der jahrhundertealten Mauer. Vom Kastanienbaum war eine der seltenen rosafarbenen Blüten herabgefallen, die hob Yunus auf und hielt sie mir hin. Ich sah ihm in die Augen, nahm die noch ganz frische Blüte entgegen und steckte sie mir ins Haar.

»Steht dir gut.«

Wir waren in eine Zeit zurückgeworfen, in der die Mauer, auf der wir saßen, noch nicht einmal erbaut war. So viel Schönheit und Innigkeit konnte es nämlich nur in so ferner Vergangenheit geben. Ja, so musste es sein.

»Komm«, sagte ich zu Yunus und hielt ihm die Hand hin. Er ergriff sie, und ich hielt ihn fest.

»Komm, ich bring dich wohin.«

Mit zitternden Beinen stand Yunus auf. Die Hilflosigkeit auf seinem Gesicht versuchte er mit einem Kompliment zu überspielen.

»Du stehst da drauf wie eine furchtlose Prinzessin.«

»Geh einfach so wie auf dem Boden auch«, riet ich ihm. »Denk gar nicht dran, dass du runterfallen könntest. Stell dir vor, du hast Flügel.«

Mit winzigen Schritten bewegten wir uns auf der Mauer vorwärts. Als gingen wir im Dunkel dahin.

»Hm, jetzt kommt mir die Mauer auf einmal breiter vor.«

»Sie ist so, wie du sie dir vorstellst.«

»Und wohin gehen wir jetzt?«

»Zum Ausblick der Ausblicke.«

Das fiel mir gerade so ein, denn wir marschierten ja wirklich auf einen der schönsten Ausblicke Istanbuls zu. Wir hatten das Meer im Rücken und waren in Richtung Palast unterwegs. Ich wusste durchaus, wo ich hinwollte, und hatte einen Ort im Kopf, an den wir gelangen konnten, ohne den Boden zu berühren. Nur war ich mir nicht sicher, ob es von der Mauer aus tatsächlich einen ungefährlichen Weg dorthin gab. Unsicherheit ist ein Scheißgefühl. Es nimmt einem die Luft weg. Erstickt einen. Darum wischte ich diesen Zweifel einfach weg.

Es war so schön, Yunus' Hand zu halten. Er drückte die meine ganz fest und fuhr dann mit den Fingern zwischen die meinen. Mit dem Daumen streichelte er mir über die Finger, immer wieder. Der Ort, an den ich Yunus führen wollte, wurde am Horizont sichtbar. Kuppeln wie aus einem Märchen.

Ich brachte ihn zum Keramikpavillon im Garten des Archäologiemuseums. Der Pavillon, auch Glaspavillon genannt, ein elegantes Sommerpalais, wird vom Museumsgarten aus betreten und liegt direkt an der Mauer zum Gülhane-Park. Mein Vater erzählte mir davon, als wir einmal Hand in Hand aus dem Museum kamen. Er blieb stehen, deutete darauf und redete und redete, ganz der Sohn seiner Mutter. Und doch kommt er in unserer Geschichte kaum vor. Kein Platz für ihn. Eine Familiengeschichte ist schließlich und endlich eine Geschichte der Frauen.

»So«, sagte ich zu Yunus, »hier sind wir.«

Als würden wir in eine Zauberwelt treten, setzten wir unseren Fuß auf das gewölbte Dach. Zwischen den bleiüberzogenen Kuppeln war genug Platz zum Gehen. Ausgerechnet als ich wieder einmal festen Boden unter den Füßen hatte, kam ich ins Stolpern, worüber wir beide lachen mussten.

Dann lehnten wir uns an die Kuppeln, die seit dem Jahr 1472 schon so vieles gesehen hatten: das Meer, den Himmel, Zugvögel, Erdbeben, Regen, Stürme, Epidemien, Hochzeiten, Feste, Explosionen, Umstürze, Kriege, Friedensschlüsse, ein Schwellen und Schäumen und Stürzen und Wechseln und Verheilen.

»Wenn der Pavillon ein Mensch wäre, wäre er bestimmt eine Frau«, sagte ich damals zu meinem Vater, und er lachte.

Jetzt stehen Vater und Tochter da noch immer. Wir betrachten den Pavillon. Dass mein Vater lachte, stimmte mich fröhlich. Welches Kind freut sich nicht, wenn es die Eltern zum Lachen bringt. Also legte ich gleich nach.

»Wahrscheinlich wäre er ein kleines Mädchen, das auf die Welt schaut und dabei blinzelt. So … Und das die Lippen spitzt, als würde es die Stadt küssen.«

Das musste ich dann immer wieder vormachen.

»Darin ist sie gut.«

»Und wahnsinnig viel Fantasie hat sie.«

Tantchen, meine Oma, meine Mutter, mein Vater, Tante Hülya, mein Onkel ... Dieses Kind von damals ist eigentlich immer noch Kind. Was es kann, hat ihm nichts eingebracht.

»Wo schaust du da hin?«, fragte Yunus und folgte meinem Blick. Und sah wie ich in die Leere.

»Da ist niemand. Du schaust da hin, als ob da jemand wäre. Ich habe schon gedacht, du würdest gleich losreden.«

»Ach was, das bildest du dir ein. Wer mit sich selbst redet, ist verrückt. Hat meine Oma immer gesagt. Dabei hat sie das selbst getan und es bloß nicht gemerkt.«

»Wer tut das nicht! Ein Gespräch mit dem Gewissen, nannte mein Vater das.«

Da standen wir zwei einsamen Kinder an die Kuppeln gelehnt und sahen auf die Welt hinaus. Hätten wir nur immer dortbleiben können.

»Wie bist du darauf gekommen, mich hierherzubringen?«

Was sollte ich darauf antworten, außer »Weiß auch nicht!«?

Yunus nahm mir das nicht krumm und überging mein Schweigen.

»Sehr schön ist es hier. Mal was anderes.«

Mal was anderes. Was ist hier anders, hätte ich am liebsten gesagt. Was ist hier anders? Was schön war, nannten wir auf einmal anders. Was anders war, war schön. Dabei war das andere hier fest verwurzelt! Fest verwurzelt!

»Schau, wie schön die Sonne untergeht, wie eine Orange. Hier findet uns keiner. Sogar wenn die Welt untergeht, bleiben wir hier verschont. Das schauen wir uns dann an wie einen Film.«

Es freute mich, dass es Yunus gefiel.

Die bleierne Kuppel hatte sich den Tag über aufgewärmt.

Ich hielt die Wange hin, dann breitete ich die Arme aus und drückte mich fest an die Kuppel. Wärme war doch so ähnlich wie Liebe. Yunus rückte immer näher an mich heran. Ich fürchtete, gleich würde er mich um was bitten, und prompt tat er das.

»Darf ich dich küssen?«

»Und wer hat mich dann neulich auf der Mauer geküsst?«

»Das war nicht ich, das war ein Geist.«

»Hast du nicht eine Freundin? Am ersten Tag hast du so was gesagt.«

»Die hat sich auch nur der Geist eingebildet.«

Ich musste lachen und streckte den Daumen hoch. Dann überließ ich Yunus meine Lippen. Wir küssten uns. Küssten uns, küssten uns.

Wie Derin und Pembe immer sagten: küss, küss, küss. Wie ein verliebtes Vogelzwitschern.

Wenn man sich küsst, darf es rundherum nicht ganz still sein, sonst hört man die Kussgeräusche und muss lachen. Man soll eigentlich an nichts anderes denken, tut es aber doch.

»Wenn du echt bei der Sache bist, denkst du an nichts«, sagte Derin.

Daraus habe ich ein Lied gemacht. Genauer gesagt habe ich für eine Rap-Gruppe einen Text geschrieben. Jetzt werden Sie sagen: »Und warum erfahren wir das erst jetzt?« Meine Antwort: »Weil ich vor lauter Romanschreiben noch nicht dazu gekommen bin.« Und Sie lassen nicht locker: »Und warum?«

Weil sich hinter der Rap-Gruppe und den Gedichten und Texten, die ich für sie schrieb, eine Liebesgeschichte verbirgt. Eine von mir. Ein Trümmerfeld der Liebe. Achtung, ohne Sturzhelm nicht betreten! Das ist jetzt nicht nur so dahingesagt, sondern so hieß ein Lied, das ich für die schrieb. Und daran denke ich ausgerechnet jetzt, wo ich den anderen küsse? Ja, anscheinend schon. Man fürchtet sich vor dem, was am verborgensten ist. So ist es mit dieser Liebesgeschichte. Ganz tief verborgen. Ich habe sie schon mal kurz erwähnt, aber mich dann doch nicht getraut, sie zu erzählen.

Der Junge ging aufs deutsche Gymnasium. Und ich war schrecklich in ihn verliebt. Mit Kumpels machte er Musik, Rap eben. Was überhaupt nicht zu ihnen passte. Wer Rap macht, wohnt woanders, in Mietwohnungen in der Vorstadt draußen, wo kaum noch ein Bus hinfährt. Aber die saturierten Jungs aus dem deutschen Gymnasium hatten sich nun mal darauf versteift. Sie waren eben Rapper, so wie die Breakdancer, die sich auf dem Kopf drehen können. *Mach's kurz, das Geile geht schnell vorbei, geht hart, geht scharf, passt einwandfrei.* Ist von mir. Na, was halten Sie davon?

Der Junge war der Bassist der Gruppe. Er sah gut aus, war aber verwöhnt. Und kein so guter Mensch wie Yunus, der mich nun im Abendrot umschlugen hielt. Eigentlich mies. Er war hinter mir her, ein richtiger Aufreißer. Und brachte mich voll durcheinander. Wir schrieben uns auf WhatsApp, und auf Snapchat ging es bald zur Sache. Unter dem Vorwand, dass wir zusammen ein Lied schrieben, las er mir anzügliches Zeug vor, und schrieb auch so was, und einmal schickte er ein Snap von seinem Schwanz, den sollte ich auf dem Bildschirm lecken. Eigentlich ein sexueller Angriff auf Snapchat. In dieser virtuellen Welt gab es für Liebende geheime Zimmer, in denen man einen Zeitabschnitt zwischen einer und zehn Sekunden auswählen musste. Ich nahm immer die zehn Sekunden. Ich konnte fast das Geräusch hören, mit dem das Bild, das man gerade noch sah und sah und dann nicht mehr, sich selbst vernichtete.

»Jetzt erklär mir doch mal, wie dieser Snapchat funktioniert«, forderte Tantchen mich auf. Sie gehörte zwar nicht mehr zu der Generation, die die Bank »Sümerbank« mit »Superman« verwechselte, aber trotzdem. Lieber alles von Grund auf erklären.

»Damit kann man auf dem Smartphone Videos verschicken und telefonieren und den anderen dabei sehen. Wenn du ein Video an alle schickst, bleibt es vierundzwanzig Stunden lebendig, aber wenn du es nur an eine bestimmte Person schickst, musst du eine Zeit zwischen einer und zehn Sekunden wählen.«

»Und dann sterben die Bilder?«

So mitfühlend, wie sie das fragte, war kaum damit zu rechnen, dass sie selbst mal einen Snap verschicken würde.

Wir dagegen lebten und liebten uns geradezu auf Snapchat. *Liebe mit Biss. Greif zu, Junge. Fang sie dir. Wie ein Tier. Auf einen Biss.*

»Du solltest härter schreiben, aggressiver«, sagte der Junge.

»Ach, Bürgersöhnchen, die einen auf Ghetto machen. Und das wollen Rapper sein!«

Pembe und Derin waren da wieder mal einer Meinung, wie Sie sich denken können.

Was machst du, Baby? Ich chill zu Haus.

Aber ich war glücklich. Ich schrieb Rap-Texte und ich war verliebt. Der Junge schrieb mir auch, aber wie! Erst mal angeblich, um mir Beispiele zu zeigen, wie ich schreiben sollte.

»Hat er dich nur gestreichelt oder dir die Finger reingesteckt? Hat er den kleinen Hügel am Ende der Muschi berührt? Und dich auch von hinten befingert?«

 Mir blieb die Spucke weg. So etwas Krudes hatte noch nie

jemand zu mir gesagt. Ich wurde rot und dachte mir, nur gut, dass das nicht »*face to face*« ist.

Dann gingen wir miteinander. Da war aber keine Romantik dabei, keine Zärtlichkeit. Er hatte hellbraune Haare, die immer verwuschelt aussehen mussten, leichte Triefaugen, und ihm stand meist der Mund offen. Wahrscheinlich hatte er eine verstopfte Nase. Was in seinen Pupillen wie Augenschleim aussah, waren vermutlich kleine Muttermale. Als ich nämlich mal etwas wegwischen wollte, tat ich ihm weh dabei. Er war so der Typ, der leicht aufbraust. Mit Drogen oder so hatte er nichts zu tun, oder höchstens hin und wieder. Die Jungs hatten einen Raum, den sie als Aufnahmestudio nutzten, und da ist es dann passiert. Ganz plötzlich und heftig. Es war schon aufregend, aber ich hatte auch Angst dabei, es war ja das erste Mal bei mir. Viel lieber wäre ich in einem Bett gewesen. Er zog sich dann sofort von mir zurück. Als Letztes von ihm ist mir in Erinnerung, wie er mit einem Papiertaschentuch seine Latte abwischte, an der etwas Blut von mir war, was ihn wohl anwiderte. Er verzog das Gesicht, als hätte er sich die Latte verletzt. Ja, Oma, ich habe Latte gesagt! Latte.

Eine Weile lief ich ihm hinterher, und er wich mir aus. Da griff ich zu einer Methode meiner Mutter und tischte ihm eine Lüge auf. »Du, ich bin schwanger«, sagte ich. Er rief mich daraufhin an, um mit mir zu reden. »Hör mal, das ist unmöglich. Was ist los mit dir? Worauf willst du raus?«

»Mann, du bist aber auch an das größte Arschloch der ganzen Schule geraten!«

Musste ich mir als Kommentar so allgemein anhören. Und ich sagte ja auch selbst jedermann Bescheid. Als würde mir dann jemand einen Zauberspruch zuflüstern, mit dem der Knoten sich lösen ließ. Ich suchte nach einem Ausweg. Natürlich nicht für meine nicht existierende Schwangerschaft. Aber irgendein Rat, irgendein treffender Spruch sollte mich von dieser Art Krankheit befreien. Derin und Pembe sagten: »Du machst uns allmählich Angst. Reiß dich jetzt mal zusammen.«

Anstatt mich zusammenzureißen, fiel ich eher auseinander.

»Was du mir da erzählst, ist sexuelle Gewalt. Der Kerl hat dich vergewaltigt.«

»Aber ich kenne ihn doch, und ich liebe ihn ...«

»Dumme Kuh! Das gibt ihm noch lang nicht das Recht, mit dir was zu tun, was du nicht willst!«

»Du weißt ja noch nicht mal genau, was er da gemacht hat. Nicht mal einen Namen hast du dafür, Mann!«

So musste ich mich auch noch damit auseinandersetzen, wie Derin und Pembe einen auf besorgte Eltern machten.

Ich bestellte den Jungen da hin, wo wir reden konnten. Aber draußen, damit er nicht noch mal über mich herfallen konnte.

Wir trafen uns in dem Park, in dem ich Slackline übte. Seit ich einen Monat zuvor meine Oma verloren hatte, stand ich von morgens bis abends auf dem Seil. Es tat mir gut, mich voll konzentrieren zu müssen und im Gleichgewicht zu bleiben. Was mir im Leben ja nicht so gelang. Es war Mitte April. Im Maçka-Park stand genau ein Judasbaum, und er blühte. Es roch nach Erde, nach Regen, die Wolken schienen manchmal fast den Boden zu berühren, und ich versuchte mit ganzer Aufmerksamkeit, auf dem Seil zu bleiben, ja, eigentlich am Leben zu bleiben. Die Zeiten, in denen ich mich amüsiert hatte, waren vorbei. Manchmal kamen Derin und Pembe vorbei. Da standen wir verwundeten Kinder im
 Park herum. Ich versuchte, auf der Slackline eine Welle zu

schaffen. Dazu bindet man das Seil extra schlaff und geht dann darauf, als würde man auf einer Welle surfen.

Der Junge kam.

Schlich sich von hinten an. Erst dachte ich, da trabt ein nasser Hund herbei, so schnell wischte er in seinen rostfarbenen Converse durch das feuchte Gras. Ich stand auf dem Seil, doch kaum packte er mich an meiner roten Regenjacke, lag ich auch schon auf dem Boden.

Fiel aus etwa einem Meter Höhe herunter.

Und bevor ich wieder aufstehen konnte, wurde ich nach Strich und Faden verprügelt. Er schlug mir mit der Faust ins Gesicht, drückte mir die Kehle zu, versetzte mir einen Kopfstoß. Dann stand er auf und trat mir in den Bauch.

»Wenn da ein Baby ist, soll es krepieren.«

Ich konnte nicht schreien.

»Wenn da ein Baby ist, soll es krepieren.«

Brachte keinen Ton heraus.

»Wenn da ein Baby ist, soll es krepieren.«

Ich wand mich vor Schmerzen. Es mag erstaunlich klingen, aber ich brachte wirklich keinen Laut hervor. Vor lauter Angst und Schmerz war ich wie gelähmt, und machte mir sogar in die Hose, ja tatsächlich, wie ein Baby schiss ich mir in die Hose, in solcher Panik war ich. Als ich mich wieder aufrichten konnte, drehte sich die ganze Welt einmal um mich, und ich merkte, dass mein Mund voller Blut war. Ich spuckte es aus, spuckte die Welt aus mir heraus, den Rest von dem, was ich für Liebe gehalten hatte, den Roman, den ich nicht zustande brachte, das ganze Ungemach zu Hause, das Ungemach in der Schule, das Ungemach mit den Freundinnen, die Trauer über meine Oma. Dann setzte ich mich hin und weinte. Ich zog die Knie an den Bauch, verschloss mich wie ein kosmisches Ei und weinte. Heulte und schluchzte. Mir war wehgetan worden. Sehr weh.

Was danach kam, tat allerdings noch mehr weh.

Ich sagte niemandem, wer mich verprügelt hatte. Dafür schämte ich mich zu sehr. Ich sagte: »Im Park sind zwei Typen auf mich zu und haben mich geschlagen. Die wollten Geld und mein Handy, und als jemand vorbeigekommen ist, sind sie abgehauen.«

Tantchen hat das natürlich nicht ruhen lassen. Sie ging sofort mit mir in den Park und redete mit einem Wächter. »Die hätte gleich zu uns kommen sollen«, sagte der.

»Warum hast du das nicht gemacht?«

»Weiß nicht. Ich hatte solche Angst, da ist mir das nicht eingefallen.«

Dann waren da die Aufnahmen der Kameras, mit denen wir ständig überwacht werden, aber da war niemand drauf, auf den meine Beschreibung gepasst hätte, und da wo ich verprügelt wurde, war keine Kamera. Man sah also nur die Leute, die die Hauptallee rauf und runter gingen, und da war mein Junge dabei. Mein Junge sage ich immer noch! Mir haben sie wohl ins Hirn geschissen.

Die haben nicht mal gefragt: »Könnte es der gewesen sein?«

»Wie sind die Kerle dann in den Park gekommen?«, fragte Tantchen, aber der Wächter wollte sich nicht länger mit ihr abgeben.

»Wenn Sie der Sache wirklich auf den Grund gehen wollen, müssen Sie sich schon an die Polizei wenden, gnädige Frau.«

Oha, gnädige Frau, das war die Anrede, die Tantchen am allermeisten hasste.

»Lass nur, Tantchen, mir geht's ja gut. Ich bin schon drüber weg.«

Von wegen drüber weg!

Nicht mal Pembe oder Derin erzählte ich was. Doch was man niemandem erzählt, das verfault in einem drin. Und fängt an zu stinken.

Ich wollte mir nicht gefallen lassen, was der Junge mir angetan hatte, und versuchte ihm zu drohen.

»Ich nehme das pornografische Zeug, das du mir geschrieben hast, und gehe damit …«

»Das ist nicht von mir, das stammt aus einem Brief von James Joyce an seine Frau, du dumme Nuss!«, rief er und legte auf.

Dass ihm immer der Mund offen stand, lag vielleicht doch nicht an der verstopften Nase, sondern an seinem herausquellenden Ego. Da war nichts zu machen.

Gut, dass ich mich an das erinnert habe, sagte ich mir, da läuft wenigstens von dem Eiter in mir drin ein bisschen was raus.

Die Kuppel, an der wir lehnten, kühlte sich allmählich ab, als die Sonne unterging. Yunus blickte schweigend an den Horizont. Es war so unheimlich innig, wie seine Hand auf meiner Schulter lag und er unschuldig den Kopf an den meinen schmiegte, dass ich nicht mehr an mich halten konnte und zu weinen anfing. Nicht der Knatsch aus meiner Vergangenheit brachte mich zum Weinen, sondern dass ich den Menschen neben mir nicht so richtig wahrgenommen hatte.

»Träumst du auch?«, fragte Yunus.

Ich wischte mir die Tränen ab, da merkte er erst, dass ich weinte.

»Heulst da so still vor dich hin«, sagte er mitfühlend und nahm mich fest in die Arme.

»Du brauchst aber nicht zu weinen. Wir kommen allein,

und wir gehen allein, nimm das so hin und weine nicht. Der Mensch ist immer einsam, auch wenn er jemanden dabeihat, der ihn liebt.«

20 | GEFOLLOWT WERDEN

Der Tag zog sich sanft von der Bühne zurück.

»Schreib keine solchen Sätze«, sagte Tantchen.

Ich las ihr aus meinem Roman manchmal vor. Sie kam aus der Zeitung, streckte die Beine aus und zündete sich eine Zigarette an. Erst hörte sie still zu, dann sagte sie: »Jetzt lass mich mal ein bisschen redigieren.«

Mehr machte sie nicht. Was aber sagte Derin nicht eines Tages? »Dein Roman da ...« Sie hielt ein wenig inne. Garantiert hatte sie vorher mit Pembe gesprochen, denn die haute sofort in die gleiche Kerbe.

»Hat den nicht etwa deine Tante geschrieben?«

Lüge.

»Ich meine, als sie arbeitslos war ... Um sich ein wenig zu beschäftigen. Ein Satz von dir, dann hundert von ihr ... Kann das nicht so gewesen sein?«

Verleumdung!

Sanft senkte sich die Nacht auf uns herab.

Yunus war nicht mit leeren Händen gekommen. Zwei Dosen Bier, Knabberzeug, Käsewürfel. Alles aus dem Hotel geklaut und in die Taschen gestopft. Dazu winzige Flaschen Gin, Whiskey usw.

»Wenn wir das alles trinken, wie kommen wir dann wieder weg von hier?«

»Dann fliegen wir!«

Wir lachten.

Ich kannte seine Geschichte nicht. Bei mir war alles immer nur halb gar, Yunus inklusive.

Wir zogen uns alles rein, was er dabeihatte. Erst drehten sich die Sterne, dann unsere Köpfe. Wir hatten uns in die Horizontale verlagert und fielen von einem Lachkrampf in den nächsten.

»Hier sind wir am geheimsten Ort der Welt«, sagte Yunus. »Hier findet uns keiner, und keiner sieht uns.«

»Höchstens die Vögel.«

»Und die können nicht reden.«

Schon prusteten wir wieder los.

»Hier oben kann uns keine Katastrophe was anhaben.«

»Genau.«

»Wenn ein Erdbeben kommt, legen wir uns flach, bei einem Sturm fliegen wir davon, und bei Hochwasser schwimmen wir einfach.«

Da stützte Yunus sich auf einen Ellbogen. Sein Gesicht so dunkel wie die Nacht.

»Nein, Hochwasser nicht. Alles, aber kein Hochwasser. Meine Mutter ist nämlich von einer Überschwemmung davongespült worden. Auf so was wären wir nie gekommen.«

Er hatte zuvor schon mal Anspielungen gemacht, aber jetzt redete er Klartext. Wenn wir über den Tod geliebter Menschen reden, sterben sie noch mal. Seit Jahren hatte Yunus damit zu kämpfen. Weil er sich so wahnsinnig nach seiner Mutter sehnte, hatte er nie richtig aufwachsen können. Ihm wuchs zwar ein Bart und er verliebte sich, doch blieb er in dem Alter, in dem er seine Mutter verloren hatte. So wie tote Kinder nicht groß werden und überhaupt Tote nicht altern, so geht es auch den Hinterbliebenen. Der Welt mit ihren physikalischen Gesetzen sind sie ausgesetzt, doch im Inneren bleiben sie in dem Augenblick gefangen, in dem sie den geliebten Menschen verloren.

»Ich hatte gedacht … Dass deine Mutter nicht bei euch wohnt, aber noch am Leben ist.«

»Hier drinnen ist sie es auch noch. Hier im Herzen. Und im Kopf. Da geht sie nicht raus. Aber ansonsten ist sie tot. Und noch schlimmer ist, wie sie gestorben ist, das hat mich umgehauen.«

Mit zittriger Stimme fragte ich: »Wie ist sie denn gestorben?«

»Sie hat in einer Textilfabrik gearbeitet, da ist sie am Morgen mit dem Firmenbus hingefahren, ganz früh. Und auf einmal hat es furchtbar geschüttet. Weißt du noch?«

Ich schob fragend die Lippe vor. Wer weiß, von welchem Regen er da redete …

»Die Autobahn ist so überschwemmt worden, dass die Autos wie Boote herumtrieben. Und der Bus mit meiner Mutter drin ist regelrecht weggeschwemmt worden, in İkitelli. Sie ist elend drin ertrunken.«

»Wie alt warst du da?«

»Zwölf. Ich habe mich damals schon für ziemlich erwachsen gehalten. War ich aber überhaupt nicht.«

»Und du sagst heute noch, etwas macht deine Mutter traurig, als ob sie noch am Leben wäre?«

»Weil die Liebe manchmal nicht aus uns rausgeht, bevor wir sterben. Auch wenn die Menschen, denen sie gilt, schon lange tot sind. So richtig sterben die erst, wenn wir selbst tot sind.«

Yunus streckte sich wieder aus. Ich rutschte näher an ihn heran und legte ihm den Kopf auf die Brust, bis ich seinen Herzschlag hörte. Während wir schwiegen, sangen die Vögel, die sich Gülhane zur Heimat auserkoren hatten. Wir hörten Nachtigallen und noch zwei andere, mir unbekannte Vögel, die gegeneinander anzwitscherten. Wir umarmten uns. Yunus' Atem strich sanft über meine Haut. Wie Kinder streichelten wir uns gegenseitig das Gesicht. Fuhren jede Linie entlang. Nase, Lippen, Wangenknochen, Kinn, Hals, Ohrläppchen, alle Rundungen des Ohrs. Meine andere Hand lag auf Yunus' Taille.

»Ist das da, wo dir eine Niere fehlt?«

Er zögerte kurz, als müsste er erst nachdenken.

»Nein. Die war auf der anderen Seite.«

Was er dann sagte, brachte mich schon wieder zum Lachen.

»Du hast meine Niere daran erinnert, dass sie existiert. Mit Verlaub werde ich jetzt pissen.«

Mit Verlaub. So was hörte er wohl im Hotel. Er hatte eine ganze Menge solcher Höflichkeitsfloskeln drauf, und sie hörten sich bei ihm so süß an.

Er stand auf, und während er sich ein geeignetes Plätzchen suchte, sprach er Worte, die so gar nicht zur angestrebten Tätigkeit passten.

»Vielleicht brauchen wir ja nichts anderes, als mit den Menschen, die wir lieben, gemütlich zu Hause zu singen und zu lachen.«

»Aha, so einfach ist das«, erwiderte ich. Und rief ihm sogleich danach erschrocken zu: »Pass auf! Fall nicht runter!«

Er ging daraufhin nicht weiter auf den Dachrand zu, sondern verbarg sich halb hinter einer Kuppel und pisste los. Der Urinstrahl vollführte im Dunkel einen kristallenen Bogen und prasselte auf die Kuppel aus Blei und aus Zink. Wieder lachten wir wie die Verrückten. Wir waren ziemlich betrunken. Yunus alberte herum, als wollte er die ganze Welt zum Lachen bringen. Mit seinem Strahl versuchte er sich auf dem Zinkdach an einer Melodie. Als die Blase leer war, ging das Konzert zu Ende. Er zog den Reißverschluss hoch und legte sich wieder zu mir zurück. Hätten wir doch ewig so daliegen können. Zwei einsame kranke Kinder hatten zueinandergefunden. Wären doch an diesem Fleckchen, an dem die Welt uns vergessen hatte, unsere Tage und unsere Nächte einfach so verflossen.

21 | EINSTELLUNGEN

Der Winter 1987 war sehr schneereich. Tantchen war siebzehn Jahre alt und in den gut aussehenden Bauunternehmer verliebt. In dem Winter sollten die Holzhäuser abgerissen und der Grundstein für die Hochhäuser gelegt werden. Fundamente würden allgemein im Winter gelegt, hieß es. Die Familie sammelte ihre Habseligkeiten zusammen und sollte bei einem Nachbarn unterkommen, der ebenfalls in einem besseren Hühnerstall wohnte. Sobald die Wohnung fertig war, sollte wiederum der Nachbar zu ihnen ziehen. Durch gegenseitiges Zusammenrücken wartete man somit ab, bis die neuen Häuser alle fertiggestellt waren. Dadurch, dass sie ihr Grundstück gegen ein anderes eintauschten, wurde diese Kette nicht unterbrochen. Zwar hatte der Bauunternehmer für die Zeit, in der sie ohne Dach über dem Kopf sein würden, einen Mietzuschuss in Aussicht gestellt, doch den wollten sie durch die Nachbarschaftshilfe lieber ansparen.

Mitten im Winter woanders hinzuziehen, wäre schwer genug gewesen, doch selbst wenn sie es getan hätten, wäre es verfrüht gewesen, denn als die Abbrucharbeiter anrückten, mussten sie wegen des Schneefalls unverrichteter Dinge wieder abziehen.

»In der Nacht schneite es heftig«, erzählte Tantchen.

»Hüfthoch«, ergänzte meine Oma.

Beide starrten damals zum Fenster hinaus, als wäre da irgendein Horizont zu sehen. Und irgendwo bei ihnen im Hinterkopf war da tatsächlich einer. Im Winter 1987 war Tantchen so alt wie ich heute und saß warm eingepackt am Fenster. Und was sahen sie da draußen? Da tobte mittlerweile ein regelrechter Schneesturm. Meine Oma ließ den Ofen bullern, weil sie sich dachte, dann würde beim Umzug weniger Holz zu transportieren sein.

Laut Tantchen soll sie sogar gesagt haben: »Wenn wir rausmüssen, verfeuern wir am besten gleich die ganze Hütte, und Schluss. Wie lang kann das mit dem Schnee schon so weitergehen, vielleicht eine Woche, oder anderthalb. Da machen wir es uns wenigstens gemütlich.«

Daraufhin überließen sie sich in aller Ruhe der Stille des Schnees. Die Welt war viel weicher als sonst, das Alltagsleben schlummerte unter einer dicken Schneeschicht, die nichts Hässliches durchließ, nichts Grobes, nichts Gewöhnliches. Alsbald begannen die Dächer unter der Last des Schnees zu knacken.

»Gut, dass ich gestern auf dem Markt war«, sagte meine Oma. Bevor es in der Nacht zu schneien angefangen hatte, war das Wetter so mild und schön gewesen, dass man sich nur hatte wundern müssen. Dann aber, mitten in der Nacht, war es losgegangen. Die im Garten aufgehängte Wäsche wurde zu Eis. Pullover mit ausgestreckten Armen, Unterhosen, in denen dicke Hintern zu stecken schienen, Strümpfe, die sich gleich auf die Socken gemacht hätten, fröhlich Twist tanzende Hosen. Irgendwann fiel Tantchen ein, dass sie die Wäsche im Garten vergessen hatte, und sie ging hinaus. Was heißt schon Garten, gerade mal ein Fleckchen Erde, an das gleich der Nachbarsgarten grenzte. Schulter an Schulter, Rücken an Rücken, verliefen die auf byzantinischen Resten errichteten Holzhäuser treppenartig bis nach Fındıklı hinunter.

Unter dem Schnee sah der kleine Garten herrlich aus.

Der Sturm legte sich, und es sah nur noch aus, als würden da nicht Schneeflocken vom Himmel purzeln, sondern Dingelchen aus Federn und Baumwolle. Ganz sanft und leise. Und dann? Dann tönte aus dem Nachbargarten eine Stimme herüber.

»Pst!«

Sie blickte sich um, es war der gut aussehende Bauunternehmer.

»Was tust du denn hier?«

»Mich hat mein Vater geschickt, wie es auf unserem Grundstück hier so aussieht.«

»Was heißt hier euer Grundstück? Baut erst mal was hin. Tut eure Arbeit«, erwiderte Tantchen mit der gefrorenen Wäsche in der Hand, aus der Arme und Beine herausstanden, als steckte ein Körper darin.

»Du siehst wunderschön aus, wenn du wütend bist«, sagte der Bauunternehmer. Oder ich denke mir das nur so aus. Na, irgend so was wird er schon gesagt haben!

Tantchen sah zum Fenster, ob nicht etwa ihre Mutter herausspähte.

»Ich muss dir was sagen«, fuhr der junge Mann fort. »Das mit dem Grundstück ist nur ein Vorwand. Ich habe dir vom unteren Garten aus zugesehen, wie du am Fenster gestanden hast, in deiner ganzen Schönheit. Du hast in die Ferne geschaut, auf die wirbelnden Schneeflocken, und dabei so herrlich gelächelt.«

Das also hat er gesagt?

Der unvergessliche Bauunternehmer, der seinen Beton mit mehr Sand als Zement anmischte?

Genau. So hat er es gesagt. Und Tantchen auf der Stelle geküsst. »Ich warte morgen unten an der Straße auf dich«, wisperte er dann. »Tisch deiner Mutter irgendwas auf.«

Tantchen durchfuhr es siedend heiß vor lauter Aufregung. Liebevoll sah sie dem Bauunternehmer nach, wie er mit seinen Lederschuhen die Straße mehr hinunterrutschte als ging. Mit einer Hand musste sie sich Luft zufächeln, und der Mund stand ihr vor lauter Hitze offen. Schneeflocken, die sich dort hinein verirrten, schmolzen augenblicklich wie im Feuer. Tantchen war schon sehr verliebt.

Am nächsten Tag eilte sie zur verabredeten Stelle.

Auf der Straße wurde Schlitten gefahren. Tantchen blickte sich um, ob nicht jemand sie sah und gleich ihrer Mutter Bescheid steckte. Es waren aber alles nur Kinder. Sie mümmelte sich in ihren Wollschal und ging die Straße hinunter. Selbst wer sie sah, würde sie nicht erkennen.

Weder Autos noch Busse waren unterwegs. Das Leben in Istanbul stand still.

»Wie bist du denn hierhergekommen?«

»Zu Fuß«, sagte er.

Zu Fuß von Sarıyer, das musste man sich erst einmal vorstellen.

»Und wie bist du gestern nach Hause?«

»Auch zu Fuß.«

Und wir haben ihm das abgekauft! Niemand auf Erden klopft Sprüche wie ein verliebter Mann.

Auf der menschenleeren Brücke über das Goldene Horn warfen sie wie Kinder mit Schneebällen aufeinander, dann sagte unser flottes Kerlchen: »Gehen wir irgendwo rein, sonst erfriere ich noch.« Herr Strahlemann. Herr zweiunddreißig Zähne.

Er schlug vor, mit der Tunnelbahn nach Galata hochzufahren.

Als sie den Waggon bestiegen, umfasste er die eiskalten Hände meiner Tante und sah ihr unentwegt in die Augen.

»Von hier ist es nicht mehr weit bis zum Hotel Pera Palace«, sagte er dann, der Mistkerl.

»Da bin ich doch nicht fein genug angezogen«, protestierte sie. »Das geht nicht.«

»Warum denn nicht, Schatz? Wir nehmen uns ein Zimmer, essen und trinken was, wärmen uns auf und machen es uns gemütlich.«

Als Tante Hülya später davon erfuhr, fragte sie: »Und das war dir geheuer so?« Schließlich waren die beiden aus demselben Viertel, und noch dazu war die Schwester der einen mit dem Bruder der anderen verheiratet, da führten sie natürlich Frauengespräche.

»Warum sollte mir das nicht geheuer sein?«

Sie trockneten ihre nassen Strümpfe und Handschuhe, dann wärmten sie sich mit zwei Tassen Salep auf. Sie schoben die Vorhänge beiseite und sahen auf das Goldene Horn hinaus. Dann setzten sie sich mit übergeschlagenen Beinen einander gegenüber, hörten Radio und warteten auf den Beginn des Fernsehprogramms. Später legten sie sich aufs Bett und küssten sich. Als sie Hunger bekamen, bestellten sie etwas beim Zimmerservice.

»Die haben das Essen wie im Film auf so einem Wägelchen reingeschoben, und auf den Tellern waren diese silbernen kuppelartigen Deckel, die hat der Kellner dann Hokuspokus zugleich hochgehoben. Es gab gekochte Erbsen, Reis und gebratene Hähnchenschenkel, die aber nicht richtig durch waren.«

Ich weiß noch gut, wie meine Mutter und Tante Hülya zugleich fragten: »Und sonst war nichts?«

Angeblich aßen sie nur, legten sich dann aufs Bett und schliefen ein.

»Und sonst nichts?« So hartnäckig nachfragen konnte nur Tante Hülya.

»Na ja, ein bisschen was kann schon gewesen sein.«

Tante Hülya hätte ja liebend gerne diese unter Schnee verborgene Liebesgeschichte in etwas verwandelt, über dem der Schnee weggeschmolzen wäre, um den darunterliegenden Dreck offen zutage treten zu lassen, aber das gelang ihr nicht.

Dass Tantchen sich mit der Bemerkung »Wir dachten, der Moment, an dem wir einander gehören würden, werde mal von selbst kommen« aus der Affäre zu ziehen versuchte, genügte allerdings nicht, denn Tante Hülya versetzte ungerührt: »Pulver und Feuer können doch nicht nebeneinanderliegen?«

Tantchen war gegen Mittag aus dem Haus gegangen und kam erst gegen Abend zurück, und so konnte sie sich denken, was sie erwartete. Umschlungen gingen sie noch gemeinsam bis zur Cihangir-Moschee.

»Jetzt musst du wieder bis Sarıyer?«

»Nein, ich übernachte im Pera Palace.«

Wie sich Jahre später herausstellte, hatte er schon die Nacht zuvor dort übernachtet und sie an dem Tag in das Zimmer gebracht, das er dort schon hatte, und der Zimmerkellner hatte ihm sogar zugeflüstert: »Wenn du das Mädchen entführt hast, sage ich das deinem Vater!«, denn er war auch vom Schwarzen Meer, und die Leute von dort halten zusammen.

Sobald Tantchen zu Hause ankam, stürzte meine Oma auf

sie zu und packte sie bei den Haaren. So machte sie das immer. Und nicht nur sie. Noch in den späten Achtzigern war es in Cihangir nun mal üblich, dass man sich bei Streit an den Haaren zog.

»Wo hast du gesteckt?«

»Na, ich bin doch heimgekommen.«

»Aha, du hättest also auch nicht heimkommen können …«

»Ich bin mit ein paar Freundinnen rumgelaufen, und wir haben eine Schneeballschlacht gemacht.«

»Bis jetzt? Bei dem Wetter?«

Und wo war mein Vater? Der studierte schon Archäologie und durfte eigentlich nach Hause kommen, wann er wollte. An dem Abend war er bei einem seiner Französischlehrer vom Gymnasium. Dort lernte er übrigens Jahre später meine Mutter kennen.

Ebenso wie der Schneefall dauerte der Radau bis in den Morgen hinein.

Mal warf meine Oma mit einem Pantoffel, von denen einer prompt auf dem Ofen landete und angesengt wurde, mal klebte sie Tantchen wieder eine.

Wo sie tatsächlich gewesen war, sagte Tantchen aber nicht, sodass meiner Oma schließlich nichts übrig blieb, als die Lügengeschichte zu glauben.

»Wenn du dich so auf der Straße rumtreibst, brauchst du dir nicht einzubilden, dass ich dich auf die Uni lasse.«

»Aber mein Bruder darf schon hin?«

»Der ist ein Junge.«

»Also genau so ein Mensch wie ich. Was soll da anders sein? Ich kann nach Hause kommen, auch wenn es schon dunkel wird. Wenn du dir Sorgen machst, kann ich das verstehen, aber du dichtest mir ja sofort was an.«

 »Einfach so zum Spaß herumlaufen, das kenne ich nicht

einmal. Wenn es schneit, kommen Wölfe runter in die Stadt, aber nicht etwa solche mit vier Beinen! Gefährlich sind die auf zwei Beinen. Der Schnee nämlich ist weiß, unschuldig, schön. Man traut sich gar nicht draufzutreten. Alles Böse wird an solchen Tagen verübt, wenn die Guten sich einfach nur des Wetters erfreuen.«

Meine Oma hatte recht.

Die Ehefrau des amerikanischen Archäologen rückte auch an einem Wintertag an, an dem draußen knöchelhoher Schnee lag. 1975 war das, Tantchen war damals fünf.

Als meine Oma begriff, dass sie ihre amerikanische Konkurrentin vor sich hatte, dachte sie unwillkürlich: »Wie hat denn das Flugzeug von der überhaupt landen können? Ich trau mich nicht mal zum Krämer raus, damit ich nicht ausrutsche, und die kommt von Amerika her.«

Im Kopf meiner Oma schwirrten die verrücktesten Fragen herum, aber die Frau stand nun mal vor ihr und hatte noch dazu einen Jungen dabei. Noch ein Detail fiel meiner Oma auf: die herrlichen Mäntel, die die beiden trugen. Und trockene Füße hatten sie auch. Es war noch ein Mann dabei, der sowohl Türkisch redete als auch deren Sprache meisterhaft beherrschte.

Mein Vater war zum Glück im Internat und musste die Szene nicht mit ansehen. Der amerikanische Archäologe war gerade in Ankara, um für die Sanierung der Hagia Sophia Gelder aufzutreiben.

Als die Amerikanerin sie von oben bis unten musterte, legte meine Oma die Hand an die Hüfte und zog eine Augenbraue in die Höhe. Ihre Freundinnen sagten ihr immer, sie sehe aus wie Sophia Loren, die kannten sie aus dem Kino; von Marianne Faithfull hatten sie keine Ahnung. Daher bemühte sich meine Oma immer um Gesten, mit denen sie Sophia Loren so nahe wie möglich kam. »Hätte ich bloß nicht diese Pantoffeln und die rutschenden Strümpfe an«, dachte sie. Die Haare der Amerikanerin fielen in ebenmäßigen Locken herab, die Augenbrauen waren gezupft, die Hände gepflegt. Und obwohl meine Oma nun eine Kurbelwaschmaschine und einmal in der Woche eine Putzhilfe hatte, sah sie doch aus wie eine müde Hausfrau.

»Na und? Der Amerikaner liebt mich!«, dachte sie.

Auf dem Sterbebett sagte sie: »Ich schwöre bei Gott, dass nicht ich ihn verführt habe. Er gefiel mir, aber ich bin nicht vor ihm herumscharwenzelt. Bloß als er dann um mich geworben hat, habe ich nicht Nein gesagt. Ich wollte meinen Kindern eine gute Erziehung verschaffen, und er mochte meine Kinder und kümmerte sich um sie. Ich hatte doch ein Anrecht auf ein bisschen Glück ...« Stimmt, darauf folgte dann noch ein saftiger Fluch.

»Ich bin von weither gekommen, um von Frau zu Frau mit Ihnen zu reden.«

»Das hätte ich jetzt auch ohne Dolmetscher begriffen!«

Nicht weil sie Englisch, sondern weil sie die Menschen verstand, las sie in der Frau wie in einem Buch.

»Höflichkeitshalber habe ich ihr einen Kaffee angeboten.«

»Einen Mokka?«, fragte die Frau.

Den hatte sie sich anscheinend augenblicklich angewöhnt. »Ihr Mann mag den auch, davon trinkt er fünf am Tag. Davon kriegt man Herzklopfen, sage ich immer, aber er hört ja nicht auf mich.«

»Was hat sie gesagt?«

Das fragte die Frau vermutlich, doch der Mann dolmetschte es wohl nicht, und falls doch, sagte er eher etwas in der Art von: »Türkischer Mokka ist sehr bekömmlich, da wird man so richtig wach. Sie das mögen?«

Jedenfalls hatte der Dolmetscher seinen Anteil daran, dass diese haarige Begegnung schließlich butterweich verlief. Der Dolmetscher, und Geld natürlich. Ein ganzer Batzen. In Dollar.

»Nehmen Sie das und werfen Sie meinen Mann raus. Schicken Sie ihn zurück nach Amerika und zu uns. Dieses Doppelleben muss ein Ende haben.«

Meine Oma nahm das Geld an, ohne zu zögern. Und verriet ihre Liebe.

»Rudolf« – unser Stiefgroßvater war übrigens europäischer, insbesondere sogar russischer Abstammung – »soll von unserem Gespräch nichts wissen. Ich rede mit ihm.«

»*Thanks.*«

»Die gnädige Frau dankt ihnen.«

»Ich scheiße auf die gnädige Frau und auf ihren Dank. Sie hat ihren Mann zurückgekauft, und jetzt zieht sie wieder ab. Ich muss an die Zukunft meiner Kinder denken, deswegen nehme ich das Geld.«

Meiner Oma schmeckte das gekünstelte Siegerlächeln der Frau nicht, die sich den letzten Satz auch noch hatte übersetzen lassen. Wer weiß, was der Dolmetscher sich für »ich scheiße auf« hatte einfallen lassen.

Wenn der Schnee schmilzt, tritt jede Art von Unrat zutage. Abfälle, Asche, Kohlenreste, erfrorene Tiere, Dreck. Und eben auch, dass meine Oma ihren angeblichen Ehemann verkauft hatte, den Stiefvater ihrer Kinder.

»Der Schnee schmolz, Rudolf kam aus Ankara zurück und rief mich an, er sei gleich zur Hagia Sophia, aber am Abend komme er heim. Wie ein richtiger türkischer Ehemann fragte er sogar, ob er was mitbringen solle, das hatte ich ihm so beigebracht«, sagte sie stolz.

Auch die Amerikanerin hatte ihm etwas beigebracht, und

zwar das zu sagen, was türkische Männer ihren Frauen nie sagten.

»Ich liebe dich«, flötete er und legte auf.

»So eine Liebeserklärung kriegte ich Tag für Tag. Aber was verstehe ich schon von Liebe? Bin ich etwa schuld daran? Nein. Da sind alle anderen schon mit schuld.«

Auf jeden Fall stopfte meine Oma die Sachen des Amerikaners in einen Koffer und machte sich mit Tantchen an der Hand zur Hagia Sophia auf. Dort knallte sie dem Amerikaner den Koffer so vor die Füße, dass ein paar Touristen sich verwundert umblickten.

»Was ist denn los?«, fragte der Amerikaner verdutzt.

»Da sind deine Sachen drin. Und du kommst mir nicht mehr ins Haus.«

Dann streckte sie die Handfläche vor. Was heißen sollte, her mit dem Schlüssel, doch der Amerikaner begriff nicht. Meiner Oma wäre es viel lieber gewesen, den Satz nicht auszusprechen, denn es kam sie so hart an, den Hausschlüssel zu verlangen und den Amerikaner zu verjagen.

»Her mit dem Schlüssel.«

»Als ich das sagte, hätte ich fast losgeweint«, erzählte sie auf dem Sterbebett, kaum mehr bei Bewusstsein. »Ich zitterte am ganzen Körper, aber Rudolf meinte, er habe ein Drecksstück von einer Türkin vor sich. Obwohl ich ihn liebte wie verrückt, handelte ich, als hätte ich kein Herz im Leib. Wenn er nach Hause kam, kümmerte er sich immer um die Kinder, und ich deckte den Tisch. Dieses Heimelige gefiel mir ungemein, das sollte immer so weitergehen. Manchmal weinte ich in der Küche und sagte mir, was ist, wenn er wieder geht? Meint ihr etwa, ich hätte nicht gewusst, dass er eine Familie hatte? Er hatte es mir mal zugeflüstert, ganz furchtsam. Aber wir würden das schon hinkriegen, schließlich liebten wir uns. Er fand mich herzlich und aufrichtig, und ich ihn gütig und liebevoll.«

Das konnte meine Oma nicht mehr so sagen, aber ich ließ sie im Kopf so sprechen. Ließ sie zwitschern und trillern. Zwitscher los, Oma! Rede nur! Wer soll dich aufhalten!

An einem sonnigen, aber eiskalten Wintertag des Jahres 1975 nahm meine Oma ihre Tochter bei der Hand und ging mit ihr von Sultanahmet nach Çağaloğlu hinunter, von dort nach Sirkeci. Es ist zu vermuten, dass meine Oma sich auf die Lippen biss, um nicht loszuweinen, dass sie dabei die Hand ihrer Tochter so fest drückte, dass diese ins Stolpern kam, und dass die Mäntel, die die beiden anhatten, in ebenjenem Winter von Rudolf neu gekauft worden waren.

Jener war zu ihr gekommen und hatte gesagt, da müsse doch irgendwas dahinterstecken, worauf meine Oma sich nicht anders zu helfen wusste, als sich ins Pöbelhafte zu flüchten und das ordinäre Weibsstück zu spielen.

»Hau gefälligst ab!«

Peng, schlug sie die Tür zu.

Ein zweites Mal kam der Amerikaner nicht. Von meinem Vater verabschiedete er sich im Galatasaray-Gymnasium, wo der im Internat war. Aber still und leise. Er hinterließ ihm Bücher, die er lesen sollte. Das Sparbuch von dem Konto, das er auf seinen Namen eröffnet hatte, schob er unter der Tür durch und verschwand.

Und weg war er.

Durch die Dollars und das Geld auf dem Konto kamen die Kinder bequem durch Schulzeit und Studium, und es mangelte ihnen an nichts.

So also das Andenken in unserer Familie an schneereiche Tage. Sobald es fortan schneite, wurde meine Oma unruhig, als könnte jederzeit jemand an der Tür stehen und ihr einen geliebten Menschen wegnehmen. Tantchen wurde an einem Tag verprügelt, an dem es schneite, und Tante Hülya dachte insbesondere an einen solchen Tag im Jahr 1987 zurück, an dem ihr beim Spielen im Schnee ein Stiefel vom Fuß rutschte, der nicht mehr aufzufinden war, sogar dann nicht, als der Schnee schon geschmolzen war. Ein paar Wochen später sah sie den Stiefel im Maul eines Hundes wieder und wurde traurig. »Da hatte ich das Gefühl, der hat nicht den Stiefel im Maul, sondern ein Stück von mir«, erzählte sie später.

Als ich die Augen wieder öffnete, war es schon Morgen. Aber etwas kam mir komisch vor. Hatte ich zuletzt noch auf dem Dach des Keramikpavillons in Yunus' Armen gelegen, war ich auf einmal wieder in meinem Storchennest. Wie war ich nur hierhergekommen? Und noch seltsamer, ja noch viel seltsamer: Es lag überall Schnee. Auf den Ästen und Blättern, auf dem Rasen, auf der Mauer, auf den Bänken, mal mehr, mal weniger. Mich aber hatten die dicken Lorbeeräste davor bewahrt, selbst eingeschneit zu werden. Auf dem Pelz, in den ich gehüllt war, lagen nur vereinzelte Schnee- und Eisflocken, die kristallen glänzten. Es geschahen Dinge, die ich nicht begriff.

Warum aber?

Ich schloss wieder die Augen.

22 | STANDORT ÄNDERN

Als ich die Augen wieder öffnete, war ich auf dem Dach des Keramikpavillons. Da, wo Sie mich zuletzt gesehen haben. Neben mir schlief Yunus mit offenem Mund und gab dabei niedliche Schnarchgeräusche von sich. Die Reste unseres nächtlichen Gelages waren übers Dach verteilt, und im morgendlichen Wind schepperten die kleinen Schnapsfläschchen und die Bierdosen aneinander. Eine gelbe Plastiktüte blähte sich auf, als wollte sie sich für unabhängig erklären, doch kam sie nicht vom Fleck, da sie an einem Zipfel von den Flaschen beschwert wurde. Manchmal tut es gut, sich auf solche Belanglosigkeiten zu konzentrieren. Dem Kleinen, Gewöhnlichen wohnt eine heilende Kraft inne.

Yunus öffnete die Augen.

»Ich habe was mit viel Schnee geträumt«, sagte ich zu ihm.

Mit leerem Blick starrte er mich an. Er meinte wohl selbst noch zu träumen. Dann fanden sein Körper und seine Seele wieder zusammen.

»Ich habe auch was geträumt«, erwiderte er, aber seine Stimme zitterte dabei, und er verzog das Gesicht. »Von meiner Mutter. Vielleicht weil ich dir von ihr erzählt habe.«

»Und was hast du geträumt?«

»Was Schlimmes. Wie sie gestorben ist. Wie der Bus mit

Wasser vollgelaufen ist und die Leute drin die Tür nicht aufkriegten. Da drinnen ist deine Mutter also gestorben, habe ich mir gedacht. Es war gar kein richtiger Bus, sondern ein Lieferwagen ohne Fenster, wie eine Blechbüchse. Als Kind habe ich darüber nicht nachgedacht. Dass Arme nur so sterben. Dass ihnen nur so ein Tod zusteht.«

Versonnen sah er vor sich hin.

»Dann ist meine Mutter mit nassen Kleidern nach Hause gekommen. Mitten in der Nacht, als wir alle schliefen. Ich war noch klein, so alt wie damals, als sie starb. Ich umarmte meine Mutter und weinte unsere Kleider nass.«

Ich schmiegte mich an Yunus. Glänzend löste sich eine Träne von seinen schönen Augen und fiel auf sein knochiges Gesicht.

Eng umschlungen küssten wir uns. Die Sonne schien wärmer, und auf einmal klingelte der Wecker von Yunus' Handy. Zugleich ertönte von allen Moscheen der morgendliche Gebetsruf.

»So früh musst du immer raus?«

»Sonst schaffe ich es nicht zur Arbeit.«

Er stand auf und schnüffelte an sich.

»Bei der Arbeit muss ich immer gut riechen, sonst bekomme ich Ärger. Da wird mir sogar der Lohn gekürzt.«

»Also gehen wir jetzt, dann kannst du dich frisch machen.«

»Weißt du eigentlich, dass du die ganze Nacht geredet hast? Ich habe noch nie jemanden kennengelernt, der so gern erzählt.«

»Ich bin eben die Psychoanalyse der Jugend. Die Psychoanalyse unserer Generation.«

»Red nicht so daher, sonst verstehe ich dich nicht. Ich war nicht in so einer tollen Schule wie du.«

 »Ich passe ja auch gar nicht zum Profil meiner Schule.

Oder tue vielmehr alles, damit ich nicht dazu passe. Es ist aber auch so blöd dort.«

»In welcher Hinsicht?«

»In jeder Hinsicht. Zum Beispiel ist bei uns in der Schülerzeitung mal ein Gedicht veröffentlicht worden, in dem es um weibliche Sexualität ging, darauf haben sie einen Literaturlehrer rausgeschmissen, nur weil er das zugelassen hatte.«

»Echt jetzt?«

»Und die, die ihn rausgeworfen haben, lassen sich beim Ehemaligentreffen einen Stripteasetänzer kommen. Kannst du dir das vorstellen? Aber einen Kollegen feuern, weil in einem Gedicht das Wort Muschi vorkommt!«

Wir räumten unsere verstreuten Sachen auf. Wie ein Paar am Strand, das sich schon sehr gut kennt, sich liebt und über Alltägliches plappert. Dabei waren wir gerade auf dem Dach eines 1472 erbauten Sommerpavillons!

Da merkte ich erst, dass ich ihn das Wichtigste noch gar nicht gefragt hatte.

»Was habe ich denn die ganze Nacht so erzählt?«

»Schöne Geschichten aus verschneiten Tagen.«

Dann hatte ihm also doch gefallen, was ich erzählt hatte, und außerdem war ich noch bei Verstand. Ich freute mich, dass ich nicht in einem Traum, sondern in der Wirklichkeit lebte, und überhaupt, dass ich lebte. Ja, ich freute mich, dass ich trotz allem noch lebte. Ich war an einem seltsamen Ort, aber ich lebte. Zwar verband mich nichts mehr mit der Welt, aber tot war ich nicht. *Frustration no problem!* Ausdauer super! Alle Bedürfnisse ließen sich befriedigen. Ich strotzte vor Selbstbewusstsein. Und die Liebe meines Lebens? Hatte ich am Boden gesucht und in der Luft gefunden! Ich meine, was sollte ich noch da unten, wo mein Leben ein einziges Desaster gewesen war?

Das war alles wunderbar, und doch wurde ich beim Anblick des Viertels da drüben, in dem ich geboren und aufgewachsen war, ganz melancholisch. Ich fühlte mich, als säße ich wieder wie damals mit meiner Oma im Garten der Cihangir-Moschee und schaute auf das Feenschloss. Wir knabberten Sonnenblumenkerne und tranken Sprudelwasser.

»Oma, weißt du, was ich mir denke?«

»Nein, was denn?«

»Ich wünsche mir, dass die Stadt da und die ganze heutige Zeit mal zusammenstürzt und von Unkraut überwachsen wird. Das denke ich mir.«

»Du bist ja wie die Anarchistenfreunde deines Vaters auf dem Gymnasium! Schau, dich haben sie auf so eine gute Schule geschickt, damit du eine Lady wirst. Und nicht so eine Fluchschleuder wie ich. Also reiß dich zusammen und red nicht solches Zeug daher. Sonst verflüchtigt sich dein Verstand wie Kölnischwasser.«

Ich erzählte Yunus alles, was der Anblick vor uns mir an Erinnerungen, Gefühlen und Gedanken bescherte, und der konnte sich vor Lachen bald nicht mehr halten. Wahnsinnig süß sah er aus mit seinem Morgenschlaf in den Augen.

»Mensch, wenn ich mich auch an so viel erinnern könnte wie du«, sagte er. »Das Leben ist ja nicht das, was wir gerade erleben, sondern die Erinnerung daran.«

23 | GERADE AUF DEINER SEITE

Der Rückweg auf der Mauer gestaltete sich sehr schwierig, denn Yunus verkrampfte sich vollkommen. Ich musste ihn wie ein Baby umarmen, und so arbeiteten wir uns millimeterweise vor. Einmal machte er sogar direkt die Augen zu. Es war also wirklich schwer.

»Denk dir, ich bin blind«, sagte er. »Das stelle ich mir nämlich vor.«

Anders wären wir an die Stelle, an der die Leiter stand, aber nicht gekommen. Er hatte dort meine gewaschenen Sachen deponiert, dazu eine Tüte mit Wasser, Keksen und Zucker. Ich half Yunus noch bis zur Feuerleiter hinunter. Dabei fiel mir zu meinem Schrecken auf, dass die Überwachungskamera auf einmal ganz woandershin gerichtet war.

»Hast du das gemacht?«

»Ja.«

»Meinst du, das ist eine Lösung?«

»Danke, dass du mich hierhergebracht hast.«

Er sah mich an, als wäre er von der Sonne so geblendet, dass er die Augen nicht richtig aufbrachte. Etwas war seltsam an ihm, aber was?

»Lass dich hier oben nicht zu viel blicken.«

Das hörte sich für mich an, als ob es sein Vater gesagt hätte, obwohl ich den gar nicht kannte. Dass man sich wo nicht blicken lassen sollte, war doch einer dieser nervigen Ausdrücke aus Elternmund.

Yunus stellte die Leiter in eine Ecke, sperrte die Tür zu, die in jenes Stockwerk führte, und mit einer Energie, die ich ihm gar nicht mehr zugetraut hätte, sauste er ungerührt lärmend die Feuerleiter hinunter.

Irgendetwas hatte er mir nicht sagen wollen.

Was er wiederum zuletzt gesagt hatte, kümmerte mich nicht weiter. Für jemanden, der sich nicht blicken lassen sollte, tat ich etwas Ungewöhnliches. Ich wusch mich nämlich in aller Öffentlichkeit.

Es war noch sehr früh, und die Bewässerungsanlagen im Park waren voll aufgedreht. Einen Strahl davon fasste ich ins Auge, denn der zielte auf den Ast einer Eiche, die ich erreichen konnte. Ich kletterte dorthin und setzte mich wie ein Vogel auf den Ast. Erst wartete ich ab, bis meine Kleider nass waren, dann zog ich mich bis auf die Unterhose aus. Das kalte Wasser ließ meinen Körper erschauern, aber zum Glück war es, obwohl schon bald Herbst, ein recht warmer Tag. Als das Wasser so auf meinen Körper spritzte, empfand ich eine kindliche Freude. Ich kniff die Augen zu, riss den Mund auf und hob wie ein Affe die Arme hoch. Dann wusch ich mir die Achseln und die Haare. Das Ganze war vermutlich das Freieste, was ich je im Leben getan hatte.

Abgesehen von den Tagen des Aufstands. Im Gezi-Park.

Ich kletterte wieder hoch, wrang die nassen Kleider aus und legte sie zum Trocknen auf die Mauer. Dann zog ich meine eigenen, sauberen Sachen an. Die noch tropfenden Haare band ich hoch. Auf wen scheint die Morgensonne?

Auf den Bettnässer! Ich musste immer lachen, wenn meine Oma das sagte. Den Amerikaner vor die Tür zu setzen, war ihr nicht so leichtgefallen, wie sie das erzählt hatte.

»Ich kann ja nicht mal eine Katze ihrem Schicksal überlassen«, sagte sie. »Auch den Gemüsehändler habe ich nicht verlassen können. Ich habe es nicht geschafft, ihm das Brotmesser reinzustoßen und ihn im Garten zu verscharren.«

Warum hatte sie das alles erst auf dem Sterbebett erzählt?

Der Mensch sollte nichts in sich hineinfressen, weder Hass noch Wut noch ungesagte Worte. Sonst schleppt er das wie einen Mühlstein mit sich herum. Oder erstickt daran. Ich lag auf der Mauer ausgestreckt da, und die Sonne wärmte mir die nackten Füße, die Hände, das Gesicht, die nassen Haare. »Für alles findet sich ein Weg«, dachte ich. Doch solange man lebte, dachte man das eben nicht, und das vergiftete einem das Leben. So bin ich also jetzt wie eine Tote. Wenn der Mensch nämlich merkt, dass sich für alles ein Weg findet, ist es zu spät. Dann stirbt er.

Reglos lag ich auf der uralten Mauer. Da hörte ich hinter mir Schritte nahen und richtete mich auf. Es war Yunus. Er hatte im fürs Personal vorbehaltenen Bad geduscht, dann gefrühstückt und seine Uniform angezogen, und als dann immer noch Zeit bis zu seinem Dienstantritt war, wollte er noch einmal kurz zu mir. Wie war nur plötzlich so viel Mut über ihn gekommen, wo er sich doch vorhin noch so gefürchtet hatte? Er ging nun auf der Mauer nicht anders, als er drunten auf der Erde gegangen wäre. Die Goldlitzen seiner roten Uniform glänzten im weichen Morgenlicht. Auch seine lächerliche Pagenmütze hatte er wieder auf. Wenn dieser Hotelpage mal nicht nur ein Traum war! Nein, war er nicht.

»Was schaust du denn so?«

»Na, weil du vor kaum einer Stunde noch als Blinder über die Mauer bist. Was ist jetzt auf einmal los mit dir?«

»Brauchst dich gar nicht zu wundern. Zwischen zwei Augenblicken liegt immer etwas Zeit.«

»Ach, fick dich! Wir haben vorhin ausgesehen wie in der Schulaufführung einer Tragödie.«

»Vielleicht sind wir ja die Helden der heutigen Zeit.«

»Das auf jeden Fall.«

»Ich kann hier zwar nicht so tarzanmäßig rumhopsen wie du, aber …«

»Tarzanmäßig? Das ist das Letzte, was du zu einem Mädchen sagen solltest, das weißt du hoffentlich?«

»Vollidiot«, wollte ich ihn eigentlich nennen, hielt mich aber gerade noch zurück. Mich ekelte ja vor schamlosen Mädchen. Mich ekelte vor mir selbst. Aber es war ja auch so, dass ich mich vor mir selbst ekeln wollte. Vielleicht weil ich Yunus in dem Augenblick für eine Wahnvorstellung hielt und uns beide in einem Traum wähnte, sagte er auf seine übliche verständnisvolle Art: »Sollte ich lieber affenmäßig sagen? Begreif einfach, dass ich meine Angst überwunden habe. Habe ich ja vorher auch schon mal, beim Aufstand damals.«

Er hielt inne und gewahrte da erst, wo er gerade war. Gewahrte! Ach, Oma, du hörst mich doch, oder? Im Kopf habe ich dich nicht immer, aber auf der Zunge schon. Könnte ich hier bloß das Emoji einfügen, das Tränen lacht!

Jedenfalls schien Yunus sich wirklich nicht zu fürchten. Also hatte er sich tatsächlich überwunden, und das genoss er jetzt. Er jubilierte quasi. (Allen Quasis den Tod!)

»Ich finde, bei so jungen Menschen wie uns gleicht die Seele einem Pendel, das mal zur einen, mal zur anderen Seite ausschlägt. Und doch ist da eine Kraft, die alles gerne in der Mitte halten würde, und diese Kraft ist die Freiheit und die Lebensfreude, die von Geburt an in uns stecken. Aber wenn eine andere Kraft das aus einem rausreißt, möchte man am liebsten drauflosstürzen. Ansonsten ist es nämlich schön, jung zu sein. Die Stürme der Pubertät. Kein Hafen, in den man sich flüchten könnte, außer der Hoffnung. Bevor mein Leben mal einem stinklangweiligen Erwachsenenleben gleicht, möchte ich lieber von der Mauer fallen und auf der Stelle tot sein, das möchte ich schon dazusagen.«

Vor lauter Güte und Schönheit war er beinahe durchsichtig, sodass das Licht fast durch ihn hindurchdrang. Oder aber ich war trotz meiner Dusche im Park noch immer nicht ganz nüchtern.

Er setzte sich zu mir.

»Jetzt sehe ich dich zum zweiten Mal mit nassen Haaren. Beim ersten Mal war ich ganz aufgeregt.«

Für ihn gab es also wichtige Daten, die mit mir zu tun hatten. Er fuhr mir in die nassen Haare. Die Sonne wärmte uns sanft.

»Falls du wieder was erzählen willst, wie gestern Nacht, höre ich dir gerne zu.«

Man konnte auch als Katze zur Welt kommen. Ich konnte mich aber, hier auf diesen Bäumen und auf der Mauer, diesem Überbleibsel der Eroberung Istanbuls, die angeblich ein neues Zeitalter einläutete, auch ganz einfach wie eine Katze fühlen, die allerdings mit ansehen muss, dass die Menschheit zumindest seelisch kein bisschen vorangekommen ist. Wer sollte sich in der Sonne nicht so fühlen? Ich streckte mich also, bettete den Kopf auf Yunus' Schoß und begann zu erzählen. Oder zu denken. Mir Dinge durch den Kopf gehen zu lassen. Mich zu erinnern. Oder alles zusammen.

Meine Oma ließ einzig und allein den Vater meiner Mutter nicht ins Haus.

Woher diese Feindseligkeit?

Na, was meinen Sie?

War das etwa der Kerl, der an der Tür Schmiere gestanden und seine Kumpels nicht von ihrem Tun abgehalten hatte?

»Vielleicht hätte er sich ja auch an mir vergangen, aber ich sah wohl schon so zugerichtet aus, dass ihm das nicht mehr zusagte. Oder er hat einfach Angst gehabt, der verdammte Scheißkerl. Der Hundesohn. Das Sektenarschloch.«

So war denn das letzte Geheimnis unserer Familie geflüstert worden. Der Geist war aus der Flasche. Der junge Mann, der leer ausgegangen war, hatte keine Ahnung, dass er der Vater meiner Mutter und damit später mein Großvater werden sollte. Der nützliche Idiot der Plünderer vom 6. September 1955. Als sein Vater damals nach Hause kam, soll er ihn gründlich durchgeprügelt haben. »Was hast du mit solchen Randalierern zu schaffen?!«

Dann steckte ihn der Vater in ein Derwischkloster.

»Da tust du jetzt Buße, bis aus dir ein anständiger Mensch wird.«

Aber wir wissen alle, dass sich so etwas nicht erzwingen lässt. Was man seinem Sprössling an den Kopf wirft, entwickelt sich mit der Zeit zur inneren Stimme des armen Kindes. Tja, die Pädagogik. Wer will noch mal, wer hat noch nicht?

»Was hast du an meinem Vater auszusetzen?«, fragte meine Mutter naiv.

Was sollen wir schon mit deinem Vater, meinem Großvater, mit dieser Ausgeburt an Blödheit?

»Kümmere dich um deinen Kram. Ich verzeihe dem Kerl nicht. Dein ungehobelter Vater kommt mir nicht ins Haus.«

»Aber Perihan ...«

»Geh mir nicht auf den Sack!«

Mehr wurde zwischen meiner Mutter und meiner Oma über das Thema nicht diskutiert. Mein Großvater kam sehr selten zu uns, wurde aber nie zusammen mit meiner Oma gesehen.

»So was kann in so einem kleinen Viertel schon mal vorkommen«, sagte mein Vater, der ja nicht wusste, was hinter der Sache steckte. Der keine Ahnung hatte. Aber schon gar keine. Was machte der es sich immer leicht. Saß mit einem Glas Raki da, strich sich über den Bart und redete und redete.

Was meine Oma alles mit sich herumschleppte. Da braucht man sich nicht zu wundern, dass so manches als Fluch aus ihr herausdrängte.

Damit genug? Keineswegs. Als im Winter 1987 die schneereichen Tage vorbei waren, wurde das Haus geräumt und gleich darauf abgerissen. Und beim Anlegen des neuen Fundaments geschah es dann. Es wurde ein Grab entdeckt. Für meinen Vater, den Archäologiestudenten, ein gefundenes Fressen. Zwei Skelette, eine Frau und ein Baby. Und durch die Grabinschrift wurde Geschichte geschrieben. Abstammungsgeschichte nämlich. Das Haus, das meine Oma durch einen schlichten Tausch hatte loswerden wollen, gehörte anscheinend schon immer ihnen. Unserer Familie. Unserem Geschlecht.

Wie das?

Wie das immer so ist, gab es auch dazu eine Geschichte. Begraben lag dort die Geschichte, die meine Oma nicht hatte verlassen können und die sie dann, als Folge des kindischen Tausches, tagein, tagaus vor der Nase hatte. Es war eine Frauengeschichte, oder vielmehr die Geschichte der Frauen unseres Landes. Kein Wunder, dass meine Oma tauschen wollte. Was aber handelte sie sich dafür ein? Wie weit kommt ein armer Tropf, wenn er fliehen will? Dem Pech, eine Frau zu sein, kann hierzulande niemand entgehen. Machen Sie sich nur ja nichts vor. Und hören Sie zu.

Die Frau, deren Grabinschrift auf unserem Grundstück gefunden wurde, starb 1550. Auf diese vom Palast aus sichtbaren Hügel hatte es sie verschlagen, weil in den windschiefen Häusern hier seit jeher dunkle Machenschaften getrieben wurden. Die Mädchen kamen auch nicht von selbst hierher. Überhaupt war es nicht ein Kommen, es war ein Fallen. Und Verfallen. Die meisten Mädchen wurden gefangen wie Vögel und hierherverschleppt. Einige stammten vom Sklavenmarkt. Vor allem die heruntergekommensten, die selbst dort keiner mehr wollte. Die besseren waren da schon längst an irgendwelche Istanbuler Herren verkauft. Durch Bestechung erwirkten Bordellbetreiber aber auch, dass manche Mädchen, nachdem man sie in den Gärten oder Weinbergen, wo sie arbeiteten, entführt hatte, direkt hierhergebracht wurden, auch solche, die es angesichts ihrer Schönheit ansonsten bis in den Palast geschafft hätten. Die junge Frau, der die Grabinschrift galt, war so eine, eine Jüdin aus Edirne. Sie hatte sich gewehrt und um sich geschlagen, aber schließlich fand sie sich in einem Istanbuler Haus wieder, in dem es nach Opium roch und schallend gelacht wurde. Und was geschehen musste, geschah. Janitscharen kamen, einer nach dem anderen, bis das Haus nur so bebte. Muss noch beschrieben werden, in welchem Zustand das Mädchen bald war? Ich denke nicht. Solch ein Abstieg soll nicht näher erzählt werden. Ohne zu wissen, wo genau sie war, musste die Frau jenes Leben ertragen und gewöhnte sich schließlich daran. Meine Oma schilderte noch mehr Details, als abschreckendes Beispiel, doch mir scheint dies zu genügen. Eines Tages wurde die Frau krank und starb bald darauf. Nach zehn durchwachsenen Jahren als Hure ließ sie auf dem Sterbebett eine Grabinschrift verfassen. Dann wurde sie im Garten des Hauses begraben, das dank ihr seine glorreichsten Tage als Bordell erlebt hatte. Und auf ihrem Grabstein prangte jene Inschrift.

Das also war das Grab, das 1987 auf dem Grundstück gefunden wurde. Mein Vater war sehr darauf bedacht, den Grabstein zu schützen, und mühte sich lange mit der Übersetzung der Inschrift in modernes Türkisch ab. Dort stand also Folgendes geschrieben:

Hier liegt eine Frau / Auch sie war ein Mensch so wie Sie / Feuer hätte auch sie gebrannt / Der Wind sie davongeweht / Ein Dorn sich in ihr Fleisch gebohrt / Und doch war sie anders. / Ach, hätte sie doch nur eine Stimme gehört / Die gesagt hätte: Fürchte dich nicht / Ach, hätte man ihr die Freiheit gegeben wie dem wehenden Wind / Ach, hätte die Welt sie doch behandelt wie einen Mann / Frau sein heißt Schönheit, heißt Segen / Und Frau sein gibt Leben / Doch ist Frau sein auch ein Unglück / Dies ist dein letzter Atemzug. / Hier ruht eine Frau. / Sie beugte sich jedermanns Begehren. / Als ich jung war, war ich frei wie der Wind / Niemand konnte mich aufhalten. / Sie packten mich aber an den Haaren und steckten mich in einen Käfig. / Junge Menschen und Frauen und Kinder sind weiser als die Weisen. / Die Welt sollte jungen Menschen, Frauen und Kindern gehören / Und Frauen sollten frei und schön leben dürfen wie Herren und wie Böse.

»Das ist eine schlechte Übersetzung, aber was Besseres habe ich nicht zustande gebracht«, sagte mein Vater.

Tatsächlich eine Mistübersetzung.

Dann wurde da noch die Frage diskutiert, ob in dem Grab eine Frau liege oder eine Hure. Als mein Vater es mit der Inschrift bis ins Fernsehen schaffte, sagte er: »Eigentlich eine Hure, aber da die Inschrift den Frauen und der Jugend huldigt, kam es mir angemessener vor, diesen Appell eher als frauenspezifisch zu werten.«

»Ob die Hure in dem Grab wohl der gleichen Meinung ist?«

Diese Frage stammte von meiner Oma. Im Archäologiemuseum ist bis heute dieses Frauenskelett ausgestellt, das aus dem Jahr 1500 stammt. Anscheinend hat aber nie ein Byzanz-Spezialist sich die Mühe gemacht, den verrotteten Stoff untersuchen zu lassen, in den das danebenliegende Baby gewickelt war. Oder aber doch, aber das Labor hat sich gewaltig vertan. Sonst müsste doch klar geworden sein, dass der Stoff aus dem Jahr 1956 stammte. Wen's interessiert, der soll mal selbst nachsehen. Aber dann bitte schön den Mund halten.

1550 endet die Geschichte natürlich nicht. Süleyman der Prächtige ließ für seinen unglückseligen buckeligen Sohn die Moschee errichten, die 1560 fertig wurde, aber den hier lebenden Menschen auch nicht unbedingt den göttlichen Weg wies. Mitte des 19. Jahrhunderts kam eine Frau hierher, die als die Ururgroßmutter meiner Oma gelten durfte. Erst wurde sie an eines der Bordelle in Galata verkauft, in dem sie im vergitterten Fenster sitzen musste. Sobald ein Kunde kam, ging sie mit ihm auf ein Zimmer. Wie die meisten solchen Frauen war sie Jüdin, und die Frau, die sie verkaufte, ebenfalls. Da sie ein ansehnliches Frauenzimmer war, sollte sie dort nicht verkommen und wurde stattdessen nach Cihangir gebracht, in das Haus, das später zu einem besseren Hühnerstall herabsinken sollte, damals aber gerade fertig gebaut war und noch stark nach Holz roch. Die Puffmutter hatte ihr Etablissement soeben erst eröffnet. Somit sind die Frauen unserer Familie von dem Geschlecht jenes Mädchens, das damals aus dem Bordell in Galata herausgekauft und nach Cihangir geschafft worden war. Das Oberhaupt dieser edlen Familie entwickelte sich selbst zum Zuhälter und schaffte die Puffmutter beiseite. Bei einem Streit bekam sie einen Messerstich ab, und kurz darauf brannte das Haus nieder. Es wurde wieder neu gebaut, und die Geschichte ging weiter. Bis zum Ende des 19. Jahrhunderts ging das Bordell von der Mutter an die Tochter. Zur Zeit der Oma meiner Oma kam es zu einem Umschwung, und das Haus wurde zu einem richtigen Familienheim. Und in den meisten der Häuser, die sich die Anhöhe entlang aneinanderschmiegten, ging es nicht anders zu.

»Schläfst du, oder bist du ganz Ohr?«

»Wenn ich eingenickt wäre, wäre ich vermutlich die Mauer hinuntergefallen«, erwiderte Yunus. Er beugte sich über mich, nahm mein Gesicht in die Hände und gab mir lauter kleine Küsse, auf die Lippen, die Wangen, die Nase, die Ohrläppchen. Und dann. Dann ging er, als hätte es ihn nie gegeben. Liebe war schon etwas Schönes.

24 | ZWITSCHERN

Aha, es war Opferfest. Und ich wunderte mich schon über die vielen Leute, die in den Park kamen. Da die Bäume, auf denen ich hauste, ziemlich abgelegen waren, ging es dort – und das kann ich noch tausendmal wiederholen – dennoch eher ruhig zu. Außer heimlichen Liebespaaren kamen nur Leute vorbei, die sonst irgendetwas zu verstecken hatten. Yunus arbeitete über die Feiertage, besuchte mich aber bei jeder Gelegenheit. An die Kletterei schien er sich gewöhnt zu haben. Zwar turnte er nicht so flink und geschickt herum wie ich, aber seine Angst hatte er entweder tatsächlich überwunden oder es erschien mir zumindest so.

Eines Tages, kurz bevor Yunus kam, sah ich an der Feuerleiter zum ersten Mal andere Leute, zwei Männer. Sie sahen die Mauer hoch und sprachen miteinander. Danach verstellten sie den Aufnahmewinkel der Kamera. Im Schutz des Lorbeerbaums spähte ich zu ihnen hinunter. Ich war so gut versteckt, dass sie höchstens denken konnten, da oben fuhrwerke ein Vogel herum. Dabei sahen sie genau zu mir herauf. Es waren vielleicht die Security-Leute, mit denen Yunus »gesprochen« hatte. Aber was genau hatte er mit ihnen besprochen? Wahrscheinlich versuchten sie herauszukriegen, wohin das Mädchen, das Yunus geküsst hatte, wohl verschwunden sein mochte.

 Als Yunus eintraf, erzählte ich ihm davon.

»Ich weiß schon«, sagte er. »Darum komme ich jetzt auch auf einem anderen Weg.«

»Und wie?«

»Weiter vorn komme ich leichter auf die Mauer rauf. Dann sage ich mir, scheiß drauf, wenn du jetzt runterfällst, und laufe auf der Mauer entlang wie auf einem Feldweg. Kurz vor dem Hotel ist ein großer Baum, du weißt schon, wo die zwei Äste wie eine Brücke über die Mauer stehen.«

»Ein Ahorn.«

»Ach so?«

»Ja. Daneben steht eine Birke, dann kommt eine Buche. Dann eine Erle und dann meine Rosskastanie mit den rosa Blüten. Und dann bist du auch schon auf den Bäumen, wo ich wohne. Der mit dem Storchennest ist ein Lorbeerbaum, das da ein Eukalyptus, das hier eine Platane und das da eine Kiefer.«

»Mensch, woher weißt du bloß die ganzen Namen? Ich kenne keinen einzigen.«

»Macht nichts. Kannst du alles googeln. Es reicht schon, wenn du die Bäume achtest.«

»Ha, genau das haben wir bei Gezi an die Wände geschrieben. Das war mein Slogan, das habe ich geschrieben. Achtet die Bäume.«

Yunus freute sich wie ein Kind. Hätten wir jetzt bloß eine Zigarette gehabt. Oder ein bisschen Gras. Da hätten wir so schön vor uns hin gepafft und hätten dem Rauch nachgesehen und uns selbst in Rauch aufgelöst.

Beim Gedanken an Gezi wurde ich melancholisch.

»Was ist denn mit dir?«, fragte Yunus.

Als wäre das eine Antwort, fragte ich zurück: »Den wievielten haben wir heute?«

»Den siebenundzwanzigsten September. Sonntag.«

»Dann bin ich also seit zwölf Tagen hier oben?«

»Kommt es dir länger vor?«

»Ja, schon. In Gezi ist es mir auch so gegangen. Einmal habe ich morgens den Kopf zum Zelt rausgestreckt und hatte das Gefühl, ich sei schon seit Jahrhunderten da. Als hätte ich wie die Bäume Wurzeln geschlagen und sei schon tagelang, nächtelang, wochenlang, monatelang, jahrelang da.«

Yunus und ich lagen in den Armen der Bäume. Als ich von der Feuerleiter her Geräusche gehört hatte, hatte ich die Ohren gespitzt und umhergespäht und war bald daraufgekommen, dass da jemand über den neuen Weg kam, den Yunus mir darauf zu beschreiben versuchte. Der Ahorn, den er meinte, war wohl einer der ältesten Bäume im Park und ragte über alle anderen hinaus. Und wie Yunus schon sagte, wirkten seine starken Äste wie eine Brücke. Aber wirklich wie eine Brücke, ganz ohne Übertreibung, und darum nannte Yunus diesen neuen Weg auch die Liebesbrücke.

Wir saßen nun nebeneinander auf den Ästen des Ahorns, über die man immer wieder fahren musste, so schön waren sie. Als wir uns umarmten, umarmte der Baum uns. Nun, gewissermaßen. Ich vergaß darüber die beiden Security-Menschen und das geheime Abkommen, das sie mit Yunus hatten. Vergessen ist doch was Schönes, nicht wahr?

Aber Gezi wollte sich in Erinnerung bringen. Und mich wieder mal empfinden lassen, wie sehr ich dorthin gehörte, als hätte ich immer dort gelebt.

»Nachdem du verletzt warst … Nach der Moschee … Bist du da wieder hin?«

»Bei mir daheim sind sie misstrauisch geworden, und nach dem dritten Juni wollten sie mich nicht mehr hinlassen. Wir sind aber weggelaufen. Das heißt ich; Derin und

Pembe sind erst nachgekommen. Ich war mir aber so sicher, dass sie auch kommen, dass ich bei Decathlon ein Dreimannzelt und drei Schlafsäcke gekauft habe.«

»Ich hatte kein Zelt. Ich habe mir bloß eine Art Schlafsack organisiert und draußen geschlafen, zwischen den Bäumen. Die ganze Nacht habe ich zu den Wolken raufgestarrt, wie die immer zusammengewachsen und dann wieder auseinandergerissen sind. Nachts war es genauso wie am Tag. Der Tag ist nie so richtig zur Nacht geworden und der Himmel nie ganz dunkel.«

»Der ganze Park war ja wie ein riesiger Schlafsaal unter freiem Himmel. Alle waren frei, waren glücklich, alle guten Menschen der Welt waren dort. Sogar meine Mutter hat gesagt: ›Hier habe ich keine Angst. Ich habe vielmehr Angst vor den Leuten, die euch hier nicht haben wollen.‹«

»Sie hatte schon recht mit ihrer Angst. Mich hätten sie ja fast umgebracht. Ich habe auch wirklich schon gedacht, ich sei tot. Als ich die Tränengaspatrone in den Bauch kriegte, bin ich hingefallen wie im Krieg. Dann habe ich das Blut auf meiner Hand gesehen … und laut geschrien wie ein Mädchen.«

»Was? Schreien etwa nur Mädchen? Hör mal, mit so was brauchst du mir gar nicht zu kommen. Sexismus und Schuhe bitte draußen ausziehen.«

Yunus lachte. So war es auch in Gezi gewesen. Gezi war wie ein Lächeln, ein Lachen, manchmal ein schmerzliches oder ein schallendes, es war etwas unbeschreiblich Schönes und Intensives. Ich krieg's nicht hin, tut mir leid. Gezi war so anders, man kann es einfach nicht beschreiben. So was hatte es noch nie irgendwo gegeben.

Meine Mutter und Tantchen schauten auch manchmal vorbei und wirkten dabei glücklich. Voller Hoffnung, als würden sie da irgendeinen Trost finden. Einfach mal sagen, es reicht, hatte etwas Befreiendes. Meiner Mutter fiel ein Buch ein, das sie als Kind gelesen hatte, da wurde eine Stadt aufmüpfigen Kindern überlassen, und die durften darin leben, wie sie wollten.

»Vom Thema her ist es ganz anders, aber dass die Kinder so frei und ungezwungen leben, das erinnert mich stark an das Buch.«

»So wie wenn deine Mutter zu einer Nachbarin geht und du inzwischen die halbe Wohnung zerlegst, was?«, sagte Tantchen.

Wenn sie einen Satz formulierte, in dem das Wort »Mutter« vorkam, bekam sie noch immer feuchte Augen. Sie merkte das nicht mal und hatte höchstens das Gefühl, dass ihre Augen wohl etwas glänzten. Gleich darauf aber war sie nahe daran, loszuweinen, weil sie sich nach ihrer Mutter sehnte, die zwei Monate zuvor gestorben war.

»Und wo bist du verletzt worden?«, fragte Yunus.

Der Sommer wollte noch nicht weg aus der Stadt. Er ging einfach noch nicht. Verging nicht. Istanbul erlebte seinen längsten Sommer. Die Bäume ließen kein einziges Blatt herabfallen. Sie wehrten sich. Damit meine ich, dass Yunus aussah, als sei er in geradezu jenseitigem Grün verloren. Sogar seine Augen waren grün, und wenn er den Mund aufmachte und grinste, auch seine Zähne, ja sogar die.

»Mich«, sagte ich und konnte dabei den Blick nicht von dem satten Grün wenden, von den Ästen und Blättern, inmitten derer wir saßen, »hat es auf der Straße erwischt, die nach Dolmabahçe runtergeht. Sie nannten uns dort ›die Kugelstoßerinnen‹, weil wir so gut im Pflastersteinwerfen waren. Von den verwegensten Typen haben wir Beifall bekommen, aber dann hieß es, hier geht's gleich rund, macht euch lieber davon, da sind wir die Straße rauf und auf die andere Seite des Inönü-Stadions.«

»Wir waren bei den Barrikaden dort. Die eine Barrikade vor dem Militärkrankenhaus, die habe ich selbst gebaut, das kann man ruhig so sagen. Echt, du. Mit meinen bloßen Händen.«

»Ich glaub's dir.«

»Das kannst du auch.«

»Und weiter unterhalb von eurer Barrikade war noch eine.«

»Weiß ich.«

»Da haben sie mich erwischt.«

»Dann sind wir ja fast am gleichen Ort verletzt worden.«

»Kann schon sein. Bei mir war's auf dem Hügel, von wo man die Konzerte im Stadion gratis sehen kann.«

»Genau, ja.«

»Da war es.«

Ich passte nicht mehr richtig auf, so sehr war mir das Lob mit den Kugelstoßerinnen zu Kopf gestiegen. Wir machten uns über Derin lustig.

»Die beste Kugelstoßerin bist ja du.«

»Warum?«

»Weil keine von uns so halsdicke Handgelenke hat.«

Brüll.

»Es herrschte einfach eine ganz besondere Stimmung, oder vielleicht waren wir vom Tränengas auch irgendwie besoffen. Aus dem Gleichgewicht waren wir auf jeden Fall. Obwohl ja von Gleichgewicht keine Rede mehr sein konnte. An unserer Werkseinstellung war schon lange herumgespielt worden. Nun ja, jedenfalls passte ich nicht mehr auf. Derin löste sich irgendwann von meinem Arm, Pembe zog sich zurück, ich aber nicht. Genauso wie ich mich bei dem blöden Romanwettbewerb auf sämtliche Bedingungen widerspruchslos eingelassen hatte, lief ich jetzt blindlings vorneweg, und peng kriegte ich eine Tränengaspatrone an den Schädel.«

»Und dann?«

»Ich hatte das Gefühl, mir reißt es den Kopf weg. Oder dass sich die Patrone fürchterlich pfeifend in meinen Kopf reingebohrt hat. Oder dass mein Kopf tatsächlich wie ein Ball davongeflogen ist.«

»Wow! So schlimm?«

»So schlimm. Ich war dann erst mal völlig weg, und aufgewacht bin ich in der Moschee am Bosporus, die als Lazarett benutzt wurde.«

»Die Bezmialem-Moschee.«

»Genau. Neben der ist so eine kleine Fischerhütte, von da sind meine Oma und ich früher manchmal mit dem Boot rausgefahren, mit so einem Außenborder. Den Bootsbesitzer kannte meine Oma, mit dem war sie befreundet. Der wohnte auch in Cihangir, wie wir.«

Mensch! Das war der Archäologe, den sie nicht heiraten konnte! Jetzt begriff ich auf einmal! Wahnsinn. Mitten beim Erzählen kam ich dem Geheimnis meiner Oma auf die Spur. Mit ihrem früheren Freund, mit dem das Schicksal sie nicht vereint hatte, schnupperte sie also gemeinsam Meeresluft. Mit dem höflichen alten Mann, dem die dritten Zähne nicht ganz in den Mund passten.

»Hallo, ich habe auch eine Enkelin in deinem Alter.«

Auf diese Worte ihres früheren Geliebten hin fühlte meine Oma sich zu einer Berichtigung veranlasst, und zwar im Ton einer Marianne Faithfull, die im Bosporuswind an einer billigen Samsun-Zigarette zieht, von der auf Dauer ihre Finger gelb werden. Hören Sie die magische Trompetenstimme?

»Sie ist zwei Jahre älter als meine.«

»Stimmt. Und sie hat den gleichen Namen.«

Was hatte ich da in der Hand, ein Cornetto? An das schleckte ich mit meiner spitzen Zunge frech hin und sagte: »Ich habe aber zwei Namen.«

»Meine Enkelin auch.«

»Aber mein zweiter Name ist ganz selten, hat sie den etwa auch?«

»Aber hallo! So sagt ihr jungen Leute doch?«

Der alte Archäologe war auf der Höhe der Zeit.

»Ihre Enkelin heißt also auch ...«

»Ja, genauso wie du. Dein zweiter Name bedeutet so viel wie ›schöne Aussicht‹, und so selten wie er ist, hat deine Oma ihn einfach abgekupfert. Und deine Tante, die heißt so wie meine Zwillinge.«

Mann. Das hörte sich ja an wie diese Probleme mit dem Auto, das von A nach B fährt, oder mit dem Swimmingpool, in den in soundso viel Zeit soundso viel Wasser reinläuft, oder mit dem Alter, wo einer doppelt so alt ist wie ein anderer, aber vor zehn Jahren war er ...

Jaja, Oma, sitz nur da in einem Boot, paff deine Zigarette und schau in die Ferne. Da hast du dir wieder einiges geleistet und spielst dabei das Unschuldslämmchen. Dem Bräutigam in spe von damals bist du also auf den Fersen geblieben. Wenn auch das Schicksal euch getrennt hatte, hast du wenigstens dafür gesorgt, in eure zwei Familien was Paralleles reinzubringen, und hast dich schamlos an den Namen bedient.

»Ihr tut die Seeluft gut. Hat ihr der Doktor empfohlen. Den ganzen Winter über hatte sie Bronchitis.«

Klar, Oma. Und wie mir die Seeluft guttat. Herrlich. Mit meinem blöden Eis in der Hand war ich ein Supervorwand dafür, dass die beiden gemeinsam auf dem Bosporus herumschippern konnten, und ich selbst hatte keine Ahnung. Aber meinen Vornamen verrate ich jetzt nicht, weder den ersten noch den zweiten, da können Sie sich auf den Kopf stellen und mit den Füßen wackeln. Schauen Sie doch bei Google nach. Nein, Oma, so geht das nicht, das war falsch. Das war eine Entscheidung gegen uns. Du hast dich an eine Ehe geklammert, die höchstens mal in einem anderen Universum stattgefunden hätte, und wir stehen als bloße Kopie da. Sind wir vielleicht Schafe? Wegen dir jetzt durchaus. Als wir aber nach deinem Tod deine Sachen aufgeräumt haben …

»Wieso hat Mama das Kleid da aufgehoben?«, fragte Tantchen und hielt das ominöse Stück an seinem Kleiderbügel hoch, als wärst du da als Phantom noch drin.

»Kann ich das haben, als Andenken an Oma?«

»Da! Es ist zwar ganz zerfleddert, aber wenn du es willst, kannst du es haben.«

Und schon flog es auf mich zu wie ein Vogel.

»Ich kann mich gar nicht erinnern, dass sie das mal anhatte.«

Ich schon.

Ich wusste also, was sie nicht wussten, nicht wahr, Oma? Aber was hatte ich schon zu melden? Als Perihans kleine Gefährtin, als ihre einzige Freundin, als Kind ihres Kindes tuckerte ich mit ihr auf einem Bötchen an der Bezmialem-Moschee vorbei.

»Gott, ist das eine schöne Moschee. Nicht ganz so schön wie unsere in Cihangir, aber trotzdem. Wenn sie bloß alle Moscheen im Land so bauen würden …«

Brauchst gar nicht abzulenken, Oma. Meine Wut auf dich ist schon verloschen wie ein Strohfeuer. Wie sollte sie auch nicht. Ich verzeihe dir und umarme dich.

»Fahren wir doch unter der Brücke durch, das ist immer so aufregend!«

»Machen wir.«

Wenn du nichts anderes willst, Oma.

Wenn es dein einziger Wunsch, dein einziges Glück, dein alleiniger Trost ist, auf einem Motorboot nach Herzenslust Bosporusluft zu schnappen. Mehr willst du gar nicht vom Leben, aber sogar das wollte man dir und mir nicht gönnen. Schade um uns, Oma. Schade um uns beide.

Wie viele Erinnerungen, nicht wahr?

Diesen letzten Satz könnte ich eigentlich mit einem Fluch abrunden. Was meinst du, Oma, sollen wir hier deinen Stempel draufhauen?

Der Kopf des Menschen ist wie eine Molkerei, und das Gedächtnis eine Art Fliege. Die kannst du noch so oft verscheuchen, die kommt immer wieder. Eine fliegenlose Molkerei wäre geradezu widernatürlich. Deshalb wird auch unser Verstand die Spuren der Vergangenheit nicht los. Daran dachte ich, als mir in der Moschee meine Kopfwunde genäht wurde und ich dabei schrie wie am Spieß. Falls ich das mit dem Schreien noch nicht erwähnt haben sollte, gebe ich es eben jetzt zu. Jetzt aber nicht gleich den Mund verziehen, ja, kein vorschnelles Urteil. Mir ist genug in mein Leben reingeschissen worden, da seien wenigstens Sie verständnisvoll.

Und jetzt sagen Sie mir noch, wo wir stehen geblieben sind.

Ich höre gerade Yunus zu.

Stimmt, ich höre Yunus zu.

»Als ich verletzt worden bin, hat mein Vater gesagt, Junge, geh da nicht mehr hin, aber ich konnte mir gar nicht mehr vorstellen, woanders zu leben als in dem Park. Ich bin also wieder hin und habe dort gelebt, als würde ich für immer dortbleiben. Aber vor Wasserwerfern und solchem Zeug habe ich von da an einen Heidenrespekt gehabt. Von denen habe ich sogar geträumt.«

»Und wir haben furchtbare Angst gehabt, als sie unsere Zelte angezündet haben. Das war am 30. Mai, an einem Donnerstagmorgen, das weiß ich noch ganz genau, denn es war der Geburtstag von Pembe.«

»Wir haben dort tolle Menschen kennengelernt, ich habe wunderschöne Geschichten gehört und Bücher gelesen.«

»Wenn es bloß im ganzen Land so zugehen könnte! Darauf haben wir damals tatsächlich gehofft. Und jetzt? Haben wir überhaupt noch ein Land? Überhaupt noch eine Zukunft? Es sieht finster aus am Horizont. Wir sind ganz und gar verloren.«

»Genau. Was soll ich sagen, genauso ist es.«

»Damals gab es Hoffnung, ich habe sie gesehen. Ich habe schönere Sachen gesehen als je zuvor. Als wäre mitten in der Stadt zum Thema Freiheit, Gleichheit und Brüderlichkeit ein Zirkus aufgestellt worden.«

»Ein Zirkus? Sag mal, spinnst du, so nennen die das, die uns von dort vertrieben haben.«

»Ich meine es ja nicht negativ, ich weiß nur nicht, wie ich es sonst beschreiben und verpacken soll. Wie da vom Atatürk-Kulturzentrum dieses riesige Transparent runterhing, wo draufstand: FÜGE DICH NICHT. Und wir haben uns nicht gefügt.«

»Und ganz oben stand einer und spielte Trompete.«

»Und Leute haben getanzt.«

»Hast du den mit dem Feuertanz gesehen?«

»Und Theater haben wir gespielt. Was Kleines, aus einem Kinderbuch, das haben wir in der Bücherei gefunden, die sie in Gezi auf die Beine gestellt haben. Das mit dem Stück habe ich vorgeschlagen. Es war was ganz Trauriges, eigentlich viel mehr als ein Kinderbuch: *Ente, Tod und Tulpe*. Ich habe den Tod gespielt, mit einer Maske und meinem gestreiften Schlafanzug. Pembe spielte die Ente, das war die Hauptrolle. Die Ente hat immer den Hals zum Himmel hochgestreckt, als wollte sie ihn berühren, weil sie nur so das Gefühl hatte, eine richtige Ente zu sein.«

»Wenn ich jetzt sagen würde, ich habe das Stück dort gesehen …«

»Dann würde ich sagen, das glaube ich dir nicht. Und oha, und pfui Teufel, und igitt!«

»Schön. Mach am besten eine Mischung daraus.«

»Was bleibt aber von dem Stück in Erinnerung? Leute schreiben was und spielen was, aber was bleibt bei dem hängen, der das alles konsumiert? Was eignet der sich davon an, was macht er daraus?«

»Der Leser ist undankbar.«

Das hatte Tantchen mal gesagt. Bevor Sie gleich beleidigt sind, muss ich zugeben, dass ich nicht mehr weiß, ob sie damit Zeitungsleser oder Buchleser meinte. Sie sagte es jedenfalls, als ich mit meinem Roman kämpfte und sie dabei ein wenig lektorierte, um mir Selbstvertrauen zu verschaffen. »Denk aber daran«, sagte sie, »Leser nörgeln und meckern vielleicht, aber irgendwann mal sind sie tot, und dein Buch lebt weiter.« So, nur damit Sie Bescheid wissen.

»Oder aber ein Buch gefällt ihnen ganz toll«, erwiderte ich. Wir saßen in ihrer Wohnung auf der senffarbenen Couch. Tantchen war noch immer schön. Nicht schön auf den ersten Blick, aber gerade, je länger man sie anschaute. Charmant, attraktiv.

»Wenn der Leser einen Schriftsteller mag, ist das was

ganz Besonderes. Wie die Liebe, die man Eltern oder Geschwistern entgegenbringt.«

»Jetzt übertreibst du aber.«

»Das ist mein Ernst. Zumindest sollte es so sein.«

Tantchen ließ mich in Ruhe. Sollte ich nur erst mal denken, was ich wollte. Die Pubertät war so eine Art Interregnum. Wenn man sich auf was versteifte, knallte man an die Wand. Gut, dass ich Tantchen hatte. Und bis zu meinem fünfzehnten Lebensjahr meine Oma. Sonst hätten meine Eltern und ich, also mein Schattenvater inklusive, uns gegenseitig übel zugerichtet. So bin ich jetzt das auf die Bäume verschwundene Kind. Wer weiß, was sonst aus mir geworden wäre! Aber Moment mal: Waren sie es, die mich verloren haben? Was ist mit der Gesellschaft und dem Staat, die sich so aufführen, sind die etwa gar nicht schuld? Ich finde, das sind sie sogar am allermeisten. Gott möge sie strafen. Auf den werden sie sich sowieso berufen. Sich auf etwas zu berufen, was man nicht sieht, ist immer vorteilhafter.

»Du bist ja schon wieder weggetreten.«

Ich hörte auf, an meinen vertrockneten Lippen herumzuzupfen und kehrte aus der Vergangenheit zurück.

»Ich warte auf eine Antwort.«

»Also, einmal hattest du in der Rolle des Todes nicht deinen gestreiften Schlafanzug an, sondern was Langes mit Schottenmuster. Und die Maske stellte einen Totenschädel dar.«

»Entschuldige schon, Yunus, aber das lasse ich nicht als Antwort durchgehen.«

Wäre er in mein Zimmer in Cihangir gekommen, hätten wir uns auch so gegenübergesessen. Der Ast, auf dem wir hockten, wäre das Leben gewesen, unser Leben. Ich hörte Yunus aufmerksam zu. Zuhören ist mir wichtig.

»Der Tod wollte die Ente holen und sie ins Land des Todes schicken.«

»Stimmt.«

»Die beiden haben sich angefreundet, aber das sollte dem Tod dazu dienen, der Ente das Leben zu nehmen.«

»Ja schon, aber du fasst das Stück ja zusammen.«

»Beim Zuschauen habe ich geweint, und damit die anderen das nicht mitkriegen, habe ich so getan, als hätte ich was ins Auge gekriegt. Aber zum Glück haben alle nur euch zugesehen, also dir und deiner Freundin, die die Ente gespielt hat. Die Erzählerin …«

»Derin.«

»Die stand hinter ein paar Bäumen, mit dem Buch in der Hand, und beim Vorlesen hat sie irgendwie das Gesicht verzogen, als würde sie mit dem Atmen nicht hinterherkommen.«

»Und warum hast du geweint?«

»Weil die Ente merkt, was für sie alles weg ist, wenn sie stirbt. ›Dann ist der Teich also ohne mich‹, sagt sie. Solche Sachen.«

»Ja.«

Da konnte ich nicht anders und sagte Yunus ein paar der Dialoge auf, die ihn so beeindruckt hatten, so weit sie mir von den kleinen Aufführungen damals im Gezi-Park, zwischen den geretteten Bäumen, noch in Erinnerung waren.

DERIN: Schon länger hatte die Ente so ein Gefühl.

PEMBE: »Wer bist du, und was schleichst du hinter mir her?«

ICH: »Schön, dass du mich endlich bemerkst.«

DERIN: Sagte der Tod. Die Ente erschrak. Wie ja auch zu erwarten war.

PEMBE: »Und kommst du mich holen?«

ICH: »Ich bin schon in deiner Nähe, solange du lebst. Nur für den Fall.«

Yunus sah aus, als würde er dastehen wie damals.

DERIN: Am nächsten Morgen wachte zuerst die Ente auf.
PEMBE: »Ich bin nicht gestorben!«
DERIN: Dachte die Ente. Sie stieß den Tod an.
PEMBE: »Ich bin nicht gestorben!«
DERIN: Quakte sie freudig. Der Tod hob den Kopf.
ICH: »Das freut mich für dich.«
DERIN: Sagte der Tod und streckte sich.
PEMBE: »Wenn ich aber nun gestorben wäre?«
ICH: »Dann hätte ich nicht ausschlafen können.«
DERIN: Sagte der Tod gähnend.
PEMBE: »So grob hätte er das nicht zu sagen brauchen.«
DERIN: Dachte die Ente.
DERIN: In der Weite sahen sie den Teich, der still und allein dalag.
PEMBE: »So ist es also, wenn ich tot bin.«
DERIN: Dachte die Ente.
PEMBE: »Der Teich, ganz allein, ohne mich.«
DERIN: Der Tod konnte manchmal Gedanken lesen.
ICH: »Wenn du tot bist, ist auch der Teich weg. Zumindest für dich.«

Ich wollte abwarten, bis Yunus sich aus seiner Stimmung löste, doch starrte er noch lange vor sich hin, als ob zwischen den Ästen etwas zu beobachten wäre. Ich machte vor seinen Augen den Scheibenwischer.

»He, bist du noch da? Houston, bitte antworten! *Houston, we have a problem …*«

Yunus lehnte sich etwas zurück, als würde er wieder zu sich kommen.

»Keine weiteren Fragen, Euer Ehren. Der Zeuge gehört Ihnen.«

Ich prustete los, und Yunus gleich mit. Auch wenn Yunus so aussah, als wäre er weggetreten, war er das keinesfalls. Niemand sieht so aus, wie er wirklich ist.

»Der Tod spielte sowohl im Buch als auch bei uns im Stück eine wichtige Rolle, aber gesagt hat er nur wenig, findest du nicht auch?«

»Nein, eigentlich nicht. Er ist halt der Tod. Er hat als Vermittler dafür gesorgt, dass einfühlende Sachen gesagt werden.«

»Woran erinnerst du dich noch?«

Mein ständiges Nachhaken machte Yunus nervös. Ich sah ihm an, wie er immer angespannter wurde.

»Du kannst ziemlich lästig sein, weißt du das? Das ist fürs Leben nicht gut, und fürs Überleben auch nicht. Du lässt einfach nicht locker. Gibst nicht auf. Erwartest immer zu viel. Und verzettelst dich damit.«

Wie recht er doch hatte.

Betroffen wandte ich das Gesicht ab. Das hatte ich schon als Kind, wenn ich traurig oder mir etwas peinlich war. Dann kann ich den anderen nicht ins Gesicht sehen.

»Na, beruhig dich doch«, sagte Yunus. »Schließlich sterben wir alle mal. Zugegeben, daran kann man nicht ständig denken. Wie heißt es doch im Stück: ›Schneeflocken segelten herab. / Es war etwas passiert. Der Tod sah die Ente an. / Die Ente atmete nicht mehr. Sie lag reglos da.‹«

»Der Tod strich ihr die Federn glatt und trug sie zum großen Fluss«, fuhr ich fort.

»Siehst du, an der Stelle habe ich geweint.«

Das tat er auch jetzt. Ich dann auch, doch aus einem anderen Grund.

»Yunus … Ich bin nicht unschuldig. Ich habe was ganz Schlimmes getan. Ich bin wirklich zum Tod von jemandem geworden. Ganz echt.«

Yunus riss den Mund auf und hielt sich an einem Ast fest. Dabei vermischte er sich noch mehr mit dem Grün, wurde selbst zum Grün. In seiner Aufregung hatte er vergessen, dass wir auf einem Baum saßen, und als er in einer ruckartigen Bewegung an einem Ast zog, ließ dieser mich ein Stück Himmel sehen, auf dem zerzauste Wolken dahinzogen. Den Himmel und die Wolken zu sehen, bedeutete Hoffnung. Gab es die noch für mich?

25 | STALKING

Mich zerreißt es bald.

Sollte ich meinen Roman jetzt verfassen, würde ich ihn wie im Traum schreiben. Nur da nämlich lügen wir nicht. Und Özlem würde sagen: »Wo hast du denn das wieder aufgeschnappt?«

In der Nacht dachte ich in meinem Storchennest: »Morgen ist Montag!« Nicht dass ich mit Montagen oder sonstigen Wochentagen noch viel zu schaffen hätte. Den *Baron auf den Bäumen* von Calvino habe ich mir wie ein Bild an einen Ast gehängt. Als Dekoration. Ich erschuf mir aus einer Staub- und Gaswolke eine neue Welt. Die Leute verließen allmählich den Park. In meinem Teil war sowieso kaum jemand gewesen. In meinem Teil. Dem verfluchten Teil. Dem Friedhof der Namenlosen.

Etwas in mir wehrte sich.

Als Yunus fort war, kackte ich. Wäre ich leichtfertiger, hätte ich das bequem auf der Mauer erledigen können und den Haufen dann runterwerfen. Und Yunus warnen, dass er da nicht reinsteigt. Vor ihm genierte ich mich nicht mehr. Er wusste jetzt Bescheid, dass ich Dreck am Stecken hatte.

Als ihre Riesenlüge aufkam, war meine Mutter am Boden zerstört.

Und zu dieser Riesenlüge hatte ich sie inspiriert. Oder

sagen wir besser so: Ich hatte für sie etwas ausgekundschaftet.

Das Jahr 2013 hatte für uns mit lauter Katastrophen begonnen. Meine Oma war krank. Der Arzt hatte geheiratet, und meine Mutter trauerte. Ich hatte begonnen, Rap-Texte zu schreiben. Zwar ahnte ich schon, dass mich das fertigmachen würde, aber ich ließ es trotzdem nicht.

Mehr als mir selbst wollte ich meiner Mutter helfen. Wenn ich ihr nicht beistand, würde sie wieder abstürzen. Es lief der Fernseher. Jetzt sagen Sie nicht gleich, was hat das damit zu tun, denn vom Fernseher kam nun mal die Inspiration zu der Riesenlüge, durch die meine Mutter ins Verderben geriet.

Britney Spears.

Soll das ein Witz sein, höre ich Sie fragen.

Ist aber keiner.

Lesen Sie es ruhig noch mal. Britney Spears. Die amerikanische Sängerin. Wie sie leibt und lebt. »Womanizer«. *I know what you are, what you are, baby*. Man hat sie gleich vor sich. Ich weiß nicht, was Sie über Britney Spears wissen, aber vielleicht haben Sie noch nie gehört, dass sie mithilfe einer türkischen Diätspezialistin stark abnahm. Dafür ist Ihnen geläufig, dass ihr mal die Kinder weggenommen wurden, dass sie sich darauf im Wahn den Schädel kahl scheren ließ, dass sie als bipolar galt, aber dann von Madonna auf die Lippen geküsst wurde und wieder neu erblühte.

Bei uns im Fernsehen sang sie jedenfalls zusammen mit Will.i.am »Scream and Shout«.

»Die hat ganz schön abgenommen«, sagte ich. Ich denke, damit wollte ich meiner Mutter aus ihrem Tran heraushelfen. »Wenn sie das durch dich geschafft hätte, was glaubst du, wie berühmt du da wärst.«

Gelungen.

Wie ein trauriger Zackenbarsch war mir meine Mutter vor die Harpune gekommen. Wo ich das jetzt herhabe? Ist mir nur so eingefallen. Wir hatten über den Zackenbarsch mal was durchgenommen. Dass der bis zu einem bestimmten Alter männlich ist und dann weiblich. Oder umgekehrt. Dass er jedenfalls in seinem Leben beide Geschlechter ausprobiert. In dem Buch stand was von einem Mann, der sie mit der Harpune jagte, das konnte ich gar nicht fertig lesen. Da die Zackenbarsche den Menschen nicht kennen, schwimmen sie neugierig herbei und fragen sich, was das für riesige Wesen sind, und der Harpunenmensch redet auf sie ein, streichelt ihnen über den Kopf, und zack schießt er ihnen mitten zwischen die Augen. Zackenbarsche fallen also leicht auf einen herein, und nicht anders ging es meiner Mutter, als sie im Fernsehen zufällig auf Britney Spears stieß und sofort auf das einging, was ich so vor mich hin sagte.

Ich hatte das Bedürfnis, geliebt zu werden. Zu reden. Auf meinem iPad googelte ich, wie Britney wieder auf die Beine gekommen war. Von einer Diätspezialistin war darin nicht die Rede. Warum sollte die Frau, die dieses Wunder vollbracht hatte, nicht aus Istanbul sein?

So kam eins zum anderen.

Mit meiner Hilfe spann meine Mutter ihre Ruhmesgeschichte immer mehr aus. Für eine Fortbildung sei sie nach Los Angeles gereist, und da sei ihr Britney Spears über den Weg gelaufen. Oder sie Britney Spears. Vielleicht sind sie auch zusammengeknallt, was weiß ich.

Die Türkin, bei der Britney Spears abgenommen hat.

Wie Britney Spears mit türkischem Essen abgenommen hat.

Innerhalb kürzester Zeit trat meine Mutter fünfmal im

Fernsehen auf und gab zahllose Interviews. Die Britney-Diät wurde berühmt.

»Aber du warst doch gar nicht in Los Angeles?«, fragte Tantchen. Schrie es vielmehr heraus. Ihr wurde nämlich schon vor uns klar, worauf das hinauslaufen würde. Wir standen im größten Raum der Wohnung, nämlich der Küche. Mit Betonung auf »stehen«, denn wenn es um heikle Fragen ging, saßen wir nie. Tantchen hatte die Dunstabzugshaube angemacht und rauchte. Eigentlich wurde bei uns in der Wohnung nicht geraucht.

Dann ging es Schlag auf Schlag.

Meine Mutter mietete in Cihangir ein Büro und kreierte eine Internetseite. Mit meiner Hilfe wurden von ihr und Britney gemeinsame Fotos erstellt. Das war dann übrigens auch der Punkt, durch den wir schließlich und endlich aufflogen. Der Kerl, der das Photoshop-Wunder erschuf, verpfiff uns. Die Pfeife. Abkratzen hätte er sollen. Es kam also heraus, dass das Foto, das Britney und meine Mutter einträchtig nebeneinander zeigte, eine Montage war. Und damit nicht genug, es gab ja auch Leute, die den Ruhmesballon meiner Mutter liebend gerne zum Platzen bringen wollten. Darunter etwa ihre frühere Chefin, die Königin der Diätärzte. So hielt also der Nimbus meiner Mutter nicht lange an. Auf einen kometenhaften Aufstieg folgte ein ebensolcher Abstieg, beschleunigt noch durch mannigfache Tritte in den Hintern. Meine Mutter wurde bloßgestellt. Mit Schmutz beworfen. Gerade mal drei Monate hatte sie ihren Ruhm auskosten dürfen. Als sich in Istanbul der Frühling einstellte, verfiel meine Mutter wieder in eine Depression. Der Frühling kommt ja nicht einfach so nach Istanbul. Er kündigt sich an, ziert sich dann lange, und irgendwann ist er da wie ein Geschenk. Kochen wir das Thema nicht noch weiter hoch, es ist schon heiß genug. Es war wirklich alles furchtbar peinlich. Schlimmer, als ich erwartet hätte.

Britney Spears nahm schließlich Stellung zu der Sache.

In aller Deutlichkeit.

»Mir hat nie irgendeine türkische Diätspezialistin geholfen«, sagte sie, als ihr ein Reporter auf der Straße ein Mikrofon hinhielt. Der hakte nach.

»Sie haben also nicht durch eine türkische Diätspezialistin abgenommen?«

»Nein«, erwiderte Britney und wirkte dabei teilnahmslos. Als hätte man ihr diese Antwort praktisch aufgedrängt. Mit ihrem Selbstvertrauen schien es nicht weit her zu sein, das klebte am Boden wie ein Kaugummi. Latsch bloß nicht drauf, Britney.

»Ich kenne überhaupt keine Türken«, sagte sie zum Abschluss.

»*Really!*«, schleimte der Reporter. »Ich bin einer!«, sagte er und zeigte dabei auf sich. Britney ließ die schwere Tür des Jeeps zufallen, aus dem sie gestiegen war, winkte gekünstelt in die Kamera und hauchte noch ein schwungloses *See you againnnn* hin und zockelte in ihren Havaianas-Flipflops davon. In Los Angeles musste das sein. Alles ganz vertrocknet dort. »Liebe Zuschauer«, faselte der Reporter, »somit ist also die Behauptung, Britney Spears habe mithilfe einer türkischen Diätspezialistin abgenommen, als Lüge entlarvt worden.«

Darauf erschien auf dem Bildschirm ein Foto meiner Mutter. Noch dazu eines, das ihr überhaupt nicht gefiel. Und wenn es ihr gefallen hätte, was hätte das geändert? Sie war bis auf die Knochen blamiert.

»Mit mir ist es aus«, wimmerte sie. »Ich bin fertig.«

Da sah ich mit an, wie das ist, wenn jemand abstürzt.

Look at you. Mit eigenen Augen. *But I know what you are, what you are, baby.* Wie ein Mensch, und noch dazu meine Mutter, vor meinen Augen zugrunde ging. *Gettin' more than just re-up.* Sie gab ein seltsames Röcheln von sich. Das war der Versuch zu weinen. *Oh womanizer, oh you're a womanizer, baby.* Ihr Blutdruck spielte daraufhin verrückt, wie bei einer Waage, wenn das Zünglein hin und her hüpft. *Maybe if we both lived in a different world.*

Es wurde so schlimm, dass sie ins Krankenhaus musste.

»Das auch noch«, sagte meine Oma. Obwohl sie das Gefühl hatte, anstelle ihrer Leber trage sie einen Schamottestein mit sich herum, war sie selbst noch nicht im Krankenhaus, sondern besuchte dort nur ihre Schwiegertochter. Und wusste noch nicht, dass sie gerade noch drei Monate leben würde.

Trotz der vielen Beruhigungsmittel fiel meine Mutter von einem Weinkrampf in den nächsten.

»Was hat sie denn, die Arme?«, fragte eine Krankenschwester.

»Einen Scheißdreck hat sie.«

Wie von meiner Oma nicht anders zu erwarten.

Auf die Nachricht mit Britney stieß ich dann noch ein paarmal.

Einmal, als ich in einem Lokal in Beyoğlu eine Suppe aß. Von den anderen Gästen hatte ziemlich sicher keiner eine Ahnung, dass ich mit der Sache etwas zu tun haben könnte. Das Leben ist schon komisch. Die Frau, die der rotzfreche Reporter da zur Sau machte, war niemand anders als meine Mutter, und die lag, seit die Krankenkasse nicht mehr mitspielte, mit ihrem Medikamentencocktail am Arm in einer Privatklinik, großzügig gesponsert durch Tante Hülya.

Und ich hatte sie auf das alles erst gebracht. Der Britney-

Clip, der uns beide inspiriert hatte, wurde zwischen zwei Meldungen zur Auflockerung gebracht.

You are now rocking with Will.i.am and Britney, bitch.

Schon gut, Britney. Du Flittchen. Hättest du den Reporter, der dir da auflauerte, nicht einfach stehen lassen können? Oder sein wackliges Englisch missverstehen und einfach sagen: »Ja, türkisches Essen finde ich super!« Oder noch einfacher nur *»Oh yeah!«* …

Ich verlor die Beherrschung. Aber nicht vor allen Leuten. Erst als ich schon draußen war und mich mit Derin und Pembe traf. Da habe ich denen wohl zum ersten Mal etwas vorgeweint.

Dann ist ja alles nur so auf uns eingeprasselt, und ich heulte nur noch Rotz und Wasser. Kaum war meine Mutter aus der Klinik, wurde meine Oma ins Krankenhaus eingeliefert. Und bald darauf ist sie gestorben. Ich habe mich dann am Rap versucht, und der Dreckskerl von Bassist sich an mir. Und als ich auf all diese Erschütterungen hin mal wieder in einem kleinen Lokal in für mein Alter kaum erwartbarer Gefasstheit mein Essen in mich reinlöffelte, musste ich mir im Fernsehen mit anhören, wie unser Obermacker tönte: »Ihr könnt machen, was ihr wollt, unser Entschluss steht fest.« Damit meinte er nichts anderes als Gezi, und der Rest ist bekannt.

Nachdem Yunus weg war, machte ich mich gerade daran, geistig ein wenig den Vorhang vorzuziehen, als sich einer unter meinen Baum schlich wie ein waidwundes Tier. Ein junger Kerl. Er wirkte aber wahrhaftig wie ein angeschossenes Reh und sackte mit letzter Kraft an den Lorbeerbaum. Ich ließ mir durch die Ritzen des Storchennests hindurch nichts entgehen, und man konnte da auch wirklich nicht wegsehen. Der Junge, der ein paar Jahre älter als ich sein mochte, lehnte sich an den glatten Baumstamm und holte sogleich einen billigen MP3-Player aus der Tasche. Erst als er sich mit seinen dünnen, dunklen Handgelenken ein paar Tränen abwischte, merkte ich, dass er weinte. Dann war aus dem MP3-Player eine dumpfe Stimme zu hören.

Jetzt auch du, Leyla? ... Jetzt auch du, Leyla?

Ich hatte schon einiges über das Lied gehört, das Lied selbst aber noch nicht. Wer das wohl war mit der dumpfen Stimme? Ferdi Tayfur? Und wie war der Titel gemeint? Auch du, mein Sohn Brutus; so etwa? Was hatte diese Leyla getan? Haute wirklich jeder den anderen übers Ohr auf dieser Welt? Ich wenigstens haute niemanden übers Ohr. Da klingelte das Handy des Jungen, und er beschrieb jemandem, wo er war. Da erfasste ich wieder mal, wo auf Erden ich mich eigentlich befand. Und das Erfassen ist etwas Bedeutungsvolles, nicht wahr, Oma :-)

»Was soll das, ein lachendes Gesicht anstelle eines Fragezeichens?«

Ach, wo waren Sie nur so lange, Özlem? Sie haben mir schon gefehlt. Die ganze Klasse zuckte zusammen, als Özlem fragte: »Seit wann verwenden wir jetzt Emojis und keine Satzzeichen mehr?« Zum soundsovielten Male waren wir damit beschäftigt, das Opfer des Romanwettbewerbs in den Wahnsinn zu treiben. Ich sagte schon gar nichts mehr. Warf das Handtuch. Obwohl in solchen Fällen ja eigentlich die andere Seite das Feld räumen müsste.

Was soll's.

Nach einer Weile traf der Freund des Jungen ein. »Was ist denn mit dir los, du weinst ja?«

Erst dachte ich, es würde um ein Mädchen gehen, danach hörte das traurige Lied sich nämlich an.

Warst nicht du bei Unrecht so entsetzt?
Hast nichts mehr als Menschlichkeit geschätzt?
Und hast den Schlag mir nun versetzt.
Jetzt auch du, Leyla, jetzt auch du, Leyla …

Es war aber anders. Der Junge musste zum Militär. Gerade hatte er seinen Einberufungsbescheid bekommen, und nun heulte er wie ein Kind.

»Hast du etwa Angst?«, fragte der Freund, der sich neben ihn niedergekauert hatte. Das klang nicht so sehr nach Trost, eher wie ein Anschiss.

»Was soll ich da Angst haben?«, entgegnete der Junge. Meiner Meinung nach hatte er das sehr wohl.

»Grund genug gäbe es schon«, sagte der Freund zu meiner Überraschung. »Ständig hört man, dass welche umkommen, also ich hätte schon Angst.« Bei so viel Ehrlichkeit wurde mir warm ums Herz.

Jetzt sagte aber der Junge, was ihn wirklich bedrückte.

»Wer soll sich um meine Mutter kümmern, wenn ich weg bin?«

Darauf erwiderte der Freund nichts. Er würde sich also schon mal nicht um sie kümmern, das war ihm zu viel der Verantwortung. Es dauerte nicht lang, bis klar wurde, dass das Problem allein schon finanziell war.

»Leute wie wir kriegen doch beim Militär einen Lohn oder wie das dort heißt, das schickst du eben deiner Mutter. Das machen alle so. Du hast beim Militär sowieso alles, dein Bett und dein Essen.«

»Meinst du?«

»Fragen wir doch einfach.«

»Hast du noch nicht gefragt?«

»Nein.«

Ich hatte gedacht, der Freund hätte sich neben den Jungen gesetzt, jetzt merkte ich, dass er sich vor ihn hingekauert und ihm eine Hand auf die Schulter gelegt hatte. Nun erst setzte er sich neben ihn.

»Mach dir keine Sorgen um deine Mutter. Sieh lieber zu, dass du von dort gesund wieder nach Hause kommst. Und dass du mir nicht durchdrehst. Das ist kein Spaß dort, ich sage das nicht gern, aber es ist so.«

Die beiden waren anscheinend Lastenträger. Als sie sich etwas beruhigt hatten, unterhielten sie sich darüber, was sie an dem Tag von wo nach wo getragen und mit was für Menschen sie zu tun gehabt hatten, und sie verglichen, wie viel Tagegeld und wie viel Trinkgeld sie bekamen. Sie verdienten also ihren Lebensunterhalt mit diesen schmächtigen Körpern. Wie trägt nur der Mensch die Last dieser Welt? Damit meine ich auch mich, und ich bin ja auch hier, weil mir diese Last zu schwer wurde. Ich vermochte sie nicht mehr zu schultern.

Sie spielten wieder »Jetzt auch du, Leyla« ab. Vielleicht lief das auch die ganze Zeit über oder war sogar ein endloses Lied, und mir fiel das jetzt erst auf.

Du siehst mir nicht mehr ins Gesicht
Gehst mit mir härter ins Gericht
Nur Lüge hat für dich Gewicht
Jetzt auch du, Leyla, jetzt auch du, Leyla.

»Vielleicht schießt du auf einen Haufen Feinde.«

Was genau meinte er mit Feind? Die Antwort darauf verbarg sich schon in der Frage. Moment, kommt gleich.

»Wie soll denn jemand, der die gleiche Sprache spricht, mein Feind sein? Ist etwa der Kurde Rıza unser Feind?«

»Bei dem ist es was anderes.«

»Warum bei dem und bei den anderen nicht?«

»Wenn du schon so fragst, eigentlich sind alle Kurden unsere Feinde. Und Rıza sagt doch auch ständig, dies oder das hat gar nicht die PKK gemacht, das wird ihr nur in die Schuhe geschoben, und die Kurden werden vom Staat unterdrückt?«

»Ich muss also auf die schießen?«

Der Freund zündete sich eine Zigarette an.

»Ich muss schießen, ja?«

Der Zigarettenrauch stieg mir in die Nase.

»Ich muss schießen?«

Beide hatten kurz geschorene Haare, die Kleider hingen an ihnen nur so herunter, die hatte ihnen wohl jemand gegeben, die Schuhe auch, lauter Sachen, die nicht richtig passten.

Der Freund wechselte lieber das Thema.

»Bevor du einrückst, nehmen wir dich in den Puff mit, das ist sowieso klar.«

Der andere schien weder Kraft noch Lust zu haben, sich mit so etwas zu zerstreuen und über sein Leben hinwegtrösten zu lassen. All seine Energie hatte er damit verbraucht, das Hab und Gut der Welt zu tragen, und im Hinterkopf plagte ihn der Gedanke an die bitterarme Mutter. Mehr war da nicht. Unter den gemurmelten Gesprächen der beiden ging der Tag zu Ende. Als ich mich in meinem Storchennest hin und her drehte, fragten sie: »Was knackt denn da so?«, aber sie kamen nicht darauf, dass das ich hier droben war, das Mädchen auf dem Baum, das hier lebte, um nicht mehr kämpfen zu müssen. Wie hätten sie das auch wissen sollen? Hätten Sie es gewusst?

26 | ES IST EIN UNERWARTETER FEHLER AUFGETRETEN

Wenn ich jetzt sage, es ist schon wieder das Gleiche geschehen, glauben Sie mir dann? Wahrscheinlich werden Sie fragen: »In welcher Beziehung?« Wenn Sie eher freimütig sind, oder sagen wir lieber frech, brummen Sie eher ein »Es passiert doch sowieso immer das Gleiche, oder?«. Da brumme ich genauso frech zurück: »Was soll auf einem Baum schon passieren?« Das knalle ich Ihnen vor den Latz. Oder wie Pembe gesagt hätte, schraube ich Ihnen die Flasche zu. So, sitzt der Verschluss? Fest genug zu?

Um vor Dingen davonzulaufen, die ihm Angst machen, schlägt der Mensch sich in die Büsche. Auf Seitenwege. Auf unkontrollierte Pfade, die steil zum Meer hinunterführen. Genau das tat ich jetzt auch. Es war nämlich schon Morgen, oder zumindest fast, und schon wieder lag so etwas Sonderbares in der Luft. So was Starres. Als ich losblinzelte, wusste ich eigentlich schon Bescheid. Ich tat die Augen auf in dem festen Bewusstsein, dass das ein Traum war. Der Verstand hatte mir schon wieder einen Streich gespielt. Du bist mir doch ein …

Ja, es war alles zugeschneit.

Schon wieder?

Schon wieder.

Diesmal verlieh mir das eine noch tiefere innere Ruhe. Bis ins Mark. Ich hatte doch in Gezi mal morgens den Kopf zum Zelt hinausgestreckt, ja? So wie damals war das. Übrigens hatte in der Schule mal eine behauptet, ich sei bei Gezi gar nicht dabei gewesen. So wie es Küchenschaben gibt, gibt es auch Klatschschaben, und das war so eine. Die glänzen so, und wenn man eine sieht, ekelt es einen davor. Klatschen ist wie mit der Zunge schnalzen oder Kaugummi kauen. Und noch dazu tun die beim Klatschen so, als würden sie eben nicht klatschen, sondern nur von einem berichten. Man ist ja selbst viel zu unbedeutend, als dass über einen geredet würde, doch die Klatschschaben lieben es, aus einem eine Geschichte zu machen. Ich merkte schon, dass die Tussi über mich herzog, und es war ja nicht so, dass es über mich nichts zu erzählen gäbe. Seufzend zählte Derin es auf: »Deine Mutter, deine Oma, der Rapper, der Park …« Schon gut, schon gut, ich konnte die Fortsetzung liefern: Tante Hülya, Tantchen, mein Vater und, und, und.

Trotzdem sagte ich mir damals: »Was ist denn mit denen los? Mein Gott, meine Oma ist eben krank geworden, meine Mutter hatte eine Art Arbeitsunfall, das mit dem Rapper war eine normale Liebesgeschichte, und im Park waren wir doch sowieso alle, oder?«

Beim Aufzählen der einzelnen Punkte gingen mir zwar irgendwann die Finger aus, aber mit mir gab es eher irgendwie ein grundsätzliches Problem. Mehr so was Chronisches. Die Klatschschabe fand ich dann mal auf der Schultoilette vor, wo sie sich wie Jeanne d'Arc die Brust entblößte und ausrief: »Da! Bitte! Da ist nichts künstlich. Alles pure Natur.« Übrigens, Klammer auf, hatte Pembe sich Silikon einsetzen lassen, aber bei ihr sah das derart natürlich aus, dass sie flott darüber weglog, Klammer zu.

Wo ich die Klatschbase auf dem Klo schon mal vor mir hatte, fragte ich sie in aller Ruhe, ganz ohne Druck: »Was soll das heißen, ich war im Park nicht dabei?« Völlig zivilisiert.

Worauf sie tönte: »Na, du warst eben nicht dabei.«

Ihr Selbstvertrauen bezog sie daraus, dass gleich nebenan eine auf die Spülung drückte und herauskam. Sie war nicht allein. Allein war vielmehr ich. Und die liefen nicht so wie wir zu dritt herum, sondern zu viert. Sogleich kamen auch die beiden anderen heraus, übrigens ohne auf die Spülung gedrückt zu haben, wie mir nebenbei noch auffiel.

»Und ob ich dabei war!«, sagte ich und spülte dabei mein Selbstvertrauen hinunter.

»Erstunken und erlogen«, erwiderte das Mädchen. Sie hatte seltsam gekräuselte Lippen, an denen man sich gar nicht sattsehen konnte. Wie eine Blume waren die geformt, wie ein Rosenblatt, und mit Lipgloss aufgemotzt. Anstatt zu kämpfen, hätte ich lieber das Feld räumen sollen, aber das war mir in dem Moment nicht klar. »Was soll's«, hätte ich mir sagen sollen und abziehen, doch wenn wir das im Park genauso gehalten hätten, würden uns die Bäume dort heute nicht so grüßen, und auf den Platz hätten sie uns eine Kaserne hingestellt. Weil wir dort Widerstand leisteten, haben andere gesehen, wie das funktionieren kann, und so etwas selbst ins Auge gefasst. Sie haben etwas daraus gelernt, dass wir für unser Leben und unsere Bäume gekämpft haben. Auf das mit dem Widerstand hätten sie auch selbst kommen können, aber sie haben es nun mal von uns gelernt.

Da versetzte eines der Mädchen mir einen Faustschlag ins Gesicht. Damit hatte ich nun gar nicht gerechnet. Bevor ich noch hatte sagen können: »Ich fick deine Mutter, du Nutte«, war es schon passiert. Und es war nicht mal die Klatschschabe selbst.

 Beim Direktor bezeugten sie sich gegenseitig, es sei alles

ganz anders gewesen. Logen von vorn bis hinten. Ich fühlte mich da so ohnmächtig, Oma. Mein Auge pochte, als würde es gleich herausspringen. Geschwollen war es auch. Als die Schulkrankenschwester kam, nahm sie mich bei der Hand und sah gleich, wie schlimm es um mich stand. Dass mir dann doch irgendwie recht gegeben wurde, lag auch daran, wie lang sich ihr »Oooooohhh!« hinzog. Sie hatte schon wer weiß was erlebt in unserer Schule, aber ein so zugerichtetes Auge anscheinend noch nicht. Nicht in einer so vornehmen französischen Schule.

Dann kam ausgerechnet die tolle Literaturlehrerin Melike dazu. Der Blinde will nur ein Auge, und Gott gibt ihm zwei, nicht wahr, Oma?

Dem aufrechten Einsatz von Melike war es zu verdanken, dass ich nicht nur im Recht war, sondern auch recht bekam. Melike legte der Klatschschabe anschaulich dar, was sie mit dieser schlechten Angewohnheit bei ihren Klassenkameradinnen alles anrichtete. Damit stahl sie dem Direktor zwar ein wenig die Schau, doch sie sorgte für Gerechtigkeit. »Und schaut euch doch mal dieses Auge an, darüber kann man nicht einfach hinweggehen.«

»Ich kann sogar beweisen, dass es falsch ist, was sie behauptet«, sagte ich schniefend.

Natürlich wurde ich daraufhin gefragt: »Dann sag uns doch, was sie behauptet hat.«

Und das tat ich dann, mit stolzgeschwellter Brust.

Als ich zu meinem Beweis ansetzte, setzte ich mich über den missbilligenden Einwurf des Direktors – »Was, ihr habt in der Schule eure Handys dabei?« – mit einem »Ja, schon, aber stummgeschaltet« hinweg und zeigte auf meinem iPhone 5, einem Geburtstagsgeschenk von Tantchen, alles vor, was notwendig war, bis hin zur Aufführung von

Ente, Tulpe und Tod. Damit war das Problem aus der Welt geschafft. Oder wäre es gewesen, ohne den Schlag, den ich aufs Auge bekommen hatte. Da kreuzte doch allen Ernstes die Mutter der Schlägerin in der Schule auf, schob die ganze Schuld mir zu und stellte ihre Tochter als Unschuld vom Lande hin, die nur ganz unwillkürlich zugeschlagen habe – hehe, von wegen – , aber da geriet sie an die Falschen. Erst bekam das Mädchen einen Ausschluss vom Unterricht aufgebrummt, und auf Intervention von Tantchen hin wurde sie schließlich von der Schule verwiesen.

Tantchen hatte in der Schule einen Auftritt hingelegt.

Ich weiß es noch wie heute, denn es war am Silvestertag.

Wir standen im Schulhof, es schneite, und wir waren irgendwie aufgekratzt, weil es an Neujahr Schnee geben würde. Tantchen hatte ihre Isabel-Marant-Stiefel an, die irgendwie nicht zu altern schienen, eine tolle Vivienne-Westwood-Jacke, eine super geschnittene Diesel-Jeans und einen beigen Kaschmirpullover von Massimo Dutti, der ihren Busen dezent betonte. Von ihren honigfarbenen Haarsträhnchen mal gar nicht zu reden. Alles von unaufdringlicher Schlichtheit und Eleganz. Ausstrahlung ganz einfach. Tantchen war eine schöne Frau, und an dem Tag, an dem sie meinetwegen in die Schule kam, war sie noch schöner. Mitleidig sah sie sich mein verbundenes Auge an, nahm mein – wie sie sich ausdrückte – gerade mal noch löffelgroßes Gesicht in beide Hände und sagte: »2014 wird uns Glück bringen.«

Allerdings hatte sich 2014 noch ein Stückchen Zeit von 2013 geborgt und schon ganz schön zugeschlagen, denn Tantchen war an eben jenem Tag von ihrer Zeitung entlassen worden. Das schien sie erst mal noch ziemlich hinzunehmen, aber ich denke, innerlich war sie bei Weitem nicht so, wie ich sie gerade geschildert habe. Bevor sie in meine

Schule kam, hatte sie im Divan Pub zur Beruhigung schon mal zwei Glas Whiskey gekippt, unter deren Aufsicht sie bis zum Abend durchhalten würde. Dann sollte sie sich mit ihren Zeitungskollegen im Cavit treffen. Und wenn nicht da, dann im Yakup. »Zu einem Abschiedsessen?«, fragte ich arglos. Tantchens Augen glänzten wie Juwelen. Zärtlich strich sie mir über die Wange und erwiderte: »Da feiern wir meine Entlassung.«

Schneeflocken fielen ihr in die Haare, die wohl niemals wieder so natürliche Schatten werfen würden. Der Friseur, der das so hinbekommen hatte, war ziemlich teuer. Tantchen hatte vor, mit ihrer Abfindung sparsam umzugehen und so eine Weile über die Runden zu kommen, doch nie wieder würde sie sich jenen Friseur leisten und nie wieder als Journalistin arbeiten können.

Und weiter?

Wir standen unter den herabsegelnden Schneeflocken, und vielleicht stehen wir da heute noch, ich weiß nicht. Die Zeit ist womöglich gar nicht etwas, das einfach vergeht. Vielleicht ist sie was, in das man eingesperrt wird.

Tantchen zog ab, und Pembe und Derin kamen. Sie hatten North-Face-Jacken an, die bei den meisten immer aussehen, als kämen sie von der Kleidersammlung. In pubertärem Überschwang freuten wir uns darüber, dass es im Schulhof schneite. Wir umarmten uns und hüpften herum, dann sahen wir zum Himmel hoch und rissen den Mund auf, um Flocken zu erwischen. Weder die Wasserwerfer noch die Tränengaspatronen hatten unsere Fröhlichkeit kleinkriegen können. Bis dahin. Aber eben nur bis dahin. Es war alles im Begriff, sich still und tiefgreifend zu verändern, nur merkten wir davon noch nichts.

Als mir eine Schneeflocke auf die Nasenspitze flog, rollte

mir zugleich eine Träne aus dem Auge. Wir sind zurück in der Jetztzeit, und ich lasse es am 28. September schneien. Warum verging dieser Traum nur nicht? Unruhig rückte ich im Storchennest hin und her. Der Park war wirklich ganz und gar verschneit. Das kann ich noch hunderttausendmal schreiben, denn so war es nun mal. Jeder hat im Leben einen Augenblick, in dem er gern verharren würde. Weder vor noch zurück. Nur dieser Augenblick. Und die Welt drum herum wie eine schützende Hülle. Die Welt hat Sie umfangen, mit all Ihren Fehlern. Und die Welt ist verschneit.

Ich bin durchaus bei Verstand. Und nicht verrückt.

Zugegeben, ein paar seelische Probleme habe ich schon, aber bitte, wer hat die nicht? Wer ist seelisch gesünder als ein anderer? Ich bin mir sicher, dass dieser Augenblick, in dem ich mich befinde, geträumt ist und nicht echt. Wie gesagt, ich weiß es ja noch wie heute. Die Krankheit in meiner Seele ist nur kurz auf meine Neuronen gehüpft und hat sie ein bisschen durcheinandergebracht. Ganz kurz nur. Also finde ich.

Auf einmal war aus dem Park fröhliches Gelächter zu hören. Zwischen den Bäumen tauchten zwei Mädchen auf, deren blaue Kleider ich ausgesucht hatte. Sie mochten so alt sein wie ich, doch wirkten sie eher wie ganz junge Mädchen, die für ihr Alter nur sehr groß waren. Sie veranstalteten eine Schneeballschlacht und kamen dabei immer näher an die Mauer. Sie waren schon so außer Atem, dass ich sehen konnte, wie sich bei ihnen die Brust stoßweise hob und senkte. Sie werden es erraten haben: Die beiden waren Derin und Pembe. Bevor ich die beiden identischen Kleider näher beschreibe, möchte ich noch erwähnen, dass meine Freundinnen damit bei unserer jährlichen Kostümparty den ersten Preis gewonnen haben, als die Zwillinge aus *Shining*.

Kann es sein, dass jemand *Shining* nicht kennt? Den Horrorfilm? Das Hotel? Den Jungen auf dem Dreirad? Die toten Mädchen? Jack Nicholson? Das Beil? Die Badtür? Danny, der mit seinem Finger spricht?

Derin und Pembe spielten mit ihren Zöpfen, ihren blauen Gürtelkleidern und ihren weißen Kniestrümpfen die Zwillinge, die dem kleinen Jungen mit den übersinnlichen Kräften erscheinen. Ein genialer Einfall. Und damit meine ich weder den Roman noch die Verfilmung, sondern dass sie sich für die Kostümparty gerade das ausgesucht hatten. Ich ging als Amy. Als eine von zwölf Amys auf der Party. Aber ich hatte Tattoos, und zwar genau die gleichen wie Amy.

»Wie hast du das hingekriegt?«

»Du bist ja noch nicht mal achtzehn!«

»Hat der Tätowierer keine Erlaubnis deiner Eltern von dir verlangt?«

»Der Tätowierer war so ein Fanatiker, der hatte keine Angst, von Eltern verprügelt zu werden, weil er einem Kind unerlaubt ein Tattoo verpasste. Aber meine Mutter war eh nicht da, die Flasche.«

Mit meinen Tattoos auf dem Arm kam ich auf der Party also gut an. Ich hatte zwar Salbe draufschmieren müssen, Bepanthen, das sah aus wie eine dünne Eisschicht über den Tattoos, aber sie waren da, und sie waren echt. Und jetzt kommt das Beste: Es gibt ein Foto, da stehe ich zwischen den *Shining*-Zwillingen und lege die Arme um sie, und das Foto ist in die Zeitung gekommen, in *Hürriyet*:

Verwandlungsfreudige Schülerinnen.

Und jetzt standen die beiden unter meinem Baum und fragten: »Was machst du da droben?«

Als würden sie mich nicht kennen.

»Habt ihr mich etwa vergessen?«

Ich hatte keine Scheu davor, mich ihnen zu zeigen, mich aus dem Storchennest zu beugen, mit ihnen zu reden, meine Stimme hören zu lassen. Sie aber sahen mich genauso ausdruckslos an wie in dem Film die Zwillinge den Jungen auf dem Dreirad. Und wie sie das auf der Party mit allen gemacht hatten.

»Nein, wir kennen dich nicht.«

Sie sagten das zugleich. Bevor ich noch meinen Namen sagen und mich ihnen in Erinnerung bringen konnte, wachte ich auf. Zwischen dem dichten Geäst des Lorbeerbaums hindurch stach mir die Sonne in die Augen wie ein Schwert. Ich musste nun glauben, dass das ein Traum gewesen war.

27 | BIST DU SICHER, DASS DU DAS LÖSCHEN MÖCHTEST?

Platane, Eiche, Buche, Pappel, Ahorn, Rosskastanie, Eiche, Erle, Hartriegel, Mispel, Birke, Esche, Ulme, Zeder, Pinie, Eukalyptus. An dem Tag machte ich etwas ganz Besonderes. Ich nahm meinen ganzen Mut zusammen und zählte sämtliche Bäume im Park. Seit der auf dem Dach des Keramikpavillons verbrachten Nacht bin ich zum ersten Mal so weit weg von meinem Storchennest, meinem Lorbeerbaum, meiner geliebten Platane, meinem Eukalyptus, der mir seine weichen Zweige entgegenstreckt, meiner Pinie, die mich mit ihren Kernen ernährt. Ich vertraute nun auf meine Kräfte. Selbst bei der berühmten Wellenbewegung, die ich auf der Slackline machte, wäre ich nicht mehr auf den Boden geknallt. Ich war geschmeidig. Im Gleichgewicht. Nicht seelisch, aber doch körperlich. Es hat schon was für sich, wenn man sich so akzeptiert, wie man ist. Muss man ja auch.

Dieser Park war ganz anders als der Maçka-Park oder auch der Gezi-Park. Zwar standen hier viel höhere Bäume und der Park hatte eine ruhmreiche Vergangenheit als Palastgarten, doch kamen vor allem Loser hierher. Doch, konnte man ruhig so sagen. Es war ein Park für Menschen, die einsam, ruhelos, mittellos waren, die warteten, darbten, davonliefen und im Leben kein Ziel und keinen Zweck mehr sahen. Hierher kamen sie aus den umliegenden Krankenhäusern Çapa, Cerrahpaşa und Haseki, mit Röntgenbildern unter dem Arm, die sie wie Todesurteile herumtrugen, und sinnierten darüber, wie der Krebs ihr Inneres zerfraß. Die Straßenbahn, die mit herzzerreißendem Kreischen vorbeifuhr, schaffte herbei, was die Stadt an Verlierern so zu bieten hatte, sodass der Park, was Verlierer betraf, an seine Grenzen geriet. Die Bäume waren hoch, die Parkbesucher aber so erschöpft, dass sie nicht mal den Blick hoben, um zu ihnen hinaufzusehen. So kam es, dass ich mich auf meiner Tour durch den Park nicht sonderlich zu verstecken brauchte. Ein Mann sah mich sogar, ein armselig dreinblickender Kerl, der sich auf dem Weg zum Tor, vor dem die Straßenbahn hielt, immer wieder zu mir umdrehte, aber nicht ein einziges Mal stehen blieb. Entweder war er nicht besonders hell im Kopf oder zu versehrt, um die Welt noch richtig wahrzunehmen, oder verrückt, oder alles zusammen.

Keine weiteren Vorkommnisse.

Mithilfe des roten Nylonseils und der Seilspanner den Park zu umrunden, brachte mich wieder so richtig zu mir selbst. Hier oben war ich viel stärker als unten auf dem Boden. Nicht nur gab der kleine Ausflug mir allgemein Auftrieb, sondern er half mir auch dabei, den Schneetraum mit Pembe und Derin wieder ein wenig aus dem Kopf zu bekommen.

Doch ganz würde ich den Gedanken an die beiden nicht loswerden. Mir war, als wären sie verbrannt worden, und man hätte mir ihre Asche in den Mund gestopft, sodass sie nun Teil meines Körpers wären. Das ist nicht nur so dahingesagt, das habe ich auch in einem Traum gesehen, einem Albtraum vielmehr.

Nach der Explosion ging es in den sozialen Netzwerken heiß her. Ich habe nicht umsonst erzählt, dass die beiden mal als die toten Mädchen aus *Shining* verkleidet waren.

Und ich damals als Amy. Ich selbst wurde auf billigen News-Seiten auch gekillt, das nur so nebenbei. Nicht zu vergessen, was mir auf der Schule an Dreck hinterhergeschmissen wurde. Als die Literaturlehrerin Melike mich mal in Beşiktaş auf der Straße traf, umarmte sie mich stürmisch und sagte: »Und ich dachte, du seist da mit deinen Freundinnen gewesen und selbst tot!«

»Nein, ich war nicht da.«

»Und warum nicht?«

Das hatte mich Tantchen auch gefragt, wenn Sie sich erinnern. Ich war bei der Planung zuerst dabei gewesen. Eine Gruppe von Leuten, die sich in Gezi kennengelernt hatte, traf sich zum ersten Mal in einer Kneipe in Beşiktaş. Bis dahin hatten wir alles immer nur auf Facebook organisiert. Wir wollten bei der Fahrt dabei sein, aber ich dachte mir, die würden uns vermutlich testen wollen, ob für uns »Kugelstoßerinnen« von unserer schicken Mädchenschule das nur ein Zeitvertreib war oder ob wir es ernst meinten. So war es aber gar nicht. Jeder, der wollte, durfte mit. Bedenken gab es nur, weil leicht etwas durchsickern konnte.

»Wie, durchsickern?«

»Es könnte ein Spitzel unter uns sein«, sagte ein Soziologiestudent aus Samsun.

»Wir wollen einfach den Kindern und Jugendlichen dort ein bisschen Freude bringen, und Hoffnung. Ihnen dabei helfen, dass sie sich ein Leben aufbauen.«

»Ja, wir möchten nützlich sein.«

»Schließlich haben wir Gezi miterlebt, wir haben dort gelacht, aber manchmal auch gelitten und einiges mitgemacht. Tantchen zum Beispiel, die ist Journalistin, und die hat deswegen ihren Job verloren.«

Einer mit einem T-Shirt von Ali Ismail, einem Jungen, der

bei Gezi umgekommen war, fragte gleich: »Bei welcher Zeitung war sie denn?«, und ich gab ihm Antwort, beeilte mich aber hinzuzufügen, sie sei eine aufrechte Demokratin und für die Pressefreiheit.

»Stimmt, die hat in den Mainstream-Medien gute Artikel geschrieben.«

Derin und Pembe sagten hinterher, ich hätte daraufhin breit gegrinst.

Wir bestellten uns jeder noch ein kleines Bier, ein großes wurde immer so schnell warm. Es war Anfang Juli und nicht mehr weit hin bis zur Fahrt. Nach dem Treffen unterhielten wir uns noch untereinander, was wir den Kindern mitbringen sollten. Es sollte dazu noch ein Treffen geben.

Von Beşiktaş gingen wir die Akaretler-Straße neben dem Stadion hinauf, wo wir am 3. Juni gekämpft hatten. Am Anfang hatten wir unsere Erinnerungen daran noch gesnapt und getweetet und gelikt. Jetzt dagegen stiegen wir die steile Straße mit schweren Schritten hinauf, als marschierten wir auf dem Mond. Unsere Rucksäcke schienen uns zurückziehen zu wollen.

»Warum fahren wir da eigentlich hin, mit denen? Sind wir für die nicht bloß so Zuckerpüppchen, mit denen sie nichts anzufangen wissen? So kommt mir das ein bisschen vor. Ich meine, die leben so richtig für das Ding. Sind wir wirklich wie die?«

Wir gingen nach Nişantaşı, wo Derin mit ihren Eltern in einer winzig kleinen Wohnung lebte. Ihre Mutter ging in der Gegend putzen, den Vater haben Sie ja schon kennengelernt. Wenigstens hatten sie jetzt eine eigene Wohnung, aber richtig stolz waren sie nur auf ihre Tochter. Derin hatte noch eine ältere Schwester, aber lassen wir die mal. Jedenfalls regte Derin sich auf, als ich sagte: »Da sind in einer Gegend, von der wir vorher noch nie was gehört haben, Menschen, die Widerstand leisten. Die haben uns damit Mut gemacht, und wir wollten nicht, dass ihre Stadt fällt. Sie sollten sich auch so wehren wie wir in Gezi. Aber sind wir echt wie die? Sind wir vom gleichen Kaliber? Tun wir denen nicht sogar irgendwie unrecht, wenn wir da hinfahren? Das ist keine Kostümparty dort. Und auch nicht wie ein Zelt aufstellen in Gezi. Keine Aktion, mit der man sich schnell mal sein Gewissen erleichtert. So wie man sich bei H&M einen olivgrünen Peschmerga-Overall kauft und damit in die Schule geht. Und sich nicht mal traut, dazu ein Palästinensertuch zu tragen, weil man genau weiß, dass man in diesem Scheißland dafür eingesperrt werden kann. Aber die, für die ist das was anderes, die sind da mit vollem Herzen dabei, das ist ihr Leben. Aber wir gehören hierher.«

»Was redest du da? Das ist keine Frage von wir und die. Wir sind ja nicht darauf aus, irgendwie anders dazustehen als die.«

»Natürlich nicht, weil wir das auch so schon tun. Die sind nun mal nicht so wie wir, weißt du nicht, was ich meine?«

»Nein, weiß ich nicht.«

Funkelnd vor Wut sah Derin mich an.

»Wir fahren da nicht aus Langeweile hin!«

»Aber wenn wir nicht auf diese Facebook-Gruppe gestoßen wären, hätten wir von der ganzen Aktion nicht mal was erfahren.«

»Wir sind aber auf die Gruppe gestoßen, und wir haben von der Sache erfahren, Schluss, aus. Warum kommst du nicht klar damit, dass wir dazugehören könnten? Wir könnten doch eine Ausnahme sein?«

»Das fragst du mich?«

»Nein, deine Mutter. Natürlich frage ich dich. Hast du nicht selbst gesagt, das ist auch so was wie Gezi?«

»Doch, habe ich.«

»Was passt dir dann nicht?«

»Wie ihr euch vielleicht erinnert, hatten wir andere Pläne. Das da ist erst danach gekommen.«

»Aha, das ist also das Problem.«

Tatsächlich, Houston? Ist das Problem jetzt klar? Was die beiden als Problem titulierten, war nichts anderes als unsere ursprünglichen Ferienpläne. Genau, wir wollten zusammen wegfahren. Meine erste Ferienfahrt. Nachdem ich mit drei Jahren bei unserem langweiligen Urlaub am Hotelpool gerade mal mit dem Leben davongekommen war, freute ich mich nun wahnsinnig auf den ersten echten Urlaub. Wäre die Geschichte mit der Aktion zu einem anderen Zeitpunkt gekommen, hätte ich blind Ja gesagt, aber so mussten wir wählen. Es war alles schon bereit, die Pässe, die Visa. Wir wollten nach Griechenland. Mit dem Bus nach Saloniki. Kurz vorher wären wir ausgestiegen und dann runter nach Chalkidiki. Eine Gruppe, die wir von Gezi her kannten, hatte ein Jahr zuvor das Gleiche gemacht, und wir wollten genau ihre Strecke abfahren. Als Rucksacktouristen mit Zelt. Ich fand damals toll, was sie auf Instagram verschickten, und durch die Fotos war ich auf die Idee erst gekommen. Lust hatte ich wirklich darauf. Wie eine Fahrt ins Paradies kam mir das vor. Strahlend blaues Meer, Sonnenschirme unter glasklarem Himmel und Menschen, die sich amüsieren und ihre Sorgen im Wasser ertränken. Obwohl da *No filter, no Photoshop* stand, sahen die Bilder aus wie die reinsten Gemälde. Und dieser Ferientraum wurde mir nun weggenommen und durch eine Fahrt in die Wüste ersetzt. Ich schämte mich, wenn ich mich bei diesem Gedanken ertappte. So gefühllos war ich doch nicht. Nur diese Überschneidung der Termine hatte mir einen Schlag versetzt. Statt mit dem Bus praktisch an den Arsch der Welt zu fahren, wollte ich ins Paradies. Wir könnten doch ein andermal zu den Kindern hin und ihnen die Spielsachen bringen, dachte ich. Vielleicht mal ohne die anderen, einfach nur wir? Ginge das nicht?

»Red keinen Unsinn!«

Es ärgerte mich wahnsinnig, von Derin so zusammengestaucht zu werden. Zwar hatte ich unter dem Sperrfeuer ihrer funkelnden Augen längst mein Leben ausgehaucht, aber trotzdem wollte ich meinen Standpunkt nicht aufgeben.

Wir kamen bei ihr zu Hause an. Die Wohnung mit dem Wandteppich im Wohnzimmer war, wie ich vielleicht schon mal erwähnt habe, ungeheuer sauber. Da flog kein Staubkörnchen herum, und wenn doch, geriet es augenblicklich in den Radar gründlicher Säuberungsmaßnahmen.

»Dann fahrt ihr eben allein hin«, stieß ich in meiner Not heraus. In der Wohnung kam ich mir wie ein unerwünschtes Staubkörnchen vor.

So kam der Stein ins Rollen. Nein, das ist jetzt kein Ausdruck aus einer Prüfungsfrage. Es heißt einfach, dass ich nicht mit ihnen mitfuhr.

28 | ZURÜCKSETZEN

Als ich Ihnen von dem Tag erzählte, an dem ich mich von den beiden in Kadıköy verabschiedet habe, ist Ihnen da nicht einiges komisch vorgekommen? Zu Recht, denn den Tag hat es so nicht gegeben. Von mir aus gesehen, meine ich. Derin und Pembe sind natürlich mit ihren Ombré-Haaren tatsächlich in den Bus gestiegen und losgefahren. Wir waren beim Abschied nicht direkt verkracht, aber doch verstimmt. Vielleicht hatte ich ja was vorausgeahnt. Das sagte zumindest meine Oma im Traum zu mir. Ich hatte meinen Freundinnen nicht richtig erklären können, was für ein ungutes Gefühl ich bei der ganzen Sache hatte. Das fraß jetzt an mir. Diese Reue. Warum war ich mit den beiden nicht mit? Warum hatte ich sie nicht umstimmen können? Ich war ja zwischendurch fast so weit gewesen, dass ich sie bei der Polizei verpfiffen hätte. Die hatten so eine Webseite.

Viel später mal machte Tantchen uns beiden ein Bier auf. Sie dachte wohl, ich müsse jemandem mein Herz ausschütten. Da gestand ich ihr, was ich soeben Ihnen gestanden habe.

Sie flippte völlig aus.

»Ich hab's ja nicht getan«, rief ich gleich aus wie ein Kind, »ich hab sie nicht angezeigt. Ich habe auf der Facebook-Seite der Bullen nichts gepostet, echt nicht.«

Für Tantchen aber war es schon schlimm genug, dass ich an so etwas überhaupt gedacht hatte. Das war für sie ebenso schlimm, als wenn ich es getan hätte. Ja sogar das Schlimmste daran. So musste das auch sein, denn in unserem auf drei Seiten von Meeren umgebenen Land war schließlich allein das Denken schon verdächtig. Und wegen ihrer Gedanken konnten Menschen eingesperrt werden. Es kam natürlich, wie in meinem Fall, darauf an, was genau man dachte.

»Du warst also drauf und dran, die anzuzeigen!«

»Ich habe es aber nicht getan!«, rief ich verzweifelt aus.

Da sagte Tantchen etwas, das mich traf wie eine klatschende Ohrfeige.

»Wann bist du nur so heruntergekommen?«

Wäre meine Oma da gewesen, hätte sie erwidert: »Von wegen heruntergekommen. Lass gefälligst deinen Zorn auf andere nicht an der Kleinen aus.« Ich aber brachte keinen Ton heraus. Von meiner Tante derart ungerecht behandelt zu werden, hatte auf mich die Wirkung einer Splitterbombe. Obwohl ich mich zugleich schämte, so einen Vergleich zu benutzen. Ich fühlte mich aber wie tot.

Gern wäre ich mit Pembe und Derin zusammen gestorben. Nicht ich habe die beiden an ihren Ombré-Haaren identifiziert, aber das mit dem Streit auf dem Stadtdampfer stimmt. Geprügelt haben wir uns nicht, und auf der Polizei waren wir auch nicht, aber wenn das Personal nicht eingeschritten wäre, hätte es so weit kommen können. Alles andere ist wirklich so passiert.

Wenn ein Herz wie ein Buch vor einem aufgeschlagen wird und sich wie ein Baum Blatt für Blatt verzweigt, kann man in jedem einzelnen Teil davon auf sämtliche menschlichen Gefühle stoßen, die verborgen geblieben waren. Jeder will vor dem anderen, und sogar vor sich selbst, seine

Schmach verstecken. Wer dagegen wie ich freimütig alles bekennt, auf den passt der Spruch »Schaufelt mir ein möglichst tiefes Grab«. Tja, so ist das.

29 | WÄHLE EIN FOTO AUS

Da ist so vieles, für das ich leben könnte. Und doch bin ich unerklärlich traurig und krank. Oder war das vielmehr. Nun bin ich außer Atem. Vom Herumklettern auf den Ästen, vom Auseinandersetzen mit meiner peinlichen Vergangenheit und meiner Freimütigkeit, die mir nichts als Ärger einbringt, und bla und bla und bla.

Weiter im Text?

Kann sein, dass ich zu Tantchen gesagt habe: »Aber ich bin doch noch ein Kind!«

»Ja, immer dann, wenn es dir in den Kram passt!«, könnte sie darauf geantwortet haben.

Irgendjemand hat mal gesagt – tut mir leid, ich weiß nicht mehr wer: »Meine Wünsche sind: eine bescheidene Hütte, vor der Tür einige schöne Bäume, und wenn der liebe Gott mich ganz glücklich machen will, lässt er mich die Freude erleben, dass an diesen Bäumen sieben meiner Feinde aufgehängt werden.« Jetzt fällt's mir wieder ein: Heinrich Heine. Wie ich jetzt darauf komme? Na, mir ist Unrecht getan worden. Finden Sie nicht auch? Ich suche jetzt nicht nach Unterstützern, ich frage ja nur. Obwohl, »ich frage ja nur«, das sagt jeder Arsch. Ich meine es aber nicht so, echt nicht.

Als ich zurückkam, wartete Yunus schon auf der Mauer. Er sah aus wie der kleine Prinz auf seinem Planeten. Um seiner Frage zuvorzukommen, sagte ich gleich: »Ich habe die Bäume gezählt.«

»Wenn das so weitergeht, erwischen sie uns.«

»Das sagst du jetzt, wo ich wie der kleine Prinz, wie der Herrscher über den Planeten und das Universum meinen ganzen Mut zusammennehme und aufstehe … Und wo du auf den Bäumen und der Mauer spazieren kannst …«

»Um mich geht es nicht.«

»Ich weiß schon, es geht immer um mich. Deswegen bin ich ja auch hier. Weil ich nicht mehr will, dass es um mich geht. Zumindest nicht auf der Erde.«

Wohl zum ersten Mal waren wir uns böse. Genauer gesagt ich ihm. Yunus aber war so ein guter Kerl, dass er mich gleich mitleidig anschaute. Er hätte wirklich der kleine Prinz sein können.

»Ist heute nicht dein Geburtstag?«, sagte er. »Dann zieh doch nicht so ein Gesicht.«

»Mensch, woher weißt du, dass ich heute Geburtstag habe?«

»Tja, ich habe dich gefunden.«

»Dürfte nicht schwer gewesen sein.«

»Nein, im Internet.«

»Aber ich habe dir doch meinen Namen gar nicht gesagt.«

»Aber den von Derin und Pembe. Und den eurer Schule.«

»Du hast sie also auf Facebook gefunden. Und mich als Follower. Bravo!«

»Dein echter Name stand da nicht.«

»Nein.«

»Das war ein falscher Name.«

»Ein Nickname. Ein Fake-Name.«

»Meinetwegen. Aber dein Geburtsdatum stimmt wohl.

Hoffe ich zumindest. Ich will, dass er heute ist. Und auch wenn er es nicht ist, will ich ihn heute feiern.«

»Stimmt schon, 30. September.«

»Alles Gute zum Geburtstag, mein Schatz.«

Wir umarmten uns. Küssten uns. Er gab mir mein Geschenk, denn er hatte mir tatsächlich eins gekauft. Aufgeregt öffnete ich es. Ein rotes Halstuch, das ich mir sofort umband.

»Danke!«

»Steht dir gut. Jetzt hast du ein bisschen Farbe im Gesicht.«

Auch gutes Essen hatte er mir mitgebracht.

Wir zogen uns in das entlegenste Eckchen zurück. Es war Vollmond. Wir saßen so nahe beieinander, dass wir uns hätten berühren können.

»War nicht neulich schon Vollmond?«

»Wer weiß, vielleicht kommt er für uns zweimal.«

»Neulich habe ich es schneien sehen. Der ganze Park war verschneit.«

»Das hast du geträumt?«

»Erst war es echt, dann hat es sich in einen Traum verwandelt. Als hätte das, was ich vor Augen hatte, auf einmal beschlossen, ein Traum zu sein.«

»Mach dir nichts draus, das kommt vor.«

»Ja.«

Yunus tischte die mitgebrachten Leckerbissen auf, und als er sich sicher war, dass uns niemand sehen konnte, krönte er das Ganze, indem er eine Kerze anzündete. Damit Sie sich ein bisschen vorstellen können, wo wir da saßen: An einer Stelle wölbten sich die Äste der Rosskastanie wie eine Arkade über die Mauer, und darunter waren die Äste eines Ahorns wie ein Netz gespannt, aber so ein richtiges, die waren jahrelang ineinander und übereinander weg gewachsen und hatten somit einen Käfig geflochten. Mauer und Äste waren dort eins geworden, und die Äste der Rosskastanie hatten wir wie eine Kuppel über uns. Es war wie ein Hobbit-Haus, wie der wahr gewordene Traum eines warmen Nests. Als im Licht der Kerze das herrliche Essen glänzend erstrahlte, wünschte ich mir so sehr, das könnte unser echtes Heim werden, dass ich das Halstuch abnahm und es wie einen Vorhang an einen Zweig hängte.

»Hier sieht uns sowieso keiner«, sagte Yunus. Dann hielt er kurz inne und widmete seine ganze Aufmerksamkeit dem mitgebrachten Essen. Gebratenes Hühnchen. Jaja, Sie haben schon richtig gelesen, gebratenes Hühnchen. Noch dazu goldbraun gebraten und noch ziemlich warm. Auberginenpüree. Weißes Sandwichbrot und Ginger-Ale. Alles aus dem Hotel organisiert. Das Hühnchen war einer falschen Bestellungsaufnahme für Zimmer 22 zu verdanken. Statt *Lamb chin with artichoke* war *chicken* notiert worden, was uns nun zugutekam. Das Püree war für ein Auberginenkebab gekocht worden, das Brot gab es im Hotel zuhauf und das Ginger-Ale war eine der leichtesten Übungen.

»Nur das mit der Torte habe ich nicht hingekriegt.«

Ich wollte gerade »Aber das macht doch nichts« sagen, da zauberte er Schokolade hervor. Das Plastikbesteck hatte er vergessen, doch behalfen wir uns an dem Abend mit kleinen Zweigen, die ich im Handumdrehen zurechtbog. Vom vielen Herumklettern auf den Bäumen hatte ich allmählich Hände wie ein wildes Tier bekommen, oder zumindest kam mir das so vor.

Sicher dagegen war, dass Yunus einen ziemlich leblosen Eindruck machte. Einen sehr leblosen sogar. Ich musste ihn erst mal etwas aufmuntern, und während ich ihm zeigte, wie man die Zweiglein zum Essen benutzte, erzählte ich ihm, wie meine Mutter mal telefonisch bei unserem Chinesen Essen bestellt und als hundertste Kundin nicht hatte zahlen müssen. Erst war sie noch ausdrücklich gefragt worden, ob sie nicht ein Dessert dazuwolle, und aus Sparsamkeit hatte sie nicht ihr geliebtes heißes Eis verlangt, und als sie fertig bestellt hatte, wurde ihr das mit der hundertsten Kundin eröffnet; ein unvergesslicher Moment. Ich war damals in der Grundschule und saß gerade über meinen Rechenhausaufgaben. Wir freuten uns wahnsinnig über das Gratisessen.

Yunus blieb still. Sein Gesicht im Schein der flackernden Kerze zu beobachten, war genauso beglückend wie jenes Essen damals.

Ich drückte ihm die Zweige in die Hand und fragte liebevoll: »Was hast du denn?«

»Ich kann eine Weile nicht kommen.«

»Wie soll ich ohne dich leben?«, platzte es aus mir heraus.

»Aber dann komme ich wieder.«

Über unser Essen hinweg reichte er mir die Hand.

»Mach dir keine Sorgen, ja? Ich lasse dich hier oben nicht allein.«

Nun wurde ich still. Schon tauchte ich in den Brunnen der Melancholie, ohne Seil, ohne Sauerstoff, ohne alles, was man sich denken kann.

»Aber warum musst du weg? Und wohin?«

»Du weißt doch, dass die uns gesehen haben.«

»Ja.«

»Noch dazu rein zufällig.«

»Ja, aber du hast doch mit ihnen geredet.«

»Schon, und zuerst dachte ich auch, die sehen da drüber hinweg.«

»Und jetzt?«

»Jetzt drohen sie mir.«

»Wie?«

»Dass sie mich bei der Hotelleitung verpfeifen.«

»Und was wollen sie von dir?«

»Meinen Monatslohn.«

»Gibst du ihnen den?«

»Nein. Das Geld braucht mein Vater. Morgen werden wir ausbezahlt, dann bin ich weg, und das bleibe ich eine Weile. Dem Direktor sage ich, ich bin krank.«

»Und du meinst, damit kommst du davon?«

»Ich weiß nicht. Zumindest der eine Monatslohn ist dann gerettet.«

»Ach, das hättest du mir lieber nach dem Essen erzählen sollen ...«

»Jetzt bist du traurig, was?«

Ich nickte. Womöglich weinte ich auch.

»Das brauchst du aber nicht zu sein. Ich liebe dich doch.«

»Ich dich auch.«

Wir aßen dann, und über uns versammelten sich Vögel und zwitscherten uns etwas vor. Danach holten wir aus dem Storchennest den Pelzmantel und machten uns zum Keramikpavillon auf. Es kam uns vor, als wäre da unter dem Vollmond ein riesiges Bett für uns ausgebreitet. Wir zogen uns aus und liebten uns, mal unter dem Pelz, mal darauf. Im Mondschein erglänzten nicht nur die Bleikuppeln, sondern auch unsere Körper, bis hin zu den Zehennägeln.

»Schau dir das an«, sagte Yunus, »wir sind wie aus Silber.« Er streckte eine Hand aus, als wollte er den Mond erhaschen. Wir lagen auf dem Rücken und sahen zum unendlichen Himmel und zum riesigen Mond empor. Wir gaben uns den beiden hin. Und der Liebe. Und wo wir schon dabei waren, hätten wir auch unsere Seelen hingegeben.

»Wir sind wie aus Silber«, wiederholte Yunus. Wahrscheinlich war er liebestrunken und erlebte zum ersten Mal, dass man vor Wonne fast vergehen konnte. Auch mir war noch nie so etwas Schönes widerfahren.

»Wir sind wie aus Silber.«

Yunus' aus dem Dunkel zwischen uns zum Himmel hochgestreckter Arm war tatsächlich von der Schönheit einer silbernen Statue.

»Wir sind aber der Stoff, aus dem die Träume sind, und unser kleines Leben ist von einem großen Schlaf umringt.«

»Das ist aber schön!«

»Das ist Shakespeare.«

»Kenne ich. Ich meine Shakespeare, nicht das, was du gesagt hast.«

»Das ist so alt wie der Pavillon hier. Als sie den hier gebaut haben, hat Shakespeare das in einem anderen Winkel der Erde geschrieben. Er hat aus Wörtern Keramikpavillons und Paläste geschaffen. Dafür bewundern wir ihn heute noch.«

»Wie schön du redest.«

Aus welchem Stoffe schuf dich die Natur,
Dass Millionen Schatten dich umschweben?
Hat jeder sonst doch einen Schatten nur,
Und du allein kannst allen Schatten geben.

Ich ließ Yunus alles auswendig lernen, was ich von Shakespeare im Kopf hatte, und sah ihm zu, wie er im Dunkeln murmelnd die Lippen bewegte. Dann schwiegen wir eine Weile und horchten dabei verzückt auf das Brausen der

Stadt, das uns überhaupt nicht wie Lärm erschien. Als sähe man dem Leben aus der Ferne zu, so wie die Bäume dies tun, oder ich. Das Lärmen der Welt ebbt ab und wird zu einem zarten Geräusch.

»Tust du morgen bitte was für mich? Ruf meine Mutter an, aber nicht vom Handy aus, von einer Telefonzelle. Sag ihr, dass es mir gut geht und sie sich keine Sorgen zu machen braucht. Aber verrat ihr ja nicht, wo ich bin. Sag: ›Da, wo sie ist, ist sie glücklich und zufrieden, aber verstehen Sie das bitte nicht falsch, sie ist nicht etwa gestorben. Es geht ihr gut, sie möchte nur, dass Sie das wissen.‹ Ja, sag ihr das so.«

»Okay«, erwiderte Yunus und schloss langsam die Augen wie eine Puppe.

Als ich am Morgen erwachte, war er schon weg.

Wer weiß, wann er wiederkommen würde.

Um sich nicht verabschieden zu müssen, war er bestimmt sehr früh aufgestanden. Er hatte mir noch eingeschärft, mich nur ja nicht blicken zu lassen. Als er sich in der Nacht schweißgebadet über mir bewegte, hielt er auf einmal inne und sagte: »Pass auf, wenn ich weg bin. Bleib am besten hier. Kletter nicht auf der Mauer und auf den Bäumen herum.«

Ich nickte.

Für den Rückweg zum Storchennest hängte ich mir den Pelzmantel um. Der Himmel war verhangen, der Winter begann schon zu proben. In Istanbul kam er dem Herbst oft zuvor und eignete sich schon mal die Bühne an. Als ich an die Stelle kam, an der wir am Abend getafelt hatten, sah ich leise mein Halstuch wehen. Die Überreste unseres Essens lagen verstreut herum. Die Hühnchenknochen hatte Yunus anscheinend hinuntergeworfen, an denen machten sich die

Hunde zu schaffen, die gleich am ersten Tag mit meinen Schuhen davon waren. Die Ginger-Ale-Flaschen zitterten auf der Mauer im Wind.

Ich nahm das Halstuch ab und kickte die leeren Flaschen hinunter, aber nicht in den Park, sondern auf die andere Seite, wo sie auf dem harten Boden zerschellten. Ohne dass mir schwindlig wurde, sah ich auf die Scherben hinunter. So wie die hatte es auch mich zerschmettert.

30 | ANDERE OPTIONEN

Am nächsten Tag regnete es, und der Wind riss an den Bäumen. Ich verbrachte den ganzen Tag im Storchennest, über das ich meine Regenjacke gespannt hatte. Innerlich dankte ich dem Lorbeerbaum, dessen Blattwerk so dicht war, dass er mich vor Regen und Wind beschirmte. Er hatte bestimmt viele Jahre gebraucht, um so zu werden, womöglich zweihundert? Ich musste mir Zeit lassen. Wenn auch keine zweihundert Jahre.

Manchmal schlug der Wind um, dann sammelte sich in meiner wie ein Zelt gespannten Regenjacke Wasser, das ich ablaufen ließ, indem ich die Jacke mit dem Ellbogen etwas hochhob. Schon lange hatte ich nicht mehr so reglos verharrt. Mir fiel die Geschichte von dem Mann ein, der in einem selbst gebauten Fass den Ozean überqueren wollte, das hatte ich mit meinem Vater auf National Geographic gesehen. Dann war da noch der Polarforscher, der sich tagelang in die Haut eines erlegten Tiers gezwängt hatte, um nicht zu erfrieren. Als ich mir das anschaute, dachte ich mir, wie schwierig das wohl sein müsse, sich nicht bewegen zu können. Jetzt aber tat mir das gut. Dieses Nichtstun. Ich hätte mich im Storchennest in dem weichen, warmen Pelzmantel zum Winterschlaf hinlegen können. Vielleicht war das ja auch schon geschehen. Mich erfüllte eine innere Ruhe. Bevor Yunus gegangen war, hatte er an einen Ast eine Tüte gehängt, mit Wasser, Keksen, Crackern, Äpfeln und Zucker. Bald würde ich meine Periode bekommen, was würde ich dann anfangen? Mir mit Blättern behelfen? Eines von den Kleidungsstücken opfern, die Yunus mir mitgebracht hatte? Am Proviant in der Tüte versuchte ich abzulesen, wie viele Tage Yunus mich allein zu lassen gedachte. Warum hatte ich ihn am Abend nicht genau danach befragt? Nun, er sollte nicht denken, dass ich mich fürchtete. Ich wollte ihm nicht noch mehr zur Last fallen, als ich das ohnehin schon tat.

Drohten also diese Mistkerle ihm, sie würden ihm seinen Lohn abknöpfen.

Der Teufel sollte sie holen.

Mich über diese Männer aufzuregen, die ich gar nicht kannte, machte mir viel mehr aus als die Reglosigkeit.

Ich lag da, als hätte ich eine Depression und wollte nicht aus meinem Bett heraus. Mir tat nichts weh vom Liegen, nur hin und wieder spreizte ich ein wenig die Finger und Zehen und drehte die Hand- und Fußgelenke.

Ich habe gelogen. Während der Busfahrt haben Derin und Pembe mir keine einzige Nachricht und kein Video geschickt. Warum mir das gerade jetzt einfällt? Weil sie auf Twitter geschrieben hatten, dass ihnen vom langen Fahren die Gelenke wehtaten. Ich stalkte sie. »Das ist es aber wert«, schrieben sie. Da wäre ich wahnsinnig gerne bei ihnen gewesen. Ich wäre mir nützlich vorgekommen und hätte zu mir selbst gefunden, das wusste ich. Und sie wussten es auch.

»Du hättest es am meisten gebraucht, diese Reise. Mit uns da hinzufahren. Du bist ja eigentlich auch die Verständnisvollste, Großmütigste und Sensibelste von uns.«

Das hatte Pembe drei Tage vor der Abfahrt dann doch noch geschrieben.

»… Du bist ja eigentlich auch die Verständnisvollste, Großmütigste und Sensibelste von uns.«

Das Wort ›eigentlich‹ hätte da eigentlich nicht reingehört. So wie es dastand, hieß es doch nichts anderes, als wäre ich eben nicht so, und sie wollten mich nur unter Druck setzen.

Ich hatte für die Kinder eine Menge Hefte und Farbstifte gekauft. Und Malbücher.

Ich war bereit zum Mitfahren.

Dann aber bekam meine Mutter einen Nervenzusammenbruch, haute alles Mögliche kurz und klein, und wir legten einen Mutter-Tochter-Streit hin, wie wir ihn noch nie gehabt hatten. Zum Teil hatte es mit meinem Wegfahren zu tun, zum Teil aber auch nicht.

»Wenn es um wildfremde Menschen geht, kannst du also nett sein. Kinder magst du und willst ihnen helfen. Wunderschön. Bravo. Was habe ich doch für eine mitfühlende Tochter herangezogen. Bloß dass sie auch ein kleiner Teufel ist, der nicht mal sieht, in welchem Zustand ihre Mutter ist!«

Sie machte ganz einen auf Mutter in einer antiken Tragödie. Als stünde sie mitten in einem Freilichttheater, rief sie: »Schaut es euch nur an, das brave Kind! Sieht nicht, dass ihre Mutter stirbt. Sieht nicht, dass die Mutter stirbt und verrottet, sieht nicht, dass sie neben dem Leichnam ihrer Mutter lebt. Bekommt nicht einmal den Aasgeruch mit. Und lässt das Aas liegen und fährt einfach weg. Mein gutherziges Engelchen. Seht sie euch nur an, das Sensibelchen!«

Mit dem letzten Wort ihres Monologs beamte sie sich zurück in die Gegenwart und ließ den Streit erst so richtig aufflammen. Während ich ihr zuhörte, brodelte es in mir, aber wie jedes Mal schrie irgendwann auch ich los. Und konnte vor dem Streit nicht einfach davonlaufen. Und erwischte so den Stadtdampfer nicht. Gelangte nicht rechtzeitig nach Kadıköy. Verpasste den Bus. Fuhr nicht mit Pembe und Derin mit. Blieb da.

Den Ferientrip wollten wir danach machen. Hätten wir auch gemacht. Oder wir wären jetzt gemeinsam im Paradies und würden von dort nur einen kurzen Abstecher in die Hölle machen, um dem Selbstmordattentäter dieselbe heißzumachen. Um mich abzureagieren, hätte ich ja lieber gesagt: um die Mutter des Kerls zu ficken, aber da mir die Solidarität mit meinen Geschlechtsgenossinnen am Herzen liegt, hätten wir der guten Frau nichts angetan. Frauen, Jugendliche und Kinder sind nämlich unschuldig. Genau deswegen, und nicht etwa weil sie schwach sind, kriegen sie als Erste eine Schwimmweste und dürfen in die Rettungsboote. Und von den Starken, die vor Kraft kaum laufen können, werden sie als Erste ins Paradies geschickt, denn da kommen sie sowieso mal hin.

Gute Reise. Zu Özlem sagte ich: »Ich habe einen Roman über ein Land geschrieben, das seine Jugendlichen und seine Kinder nicht mag«, da lachte sie mir ins Gesicht. Wenn in einem Land die jungen Leute, die Frauen und die Kinder leiden, dann ist das ein Scheißland, das sage ich dir. An deiner Stelle würde ich abhauen, ohne mich noch einmal umzudrehen, aber das Land, zu dem du gehörst, bleibt dir immer auf den Fersen. Vor seiner Wahrheit kann keiner davonlaufen. Die Realität unseres Landes wird zu unserer Realität. Und mischt sich in unser Privatleben ein, in unsere Liebe, in unsere Freundschaften. Und das ist verdammt schlecht!

Der Wind zerrte an meinem Lorbeerbaum. Keine Angst, zur Sicherheit hatte ich mich festgebunden, und sollte auch das Storchennest runterfallen, würde ich am Baum hängen bleiben. Nur gut, dass ich so vorsichtig war, denn auf einmal hatte ich es nicht mehr mit dem Wind zu tun, sondern mit den vierzig Räubern, die unten an meinem Baum standen.

»Da ist was«, riefen sie. »Da, in dem Storchennest. Da ist was drübergespannt. Und da rührt sich was. Da!«

Mir verschlug es den Atem, und ich wagte nicht mal hinunterzuspähen. Ich saß einfach nur da und horchte. Auf einmal flog ein Stein und traf das Nest.

»Los, holt noch mehr Steine. Die ist da droben. Die kriegen wir runter!«

Und schon warfen sie weiter.

Wo hatten sie nur all die großen Steine her? Rissen sie die auch aus dem Pflaster raus, wie wir damals? Und wie gut sie trafen! Irgendwann hielt ich es nicht mehr aus.

»He, hört ihr mich?«

Da geriet das Storchennest ins Rutschen!

Und zu meinem Entsetzen sah ich, dass der Spanner an meinem Seil sich öffnete. Das Seil flog mir um die Ohren, und zusammen mit dem Nest fiel auch ich hinunter.

Als ich unten aufschlug, wurde es still. Man hörte noch den Regen rauschen, die Stadt rauschen, die Krähen krächzen, aber die Kerle, die mich heruntergeworfen hatten, gaben keinen Ton von sich. Glaubten sie etwa selbst nicht, was sie gesagt hatten? Dass sich da oben ein Mädchen versteckte? Bitte schön, hier war ich, direkt vor ihnen.

Der furchtbare Schmerz, der mich zuerst durchfuhr, ließ schon bald nach. Aber aus Mund und Ohr blutete ich wohl.

Nun fürchteten die sich auf einmal.

»Mensch, die blutet ja.«

Ich sah, wie sie sich neugierig über mich beugten. Ihre schmutzigen Jeans. Wenn Nike mitbekäme, was für Füße in ihren Air Max herumliefen, würden sie die Schuhe lieber verbrennen. Die musste es irgendwo umsonst geben, denn alle hatten die gleichen an, wahrscheinlich Fälschungen. Ich schloss die Augen und dachte, aha, das ist also dein Ende, so was von unfair. Ich lehnte mich dagegen auf, andererseits aber freute ich mich, zu Pembe und Derin zu kommen, zu Oma und Tantchen. Falls es wirklich einen Ort gab, an dem wir uns treffen konnten.

Mit diesem absurden Gefühl öffnete ich die Augen.

Ich hatte geträumt.

Lange blieb ich in dem Traum noch gefangen. Der Regen legte sich, doch die Wirkung des Traums wollte nicht weichen. Es war aber nur ein Traum. Ein Traum.

31 | DEINE PRÄFERENZEN

Als meine Oma nach Hause kam, sah sie das Letzte, was von ihrem Amerikaner noch übrig blieb. Was sie vergessen hatte, in seinen Koffer zu stecken. Nein, keine Pantoffeln, eigentlich etwas, das in keinen Koffer passte. Bilder des türkischen Malers Izzet Ziya nämlich. Eins davon hatte ich zum Geburtstag bekommen.

Der Amerikaner liebte diese Bilder. Das eine hängte er im Esszimmer auf, das andere im Wohnzimmer. Beim Essen oder wenn er im Wohnzimmer auf seinen Mokka wartete, sah er oft unverwandt auf jene Bilder.

»Die haben so eine beruhigende Wirkung«, sagte er.

Meine Oma brachte ihm die Bilder nicht, denn sie wusste, dass sie dann unweigerlich zu ihm zurückgekehrt wäre. Es waren aber wertvolle Bilder eines Hofmalers, angeblich seinerzeit für den Sultan angefertigt, und der Amerikaner hatte dafür so viel hingeblättert wie für einen nagelneuen Kühlschrank, was sie ihm auch lange vorgeworfen hatte, und dem Wächter der Hagia Sophia wollte sie so etwas nicht einfach anvertrauen.

Schließlich blieben die Bilder als Erinnerung an den Amerikaner bei ihr. Tantchen sah manchmal darauf und fragte: »Wann kommt der amerikanische Onkel wieder, Mama?«

Wenn mein Vater am Wochenende aus seinem verlausten Schlafsaal im Galatasaray-Gymnasium nach Hause kam und sich die Köfte schmecken ließ, die seine Mutter ihm zu Ehren machte, sah er auf die Bilder ebenso melancholisch wie der Amerikaner, der ihm als sein Vater galt, und genauso hielt er es, wenn er als Anzeichen dafür, dass nun er der Mann im Haus war, seinerseits im Wohnzimmer saß und auf seinen Mokka wartete. Mit der Zeit wurden die Bilder Teil des Hauses und der Familie, und auch in der neuen Wohnung fanden sie wieder ihren Platz. Als meine Oma sah, was die Bilder an den Wänden des alten Holzhauses für Spuren hinterließen, wurde sie ganz traurig. Solche Spuren verpasste die Zeit ja auch den Menschen. Gefühlsduselige Dummköpfe wie wir merken eben erst an den Hinterlassenschaften solcher Bilder, wie die Zeit vergangen ist. Die ganze Wand ist vergilbt und verblasst, wie mag die Zeit da erst in uns gewütet haben? Wie soll der Mensch sich der Zeit erwehren? Ich finde, das kann er einfach nicht.

Zum Glück waren es fröhliche Bilder. Auf dem einen stand ein Junge nackt am Meer, auf dem anderen lagen gut gelaunte Frauen am Strand unter einem mit vier Stöcken und einem Tuch fabrizierten Sonnenschutz. Schön, nicht wahr? Erheiternd.

Meine Oma hatte erst Einwände gegen den nackten Jungen, doch als Tantchen einmal ihren Schnuller rausnahm und »Schönes Pipi« sagte, mussten alle lachen, und das Bild war davon erlöst, hinter dem Schrank versteckt zu werden. Das Schöne Pipi brachten meine Oma und ich 2007 nach Çukurcuma und verhökerten es um einen Spottpreis. Die fröhlichen Stranddamen durften bleiben. »Die kriegst du zum Geburtstag«, sagte meine Oma. »Die gehören dann zu deiner Aussteuer.« Beim Verkauf des ersten Bildes hatte meine Oma sich zunächst bei ihrem Schwiegersohn nach dem Preis des teuersten Kühlschranks erkundigt und sich danach gerichtet. Der gerissene Antiquar hatte lapidar gefragt: »Wie viel wollen Sie dafür?« und den Preis für einen Kühlschrank anstandslos bezahlt. Als Tantchen zwei Tage später merkte, dass das *Schöne Pipi* weg war, schrie sie: »Mama, warum hast du das getan?«

»Ich liebe eben so sehr, was soll ich machen?«

Sie hatte recht. Sehr zu lieben, bringt tiefen Hass mit sich.

»Hass leitet Wasser auf die Mühlen der Liebe.«

Das hast du schön gesagt, Oma!

Schließlich nahm Tantchen mich mit und kaufte das Bild zurück.

Tantchen.

Unsere Geschichte beginnt mit einem Namen, das schon, doch alles, was beginnt, muss einmal enden. Da ich nicht will, dass Tantchens Geschichte endet, habe ich ihren Namen nie erwähnt und sie immer nur Tantchen genannt. Meine Geschichte ist nicht wichtig, aber die ihre soll leben. So wie man bei uns zum Namenstag »Lebe mit deinem Namen« sagt.

Da war doch jener inzwischen verstorbene Gemüsehändler, der in unserer Familie keinen rechten Platz fand. Als Tantchen geboren wurde, hob er sie mit seinen großen rissigen Händen aus der Wiege und sagte: »So ein schönes Mädchen! Wie eine Rose.«

Meine Oma und ihre Mutter rümpften darüber die Nase. Im Sinne von: Was verstehst du Gemüsehändler von Rosen? Und zwei Frauen, die der gleichen Meinung sind, können das stärkste Bündnis der Welt bilden. So wie Männer und Bösewichte das verdienen!

»Güllü soll sie heißen«, sagte der Gemüsehändler, »weil sie wie eine Blume, wie eine Rose ist.«

 Meine Oma entgegnete: »Was soll das denn für ein Name

sein?« Und im Gegenzug schlug sie zwei Namen vor, die sie bei einem Zwillingspärchen im Park gehört hatte.

»Die klingen schön«, rief ihre Mutter aus. »Geben wir ihr doch beide.«

Genau. Damit nur ja für den vom Gemüsehändler favorisierten Namen kein Platz mehr blieb. Die Rubrik Vorname im Ausweis war damit nämlich proppenvoll.

»Habt ihr zwei sie noch alle?«, konnte der Gemüsehändler ja wohl nicht sagen.

Und somit war das Thema gegessen. Und Tantchen bekam genauso wie ich zwei Namen auf einmal verpasst.

Als ich vorhin meinen Traum erzählte, habe ich was gesagt. Eigentlich habe ich auch lange zuvor schon was gesagt. Aber vorher muss ich jetzt noch was anderes sagen. Wieder einer dieser kleinen Blitze, die in meinem Kopf immer aufzucken: Während wir uns mit Plattitüden wie »Gegen den Tod ist nun mal kein Kraut gewachsen« zu trösten versuchten, sagte ich zu Tantchen: »Du, ich gehe den Roman noch mal durch, den ich geschrieben habe.«

»Ach ja?«, erwiderte sie.

Sie wohnte inzwischen bei uns. Ihre Arbeit als Public-Relations-Dingsbums und das ganze Leben in jenem Kaff waren ihr auf die Nerven gegangen, und so hatte sie hin geschmissen. Ihre Wohnung hatte sie vermietet, aber der Mieter wollte nicht raus und zahlte nebenbei auch keine Miete. So wohnten wir drei Frauen in unserem Stockwerk zusammen. Falls jemand von Ihnen die Immobilienverhältnisse interessieren, kann ich noch dazu sagen, dass wir die Wohnung meiner Oma längst verkauft hatten. Und wer wissen möchte, was mit dem Geld dafür geschehen ist, nun, das hatte mein Vater in ein kleines Schiff investiert, mit dem er unsinnigerweise archäologische Unterwassertouren anbot. Und gerade an jenem Morgen hatten Tantchen und mein Vater am Telefon noch heftig gestritten.

»Auf dem Schiff ist er, der Hurensohn!«, schimpfte Tantchen nachher. »Irgendwelchen reichen Touristen hatte er eine Tour aufgeschwatzt, bei der sie unter Wasser Ruinen sehen können.«

Aufgelegt hatte glaube ich mein Vater. Tantchen wollte wohl zurückrufen, aber das konnte sie nicht, sie hatte ihre Rechnungen nicht bezahlt. Eine Weile durfte sie gnädigerweise noch angerufen werden, dann wurde ihr das Telefon ganz abgestellt.

Seit dem Tod von Derin und Pembe war ein Monat vergangen. Ob ich mich inzwischen einigermaßen gefangen hatte? Ja, hatte ich. Und ich wollte reden. Einfach reden, ohne meinem Gegenüber zuhören zu müssen. Kurz davor hatte ich Tantchen mein Supergeständnis gemacht und war von ihr verflucht worden. Nun war ich am Boden zerstört und wollte einfach, dass es zwischen Tantchen und mir wieder so war wie zuvor.

»Vielleicht lasse ich ja auch das mit dem Roman und mache die Reise, von der ich geträumt hatte.« Das war so das Thema, mit dem ich ins Reden einstieg.

Wir saßen am Küchentisch vor unseren Frühstücksresten. Tantchen rauchte mittlerweile nicht mehr an der Dunstabzugshaube, sondern paffte die ganze Wohnung voll.

Sie wollte mir wehtun.

»Lass das mit deinem Roman. Bevor man schreiben kann, muss man erst mal ein anständiger Mensch werden. Ehrlich. Gewissenhaft.«

»Hä? Schreibe ich vielleicht eine neue Verfassung?«, konnte ich nicht sagen. Also sagte ich gar nichts.

 »Da ist nichts dran an deinem Roman. Diese Özlem in deiner Schule hat schon recht. Neulich konnte ich nicht schlafen und hatte nichts Richtiges zum Lesen, da habe ich mir dein Manuskript noch mal vorgenommen. Es war ja vorher schon reiner Mist, aber du hast alles nur noch verschlimmbessert. Allein schon die ganzen Stellen, wo du den Lesern was vorgaukelst.«

»Zum Beispiel?«

Das kam mir nur verdammt schwer aus dem Mund. Mir verbrannten richtig die Lippen dabei.

»Zum Beispiel da, wo du was erzählst, und hinterher war alles nur ein Traum. Das ist ja wohl die billigste Nummer, die man als Autor bringen kann. Wie ein Kind, das dummes Zeug erzählt und dann sagt, das war nur ein Scherz. Ich hasse so was in Romanen.«

»Das hat Özlem auch gesagt.«

»Die versteht eben was.«

Tja, wer versteht nicht was, Oma? Wer versteht nicht … Da müsste jetzt noch ein Fluch hin, der sich gewaschen hat, aber lassen wir das. Lieber vornehme Zurückhaltung.

»Bitte hasse mich nicht«, hätte ich zu Tantchen am liebsten gesagt, aber das konnte ich nicht. Manchmal sagt unser Schweigen ja auch mehr als unsere Worte. Darauf hoffte ich zumindest.

Tantchen hätte sich auch nicht umbringen können.

Oder wenigstens nicht so früh gefunden werden. Seien Sie mir jetzt nicht gleich böse, wenn ich so was sage, es ist schon etwas dran. Am besten, sie wäre gar nicht gefunden worden, und wir könnten immer noch hoffen, dass sie eines Tages wieder auftauchen würde. So wie bei der Tochter von Muhterem, der Frau, mit der Oma das Grundstück getauscht hatte. Die Tochter war als Stewardess über dem Marmara-Meer abgestürzt, und ihr Leichnam wurde nie gefunden. In der Hoffnung, die Tochter könne doch noch am Leben sein, ließ die Frau nichts unversucht. Einmal schrieb sie sogar an Sarah Jessica Parker, weil die ihrer Tochter zum Verwechseln ähnlich sah. Sie stellte sich vor, ihre Tochter sei in Amerika gelandet und habe dort ihr Gedächtnis verloren.

Das Hoffen ist etwas Schönes.

Und auch das Wünschen.

Hätte ich doch bloß noch Hoffnungen und Wünsche. Da ich keine habe, bin ich hier.

Nach dem Tod von Tantchen empfand ich über die Trauer hinaus erst einmal Wut.

Ich hatte gerade erst meine Freundinnen verloren, stand selbst mit einem Bein im Grab, hatte mich noch nicht wieder hochgerappelt, sondern mein Leid war vielmehr multipliziert und potenziert, sogar seine Wurzel war schon gezogen, wie kommst du da drauf, ausgerechnet jetzt die Wirkung einer Splitterbombe auszulösen? Warum bringst du dich jetzt um? Wo wir doch gerade auf Facebook deinen Bauunternehmer von damals gefunden hatten. Der jetzt einen Riesenwanst vor sich herträgt.

»Wie sieht der denn aus?«, hast du weinend gefragt.

»Mensch, Tantchen«, erwiderte ich, »schau dich dagegen an. Du bist noch super in Schuss. Der würde aus allen Wolken fallen, wenn er dich sehen würde.«

»Ich glaube, der ist aus allen Wolken gefallen«, sagte sie zu Recht.

Er hatte drei Kinder und eine Frau mit einem Pferdehintern.

»Wie würde er wohl aussehen, wenn er mich geheiratet hätte?«

Warum hast du ihn nicht mit siebzehn unter dem Schnee lassen können? Wo ist da noch der Unterschied zwischen dir und Tante Hülya? Kopftuch hin oder her, es läuft aufs Gleiche hinaus. Wenn doch wenigstens die Fernsehserie, die ihr Mieter schrieb, nicht in die Hose gegangen wäre. Sie würde dann zumindest Miete kassieren, und es würde sich was tun. Und wir würden nicht wie arme Studentinnen zu dritt auf fünfundsechzig Quadratmetern leben. Mit Tante Hülya waren wir zerstritten, sonst hätten wir sie wenigstens um logistische Hilfe bitten können. Einmal hatte meine Mutter in einem Café in Cihangir gegessen und getrunken und die Rechnung an Tante Hülya geschickt. In dem Café konnten wir uns nicht mehr blicken lassen, denn Tante Hülya hatte die Rechnung nicht bezahlt. Noch dazu lag das Café auf unserem Weg. Aber in Cihangir gab es ja inzwischen mehr Cafés als Wege, das Viertel hatte sich völlig verändert. In einem anderen Café hatte meine Mutter mal einen Promi sitzen sehen, war auf ihn zugestürzt, hatte ihm ihre Karte hingehalten und ihm angeboten, mit ihrer Hilfe könne er rapide abnehmen. Dem Mann war sein Käsekuchen im Hals stecken geblieben, ansonsten verzog er keine Miene, doch den Kellnern war das Zeichen genug, meine Mutter hochkant hinauszuwerfen, wogegen sie lautstark protestierte.

»Was, aus meinem eigenen Viertel wollt ihr mich verscheuchen? Ich war lange vor euch schon hier. Hier haben wir immer hingepinkelt, als euer Laden noch nicht dastand. Ihr wollt mich jetzt von da verjagen, wo ich früher hingeschissen habe?« Als hätte meine Mutter begriffen, dass sie mit dem Leben anders nicht mehr fertigwurde, wandte sie nun Methoden meiner Oma an.

Obwohl, jetzt geht es ja gar nicht um meine Mutter. Sondern um Tantchen. Mama, gehst du bitte mal zur Seite? Komm, setz dich da hin.

Weiter im Text.

An den Rand des Selbstmords hatte Tantchen sich in winzig kleinen Schritten zubewegt, so ähnlich, wie Yunus und ich uns auf der Mauer bewegten … Sie hätte sich aber genauso gut gegen den Tod entscheiden können, und letztlich muss es eine Kurzschlusshandlung gewesen sein. Zum Glück hatte ich ihr nichts von den Geheimnissen verraten, die Oma mir auf dem Sterbebett gebeichtet hatte …

Ein Geheimnis ist wie eine Bombe, die auf ein Haus fällt. Und wir waren von so einer Bombe regelrecht gefickt worden.

An dem Abend, an dem sie verschwand, kam sie noch zu mir und küsste mich auf die Wange. Das konnte bedeuten, dass sie nicht unversöhnt von mir scheiden wollte, und vermutlich war es auch wirklich so beabsichtigt. Ihr Handy ließ sie zu Hause zurück, und als es klingelte, ging ich ran. Noch am Vortag hatte sie sich bei einer Nachrichtenseite beworben, und die luden sie nun zu einem Vorstellungsgespräch. Hätten wir gewusst, wo sie war … hätten wir die Info weitergegeben.

Nach vierundzwanzig Stunden boten der Nachrichtenchef und die Gerichtsreporter der Zeitung, die sie rausgeschmissen hatte, ihre Hilfe an. Aber Hilfe war keine nötig. Und auch kein Suchen. Ich brauchte auch nicht vor mich hin zu stottern, ich hätte praktisch gesehen, wie sie sich in den meerestiefen Spalt zwischen den Stützmauern hinunterstürzte, über den Tantchen früher mal eine Reportage geschrieben hatte. Sie wurde nämlich auch so gefunden.

Wie ein prächtiger Fisch ging sie einem Fischer ins Netz.

»Da habe ich was Schönes gefangen, dachte ich mir noch«, erzählte der. »Vor vierzig Jahren habe ich mal einen Belugastör erwischt, und da meinte ich jetzt, das wäre wohl wieder einer.«

War es nicht ein kleines Wunder, eine kleine Finesse, dass sie an einen Fischer geriet, der einen Belugastör kannte und einen Belugastör auch Belugastör zu nennen wusste?

»Oder ein Schwertfisch, das hätte es auch sein können, als das so weiß auf mich zukam.«

Das ist die Geschichte eines Schwertfischs.
Es hätte sie wohl niemand aufgeschrieben,
Wäre die Strömung nicht plötzlich ausgeblieben.

Vom Polizeirevier in Hisar wurden wir zum Krankenhaus von Sarıyer gebracht. »Möchten Sie sie identifizieren?« Meine Mutter war schon auf dem Polizeirevier in Ohnmacht gefallen. Mein von seinen Schiffsausflügen her braun gebrannter Vater stellte sich reglos vor die Krankenhauswand, als sei es eine Schandmauer und er ein untrennbarer Bestandteil davon. Also blieb die Sache an mir hängen. Der Fischer hatte aber so schön erzählt, wie er Tantchen aus dem Bosporus gezogen hatte, dass ich mich gar nicht richtig fürchtete.

»Ich habe sie auf den Schoß genommen wie früher meine hübsche Braut, und so habe ich die schöne Frau aus dem Wasser gezogen.«

Nicht nur hatte ich keine Angst, sondern ich freute mich sogar, sie noch einmal zu sehen.

Ausgestreckt lag sie da, wie unangetastet. Der Fischer hatte schon recht gehabt, sie war weder aufgedunsen noch sonst irgendwie versehrt. Kein Härchen war ihr da unten im Wasser gekrümmt worden. Ein starker Strom hatte sie davongetragen und damit geschützt. Das Gute, das ihr im Leben hätte widerfahren sollen, fand sie erst im Tod, schon komisch. So war sie nicht von Fischen zerfressen worden, sondern durch einen sicheren Korridor geschwind vom Leben in den Tod befördert worden. Einer ihrer Stiefel war ihr abhandengekommen, doch der andere Isabel Marant hatte der Strömung widerstanden. Warum hatte sie an einem Sommertag überhaupt Stiefel an ... Tantchen ... Schönheit ... Mut. »Wie schön Sie sind, gnädige Frau«, hatte der Los- und Mandelverkäufer gesagt, und er hatte verdammt recht.

»Nennen Sie mich, wie Sie wollen, aber nicht gnädige Frau.«

Wir saßen damals im Refik; meine Oma, Tantchen, meine Mutter und ich. Ein spontaner abendlicher Frauenausflug.

»Lass doch den armen Kerl in Ruhe«, sagte meine Oma und schob sich ein paar Mandeln in den Mund. »Will hier keine gnädige Frau sein ...«

Lass die Männer in Ruhe, Tantchen. Sollen sie bleiben, wie sie sind. Und bleib du auch, wie du bist. So schön.

Ich schrieb dem Bauunternehmer auf Facebook, dass Tantchen tot war.

»War sie krank?«, fragte der Ochse zurück.

»Sie hat sich umgebracht.«

»Und wie?«

»Sie hat sich in den Bosporus gestürzt.«

»Das tut mir leid. Sie möge in Frieden ruhen. Gott sei ihrer Seele gnädig. Sie war ein gutes Mädchen.« Ich gebe das hier ohne die Rechtschreibfehler wieder.

Wer weiß, was Mister Strahlemann für Erinnerungen an sie hatte?

An die Schöne, die sich im Pera Palace verschlafen neben ihm aufrichtete und auf das Schneetreiben hinaussah. Die Schöne, die im Fındıklı-Park fröhlich kreischend durch den Schnee tobte. Auf der Rückbank des Mercedes auf dem »Liebeshügel«. Und die Liebe selbst ist schön.

»Du bist ein Idiot!«, schrieb ich zurück.

»Warum das?«

»Hättest du doch eingeheiratet bei uns, dann hätte dir ganz Cihangir gehört. Du hättest alles abreißen und neu aufbauen können.«

»Ich hatte Angst vor deiner Großmutter, dieser Hexe.«

Ich ließ nicht zu, dass er noch weiterschrieb. Eine weitere auf unser Haus krachende Bombe hätte ich nicht ertragen. Was hätte ich machen sollen, wenn er geschrieben hätte: »Ich hatte schon Blumen und Pralinen gekauft und war drauf und dran, um ihre Hand anzuhalten, aber was hat sie da gemacht, diese Perihan, diese Schreckschraube?«

Sofort blockierte ich ihn, löschte ihn, meldete ihn. Mich hielt es aber nicht zu Hause, und ich klapperte sämtliche Kieswerke in ganz Ümraniye ab. Tatsächlich fand ich ihn.

»Was hatte dir deine Tante erzählt?«, fragte er überheblich, voll darauf vertrauend, bei uns einen bleibenden Eindruck hinterlassen zu haben. Sein Strahlemannlächeln unter dem Schnurrbart ging eher in Richtung dreckiges Grinsen, und während er seinen Tee umrührte, lief er ständig Gefahr, die Gebetskette mit einzutauchen.

»Nichts«, sagte ich nur und machte mich davon.

»Wie alt bist du eigentlich?«, rief er mir hinterher. Ihm kam der Verdacht, ich könne seine illegitime Tochter sein.

»So was kommt bloß in Filmen vor. Ich bin nicht deine Tochter, du Arsch.«

Manche Dinge muss man einfach ruhen lassen. Nicht darauf herumreiten. Sonst packen sie einen wie mit diesen riesigen Löffeln, mit denen sie aus dem Meer Sand herausbaggern, und bauen einen irgendwo mit ein. Zusammen mit den Muschelschalen vermischen sie dich zu Beton, aber irgendwann mal wirst du zum Tod jenes Gebäudes.

Tja, so ist das.

Dann habe ich mich von allen verabschiedet. Hier oben auf meinem Baum. Von allen habe ich mich verabschiedet. Von allen.

32 | FOLLOWER

Am 4. Oktober 2015 wachte ich glücklich auf.

Yunus war gekommen, direkt bis zum Storchennest. Das hatte er sich zuvor erst einmal getraut, als ich mit Fieber darniedergelegen hatte. Ans Klettern hatte er sich inzwischen ja gewöhnt, aber lieber wartete er doch an eher sicheren Orten.

»Ist das etwa auch ein Traum?«, dachte ich und wartete erst mal ab. Wie ein Baby, das die Gesichter ansieht, die sich über die Wiege beugen. Yunus strich mir sanft über die Haare.

Oh! Sein Gesicht sah aber übel aus.

Lass das bitte einen Traum sein, dachte ich noch, dann setzte ich mich ruckartig auf.

»Was ist denn mit dir los?«

»Ich habe mich geprügelt.«

»Mit wem?«

»Nicht nur mit einem.«

Mit dem Kopf zeigte er in Richtung Hotel.

»Die haben dich ganz schön zugerichtet.«

»Das kommt davon, wenn man Prügeleien nur aus dem Fernsehen kennt.«

»Ich dachte, du seist auf der Straße aufgewachsen.«

»Schon, aber geschlägert haben wir eigentlich nie. Darum weiß ich auch gar nicht, was man da machen muss. Ich habe ständig danebengehauen.«

»Puh! Und warum das Ganze?«

»Das wollte ich dir ja erzählen.«

Er wirkte nervös, als könnte uns jeden Augenblick jemand aufstöbern. Da erzählte ich ihm lieber nicht von dem Albtraum mit den Steinen und dem Sturz.

Seinen Lohn hatte er beiseiteschaffen können und ganz und gar seinem Vater gegeben.

»Warum gibst du ihm denn alles?«

»Muss ich. Er hat viele Schulden.«

»Und warum?«

»Weißt du, Leute wie wir kriegen bei der Bank nicht so leicht einen Kredit. Wir können keine Garantien bieten. Und nicht mal beweisen, wie wir uns abschuften. Auch wenn wir schwören, dass wir alles zurückzahlen, glauben die uns nicht.«

»Lassen die dich etwa schwarzarbeiten im Hotel?«

Er nickte.

»Mensch, das ist doch ein Saftladen.«

Wir mussten mit Lichtgeschwindigkeit weg von diesem leidigen Thema. Aber war das nicht abartig, diese ständige Unsicherheit? Wie konnte man so leben? Anscheinend konnte man.

»Weil wir bei keiner Bank was kriegten, ist mein Vater zu einem Wucherer gegangen, aber dadurch sind wir aus den Schulden erst recht nicht rausgekommen. Ein richtiger Teufelskreis.«

»Kapiere. Und was ist im Hotel passiert?«

»Die Idioten von der Security sind zu mir ins Zimmer gekommen. Die haben sich eingebildet, sie könnten sich mein Geld schnappen, aber das war eben weg. Da haben sie auf mich eingedroschen.«

Eine aufgeplatzte Lippe, ein zugeschwollenes Auge, eine

mit einem Stich genähte Braue, so die Aufstellung der sichtbaren Schäden. Die versuchte Yunus zu überspielen, indem er hastig weiterredete.

»Ich habe mir das überlegt und mir gedacht, pass auf, Junge, vor denen brauchst du dich nicht zu fürchten, geh einfach zum Direktor und erzähl ihm alles. Und das habe ich getan. Er hat mir zugehört und sich dann die Kameraaufnahmen angesehen.«

»Die von uns?«

»Genau.«

Dann hatten sie auch gesehen, wie wir uns auf der Feuerleiter geküsst hatten. Das musste Yunus peinlich gewesen sein.

»Über die Kameras haben sie dich bis ins Zimmer verfolgen können und genau registriert, wann du rein und wann du raus bist. Das mit den beiden anderen, die ins Zimmer sind, haben sie natürlich auch mitbekommen, die haben jetzt Ärger. Der Direktor meint wohl, ihr hättet da drinnen einen Dreier veranstaltet und mich nicht dabeihaben wollen. Oder dass ihr einen Überfall geplant habt. Die nehmen bloß immer das Schlechteste von einem an. Dann haben sie mich noch gefragt, wohin du dann von der Mauer aus bist. Weiß ich nicht, habe ich gesagt.«

Als wüsste er es wirklich nicht, verzog er die aufgeplatzte Lippe und zuckte die Schultern.

»Und warum du über die Feuerleiter ins Hotel bist, haben sie gefragt.«

»Und was hast du gesagt?«

»Die wollte eben heimlich rein, habe ich gesagt.«

Das war nicht gerade eine aufschlussreiche Antwort, hatte aber anscheinend genügt.

»Die haben sich dann vorzustellen versucht, wo du von

der Mauer aus überall hingelangen könntest. Dass ein Mädchen wie du auf Bäumen leben will, geht in ihre Köpfe natürlich nicht rein, also haben sie sich gedacht, du bist zu den Stufen hin, die zu den Teegärten runtergehen.«

»Dann bin ich also noch mal davongekommen.«

»Ja.«

»Ich bin heute auch über die Stufen rauf. Übers Hotel komme ich nicht mehr, die haben mich nämlich entlassen.«

Mist.

»Noch dazu«, fuhr Yunus fort, »wollen sie die Stufen an der Mauer wegmachen lassen. Und von der Feuerleiter wird man auch nicht mehr auf die Mauer kommen. Wie du das geschafft hast, finden sie übrigens bewundernswert. Tolles Mädchen, hat der Direktor gesagt.«

»Wir finden schon einen Weg, wie wir uns treffen können.«

»Klar gibt es einen«, erwiderte er, aber das klang nicht hoffnungsvoll.

»Irgendwie kommst du auf das Dach des Keramikpavillons oder auf ein anderes und von dort hierher. Oder du lernst auf den Bäumen zu klettern. Oder du bastelst dir so ein Gurtzeug, und ich ziehe dich mit dem Seil rauf.«

Yunus lächelte gequält, als käme ihm das alles nicht recht praktikabel vor. Wie das so meine Art ist, ließ ich nicht locker.

»Warum schaust du so? Das schaffst du schon. Du schaffst es schon irgendwie herauf.«

»Könntest du es nicht irgendwie runter schaffen«?

Jetzt also rückte er heraus mit der Sprache.

»Was bringt es dir denn, da oben zu bleiben? Ich weiß, du hattest Gründe, da raufzuklettern, die begreife ich auch und achte sie, aber …«

 »Wo ist dann das Problem?«

»Das Problem ist, dass ich dich unheimlich mag. Ich bin verliebt in dich.«

»Ich ja auch in dich. Und ich mag dich auch unheimlich. Mehr, als ich je gedacht hätte.«

»Dann komm doch runter, und wir machen was draus.«

»Unmöglich. Hast du vergessen, dass ich das Mädchen auf dem Baum bin?«

»Schön und gut, aber warum?«, rief Yunus in seiner Verzweiflung aus, auch wenn die Frage nicht gerade logisch war.

»Warum ist die Banane krumm?«, fragte ich zurück, aber das brachte ihn keineswegs zum Grinsen. Im Gegenteil blickte er so mürrisch drein, als wollte er mich zu mehr Ernst auffordern.

»Weißt du, Yunus … das Leben hindert mich daran, das Leben richtig zum Ausdruck zu bringen. Weit weg vom Leben kann ich das viel besser.«

An seiner Stelle hätte ich daraufhin gefragt: »Und das muss ausgerechnet hier droben sein?«

Stattdessen bemühte er die Tränendrüse: »Das Leben ist da, um gelebt, und nicht, um erzählt zu werden. Sonst ist da nämlich kein Leben mehr.«

Dann streichelte er mir die Wange.

»Denk an unsere schönen Tage. Komm runter von den Bäumen. Leb mit mir. Lassen wir lauter schöne Tage dazukommen und leben wir unsere Liebe und unser Glück.«

Als ob ich nicht gerne mit ihm gelebt hätte! Und mir gern *Schöner Pipi* und *Meeresfreuden* ins Wohnzimmer gehängt hätte, wenn nicht meine Mutter das eine verkauft und mein Vater sich das andere angeeignet hätte.

Sogar die Vögel hielten auf einmal still. Sie flogen herum, ohne zu zwitschern.

»Da, habe ich dir mitgebracht«, sagte Yunus und hielt mir eine kleine Tüte hin.

»Und deine Mutter habe ich auch angerufen. Ist aber deine Tante ans Telefon, Tante Hülya.«

Hülya, sag mir deine Sorgen
Hülya, warum bist du so?
Hülya, fühl dich doch geborgen,
Hülya …

Deine Liebe soll mich nicht verbrennen,
Keiner dir die Blicke schenken,
Halt den Fluss des Herzens an,
Damit er nicht zu uns fließt.
Hülya, sag mir deine Sorgen
Hülya, warum bist du so?

Das war nach »Jetzt auch du, Leyla?« gespielt worden. Habe ich vergessen zu erwähnen. Tante Hülyas Mann sang das immer, um sie auf die Palme zu bringen. Wie der billige MP3-Player des Lastenträgers, der sich vor dem Wehrdienst fürchtete, spulte auch mein Kopf immer vor und zurück und blieb dann stehen.

Ans Telefon meiner Mutter war also Tante Hülya gegangen, demnach kümmerte sie sich um meine Mutter. Das taten im Grunde sowohl Tante Hülya als auch meine Oma. Lassen Sie sich nicht davon täuschen, dass Tante Hülya jene Caférechnung nicht bezahlen wollte, es hatte ihr nur nicht gepasst, vor vollendete Tatsachen gestellt zu werden. Mit dem Helfen hatte sie erst danach so richtig begonnen. Sie steckte Umschläge mit kleinen Beträgen unter der Tür durch und ließ vom Metzger Pakete mit Fleisch liefern. Als sie Letzteres zum zweiten Mal tat, fiel das Paket Tantchen in die Hände, die gleich ausrief: »Als ob wir auf Almosen angewiesen wären!« und die Bratenstücke, die Koteletts und das Hack gnadenlos zurückgehen ließ. Dabei hatten wir Proteine dringend nötig. Das Mal zuvor hatte Tantchen dem geschenkten Gaul noch nicht ins Maul geschaut und sich ihr Beefsteak schmecken lassen, ohne von seiner Herkunft zu wissen. Wie alle gutherzigen Menschen war Tantchen irgendwie seltsam naiv, so wie auch meine Mutter. Und Yunus.

Ich nahm die Tüte in Empfang und fragte traurig: »Soll das jetzt heißen, wir trennen uns?«

Erst sagte Yunus weder Ja noch Nein.

Ich dachte mir schon, wo stecken wir die Trennung jetzt hin, etwa zwischen die Dörrpflaumen und die Damenbinden, an die Yunus dankenswerterweise gedacht hatte, da meinte Yunus auf einmal in entschiedenem Ton: »Nein. Wir können uns nicht fremd werden.«

Wie war zu interpretieren, dass er das so formulierte und nicht einfach sagte, wir könnten uns nicht trennen?

Sich gegenseitig richtig zu kennen, ist für zwei Menschen wichtiger, als sich zu lieben. Garantiert ist das so. Wichtiger als die Liebe an sich sogar. Meine Oma sagte: »Liebe ist wie Kölnischwasser, sie verflüchtigt sich. Viel wichtiger ist, dass zwei Menschen sich aneinander gewöhnen, sich zugetan sind, sich kennen, ihre Geheimnisse teilen, miteinander Zeit verbringen.«

Einer der seltenen Aussprüche von ihr, die nicht mit einem Fluch endeten.

Kniend saßen wir uns auf dem Baum gegenüber und sahen uns an. Wir waren doch ein Wunder. Falls ich nun versucht hätte, ihm zu schildern, wie besonders dieser Augenblick für mich war, wäre er womöglich vor lauter Aufregung hinuntergepurzelt, also schwieg ich lieber. Die Liebe nimmt einem Menschen alle Angst. Hört sich zwar an wie eine Werbung für ein in Apotheken erhältliches wirksames Medikament, ist aber so.

Und wenn man geliebt hat, vergisst man das nicht. Meine Oma hatte weder den Amerikaner vergessen noch den Archäologen. Vor allem den Amerikaner nicht. Eines Tages hatte sie plötzlich den Fernseher lauter gedreht und den Wellensittich in seinem Käfig mit einem Pantoffelwurf zum Schweigen gebracht. Auf dem Bildschirm sang und tanzte Ajda Pekkan in einem so alten Film, dass man meinen musste, es hätte die Frau schon immer gegeben. Wie sie es schafft, anscheinend völlig alterslos zu sein, hat mit unserem Thema natürlich nichts zu tun. Es geht vielmehr um das Lied, das sie sang, für meine Oma gewissermaßen.

Wir sind uns fremd geworden.
Wie schade um uns zwei.
Komm doch mit mir zurück
In jene alte Zeeeeiiit!

In nie gesehener Gefühlsseligkeit lauschte meine Oma diesem Lied. Um zu verheimlichen, dass sie weinte, ging sie dann in die Küche und schälte Zwiebeln. Kindern entgeht nichts, Oma!

Als wir auf dem Weg in unsere Kumrulu-Straße wieder einmal die Abkürzung durch den Garten der Cihangir-Moschee nahmen, saß dort ein Mann, den man für Clint Eastwood hätte halten können. Sie haben sicher schon erraten, um wen es sich handelt. Clint Eastwood und Marianne Faithfull, das wäre übrigens ein Superliebespaar gewesen.

Der Mann saß also auf einer Bank und sah uns eindringlich an, worauf meine Oma mich am Arm packte und davonzog. Kurz nachdem wir zu Hause waren, läutete es an der Tür. Meine Oma machte nicht auf.

»Oma, hörst du nicht, es klingelt!«

»Und ob ich das höre, du Bankert. Aber ich mache nicht auf.«

Vom billigen Plastikbildschirm der Gegensprechanlage sah uns ein müder Clint an. Durch seinen schmerzlichen Gesichtsausdruck legte sich seine Stirn noch mehr in Falten. Er blieb nicht lange, aber eine Weile sah er uns doch so an. Er legte den Auftritt seines Lebens hin, aber gespielt war das nicht, er litt wirklich und wollte meine Oma ein letztes Mal sehen.

Und was machte die?

Sie lief vor ihm davon.

Und was tat er daraufhin?

Es gab da eine Stelle in Cihangir, wo unter der Obhut meiner Oma in einem wüsten Verhau aus Schüsseln, Dosen und Kisten die Katzen des Viertels hausten und gefüttert wurden – bald darauf würden Beamte der Ordnungspolizei das Ganze auflösen und sich dabei von meiner Oma einen gewaltigen Anschiss einfangen, aber das ist wieder ein anderes Thema –, und dort hinterließ der Amerikaner meiner Oma einen Brief.

»Perihan, ist der für dich?«

Eine andere Katzenfreundin hatte den Brief zuerst gefunden und hielt ihn meiner Oma hin. Wie eine verwilderte Katze zog sie ihn heftig an sich. Da sie ihre Lesebrille immer umhängen hatte, konnte sie den Brief sofort lesen. Hätte sie die Brille daheim vergessen, wäre sie auf mich angewiesen gewesen oder hätte sich bis nach Hause gedulden müssen.

Ob sie sich darauf eingelassen hätte, sich den Brief vorlesen zu lassen, wäre natürlich darauf angekommen, was sie von dessen Inhalt erahnte. Jedenfalls las sie ihn selbst, und schrieb auch sogleich eine Antwort darauf.

»Hast du einen Stift?«

Wie sollte die Katzenfreundin keinen haben! Aus ihrem Sammelsurium aus Taschenlampe, Feuerzeug, Handy, Zigaretten, Schlüsseln und Kaugummis fischte sie einen Stift heraus und hielt ihn meiner Oma hin.

»Bitte schön, Perilein.«

Perihan, Peri, Perilein, Tante Peri … Für die Bewohner von Cihangir war meine Oma wie eine Gemischtwarenhandlung.

»Adieu, Geliebter.«

Das schrieb sie ihm hin. War es das, was ihr früherer Geliebter, ihr Ehemann ohne Trauschein, nun vom Krebs geplagt, wirklich verdient hatte? Ihr erschien es so. Insgeheim tat ihr nämlich weh, dass der Amerikaner letztendlich so leicht auf sie verzichtet hatte. Wäre er doch noch einmal an ihre Tür gekommen. Und hätte er beim letzten Mal nicht unter der Tür seine Brieftasche durchgeschoben. Meine Oma weinte damals in der Küche ihre Schürze nass. Tantchen konnte noch so oft sagen: »Jetzt schnäuz dir doch nicht in die Schürze, Mama!«, doch sie rotzte und weinte weiter hinein. Hätte er sich scheiden lassen und wäre zu ihr zurück und hätte gesagt: »Und wenn du mich umbringst, Peri, aber ich gehe von hier nicht fort!«, hätte sie ihn da wirklich noch einmal davongeschickt? Dieser verdammte Gleichmut, diese Krankheit der Westler. Darunter litt auch der Amerikaner. Alles immer so gleichmütig hinzunehmen.

Meine Oma legte den Brief wieder an die Stelle zurück, wo die andere Frau ihn gefunden hatte. Dass jene ihn aus Neugier lesen würde, kam meiner Oma nicht mal in den

Sinn. Vor Leuten, die Katzen mögen, braucht man sich nicht zu fürchten, die tun einem nichts Böses. Das gilt schon für Tierliebhaber ganz allgemein, aber ein Katzenfreund, das ist noch mal ein anderer Level. Katzenfreunde sind ehrliche Menschen. Die schmieren einen nicht an. Wer einer Katze beim Überleben hilft, was würde der für dieses Leben nicht noch alles tun? Da ist kein bisschen Schlechtes dran. Alles hundert Prozent bio.

So sieht es aus.

Weißt du, Oma, wovor ich mich jetzt fürchte? Dass Yunus sagt: »Leb wohl, Kleine.«

Yunus spürte wohl, dass ich Angst hatte. Und dass ich schwieg, weil ich so traurig war. Da aber sagte er etwas, wodurch meine Benommenheit wie in einem Teilchenbeschleuniger hinweggefegt wurde.

»Ich werde dich nie verlassen. Keine Sorge, ich komme wieder, und zwar schon bald.«

»Ja, komm, sonst weiß ich nicht weiter.« Und schon fing ich zu weinen an. Wir umarmten und küssten uns, dann warnte mich Yunus.

»Die Typen von der Security sind auch rausgeschmissen worden. Kann gut sein, dass die sich mal hier rumtreiben. Pass auf, ja? Einer hat eine Schrotflinte, mit der lässt er am Meer die Leute auf Luftballons schießen.«

Aha, so also erklärten sich die Brandlöcher in manchen Blättern. Hatte ich Ihnen davon erzählt? Nein.

Dann war das andere vielleicht doch kein Traum. Oder schon einer, aber durch äußere Einflüsse hervorgerufen. Vielleicht hatten die Kerle mich nicht bemerkt, aber einfach so mit Steinen auf Bäume geworfen und mit der Schrotflinte herumgeschossen. Und dann noch unter meinem Baum geredet und zum Abschluss hingepisst.

Konnte es nicht so gewesen sein?

Yunus versicherte mir noch mal und noch mal und noch mal, dass er ganz bestimmt wiederkommen werde, dann ging er, und ich sah ihm nach, wie er auf der Mauer hinter Ästen und Blättern verschwand. Als Letztes sah ich noch einen Fetzen seiner billigen blauen DeFacto-Jacke, dann auch die nicht mehr. Er war weg. Würde er wirklich wie versprochen zurückkommen?

33 | AUSSTIEG

Um Sauberkeit kümmerte ich mich nicht mehr. Den Hintern wusch ich mir nicht und wischte ihn mir auch nicht mehr mit Lorbeerblättern ab wie ganz am Anfang. Nur wenn es vor lauter Dreck zu brennen anfing, rückte ich ihm mit etwas Wasser zu Leibe, und fertig. Ich roch, das schon, aber wenn ich mir den Körper mit Blättern einrieb, verging das. *Smile,* Leute. *Smile.* Bin ich etwa nicht mit allem fertiggeworden? Und hätte ich hier nicht auch leben können, wenn Yunus nicht gekommen wäre? Am ersten Tag, am 16. September 2015, war hier kein Yunus und auch sonst nichts. Lediglich meine feste Überzeugung, dass ich hier trotz allem würde überleben können.

Zugegeben, Yunus hatte mir das Leben schon erheblich erleichtert. Aber hätte ich es ohne ihn nicht geschafft? Habe ich mich das je wirklich gefragt? Oder mich nicht getraut, das zu fragen? Ich hätte mich vielleicht von Blättern und Rinden ernähren können. Von Essensresten, die Krähen irgendwo zurückließen. Hin und wieder hätte ich was aus dem Hotel klauen können. Oder Parkbesucher ausgespäht und ihnen ihre fetten Döner aus der Hand gerissen. Hätte ich das hingekriegt? Und ob.

Ich bekam jetzt erst mit, dass meine Arme und Beine viel kräftiger geworden waren. Meine Fingernägel aber waren schwarz, als würde ich für einen Kohlenhändler schuften.

Manchmal ertappte ich mich dabei, wie ich meine Hände sorgenvoll betrachtete. Die sichtbaren Spuren meiner Veränderung. Auch mein Gesicht wurde anders. Ohne es zu merken, verwandelte ich mich in ein wildes Tier. Auf Beinen, Brauen, unter den Achseln und im Intimbereich wuchs ein kleiner Wald heran. Vielleicht würde ich mich überhaupt nicht mehr waschen. Ja, auch gar nicht mehr können. Sollte ich etwa von Dach zu Dach bis zu einem Hamam hüpfen? Ich war nicht hier heraufgekommen, um zu verdrecken, sondern um mich zu säubern. Und wenn ich auch körperlich verdreckte, so säuberte ich mich doch seelisch.

Eine ganze Weile schon war ich jetzt gut versteckt. Mal sehen, ob das noch weiter so gut ging. Im Hotel waren sie ja schon misstrauisch geworden. Da sie sich nicht vorstellen konnten, dass ein junges Mädchen auf einem Baum lebte, vermuteten sie wohl eher einen Diebesplan, und aus diesem Verdacht heraus ließen sie die Mauer unzugänglich machen. War es denn vorher noch nie jemandem eingefallen, auf Bäumen zu leben? Ich konnte gar nicht fassen, dass niemand das reizvoll fand. Warum waren nur jener Baron und ich darauf gekommen? Waren wir so komisch oder nicht eher Sie? War die Welt mit uns nicht fertiggeworden oder wir nicht mit Ihnen?

Ich sehnte mich weder nach meinem Handy noch nach Facebook und Co. Ich war es gewohnt, allein zu sein, zu warten, zu schauen, zu schlafen, aufzuwachen, einfach herumzusitzen, mich zu kratzen, ja, das mit dem Kratzen habe ich auch angefangen, und wie. Weder von Essen noch von Trinken träumte ich. Auf die Welt zu verzichten, fiel mir überhaupt nicht schwer. Nur falls Yunus nicht mehr kommen sollte, das wäre hart. Eine Zeit lang zumindest. Dann würde ich mich auch daran gewöhnen.

Würde ich sehr weinen und sehr traurig sein?

Ich war darauf bedacht, mit den Tagen nicht durcheinanderzukommen. Sollten auch zehn Jahre vergehen oder gar hundert, wollte ich Yunus doch zuflüstern, wie lange genau er weg gewesen war. Das würde ich schon können. Mit der Zeit würde ich zu einem Teil der Bäume werden. Zu Rinde, Blättern, Zweigen, zu einem Baum, der hundert Jahre hier stehen würde. Vielleicht blüht uns ja das, wenn wir sterben! Wir werden zu Staub und werden fortgeweht, dorthin, wo wir eigentlich hingehören.

Eines Tages ließ ich mich von einem Baum herunterhängen wie eine Fledermaus. Am Tag darauf aß ich von einem Baum seltsame Früchte, wurde aber nicht krank davon. Nicht einmal Bauchweh bekam ich, und meine Kacke wurde nicht rot. Ansonsten verlegte ich mich auf Kastanien, daran konnte ich mich richtig satt essen. Mit der Zeit würde ich mich nicht mehr auf mein kleines Eckchen beschränken. So wie ich darauf gekommen war, Kastanien zu sammeln und zu essen, würde ich den ganzen Park in Beschlag nehmen. Ich würde hier das Sagen haben. Und wenn ich nicht runterwollte, konnten sie noch so viele Feuerwehrwagen schicken, und es würde doch nichts helfen. Welche Leiter würde zu mir heraufreichen? Welcher Feuerwehrmann auf meinen Baum steigen? Würden sie mich etwa mit einem kleinen Geschoss betäuben, so wie man es mit wilden Tieren macht? Dann würde ich ohnmächtig hinunterkippen und tot sein, und die wären schuld. Was würden sie dann zu meiner Mutter sagen? »Na, sie hätte eben nicht auf Bäumen herumklettern sollen?« Ich war nicht ohne Schutz. Zumindest vorläufig.

So tröstete ich mich natürlich nur.

In diesem Land wird ja nur für Bosheit und Brutalität

eingetreten, alles Schöne dagegen wird auf der Stelle vergraben, und je weniger Toleranz, umso besser.

Würden irgendwann Leute kommen, um mich zu sehen, so wie man einen seltenen Vogel anschaut? Würden sie respektieren, dass ich hier oben bleiben wollte? Würden Freiheit, Gleichheit und Brüderlichkeit, die es da unten nicht gab, hier oben möglich sein?

Ich starrte auf Zweige und Blätter, und ich denke, so ist ziemlich viel Zeit vergangen.

Und schließlich ist Yunus gekommen.

Ich flüsterte mir selbst das Datum zu.

Heute ist Freitag, der 9. Oktober 2015. Yunus ist zurückgekommen.

Aber diesmal war er nicht auf den Bäumen, sondern darunter.

Alle Möglichkeiten, auf die Mauer zu kommen, waren unterbunden worden.

Sofort griff ich zu meinem Nylonseil, aber er winkte ab.

»Ich kann nicht rauf. Aber du kannst runter.«

Das rote Nylonseil wand sich zwischen uns wie eine Schlange.

Wollte ich hier sein?

Am liebsten wäre ich auf meinem letzten Geburtstag geblieben, der mit einer Karaoke-Party gefeiert wurde. Sogar meine Mutter hatte sich amüsiert und als Krönung Britneys Debüthit »Baby One More Time« gesungen. Das war's! Wir konnten unseren Wünschen hinterherlaufen, konnten sie vergessen, doch wenn uns noch eine Chance gelassen wurde, konnten wir sie auch verwirklichen.

Das mit der Karaoke-Show war Tantchens Idee gewesen.
 Im Angedenken an Oma wackelte sie mit dem Hintern wie

Sophia Loren und sang dazu mit verschleiertem Blick »You Wanna Be Americano«.

Wenn aber einer Amerikanisch redet, wie soll man da wissen, ob er einen liebt?

Da muss man sich eben unter dem Mondlicht näherkommen …

Gleich darauf legte sie – immerhin hatte sie am italienischen Gymnasium Abitur gemacht – von Nina Zilli »50 mila« hin. Wobei ich nicht begriff, wie ein Lied mit so traurigem Text sich so fröhlich anhören konnte. Italienisch ist wohl so eine Sprache. Ein bisschen so wie wir. Wir zwitschern ja auch noch rum, wenn wir traurig sind.

Eterno è il ricordo, il mio volto per te.
Erinnerungen sind ewig, mein Gesicht für dich.

Non ritornare, no tu non ti voltare, non vorrei mi vedessi cadere.
Komm nicht zurück, dreh dich nicht um, ich will nicht, dass du mich fallen siehst.

Auch wenn das zwischen uns pendelnde rote Nylonseil mich an das rote Kabel des Mikrofons erinnerte, um das man sich auf der unvergesslichen Karaoke-Party so riss, war ich dort einfach nicht mehr.

Ich war hier.

34 | VORBEI

Yunus trug wieder eine Jeans und seine blaue Jacke, darunter ein bunt-grünes T-Shirt. Seine Schuhe sahen neu aus. Den Rucksack hatte er um die Schulter hängen. Dass es kein Original war, merkte man sofort, dennoch hatte er was. Auf jeden Fall wirkte Yunus sauberer und gesünder als in seiner Hoteluniform. Vielleicht lag es auch daran, dass er da unten war, wo er hingehörte, und nicht hier oben auf den Bäumen. In seinen Privatklamotten hatte ich ihn schon öfter gesehen, aber diesmal war er anders.

Er hatte sich rasiert, und die Wunden in seinem Gesicht waren ziemlich verheilt. Die Haare schien er etwas kürzer zu tragen. Vor allem ging von ihm ein herrlicher Duft aus, nach Lavendel, Zimt, Zitrone, Tee. Obwohl er von mir wollte, dass ich vom Baum herunterstieg, bekam ich keine grimmige Miene hin, sondern strahlte wohl sogar, weil er so viel besser aussah. Wie der Bauunternehmer habe ich vielleicht meine sämtlichen zweiunddreißig Zähne hergezeigt.

»Das ist kein Witz. Es führt kein Weg mehr zu dir hinauf.«

Ich sah hinunter, und mir hingen dabei die Haare ins Gesicht.

»Schön siehst du von hier aus«, sagte Yunus.

»Du von hier auch.«

 »Ach, meinst du nur.«

Er zog aus der Jackentasche einen länglichen Umschlag.

»Schau mal, was ich da habe!«

Er winkte mit dem Umschlag und gab sich die Antwort gleich selbst.

»Zugfahrkarten.«

»Und wo soll's hingehen?«

»Du kommst mit.«

Er hielt eine Tüte hoch, die ich erst jetzt bemerkte.

»Ich habe dir sogar Schuhe gekauft.«

»Wozu?«

»Na, weil du mitkommst.«

»Und wohin?«

»Wir fahren mit dem Zug wohin.«

»Wozu brauche ich dann Schuhe, wenn wir fahren und nicht gehen?«

Diesmal strahlte Yunus.

Das letzte Tageslicht schien auf die Erde. Der Tag starb ab. Die letzten schwachen Strahlen fielen geradewegs auf Yunus' Gesicht, der deswegen blinzelte und das Gesicht verzog. Er versuchte, da drunten dem letzten Sonnenlicht zu entrinnen, aber das gelang ihm nicht, und schließlich gab er es auf. Sogar mit der Grimasse, die er schnitt, um weiter zu mir heraufsehen zu können, war er schön. Mein Schöner. So nannte ich ihn insgeheim. Wie konnte man zugleich äußerlich und innerlich so schön sein?

»Woran denkst du?«

»An dich.«

War das gelogen? Sie sind mein Zeuge, dass ich wirklich an ihn dachte.

»Na los, komm schon.«

»Yunus, warum glaubst du mir nicht, dass ich von hier nicht runter will? Meinst du etwa, das ist reiner Starrsinn bei mir? Wirkt das so von da unten? Siehst du nicht, dass ich wie eine Tote jeglichen Wunsch verloren habe?«

Yunus drehte den Kopf zur Seite, als hätte ich ihn verärgert. Die Sonne blendete ihn nicht mehr, aber sein Ohr wurde noch zimtrot beschienen, während er sich unruhig umsah. Er fürchtete, dass man uns erwischen könnte. Vor allem mich. Dass uns jemand bemerkte.

»Sind deine Probleme jetzt gelöst?«

»Die sind nicht mehr so wichtig. Sowieso, wenn eins weg ist, kommt schon das nächste. Wir kriegen eben keine Unterstützung. Uns hilft keiner.«

»Mag schon sein, aber wie kommst du gerade jetzt da drauf?«

»Vorhin auf der Straße wurden junge Leute befragt, und auf einmal haben so Jungs, die Klebstoff schnüffeln, sich das Mikrofon geschnappt, und die haben das gesagt. Die waren die Einzigen, die was Echtes von sich gegeben haben. Ein Witz.«

»Und dich haben sie nicht gefragt?«

»Die sind sogar hinter mir hergelaufen.«

»Und was hast du gemacht?«

»Verscheucht habe ich sie.«

»Warum?«

»Vor den Schnüfflern hatte ein junger Typ sich richtig in Rage geredet, von wegen, dass er frei sein will, und ernst genommen werden, und dass er die Nase voll hat von der staatlichen Gewalt, da haben sie ihm das Mikro weggezogen und gesagt, er soll was Anständiges sagen, was sie auch senden können.«

Und schon spielte mir Yunus das Reporterlein von dem schleimerischen Radiosender vor, ganz cool mit einem imaginären Mikrofon in der Hand.

»›Wir wollen dich nur gewarnt haben. Wir schneiden sonst nämlich alles raus, was du sagst.‹ Echt unglaublich. Sind wir vielleicht bei den Riesen oder bei den Liliputanern?«

Dann hielt er inne, als wollte er dieses leidige Thema beenden.

»Darum geht es jetzt aber nicht. Darum soll es nicht gehen. Schau, ich habe dir diese Schuhe mitgebracht. Komm jetzt runter. Ich habe die Zugfahrkarten.«

»Und wohin fährt der Zug?«

»Nach Ankara. Zur Friedensdemo.«

»Fahr allein hin.«

Vielleicht hörte er das gar nicht richtig, denn um seiner Hartnäckigkeit zu entgehen, fing ich an, auf dem Baum herumzuklettern. Ich bekam noch mit, wie Yunus herzzerreißend seufzte, und aus dem Augenwinkel sah ich, wie seine Träume einstürzten. Er steckte die Fahrkarten wieder ein, wusste aber nicht, was er mit den Schuhen anfangen sollte.

»Der Zug ist am Samstagmorgen in Ankara, und die Demo zieht vom Hauptbahnhof los«, wollte er dann doch noch gesagt haben. Und für die Schuhe hatte er nun eine Idee.

»Lass das Seil ein bisschen weiter runter, dann binde ich die Tüte dran, und du kannst sie hochziehen.«

»Brauche ich nicht, danke.«

Wieder seufzte er, dann stellte er hilflos die Tüte ab und drehte sich um. Und ging. Ich würde ihn nie wiedersehen. Die allerletzten Sonnenstrahlen schienen seiner schmalen Silhouette zu folgen. Wenn da noch ein Licht war, dann deshalb, weil wir es so wollten. Ich war noch nicht tot. War nicht wunschlos wie eine Tote. Ich hatte gelogen.

»Hey, Junge!«, rief ich ihm hinterher.

Er blieb stehen und drehte sich um. Vielleicht war da eine

kleine Hoffnung in ihm, dass ich doch mitkommen würde. Ich aber rief nur: »Du weißt ja noch nicht mal meinen Namen!«

»Na, du bist das Mädchen auf dem Baum. Das Mädchen, das ich sehr mag. Und dessen Geschichte ich ganz genau kenne.«

Er winkte mir zu. Zum Abschied.

Tschüss, Mädchen auf dem Baum. Tschüss.

Tschüss, Bäume, Mauer, Storchennest.

Jetzt werden Sie sagen, was, nicht mal ihren Namen sagt sie ihm? Damit hier niemand beleidigt ist und alles seinen rechten Gang geht, jetzt bitte alle zuhören, was ich Yunus zugerufen habe:

»Ich heiße Deniz!«

Zufrieden? Obwohl es nun schon ziemlich egal war.

»Ich heiße Deniz!«

Der eine oder andere Miesepeter wird jetzt noch weitermeckern und wissen wollen, was dann dieser zweite Vorname ist, dieser angeblich so seltene. »Kriegen wir den nicht zu hören?«

Darauf kann ich nur sagen: »Das tut mir jetzt aber weh.«

Und wie Sie sehen, bin ich traurig und weine.

Als Yunus meinen Namen hörte, drehte er sich noch einmal um und winkte mir zu, als würde auf seiner Hand ein Vogel flattern.

»Vergiss mich ja nicht«, sagte ich, während ich ihm nachsah.

Aber eigentlich durfte er nicht vergessen werden, und er ging jetzt. Im dahinsterbenden Licht verschwand er allmählich.

Mach's gut, mein Freund.
Leb wohl, Geliebter.
Ich werde dich nie vergessen.
Denn wen man liebt, den vergisst man nicht.

Bei der Friedensdemonstration am 10. Oktober 2015 wurden vor dem Hauptbahnhof von Ankara (vermutlich vom Islamischen Staat) zwei Selbstmordattentate verübt, bei denen 102 Menschen ums Leben kamen und über 500 verletzt wurden.

Die türkische Originalausgabe erschien 2016 unter dem Titel »Ağaçtaki Kız« im Verlag Can Yayınları, Istanbul.

Sollte diese Publikation Links auf Webseiten Dritter enthalten, so übernehmen wir für deren Inhalte keine Haftung, da wir uns diese nicht zu eigen machen, sondern lediglich auf deren Stand zum Zeitpunkt der Erstveröffentlichung verweisen.

MIX
Papier | Fördert gute Waldnutzung
FSC® C083411
www.fsc.org

Penguin Random House Verlagsgruppe FSC® N001967

1. Auflage
Deutschsprachige Erstausgabe Februar 2023
Copyright der deutschsprachigen Ausgabe: © 2023 by btb Verlag
in der Penguin Random House Verlagsgruppe GmbH,
Neumarkter Straße 28, 81673 München
Copyright der Originalausgabe: © 2016 Şebnem İşigüzel; © Kalem Agency
Umschlaggestaltung: semper smile, München
Umschlagmotiv: © plainpicture/Eva Z. Genthe; © Shutterstock/EFKS
Satz: Uhl + Massopust, Aalen
Druck und Bindung: CPI books GmbH, Leck
JT · Herstellung: sc
Printed in the Czech Republic
ISBN 978-3-442-71787-3

www.btb-verlag.de
www.facebook.com/btbverlag

Jamil Jan Kochai

99 Nächte in Logar

Roman

320 Seiten, btb 77045
Aus dem Amerikanischen von Werner Löcher-Lawrence

Ein Sommer in Afghanistan: die wilde
und märchenhafte Reise durch ein Land, das
keinen Frieden kennt.

»Phänomenal. Dieses Buch hat ein großes Herz.«
The Guardian

»Ein bewegender Roman über Herkunft, Geschichte
und Familienbande über kulturelle Grenzen hinaus.«
Kirkus Reviews

»Kochai ist ein begnadeter Geschichtenerzähler.«
Publishers Weekly

»Ein moderner Huckleberry Finn.«
Vulture

btb